艺溪笔录

张筠英
瞿弦和
文集

瞿弦和　张筠英◎著

中国戏剧出版社
CHINA THEATRE PRESS

图书在版编目（CIP）数据

艺溪笔录 ： 瞿弦和　张筠英文集 / 瞿弦和，张筠英著. -- 北京 ： 中国戏剧出版社，2020.10
ISBN 978-7-104-05005-6

Ⅰ. ①艺… Ⅱ. ①瞿… ②张… Ⅲ. ①中国文学－当代文学－作品综合集 Ⅳ. ①I217.1

中国版本图书馆CIP数据核字（2020）第164663号

艺溪笔录：瞿弦和　张筠英文集

责任编辑：赵宇欣
责任印制：冯志强

出版发行：中国戏剧出版社
出 版 人：樊国宾
社　　址：北京市西城区天宁寺前街2号国家音乐产业基地L座
邮　　编：100055
网　　址：www.theatrebook.cn
电　　话：010-63385980（总编室）
传　　真：010-63383910（发行部）

读者服务：010-63381560
邮购地址：北京市西城区天宁寺前街2号国家音乐产业基地L座

印　　刷：北京顶佳世纪印刷有限公司
开　　本：889mm×1194mm　1/16
印　　张：26
字　　数：500千字
版　　次：2020年10月　北京第1版第1次印刷
书　　号：ISBN 978-7-104-05005-6
定　　价：258.00元

写在前面

在舞台上说得多，在纸面上写得少。学的专业是话剧表演，提笔写作只是一种爱好。在艺溪畔徜徉，留下只言片语的记录，在人生路上跋涉，写出零星半点的感悟。收入文集的，均为在报纸杂志上发表或在授课讲座中阐述的。

金婚五十年

目 录

艺 谈

1. 我们艺术生活的开端 ……瞿弦和 张筠英 / 003
原载北京少年儿童出版社《少年宫 我事业的摇篮》

2. 我的艺术开端 ……张筠英 / 008
原载《电影世界》

附：温暖的家庭 可爱的学校 ……林秀珊 / 011
原载《大众电影》

3. 不要“脸谱化” ……张筠英 / 015
原载中央戏剧学院《戏剧学习》

4. 话“梦” ……瞿弦和 / 020
原载《戏剧电影报》

5. 杂乱有章——看《仲夏夜之梦》 ……张筠英 / 022
原载《戏剧电影报》

6.《最后八个人》拍摄日记 ……瞿弦和 / 024
原载《电影介绍》

7. 唯有生活才是小品的“根” ……瞿弦和 / 027
原载《人民日报》

8. 让诗句飞进心灵 ……瞿弦和 / 029
原载《诗刊》

9. 准确的判断 刻苦的锻炼 广泛的借鉴
——我对台词问题的一点看法 ……张筠英 / 036
原载《艺术教育》

10. 试谈朗诵的"行动性" ……瞿弦和 / 040
原载中央戏剧学院《戏剧学习》

11. 声音中的激情——和青年朋友谈诗歌朗诵 ……瞿弦和 张筠英 / 050
原载《人才》

12. 追求听觉艺术的语言内在美——谈演播长篇小说的人物塑造 ……张筠英 / 056
原载《中国长篇连播历史档案》

13. 叙述语言的技巧处理 ……瞿弦和 / 064
原载《中国长篇连播历史档案》

14. 凡读书，须读得字字响亮
——谈朗读在阅读中的作用 ……张筠英 瞿弦和 / 076
原载《中国青年报》

15. 朗诵与说话 ……张筠英 / 078
原载中国青年出版社《朗诵艺术谈》

16. 演播与配音 ……张筠英 / 083
原载《当代电视》

17. 我的热爱 我的追求 ……张筠英 / 086
原载《中国广播报》

18. 我们爱风流——《风流歌》朗诵体会 ……瞿弦和 张筠英 / 088
原载《朗诵报》

19. 行动性、形象性、音乐性（节选） ……瞿弦和 / 091
原载《朗诵艺术谈》

20. "游子吟"朗诵教学示范课设想 ……张筠英 / 096

21. 朗诵作品的解读与呈现 ……瞿弦和 / 101
在上海朗诵艺术高峰论坛上的演讲

22. "星期朗诵会"寻踪 ……瞿弦和 张筠英 / 107
原载《艺术广角》

23. 朗诵艺术三要素 ……瞿弦和 / 118
原载商务印书馆出版《语言战略研究》

24. 在徐志摩国际研讨会上的发言 ……张筠英 / 122

25. 在主持人培训班上的讲座 ……瞿弦和 / 125

26. 舞台语言的基本表现手段 ……方伟、张筠英 / 129
原载《中央戏剧学院舞台语言基本技巧 教材汇编》

27. 花城袖珍诗丛 ……雷抒雁 程步涛编 朗诵提示：瞿弦和 张筠英 / 148
原载花城出版社《朗诵诗》

回 望

1. 珍贵的照片 幸福的回忆 ……张筠英 瞿弦和 / 217
原载《中国教育报》

附 1：幸福的时刻 四（1） ……瞿佳 / 220

附 2：一件难忘的事 ……瞿聪融 / 222

2. 幸福的回忆（节选） ……张筠英 / 224
原载中国少年儿童出版社《我们曾经是少先队员》

3. 中学时代，多么可爱（节选） ……张筠英 瞿弦和 / 227
原载 1985 年 4 月刊《中学生》

4. 怀念您，红领巾班 ……瞿弦和 / 229
原载《星星火炬 引领人生——忆北京二中少先队》

5. 写给父亲 ……瞿弦和 / 234
原载《温州日报》

附：忆八一 ……瞿良 / 237
原载《人民日报》

6. 少年时期的我 ……张筠英 瞿弦和 / 239
原载东城教育《壮丽七十年 奋斗新时代——北京市东城区优秀毕业生集锦》

随 感

1. 丝的光泽 花的美丽 ……瞿弦和 / 245
原载《人民日报》

2. 微型话剧东欧行 ……瞿弦和 / 247
原载《人民日报》

3. 多姿多彩的联欢节 ……瞿弦和 / 249
原载《北京日报》

4. 出访随感（节选）……瞿弦和 / 251
原载中国戏剧家协会《与新中国同行——六十周年纪念文集》

5. “松竹梅兰”——中国煤矿文工团赴摩洛哥、突尼斯访演总结 ……瞿弦和 / 257
原载《中国煤矿文工团难忘60文集》

6. 我把文联当成家 ……瞿弦和 / 263
原载《中国艺术报》“美好回忆 盛世华章——庆祝中国文联成立60周年我与文联大型征文集粹”

7. 下矿日记 ……瞿弦和 / 267
原载《北京日报》

8. 从“矿车旁的拉丁”到“水泥台上的芭蕾” ……瞿弦和 / 269
原载四川《广旺矿工报》

9. 心里要真的有人民 ……瞿弦和 / 271
原载《人民日报》

10. 我的血管里流淌着黄河水 ……瞿弦和 / 274
原载《人民日报》（海外版）

11. 关于政协委员参政议政的发言 ……瞿弦和 / 278
在政协“假如我是委员”平台上线发布会上的发言

12. 打好“中国文化走出去”的品牌 ……瞿弦和 / 280
原载中国政协传媒网

13. 铃铛上的国家 ……瞿弦和 / 283
原载人民日报社出版《国家人文历史》

14. 我爱侨联艺术团 ……瞿弦和 / 286
原载《工人日报》

15. “好拳怕乱捶”与“熟能生巧” ……瞿弦和 / 288
原载《体育报》

16. 我跟邮票的感情没法断 ……瞿弦和 / 291
原载《集邮博览》

17. 温州，我可爱的家乡 ……瞿弦和 / 295
原载《温州日报》

18. 青海，我的第二故乡 ……瞿弦和 / 298
原载青海人民出版社《青海，我的家园》

19. 双目佳 ……瞿弦和 / 300
在中国视协首届“百佳电视艺术工作者”颁奖典礼上的发言

20. 认　真 ……瞿弦和 / 302
在中国舞协“杰出贡献舞蹈家”颁奖典礼上的发言

21. 写在结婚四十年影像集《缘》中的感悟 ……张筠英　瞿弦和 / 304

22. 写在结婚五十年影像集《悦》中的感悟 ……张筠英　瞿弦和 / 306

赠　友

1. 写给诗歌评论家张同吾：相会鲅鱼圈 ……瞿弦和 / 311
原载《北京晚报》

2. 写给表演艺术家周正：轮椅上的最后一次创作——忆周正老师 ……瞿弦和 / 313
原载《北京青年报》

3. 写给播音艺术家夏青：追忆夏青老师 ……瞿弦和 / 315
原载《中国广播》

4. 写给台湾友人许伯夷：细微之处见真情 ……瞿弦和 / 317
原载《许伯夷专辑》

5. 写给摄影家哈斯：美丽的追求 ……瞿弦和 / 320
原载哈斯琪琪格摄影作品选《乌金之光》

6. 写给舞美设计师周海平 ……瞿弦和 / 321
原载《周海平舞台美术设计》

7. 写给古筝演奏家曹东扶：艺术的生命力 ……瞿弦和 / 322
原载《曹东扶先生百年诞辰专辑有感》

8. 写给老艺术家滕逸松：《滕逸松画集》前言 ……瞿弦和 / 323
原载《滕逸松画集》

9. 写给诗人贺启公：寄语 ……瞿弦和 / 324
原载《贺启公诗札》

10. 写给晋剧表演艺术家水上漂：序 ……瞿弦和 / 325
原载《梨园大师水上漂》

11. 写给演奏家尹国忠：序 ……瞿弦和 / 326
原载《单簧管演奏——入门与提高实用教程》

12. 写给配音艺术家孙悦斌：序 ……张筠英 瞿弦和 / 327
原载中国传媒大学出版社《声音者》

13. 写给文化大院创办者刘士华：写在前面 ……瞿弦和 / 330
原载《快板刘的艺术人生》

试 笔

1. 独幕话剧《走到哪里哪里红》 ……瞿弦和 / 333

2. 独幕话剧《在站台上》 ……执笔：张筠英、赵之成 / 336
中央五七艺大戏剧学院表演系

3. 十集电视连续剧《圈套与花环》
……原著：苏群 改编：叶咏梅 张筠英 作词：叶咏梅 / 359
中央电视台播出，选登第一集

4. 三集广播连续剧《我不去，谁去》——献给援非抗埃博拉医疗队
……编剧：张筠英 导演：瞿弦和 / 375
国家卫生和计划生育委员会宣传司、国际司
外交部非洲司
中国人口文化促进会
联合出品
中央人民广播电视台播出

5. 小品《我不去，谁去》——献给援非医疗队 ……张筠英 / 400
中国人口文化艺术团演出

艺谈

参加第五届中国诗歌节

我们艺术生活的开端

瞿弦和　张筠英

1968年秋天，瑟瑟秋风吹扫着片片落叶，我们俩专程来到坐落在景山公园里的北京市少年宫。古老的建筑物依然如故，但红色的墙皮却脱落了许多，门上的牌子显得破旧不堪，大门紧闭，寂静无声……

我们敲开了门，询问我们所要看望的人——少年时代的辅导员，看门的同志遗憾地摇了摇头，他告诉我们："都走了……都走了，所有的活动都停止了！"

我们俩相对无言，谁能想到这座少年儿童活动园地会遭受这样的命运？

少年宫外景

我们心里十分难过。因为无论什么时候我们都不会忘记在少年宫的生活经历。是呵，在红墙黄瓦围绕的少年宫里，有多少值得我们回忆的情景呵！那少先队员的群雕像是老师让我们做的模特，那中央的大厅是我们演出的舞台，西边的大殿是舞蹈组的练功房，东边的平房是戏剧组的排练室，那操场北边的门楼是我们存放布景的仓库……大院里的每一个角落都留下了我们的足迹！

说来也巧，我们俩都曾在20世纪50年代作为首都少年儿童的代表给毛主席献过花，1956年我们俩又分别考入了少年宫的舞蹈组和戏剧组，成为少年宫建宫以后的第一批组员。有人说，文艺界中的许多人是在少年宫的艺术小组里选择了自己的专业，在这里奠定了良好的基础。是的，我们俩就是在这里开始了我们最早的艺术生活。

少年时代是人一生中最纯洁、最富于幻想的时代，而每个人的少年时代又都有着自己的特殊喜好。我们俩从小就喜爱舞蹈和戏剧。弦和小时候在新加坡侨居时就经常给大家跳舞，至今还有几张当时的照片保留下来。而筠英，在小学时就多次和同学们一起代表学校参加会演，表演欢快的新疆舞，就是平时走在路上，也常常琢磨自己表演的舞蹈动作。记得有一次筠英和家里人去景山公园玩，一边走，一边情不自禁地练起来，过路的大人看见都笑起来了，其中一位叔叔是舞蹈学院的老师，他对妈妈说："你应该送她去学舞蹈。"1956年我们真的考上了少年宫的艺术小组—— 一座艺术的摇篮。

我们刚到少年宫时，只是11岁的小孩子，但我们幼小的心灵中充满着对艺术的向往和憧憬。每当观看艺术家在舞台上的表演，我们的心中便不由得发出感叹："什么时候，我们也能像他们那样……"。当我们第一次被辅导员领进练功房、排练室时，那种新奇、欢喜、奇妙的感觉至今记忆犹新。舞蹈组练功房内，长长的镜子映照着我们兴奋的脸孔，钢琴弹出优美的音乐使我们陶醉。我们紧紧地握住练功的把杆，我们知道它是我们的朋友，它会帮助我们练好基本功……而在戏剧组的排练室内，有趣的小品练习和各种体裁的朗诵，又好像把我们带进了一座艺术的迷宫。

对于刚刚进入艺术大门的孩子来说，这一切都是美好的。但是随着基本功训练的开始，随着各种排练的到来，我们渐渐尝到了另一种滋味，这种滋味给我们留下了另一种难忘的印象。少年宫为我们请来了艺术院校的老师和剧团的导演、演员。他们和少年宫的辅导员们一起对我们进行正规的基本功训练。在那些把杆上我们留下了汗迹；在大镜子里我们看到过自己的笑脸和眼泪；在排练场上我们为表演的不真实而焦急……刚开始学习时我们总以为文艺嘛，就是快快乐乐，蹦蹦跳跳，没什么烦恼，没什么困难。但是老师和辅导员们对我们要求得非常严格，每一堂课都是严格认真的，并不像我们想的那样轻松。

筠英还记得，刚到舞蹈组的时候，小伙伴们在课堂上随着音乐，做着擦地、踢腿的

挤奶员舞

动作。时间稍长一些，腰腿就感觉很酸，不知不觉的腿就抬不高了，胯就松下来了，脑子也跑神儿了。“啪”的一声，顿时觉得屁股上一阵热辣辣的疼痛，原来是老师打了一下，筠英哭了。下课后，老师说：“我带你们去舞蹈学校参观。”来到舞校练功房，只见一个老师正拿着棍子，在拍打一个同学的屁股，而那位同学立刻提起精神，把胯收紧，把腿抬高……原来这是一种叫你收紧肌肉的手段呀！还有一次跑圆场，辅导员要求大家两腿紧，步子要小，但要快。大家走了两圈觉得累，就大步流星地跑起来。辅导员立刻叫停，严肃地说：“像你们这样跑，三分钟就到故宫了。可对你们起什么作用呢！”大家改变了跑法，又认真地练起来。

通过这样的苦练，演出时就见成效了。我们舞蹈小组表演的节目：“挤奶员舞”“铃舞”“拔萝卜舞”……受到小朋友的热烈欢迎。

同样，戏剧组的活动也是既有趣又艰苦。弦和也还记得：在排练话剧《小苍蝇是怎样变成大象的》时，剧中有一段打架的戏。当时同学们觉得又简单又好玩，心想：这还不好办，动动手、踢踢脚，打几拳踢几脚不就行了。于是，排练时我打了他一拳，他踢了我一脚，然后一个同学就躺在地上了。看着他倒在地上四脚朝天，大家都忍不住地哈哈大笑起来，那个同学也笑起来……顿时打架变成了开玩笑。老师马上严肃地批评我们，如果把演戏当成儿戏，就不上课了。大家可吓坏了，立刻绷起了脸，一点笑意也没有了。大家偷偷地说："这次咱们可得真打了，谁挨打可不许急啊！"于是真的你一拳我一脚地打起来，结果两人滚到地上，他抓着我的领子，我扯着他的袖口，谁也不放手……戏又无法进行下去了。老师又停止了排练，表扬了大家严肃认真的态度，但又告诉大家：戏既要有生活的真实，又要有方法，要假戏真做。他一招一式地给大家排起来，告诉弦和第一拳要向对方的胸前方向打，快要打到他时，他把胸缩回来，再往后退。就连摔跟头也有学问呐，要先屈腿，然后用小腿外侧，背侧着地，最后头再着地……老师就这样一点一滴地讲解，大家反复地练，直到学会为止。

在少年宫里，老师和辅导员们从不放过我们的每一个小缺点，批评是严厉的，不留情的。一次偶然的误场、一次无意的退到、一次小小的笑场、一次不易觉察的松懈，都逃不过辅导员的眼睛。

在少年宫里，我们不仅学习了许多艺术方面的基础知识，而且在思想上受到了很好的启蒙教育。记得有一次为解放军演出，临上场之前，筠英找不到演出的靴子了。前一个节目快要结束了，靴子还无影无踪，筠英急得团团转，耳朵嗡嗡响，连呼吸都急促起来，最后不得不向辅导员报告了。于是，辅导员对大家说：救场如救火。他带领大家打了一场"包围战"，终于在另一个舞蹈节目的服装中找到了。这一次深刻的教训使筠英终生难忘，直到现在每次演出的上场之前，她都要把自己用的服装道具好好检查一遍。

1961 年我们高中毕业，考入了中央戏剧学院。我们不但以严肃认真的态度投入到大

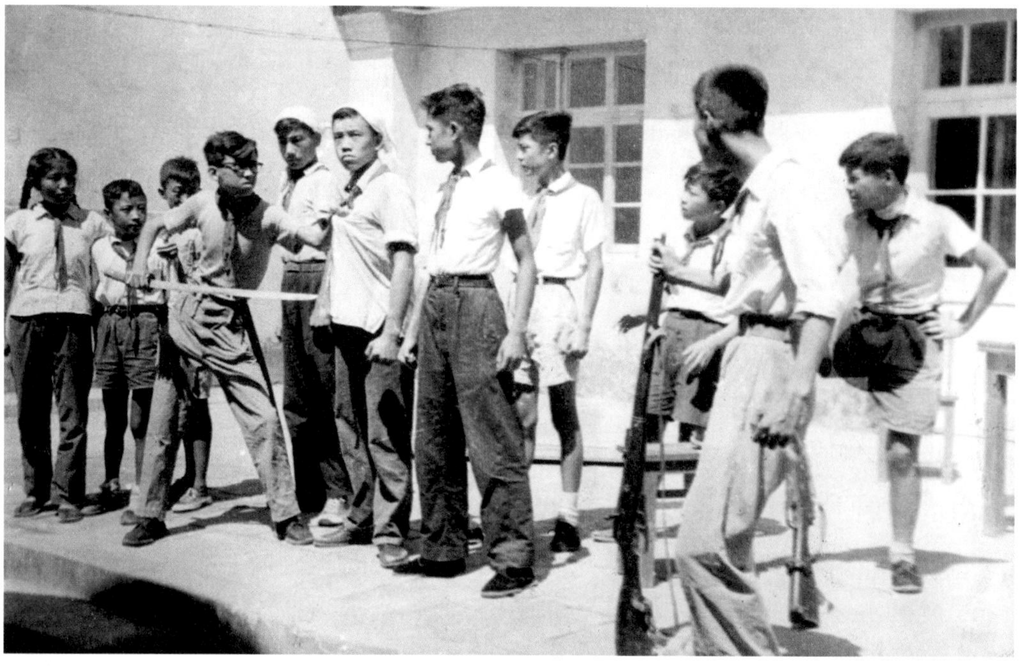

排练儿童剧《越狱》

参加北京市少年宫 60 年宫庆

学阶段的学习，而且又以成年演员的身份，回到少年宫戏剧组参加话剧《英雄小八路》的排演。我们将少年时代的体会传给剧组的小组员们。记得这个剧的一次演出，筠英在边幕候场，忽然发现场上少了一个重要道具——花盆，而这是场上那位小演员非用不可的重要道具。怎么办？筠英想起了“救场如救火”这句话，以最快的速度从后台找来这盆花，在上场时带了上去，并临时加了一句台词，把这一失误掩盖了过去。事后，筠英把自己以前的教训告诉这位小演员，还给他讲了要严肃认真地、一丝不苟地对待每一场演出的道理。我们用自己当年在少年宫学习时的切身体会，搞好传、帮、带，剧组的小演员们的思想觉悟及表演技巧全有了一定提高，他们的钻研精神更强了，排演的秩序好转了。

现在，我们都已经是将近四十岁的人了，并且都已战斗在文艺战线上。少年宫里的这一段学习和生活在我们的心灵中留下了深深的印象，它使我们受到艺术的启蒙，我们将永远以严肃认真的艺术态度从事自己心爱的工作。

原载北京少年儿童出版社《少年宫 我事业的摇篮》1984 年 5 月

我的艺术开端

张筠英

长影是引导我走上艺术道路的第一座艺术之宫。我少年时期曾在这里拍过两部儿童故事片，度过了近一年的时间。前年我参加拍摄《红牡丹》时，又来到这里。从 1955 年到 1980 年，整整 25 年过去了，但这里的一切依然

《祖国的花朵》剧照

电影宣传海报

“让我们荡起双桨”

在北海公园电影小铜像旁

是那么亲切、熟悉。更有趣的是，去年我的儿子瞿佳也作为儿童演员来到长影拍摄儿童影片《绿色钱包》。时间的延续，年代的变迁，始终没有磨灭我以一个孩童的方式对长影的怀念之情。

1955年，当我还戴着红领巾，梳着小辫子的时候，导演严恭伯伯、苏里叔叔选中我扮演《祖国的花朵》中的杨永丽。这一段生活是我童年时代最难忘怀的。它不仅仅使我开阔了视野、丰富了生活，而且使我了解到艺术不是一般儿童所想象的那样轻松愉快，如游戏一般。它是一项集体的事业，是需要其中每一个成员做出自我牺牲并付出辛勤的劳动汗水。

记得电影中有这样一个镜头：北京小学的同学们过中队日在北海划船后，要在五龙亭上岸。拍摄时，刚好遇到大风。深秋的风又冷又猛，我们二十个孩子怎么用劲也划不到预定的地点，拍了几次都没有成功。这时，只见摄制组的几个叔叔，脱去外衣，喝上几口酒，跳进了冰冷的湖水中，脚踩着烂泥，在船尾推着小船靠岸。当他们上岸时，身上冻红了，牙齿直打战……

去年，长影建厂三十五周年纪念时，我作为故事片《祖国的花朵》主要演员得了奖，而那些跳下水去的叔叔却没有得奖。这是多么令人深思的呀！作为一个演员必须懂得：自己事业上的每一点成绩都凝聚着他人的心血，要永远尊敬那些曾经教育你、培养你、帮助你、扶持你成长的无名英雄。

原载《电影世界》1982 年 6 月

电影《春节大联欢》

附：

温暖的家庭　可爱的学校

林秀珊（张筠英之母）

去年六月的一天下午，筠英放学回来跟我说：

"妈妈！校长请您明天到学校去，有事谈谈。"

"什么事呀？"

"我也不知道，说是请您一定去！"

这个突然的通知，引起了我很多的猜想：是她在学校里犯了什么错误吗？噢！这几天，她正在加紧练习维吾尔族舞，也许是要到什么地方去表演吧！为了早解开这个疑团，我在当天晚饭后，就到她的级任老师家里打听消息，

母女合影

看望正在峨影拍电影的瞿佳

赵老师告诉我："听说是东北电影制片厂想找她去拍一部儿童故事影片。"

我听到这个消息以后，内心就起了很大的波动！筠英是我五个孩子中最小的一个，她今年才十岁，像温习功课啦、梳小辫啦、整理衣服、书籍啦，全是我督促着她来做的。有时，她放学回家晚了些，我就感到不安。她从小就和我生活在一起，现在一旦分开，叫我怎能放得下心呢？再者，小孩子能够去拍电影，自然是很光荣的事情，可是耽误了学习怎么办呢？她再过一年就小学毕业了，如果考不上中学又怎么办呢？

我带着这些顾虑回到家里，和他爸爸商量，最后得出这样一个结论：虽然暂时分开，我们在感情上有点儿舍不得，但是作为一个少先队员来说，应当毫不犹豫地接受祖国交给她的光荣任务！如果学习问题能够解决，我们想，工作也是学习，可以让她去锻炼锻炼。

第二天我到了培元小学，会见了《祖国的花朵》的副导演苏里同志，我告诉他：筠英被选上，我们很高兴！同时，也把自己的顾虑说出来。苏里同志说："我们特别请了一位老师，在孩子们不拍戏的时候，照常为他们补习功课；而且教育局还发给我们一位很好的辅导员，帮助孩子们继续过有组织的生活。另外还请了一位医生和两位阿姨，照顾孩子们卫生和生活方面的事情。"经他这样一解释，我就欣然同意了。

学校考试结束后，《祖国的花朵》摄制组的同志们时常带着那群未来的小演员们到各处去玩，他们对孩子真是爱护备至，玩了几次，大家就亲热的像一家人了。

七月八日，摄制组邀各位家长和孩子们去参观小演员们即将在那里生活的地方。少年宫布置得很整洁、朴素，宿舍里排列着崭新的被褥和用具，每一个孩子都怀着兴奋的心情在找自己的宿舍和床铺，新鲜的集体生活就要展开在他们眼前了，他们真像小鸟一样的快乐啊！

第二天，是孩子们集合的日子，是筠英第一次离开家的日子。她早上起来，就一步也不肯离开我和她爸爸，她虽然一句话也不说，可是小心眼里一定在为离开家而难过吧！

八点钟，孟同志来接她，我送到门口。她上车时，也没敢回头看我，只听她带着低微的、颤抖的声音向我告别："妈妈，再见！"我暗暗地掉了几滴泪！晚上临睡前，看看她的床，空的，又引起一阵伤心！不知道她现在睡着了没有？夜里踢了被子，有人替她盖吗？……这些问题一直在我脑子里转，直到深夜也睡不着。

星期六，筠英高兴地跳着回来了！我观察她的言语行动，知道她在那里生活得很愉快！她不断地说到严恭伯伯，苏里叔叔，辅导员以及王阿姨……可见她已经熟悉了集体生活，并且和他们建立了深厚的友情。

当我聚精会神地看《祖国的花朵》电影剧本的时候，筠英坐在我旁边，告诉我说：

"角色已经分配好了。"

"你担任哪个角色？"我问她。

"杨永丽！"她很高兴地说。

剧本里的杨永丽，是个骄傲、不合群的孩子，为什么她喜欢演这个角色呢？我试探地问她：

"杨永丽是个好孩子吗？"

"不是，可是她以后变好了啊！"

"你为什么喜欢演她呢？"

"因为严恭伯伯说了：分配谁演哪个角色，谁就应当好好地去演，不应当自己挑选，也不应当不愿意，所以我很喜欢演杨永丽！"她能够愉快地服从组织的分配，我听了非常高兴。

一个月以后，孩子们已经开始拍戏了。在一个阴天的下午，筠英回到家来，告诉我一个出乎意料的消息："我们将来要到长春去拍内景。"我怔住了！原来决定这部影片的内外景都在北京拍的，现在为什么又改变了？长春的冬天太冷了，经常在零下30℃左右，孩子们穿着单衣拍夏天的戏，那怎么能成呢？

过了两天，严恭、苏里等同志来到我家，向我解释去长春拍戏的理由，并说拍摄棚有很好的防寒设备，医务方面也联系好了。这样，我就放心地同意她去了。

在出发的头一天，严恭和苏里同志又邀我去东影厂参观，我立刻接受了这个邀请。

到长春的那天，东影厂各部门的负责同志大约数十人到车站欢迎，这说明他们对祖国第二代是多么热爱。

长春的室内和室外的温度相差很多，屋外是呵气成冰，屋里是温暖如春。因此，孩子们一进屋必须脱外衣，一出门就得穿外衣，才不至于感冒；可是孩子们都没有这个习惯，玩起来就什么都不管了，可把阿姨忙坏了，一会儿叫这个穿大衣，一会儿叫那个戴帽子、手套，有时还得亲自拿着衣服给他们穿上。由于医生、护士、阿姨的照顾周到，虽然在严寒的季节和紧张工作的情况下，孩子们的身体都很健康，精神也很愉快。

工作固然紧张，可是学习也不放松，顾老师利用孩子们拍戏的空间给他们补课，严恭、苏里和辅导员等同志也很注意孩子们的品质，随时留心他们的一举一动，看看他们是不是肯帮助别人，是不是愿意劳动，是不是有骄傲的情绪，如果发现了大家就耐心地教导他们。

我在长春住了两个星期，天天和小孩子们在一起，自己也感到年轻了许多；生动的事实使我深深地体会到：祖国是一个温暖的大家庭，摄制组是一个可爱的学校，人人都热爱孩子，处处都教育孩子，做父母的人还有什么不放心的呢？

今年春节的前几天，孩子们完成了拍摄工作，从长春回到首都，各位家长都到车站迎接，只见孩子们个个精神饱满，活泼可爱！家长都怀着愉快的心情向严恭等同志握手致谢，然后带着离别两个月的孩子回家去了。

春节过后，孩子又回到了学校。我担心筠英拍了电影会滋长骄傲情绪，有一天，我到学校找总辅导员武玉真同志了解筠英回校后的表现，武同志说："筠英回来以后，学习很积极，和同学也很团结。"我听了很高兴！事实证明了集体生活对于孩子们有着多么大的好处啊！

有一次，一位同学病了，筠英下课后到她家去帮助她补课，结果这位同学的考试成绩很好，别的同学说："她真聪明，几天没上课，考试的成绩还这样好！"筠英听了这话暗暗地笑了，她回来告诉我这件事，我听了也很高兴，对她说："这是你拍电影受到的教育啊！"

筠英在参加拍戏的半年中间，不但身体健康，学习成绩优良，而且眼界也扩大了，学到了许多书本上所不能得到的东西。最重要的是在思想品质上也有了显著的进步，例如：主动地帮助同学，服从组织纪律，性情也变得开朗、大胆了，这些都是十分可贵的收获。

通过这些事情，使我也受到很大的教育，认识到从前对待孩子的态度是不恰当的，过多地照顾孩子，是会妨碍她自由发展的；我们应当培养孩子们勇敢进取的精神，让他们多参加集体生活，在活动中锻炼他们的意志。我深深地感到：孩子生在这个时代，是多么幸福啊！

原载《大众电影》1955 年 5 月 26 日

不要“脸谱化”

张筠英

我在《杨开慧》（下文简称《杨》）剧中担任黄亚男这个角色，也是我第一次扮演反面人物，实在心中无数。导演、作者对这个戏的反面人物提出一个宗旨，那就是要脱离程式化，不要脸谱化。

我想，对于反面人物来讲，就是不要简单地丑化他的外表，而是要揭示他们的内心世界，把他们丑恶的灵魂暴露出来，从反面给人们以思想的启示。

黄亚男这个人物是作为杨开慧的对立面出现的。大幕拉开时，他们是手拉手在湘江边谈心的比翼飞翔的海燕。到剧终时黄亚男成了出卖杨开慧的叛徒、国民党的忠实走狗，这两个分道扬镳的学生时代的朋友，是在革命浪潮中走两条道

在话剧《杨开慧》中扮演陈独秀的特派员黄亚男

路的典型代表。

黄亚男这个人物在全剧中变化是较大的，怎样去理解、分析、体现这个人物的内心世界呢？

站在革命的立场上，分析理解反面人物是体现的基础。没有正确的立场、观点，不站在阶级斗争，路线斗争的高度，就不可能对人物的本质有深刻的理解，其结果只能是简单化、脸谱化。

但是在扮演反面人物时，如果只是客观地纯批判式地表演，而不是寻找反面人物在当时的历史环境下的思想生活逻辑，并以他的逻辑去合理剧中人物的行动，加以体现，其结果也只能是简单化、脸谱化的。

《杨》剧是以20世纪二三十年代的中国社会为背景的。反映了我们党在建党初期时的斗争。剧中以追随陈独秀的黄亚男为代表，作为党内路线斗争的错误路线的代表。中宣部、文化部（现文旅部）领导同志曾说：黄亚男这个人见了红缨枪要发抖，因为机会主义者是害怕死的。的确，怕，是陈独秀机会主义者们的思想本质，他们害怕群众运动，害怕国民党势力，是虚弱的毫无革命性的资产阶级的代表。所以，在第三场，当黄放走了地主范明斋而被群众绑起来时，她吓得要命，只好带着哭声向开慧呼救，当群众的红缨枪向她扑来时，她只有躲闪，恨不得钻到地缝里去；当她看到范明斋被枪毙时，她被吓得魂不附体了，丢皮包，跌坐在石凳上爬不起来，甚至在她振振有词地辩驳杨开慧歌颂农民运动的观点时，也流露出她胆小虚弱的一面，比如：当她讲到“万一惹恼了人家（指国民党）我们怎么办？怎么办呢？……要是润之还在湖南这样闹下去，那革命就要毁灭，你我也都会毁灭”时，我设想，黄在讲这一段话时，想到国共若是真的分裂了，那将是一切都会毁灭，个人的前途、地位将会一败涂地，甚至可能被杀头，所以眼前是一片漆黑，凄惨的情景。所以说得很沉重，思想上是无限忧虑。这种心情正是暴露了这群机会主义者的本质。他们的本质暴露得越彻底，越说明他们是根本不能领导革命的，他们本身就不是真正的革命者。

因此，我认为站在革命的立场上，也就是要从今天的路线斗争的高度来评价反面人物，只有这样，才能正确地揭示其阶级本质。

但，是否黄在三场的自我感觉从一上场直至结尾都是战战兢兢不知所措呢？我认为不是。我们还应看到当时的历史事实：陈独秀在1927年时任党内总书记的职务，是大权在握的。他的错误在当时还没有被广大党员所识破。陈独秀的指示、命令，在当时是代表党的领导的。因此黄亚男带着陈独秀的亲笔信到东山区来找毛润之和杨开慧，这是执行党中央的指示。因此她是有底气的，腰杆是硬的。所以她敢于一个人在愤怒的群众面前搭救范明斋。第三场黄亚男的自我感觉是趾高气扬、目空一切、俨然以中央代表的身

在话剧《杨开慧》中扮演陈独秀的特派员黄亚男

份出现的，不仅不把群众放在眼里，公开骂群众为痞子，甚至连杨开慧也可以横加指责，可以嘲笑地说她是因为没有在中央工作过，所以见识短；可以耻笑她要听农会的意见，就是听妹子那种丫头的意见。直到把陈独秀的亲笔信拿出来，紧逼到杨的面前用威胁的口吻说："你交给他（指毛泽东同志）看看吧！"

所以，我认为对带有史实性的作品，只有用历史唯物主义的观点分析当时的环境，人物的地位、处境，人与人之间的关系，才能找到人物正确的自我感觉，才能真实地再现有时代感的典型人物。如果只是用今天的观点，纯批判地理解人物，反面人物都将是不堪一击的废物，其结果必然是简单化、脸谱化。

黄在《杨》剧中是在一、三、五、七隔场出现的，并且每场之间变化较大，第一场是学联干事，第三场是陈独秀的秘书，第五场叛变投敌，第七场已成为国民党特务，到狱中来劝降。这个人物在剧中的变化是跳跃式的。那么她的思想是怎么发展演变过来的，她是遵循着一条什么样的逻辑来处事的呢？就拿第七场劝降来说，她的内心状态是什么样的？怎样把握它呢？如果按一般的逻辑分析，得出的结论必然是：黄亚男是叛徒，叛徒就是卑鄙无耻的，在杨开慧面前无论说什么、做什么，都将是虚假的、做作的。羞惭万分，无地自容。我认为如果照这样演，必然形成一个干瘪的躯壳。当然，黄在第七场中有几处是这样的状态，如杨揭露黄说：你像苍蝇逐臭一般投靠了一个又一个新的主子……，甚至骂黄"无耻""滚开"时，黄的内心不能不受震动，她在这样大义凛然的高尚人物面前，是不可能抬起头来的，当杨反问：难道要我像你一样活着？黄只有出现尴尬的无可奈何的笑声……。这是她内心空虚的一面。

但是，除了这几个瞬间之外，我认为她依然以胜利者的姿态出现。甚至有时对杨采取冷淡蔑视的态度。如：杨骂黄是猎人的鹰犬，黄可以宽容，不计较，一笑了之。并且可以进一步极力劝说，表示关怀她的处境，替她出主意。黄产生这些行为、态度的根据是什么呢？是黄亚男反动的思想逻辑。她从一场就遵循着“我的上帝就是我自己”的人生观，以“我”为核心，极端自私自利和自负。同时强烈的出风头的野心贯穿于她的行为之中。所以当黄被开除党籍之后，投奔国民党、出卖杨开慧是必然的。她对这些行动，不以为耻反以为荣，认为自己是重新找到了出路。到狱中劝降，她是以胜利者的姿态出现的，也是带着这种让杨开慧重新找出路的动机去的。只要杨能出狱，也算是对老朋友尽心，作了一件好事嘛！我设想，黄就是以这种思想逻辑来指导自己的行动的，就是用这种逻辑自我安慰，为自己的行为开脱的。所以她可以昧着良心干事，而丝毫不觉羞惭，心安理得地生活下去。这样，黄在第七场的一系列语言、行动的出现也觉得很自然了，如：黄说“自从你被捕以后，我就设法营救你”“我只记得，你我是同一书桌的同学……”，可以说得非常诚恳，热情，真挚。说道“可是你却匆匆忙忙地认定了毛润之，事到如今我真不敢想啊！”黄真的替她惋惜，可怜她。

扮演反面人物，一定要找到反面人物的思想逻辑，才能把角色在剧本中的行动合理化，才能找到剧本的规定情景中角色的正确的对人对事物的态度，使反面人物也成为一个活生生的，真实的人物。演员也才能在舞台上自如地活动起来，真实地表演起来。

反面人物的思想是违反历史规律的，是必然要失败。但是我们在舞台上不能只演他们失败的结果，要演出他们为什么会失败，他们的主观愿望是什么？他们的主观愿望与现实相距又是多么远！例如：五场黄已被开除党籍，毛泽东同志在井冈山上已建立革命根据地，今天的事实证明了毛主席“星星之火，可以燎原”的论断是多么英明、正确。而在当时1930年的时刻，以黄为代表的一小部分托派分子，却不是这样想的。他们被开除后怀恨在心，不甘于失败，认为上井冈山打游击不过是做“流寇”，成不了大业。只有投靠国民党才会有前途，所以黄在五场狂妄地叫嚣：失败的并不是我们，胜利的也不是他们，让他们到荒凉的旷野上做流寇去吧！我们自有我们要做的事情。这在今天看来是多么可悲、可笑。但我认为在她讲这样的话时，却不是自我嘲讽，反而要真实地讲，真实地做。正是在这些地方，是他们的思想核心，是他们的本质，只有搞清了反面人物的思想反动性质所在，才能明白他们之所以失败的必然结果。

所以，我认为反面人物最大的悲剧性在于主、客观的矛盾，他们的主观愿望是违反历史发展规律的，所以必然失败。

就是按照以上这些想法扮演了黄亚男这个人物，想得不一定对，做得就更不一定好。无论是失败与成功，对我来讲都是一次极好的学习机会。

原载中央戏剧学院《戏剧学习》1978 年 12 月

在电影《红牡丹》中饰千里香

话“梦”

瞿弦和

当演员的希望遇上一位好导演。《仲夏夜之梦》导演熊源伟在排练开始就提出：“希望我们这个戏，让外国人看了，觉得是中国的；让中国人看了，觉得是新鲜的。”在莎士比亚戏剧节的演出中，导演的意图实现了。我们的

在《仲夏夜之梦》中扮演剧中人狄米特律斯剧照

在莎士比亚戏剧节开幕式上代表演员讲话

演出得到了中外观众满意的回答。尽管人们对某些处理持有激烈的争论，甚至有截然不同的看法，但这却是一次颇有意义的探索和借鉴。我作为一个演员，感受到了“梦”的魅力。

当演员的希望能有一个驰骋的疆场。《仲》剧的舞台设计，为我们提供了只有十一根绳子的天地。它让演员们发挥丰富的想象，让演员们培养高度的信念，简练的形体动作替代了冗长的语言。舞蹈演员和话剧演员一起做着奇异的“梦”。

当团长的希望能有上下的支持。煤炭工业部各级领导鼓励我们排演中外名剧努力提高艺术水平，更好地为基层服务，为精神文明建设服务。全团同志齐心协力，在戏剧界专家和广大观众的帮助下，把“梦”变成现实。

原载《戏剧电影报》1986年5月4日

杂乱有章——看《仲夏夜之梦》

张筠英

既有话剧演员的大段独白，又有舞蹈演员的各种群舞；既有异国古典风味的口袋服，又有中国式“土里土气”的背心短裤；既有现代化的激光设备，又不乏用破旧麻袋粗针大线缝成的幕布；既有诗一样的语汇，又有典型的北京方言；时而哑剧表演，时而杂以中国戏曲的形体动作……中国

话剧《仲夏夜之梦》剧照

煤矿文工团话剧团演出的莎翁名著《仲夏夜之梦》给我们展现了这样一幅幅“杂乱”的戏剧画面。

莎士比亚戏剧是多元统一的典范。以《仲夏夜之梦》为例，剧中的贵族取材于古希腊神话，剧中的精灵来自于英国的民间传说，而滑稽可笑的工匠则是当时英国现实社会市井生活的写照，在这里，时空的概念模糊了。更有甚者，莎翁以其神奇的狂放，信手拈来的妙笔，把当时英国恶劣的气候写进戏里，而戏中仙王、仙后争夺印度侍童则明显是当时英国现实生活中的扩张主义的写照。这种“时事”入戏的手法，《仲夏夜之梦》时空模糊的特点更为突出。

《仲夏夜之梦》在演出中把工匠的台词改写为北京方言，用梁山伯、祝英台等中国观众极为熟悉的名字代替剧中鲜为人知的沙发勒斯与普洛克勒斯等陌生名字，用此来比喻爱情的忠贞，这就使中国观众产生亲切感、认同感。

导演在二度创作中沿用莎翁“时事”入戏的手法，大胆地将仙王、仙后争夺的印度侍童改为争夺电子表，产生了应有的喜剧间离。

貌似杂乱，实则有章。这就是我们感受到的《仲夏夜之梦》演出的特色。

原载《戏剧电影报》1986 年 4 月 20 日

《最后八个人》拍摄日记

瞿弦和

彩色故事片《最后八个人》已经拍摄完毕。一个偶然的机会，我在北京见到了青海省电影公司的同志。唤起了我对青海的怀恋之情。虽然我离开青海已经七年多了，但美丽的青海湖、古老的西宁城、茫茫的大草原和雄伟的昆仑山都给我留下了深深的记忆。我至今还和青海各行各业的朋友保持着书信来往。在长影拍电影时，我专程到长春市体育馆为青海摔跤队助威；在北京看到《体育报》上报道青海足球队、射击队的捷报，我为之欢欣鼓舞……其实这并不奇怪，因为我从中央戏剧学院毕业走上工作岗位是从青海开始的。我在青海工作、生活了八个年头，经受了各方面的锻炼，受到领导的培养和同志们的关怀，青海是我的第二乡啊！

现在彩色故事片《最后八个人》就要和观众见面了，我在影片中演得如何，请观众来评定。在这里我能向青海的观众写些什么呢？

——献上我的两篇“拍摄日记”吧！

“无愧地伸出自己的手”

大年三十，地处长白山脉的露水河镇，张灯结彩，热闹非凡，人们正在准备欢庆传统的春节。而此时此刻，在一望无际的茫茫雪原上，有八个黑点在移动着，迎着凛冽的寒风，踏着深深的积雪，艰难地跋涉着。为了

外景地拍摄合影

纪念杨靖宇将军殉难四十周年，为了使这部反映抗联战士英勇事迹的影片早日与观众见面，我们长影《最后八个人》摄制组放弃了春节休假，正在抢拍冬季外景。

我从来没有拍过电影，也没有在山区过过春节。有的同志跟我开玩笑说：“你第一次上银幕，就赶上这么个苦差事！”的确，这部戏的外景工作是相当艰苦的，天寒地冻，服装破旧，条件差，时间紧，甚至春节都不能在家里过。导演于彦夫同志十分关心演员的思想状况，他常用影片中抗联战士的英雄事迹来鼓舞大家，要求我们要像影片中的台词所说的那样：“咱们再见面时，都要无愧地伸出自己的手。”

年三十这一天，全组同志上下一致，争时间、抢速度，以高度负责的精神拍摄了二十多个镜头。当树冠上映着金色的余晖时，我们胜利返回驻地。这时我想起了影片结尾的一句台词：“如果记忆能鼓起我们更大的斗争决心，那么明天就是大年初一了。”

“独眼龙”是不留情的

随着一声严厉的命令，一支乌黑的枪口对准了我的胸膛，我不停地呼叫“冤枉啊，冤枉”，在这千钧一发的时刻，一位姑娘凄厉地喊着“不能杀他！”扑到我的面前，用自己的身体挡住了枪口……这是影片中的一段重场戏。这样复杂的矛盾心理在镜头前如何

电影《最后八个人》剧照

恰如其分地表达出来，对于我这样一个从未上过银幕的话剧演员来说，真是个难题。

我们按照自己的设想练习了一下，但我们想得不够具体仔细。于彦夫导演看后把我们演员召集在一起，一连向我提出了几个问题：你扮演王裕光此时此刻的心理活动是什么？他为什么会这样？“冤枉”是喊给谁听的？他具体的行动又是什么？……于导演说：“对人物的设想要下功夫，但不能脱离剧本，一定要弄懂弄通，否则就是装腔作势；一定要挖掘台词，不然就是似是而非。”

我按照导演的要求拍完这一组镜头。虽有进步，但仍不够理想。难怪有人说电影是一门后悔的艺术，摄影机这个“独眼龙”是不留情的！我从中领悟到，作为一个演员在拍摄前的认真准备和刻苦钻研是必不可少的，在这一点上是没有捷径的。

原载《电影介绍》1980 年 10 月 20 日

唯有生活才是小品的“根”

瞿弦和

小品佳作如何炼成？作者丰富的生活底蕴能及时反映生活，作品通俗易懂能与观众产生互动是关键。

追溯小品的诞生和发展，绕不开举办20余年的中央电视台电视小品大赛。1987年，我有幸参加筹划央视首届小品大赛，当时讨论确立小品规范时，我强调的是斯坦尼斯拉夫斯基理论体系中的“元素训练”，以小品作为培养演员心理素质和想象力的训练手段。

担任中央电视台小品大赛评委

首届小品大赛评委云集了戏剧界的专家，初步形成了小品编导演的评分标准，得到全国各地院团、院校的响应，电视小品初露锋芒。

在我十余次担任小品大赛评委的经历中，小品的评价标准常常是众人关注的焦点之一——小品佳作当具备怎样的艺术品质？这里可以举个例子来说明。有一年，解放军艺术学院的小品《安全感》和原济南军区前卫文工团的小品《洗澡》都是决赛中的佳作，评委给予前者的分数略高于后者。观众不解，要求评委解答。当时我这样解释：小品当提倡“小而精”，避免“大而全”。小品《洗澡》的两位演员功底深厚，人物形象性格鲜明，有震撼力；但小品《安全感》则通过现实生活中邻居之间的猜测、怀疑，反映人与人之间需要相互理解，戏剧情节的设置更为合理，以小见大，演员的表演因为贴近生活而自然亲切。

这个小品胜出的原因，可以说代表了小品佳作的“艺术共性”。时长只有十几分钟的小品如何打磨成佳作？关键在于，作者是否有丰富的生活底蕴，小品的选材是否有生活的依据，能否及时反映生活，是否通俗易懂，并与观众产生互动。一句话，唯有生活才是小品的“根”。这一点，多年来广受欢迎的小品佳作如《芙蓉树下》《懒汉相亲》《超生游击队》《如此包装》《昨天今天明天》等，都是生动充分的证明。

小品的走向，是人们关注的另一焦点。近年来，小品的形式多样化是发展的趋势，相继出现了京剧小品、黄梅戏小品、音乐剧小品等。这是一种尝试，也是创作者可贵的努力，只有不断地探索和创新，才能保持小品的生命力。

其实，小品创作不仅仅由一两台电视晚会和比赛来体现，小品在基层、在群众文化活动中是非常普及的，不少作品还有着相当高的水平。尤其是随着电视深入家家户户，借助于春节晚会等各类电视晚会，小品在走向观众的过程中自身也在发生重构和变化——戏剧因素增加，社会意蕴扩大，形式技巧不断丰富。与教学训练小品、比赛小品相比，它有更广大的观众群，更强烈的观众期待，更尖刻的大众评审团，这在无形中要求它更巧妙、更流畅、更贴近生活。不论是哪一类的小品，只要源于生活，高于生活，选准切入点，并给予人们以积极的启示，为观众带来欢乐或感动，就会使人回味无穷，从而拥有旺盛的生命力。

原载《人民日报》2012 年 2 月 17 日

让诗句飞进心灵

瞿弦和

朗诵会结束了。我卸了妆，离开后台，向剧场大门走去。剧场门前的照明灯已陆续熄灭。我推上自行车，准备踏上归途……这时，在剧场前的广场上还有许多观众久久不肯离去，有的在向演员表示真挚的祝贺；有的在向演员索取朗诵的诗稿；有的在和演员亲切地交谈……在昏暗的光线下，我分不清谁是观众，谁是演员，气氛是那样热烈、那样感人！

我骑上自行车，离开了剧场。但整个演出的饱满激情和观众的热烈反响还在我脑海里回荡。车轮向前转动着，它仿佛把我的思绪引向很远很远……

我想起"四人帮"被粉碎后，1976年的深秋，我接受了朗诵郭小川同志的遗作《团泊洼的秋天》和《秋歌》这两首诗的任务。开始时我自认为了解了作品的主题，明确了诗人的意图，于是就把注意力放到技巧处理上。比如《团泊洼的秋天》这首诗的开始，有一大段的景色描写：

> 秋风像一把柔韧的梳子，梳理着静静的团泊洼；
> 秋光如同发亮的汗珠，飘飘扬扬地在平滩上挥洒。
> ……
> 蝉声消退了，多嘴的麻雀已不在房顶上吱喳；
> 蛙声停息了，野性的独流减河也不再喧哗。

在首都体育馆朗诵诗人郭小川作品《秋歌》

我觉得作者写得很美、很细腻，朗诵时应当有丰富的视像，应当是抒情的基调。演出前的一天，我来到郭小川同志生前的战友葛洛同志家里，在那里见到了冯牧同志和郭小川同志的女儿，我当即按照自己的处理给他们朗诵了一遍。没想到，他们听后一句话也没讲，沉默了片刻，他们却谈起了郭小川同志的战斗经历。“四人帮”长期剥夺了郭小川同志歌唱和创作的权利，对他进行了迫害和打击。几次隔离审查，几次下放“改造”，不论在什么样艰难困苦的环境中，他从未屈服和妥协……我听着听着，仿佛看到了郭小川同志生前一幕幕的战斗情景，仿佛看到郭小川同志独自站在农村的场院上，凝视周围的景象，浮想联翩。周围是那样的静，死一样的静，蝉声、蛙声、麻雀声、水声都停息、消退了，“四人帮”一伙的横行霸道。但人们压在内心的仇恨却像炽热的岩浆一样沸腾翻滚……我突然感到，自己原来的理解是多么肤浅！我只是单纯对字面的理解呵！他们的谈话给我留下很深的印象，进一步充实了自己的内心感受，使我逐渐找到了基调。这一段的景色描写，不是一般的抒情，而是压抑中蕴藏着反抗，静中孕育着动，为诗中第二部分“团泊洼呵，你真是这样静静的吗？”做了充足的铺垫。这两首秋歌也不是什么外在的抒情的叙述，而是诗人向党向人民的自白。在这样的基础上我重新进行了处理。

后来的演出实践证明，这样的理解和处理，感染了观众。从中我领悟了这样一个道理：要使诗句飞进观众的心灵，不是一件容易的事情。要想做到这一点，朗诵者首先要进入作者的心灵。

我边骑车边想，不知不觉到了灯市口。诗人艾青同志就住在附近，我想起了这位饱经风霜的老诗人。“天安门事件”被平反后，我朗诵了他写的《在浪尖上》等几首诗。他曾对我讲过：朗诵者可以说是“解释的艺术家”，在某种程度上通过朗诵体现作者的创作意图。这就是说朗诵者只进入作者的心灵是不够的，还要使诗句融进朗诵者的心灵。

生活中，每一个人都有自己的心里话，说出来是真挚由衷的，也是感人的。而演员在舞台上说的是剧作家写的角色语言，朗诵的是诗人写的诗句，要让观众感到诗句发自朗诵者的肺腑，来自朗诵者的内心，是很不容易的。朗诵者要把自己放进去、摆进去，把诗句变成自己的心里话。经过实践，我体会到，朗诵者接到一首诗以后，除了分析作者思想逻辑的发展线索和感情起伏的线索外，还不要忘记初读时对自己感染最强烈的地方，即自己印象最深的地方。这是使诗句融进朗诵者自己心灵的最好开端。

比如《在浪尖上》这首诗有这样几句：

> 世界上没有一个人得到过这样多的诗篇，历史上没有一个人得到过这样多的花圈！

与诗人艾青合影

朗诵艾青诗《在浪尖上》

当我第一次读到这几句时，眼泪就禁不住地流出来了。它感染了我，它使我激动！这是诗人的肺腑之言。作者说出了人们的心里话，喊出了群众心底的呼声。这是过去大家想说而不敢说的话。它激起我强烈的创作欲望，这几句诗深深地融进了我的心灵。所以，每当我朗诵这几句时，忘记了自己是在读别人写的诗，而是觉得在说自己的心里话；观众听起来觉得很真挚。

没有真挚感情的朗诵，是没有灵魂的朗诵。郭小川同志的两首《秋歌》，坦率地把自己的胸怀袒露在广大读者面前，真诚地严肃地对自己的思想进行着锋利的剖析。诗中写道："我曾有过迷乱的时刻""我曾有过灰心的日子""我是愚笨的""个人是渺小的""人民的乳汁哺育我长大，党的双手抚养我成人"，感情真挚而强烈。雷抒雁同志在《小草在歌唱》一诗中写道："我恨我自己""我惭愧我自己""你用鞭子抽在我的心上，让我清醒"，感情由衷而炽热。这些诗句，深深地融进我的心灵。朗诵时，决不能以局外人的身份，客观地背诵诗句，而应像是向观众述说自己的感想、自己的变化、自己的收获……这样，朗通者和作者之间的距离就可以逐渐缩短。我想，这也许就是再现作者的过程吧！

一座铁栅栏门打断了我的思路，抬头一看，已经到家了。爱人正在家里为我准备夜宵，我向她谈起这一路的所思所想——朗诵者要进入作者的心灵，要使诗句融进自己的

朗诵诗人郭小川作品《团泊洼的秋天》

心灵。她同意这些看法，但她提醒我，不要忘记朗诵的目的是要让诗句飞进观众的心灵，使作者、朗诵者、观众融为一体。

这样就牵扯到表现手段问题。朗诵者自己体会到了，不等于就能表现出来。自己激动而观众感受不到，这是徒劳的。要运用艺术的处理和朗诵的技巧，把诗作的思想和演员的感受传达给观众，唤起观众的联想，产生巨大的共鸣。当然，艺术的技巧是多种多样的，每个演员都会有不同的艺术处理，但主要的都离不开节奏和语调的变化。

我想起了自己的几次实践。郭小川同志的《秋歌》中有这样几句："磨快刀刃吧……跟上工农兵的队伍吧……清清喉咙吧……喝杯生活的浓酒吧……"。这是诗人在激励自己不断革命，表示自己永不停步的决心。如果朗诵时每一句都突出，那就等于都不突出了，为了表达诗人这种感情，我试用了停顿的手法。从第一句开始往上推，节奏渐紧，造成促人前进的动势，在第四句"生活"两字时达到高点，告诉观众，只有斗争才是生活的真正含义！然后突然停顿，这一瞬间，好像自己在与观众一起品尝生活的滋味，这滋味是酸甜苦辣咸的结合，是意味深长的。停顿片刻后，再重而长地读出"浓酒"两字。事实证明，这样的处理，增强了感染力，使观众体会到作者对待生活的态度，给观众留下较深的印象。同时，这一停顿，为下一句"再度激起久久隐伏的革命豪情"能推到节奏的最高点，做了情绪和气氛上的准备。

《秋歌》这首诗中还有这样的诗句：

我知道，总有一天，我会衰老，老态龙钟；
但愿我的心，还像入伍时候那样年轻。
我知道，总有一天，我会化烟，烟气腾空；
但愿它像硝烟，火药味很浓，很浓。

这是全诗重点段落的重点诗句，它体现了作者的人生观。朗诵者一定要把这种革命人生观艺术地传达给观众，打动观众的心灵。我读时试用了对比的手法。这两句的前一半"老态龙钟"和"烟气腾空"都要讲得慢，一字一字讲清楚，这是作者想象自己"老了""死了"的情景，声调要低沉、从容。而两个后半句"但愿我的心"和"但愿它像硝烟"要突然加强力量，声调突然上升，迸发出火一样的热情。特别是读到"硝烟"时，要让观众理解到硝烟意味着战斗。在读到"火药味很浓，很浓"时，把内在的力量贯穿到最后一个"浓"字上，语调一直上升，在最后一个"浓"字上达到最高点，这时的内心独白是：我就是死了，也死不灭志，决不屈服，坚持斗争！

再如艾青同志的《在浪尖上》有这样几句：

我们伟大的祖国
为什么在推倒了三座大山之后
还会出林彪、“四人帮”
这样的大灾难？
这伙妖孽从何而来？
滋生它们的是什么土壤？
每一个有良心的人
难道不需要想一想？

我认为这是诗人提出的一个发人深省的问题。朗诵时怎样才能把这个问题问出去，怎样才能把诗句送进观众的心灵深处，引起观众的深思呢？我试用了语调的变化。在读前几句时，我强调了问话的语气，慢而较轻，使观众听懂诗人提出的问题是什么，然后突出“有良心”三个字，告诉观众，我们都是有良心的人，并在“难道不需要”之后停顿下，再重而实地读出“想一想”，把最后纸面上的问号读成惊叹号加问号，惊叹号大于问号。

只注意单独一个段落的节奏和语调是不够的。比如在朗诵柯岩同志写的《周总理，你在哪里？》一诗中遇到这样一个问题：诗中前半部分有四次对总理的呼唤，对高山喊、对大地喊、对森林喊、对大海喊，这不是一个段落的问题。如何处理好这四个呼唤，把呼唤中饱含的深情和细微的思想传达给观众，对全诗起着很重要的作用。我朗诵时力图注意整体的安排，既要连贯，又有区别。我是这样理解和处理的：第一次对着高山喊“周总理”，是作者听到总理逝世的噩耗，几乎不能相信，在无限沉痛的心情中，茫然地四处寻找，因此是深情的呼唤——节奏缓慢、语调低而弱。第二次对着大地喊“周总理”，是作者想到总理逝世前，备受“四人帮”的迫害，心中愤愤不平，因而是悲愤的呼唤——节奏稍快、语调低沉但强有力。第三次对着森林喊“周总理”，是作者仿佛置身于无边无际的森林中，每一棵高大挺拔的松柏都象征着周总理不朽的形象，作者仿佛在密林深处产生一种幻觉，发现了周总理的身影，因而是惊喜的呼唤——节奏短促、语调高而弱。第四次对着大海喊“周总理”，这是作者已清醒地知道周总理再不能回到人间，积压在心中的痛苦，顷刻间奔泻出来！因而是绝望的呼唤——节奏慢而连贯、语调高而强。

当然，朗诵也离不开形体动作的配合，但这种动作不是舞蹈化的，也不是程式化的，要从生活中提炼，做得自如、恰到好处。《小草在歌唱》写道：“谁还记得，这里曾是刑场？”这几句虽然不是重点句，却不能轻易放过，它关系着能否把观众带到当时的规定情境之中，能否使观众身临其境。朗诵时我试用了视像与手势的配合。读到“谁还记得”之后，要有个小停顿，在停顿之中，眼睛缓缓地环顾四周，仿佛亲自来到张志新同志就义的刑场，看到被鲜血染红的花草……双手自然摊开，把刑场的形象具体地勾画在观众面前，然后再读出“这里”两个字来。只有这一具体环境交代清楚了，观众才会想象出作为历史的见证人——刑场上生长着的小草，是怎样的形象。小小的形体动作很有关系，它帮助了朗诵者的语言表达能力……

时间已经很晚了，但演出后的兴奋和愉快使我忘记了疲劳，便提笔匆匆忙忙写下这点点滴滴的体会。

我是个话剧演员，在朗诵方面还属初学乍练。从实践中我体会到，作为一个朗诵者，首先应该进入作者的心灵，经过体验，将作者的诗句融进自己的心灵，再经过体现，使诗句飞进观众的心灵。我想，这大概可以说是朗诵这种语言表现艺术的创作过程吧。

原载《诗刊》1979年第11期

朗诵诗人柯岩作品《周总理，你在哪里？》

准确的判断　刻苦的锻炼　广泛的借鉴

——我对台词问题的一点看法

张筠英

台词的重要性似乎人人皆知，练好台词的愿望也人人皆有，但对台词真正下功夫却不人人皆是。

作为戏剧学院的毕业生，经过四年较系统的训练，在声音上应当掌握较正确的发声方法，吐字归音，应当有一定的基本功。然而有些同学不以为然，不重视台词的学习和锻炼，直到离开学院，踏上工作岗位后才醒悟过来。几次召开毕业生座谈会，校友们感慨地说，在剧团（院）里，声音不好、台词不行的演员，导演是不爱选用的。的确，下功夫练好台词是十分重要的一环。

我认为，训练台词有一个很重要的前提，那就是，自己必须具有准确的判断能力——明确什么样的发声是正确的，什么样的台词是合乎要求的，自己的声音条件、吐字的优缺点是什么？重点学习什么？倘若连这一前提都没有，那么自己锻炼台词的目标就不清楚，方向不明确，思想必然是混乱的。

在剧场观看演出时，我曾不少次听到左邻右座的年轻人错误地议论演员的声音与台词；在教学过程中，我又曾了解到一些学生盲目地模仿和追求一些不合实际的东西……这些都是缺乏准确的判断能力的表现。

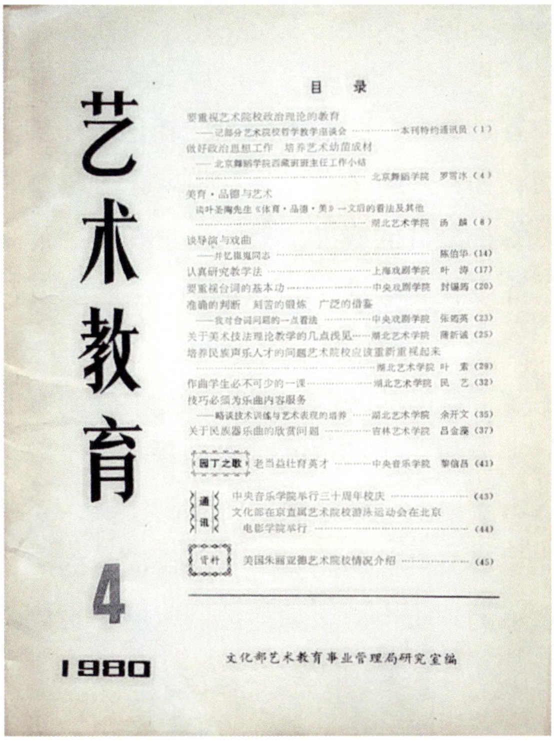

艺术教育

4

1980

目 录

文化部艺术教育事业管理局研究室编

《艺术教育》封面

有的女演员，本来自己的音色很圆润动听，但却错误地欣赏舞台上某些矫揉造作的声音，把这种语调当作榜样来学习。一到台上，把自己的声音硬往高拔，捏着嗓子用一种近乎假声的高音来读台词。结果使她扮演的人物嗲声嗲气，语言也不清晰了，破坏了自己声音的本质，影响了人物的塑造，甚至把自己的声带搞坏。

有的男演员，本来自己声音的音量在舞台上已经够用了，但错误地认为音量越大就越能在台上压倒别人，于是练习发声时仍一味地扩大音量，甚至超过了自己的限度，结果呼吸不顺畅，压迫喉部，造成很重的喉音，甚至声带出问题，声音反而传不远了。

还有的演员，声音、吐字都比较准确，但在舞台上说一句很普通的台词都叫人听不懂，或者使人听着别扭。这是什么原因呢？遇到这种情况，演员的思想容易混乱，往往会认为是单纯的重音不对，停顿不对……判断不出根本的问题。其实，除了有些语句是没有读出潜台词的原因之外，主要是读得不生活，破坏了生活语言的逻辑。舞台上的语言要比生活里的语言夸张放大，但这种夸张放大，应当是把生活里的语言按比例地放大，高与低、快与慢、强调与不强调，同时按同样的程度放大，才能造成既夸张又符合生活逻辑的效果。而有的人只夸张了其局部，其他部分没有相应的扩大；还有的人强调得过多，破坏了生活中语言的平衡，使观众听不懂就是说不能理解台词的思想内容。

以上这些现象，都说明了演员如果缺乏准确的判断能力，就看不清自己台词的问题，更谈不上如何解决与克服了。

那究竟怎样去判断呢？我认为，话剧演员的声音尽管需要一定的天赋条件，但也不要求像合唱队那样，应当各具特色。我们不能单凭音色来评价一个人的声音好坏，只要做到呼吸通畅、气息运用自如、声音持久打远，也就是平时常常说的“说着舒服、听着顺耳”就合乎要求。至于舞台语言的标准，我觉得，在吐字清晰的前提下，可用简单的一句话加以说明那就是首先要说符合生活逻辑的话；然后要说符合人物性格的话。根据这些来进行判断。

有了准确的判断，了解了自己的毛病和弱点，并不等于就能克服，还需要进行刻苦的锻炼。就拿声音来讲，声带和发音部位的肌肉是看不见、摸不着的，即使有了正确的声音标准，自己还要坚持不懈地锻炼，使肌肉的控制协调，克服局部紧张的毛病。而发音部位肌肉的控制，只能凭演员自己的感觉，不能像演员的形体动作那样，可以靠别人的纠正达到标准。当自己感觉到肌肉应该如何控制以后，更要不断地训练，逐渐地把正确的感觉固定下来，防止“回生”现象的发生。

在发声吐字的问题上，需要演员在日常生活中有意识地纠正，平日每时每刻都注意克服错误的习惯，使正确的发声和吐字成为自己新的习惯，从有意识的控制达到无意识的运用。这样，就真正“解放”了，使你再到舞台上扮演人物时，不会因发声、吐字问题而分心，能够把精力更多地放在语言动作上，放在表达思想上。

至于台词的语言表现力问题，这是一条无止境的路。要增强表现力，必须广泛吸取各种养分，借鉴其他艺术形式中语言的技巧，提高自己的艺术修养，这是学习和锻炼台词时不可缺少的一方面。

有人说这样做没好处，认为练京剧道白会成“京剧腔”；练曲艺的绕口令会有“曲艺味儿”；练唱音阶练习会“有声无字”……甚至有的老演员连话剧演员朗诵都反对，认为“会使演员不进入角色，拿腔拿调”。

我认为恰恰相反，就拿锻炼自己的声音来讲，“吃百家饭”是有好处的；正如一副最好的药，不可能治好每一个病人，同是一种疾病的患者也不可能使用完全相同的药方一样，每一个演员对自己的缺点和毛病应选择一种适合自己情况、练习行之有效的方法。找到这个途径，声音的训练会收到好的效果。

至于练出毛病的说法是不科学的。前面所说的广泛借鉴，是借用其他艺术形式的技巧，来锻炼话剧演员的发声吐字的基本功，是有目的的借鉴，而不是学习其他艺术形式中程式化的东西。况且别的艺术形式，诸如朗诵、曲艺、戏曲、广播、电影……有许多基本规律与话剧是相同的。

比如朗诵，这是锻炼演员语言表现能力的最好形式，通过朗诵各种不同体裁的文学作品，加深理解力，用语言来描述各种形象，叙述各种情节，表达各种感情，台词的基本功就可以得到全面的锻炼。朗诵，同样反对拿腔拿调，就是朗诵诗歌读出韵律时，也要使观众听得懂，要符合生活的逻辑；朗诵，同样要求演员有饱满的激情，要求演员深入到规定情境之中，读出作者的肺腑之言。这对话剧演员进行台词训练只会有益处，我们为什么要加以排斥呢？

广播、电视、电影中的语言尽管与舞台语言在音量上、在表演幅度上有区别，但我们可以借鉴其生活自如的一面，加强话剧演员台词的生活气息。

总之，话剧演员练好台词并不是高不可攀的，但不能傻练，不能死练，更不能不练。只要有准确的判断，进行刻苦的锻炼，再加上广泛的借鉴，一定会收到成效的。

原载《艺术教育》1980 年第 4 期

中央戏剧学院李伯钊、曹禺、罗光达三位院长与表演系 61 班师生在一起

试谈朗诵的“行动性”

瞿弦和

离开学院已经十五年了，除了进行话剧的舞台演出之外，还参加了一些朗诵活动。在这篇文章里，我想谈谈自己对朗诵的“行动性”的理解。

“行动”是“由意志产生”的“有一定目的”的活动。“行动性”的语言都具有明确的目的、鲜明的态度、强烈的愿望，做到这些，就能使演员

中央戏剧学院院刊《戏剧学习》

在话剧《江南一叶》中扮演叶挺军长

朗诵叶挺诗《囚歌》

准确地把握舞台语言的“行动性”，并从“行动性”出发处理作品。

一、朗诵是具有“行动性”的艺术

国庆三十周年文艺调演时，我在话剧《江南一叶》中扮演叶挺军长。全剧以大义凛然的《囚歌》为结尾，这首诗以台词的形式出现在舞台上：在阴森的国民党监狱里，叶挺穿着破旧的新四军军服，面对前来劝降的敌人，以《囚歌》表达革命者宁死不屈的斗争决心。

演出时，有同台演员和布景道具。因此读这首诗时，第一，对象很清楚——针对前来劝降的敌人；第二，目的很明确——拒绝写悔过书，戳穿劝降阴谋，表达自己视死如归的决心。也就是说，在剧中朗诵这首诗时，和说其他台词一样，具有鲜明的“行动性”。由此，促使我思考个问题：如果说戏剧是“行动”的艺术，难道朗诵是无“行动”的艺术吗？

我曾听到不少的议论，认为朗诵和演戏是两码事，认为话剧演员不宜多朗诵，越学朗诵越不会演戏，有人甚至反对话剧演员进行朗诵训练，把朗诵这一语言表现艺术和话剧表演艺术对立起来。

我认为这种看法是不科学的，很难设想演戏和朗诵分别用两种对立的创作方法来进行。《囚歌》一诗，在剧中作为台词出现，有鲜明的“行动性”；在朗诵会上读它，尽管环境变了，没有布景道具，没有了同台者，并增加了新的交流对象观众，但我仍然感到有假设的同台者存在，仍然把假设的同台者作为主要的交流对象，而且除了增加了向观众直接交流的内容外，朗诵时的思想、态度、愿望都是和剧中读《囚歌》时一样的，“行动性”依然很强烈。记得斯坦尼斯拉夫斯基有句名言：“假如我们称画家是线条和色彩的大师，音乐家是声音的大师，那么演员是什么大师？——演员是‘行动’的大师。”我认为的确是这样，不论演戏还是朗诵，都离不开行动。

但是有的人在朗诵时不注意寻找行动的对象，而是演员自己在抒发感情，或不知道自己说出来的话要告诉观众什么，让观众懂得什么。这样就使朗诵者或是在舞台上过分紧张、无所适从，或是自我陶醉、表演情绪，而目的不清，态度含混。我自己也有过这样的体会。戴望舒的《雨巷》一诗是五四时期“现代派”的代表作，诗中写道：

……
撑着油纸伞，
独自彷徨在
悠长，悠长又寂寥的雨巷，
我等待着一个
丁香一样的
结着愁怨的姑娘。
……

作者以“寻求希望”之行动贯穿全诗。可惜我在演出时没有紧紧抓住这一行动，特别是当报幕员在解说词中谈到“此诗表现了不健康的情调”时，我更加注意了表达彷徨、忧郁的情绪，过分注重描绘丁香姑娘的神态和雨巷的环境。自以为情深意长，观众却不买账。演出结束时，柯岩、邹荻帆等诗人对我说：“迫切性没有读出来，节奏拖沓。”而迫切性正是全诗的行动——寻求，我在朗诵中把它丢掉了。

与此相反，如果在朗诵时抓住了行动，不仅可以消除紧张，找到正确的自我感觉，还可使思想清晰、态度明朗，使作品有更强烈的感染力。

我参加“歌颂张志新烈士”的朗诵会时，有这样一段经历：演出之前，人来人往，热闹非凡，闪光灯亮个不停……马上就要开演了，在嘈杂的后台，我镇静了一下自己，将我朗诵的《小草在歌唱》一诗，从头到尾默诵了一遍，牢牢把握朗诵的行动——为惨死的英雄伸张正义！然后全神贯注地走上舞台。在长达十多分钟的朗诵过程中，围绕着“伸张正义”，我紧紧抓住了回忆、自责、剖析、戳穿、控诉、召唤等一系列具体的行动，使观众时而寂静无声，时而爆发出掌声，在“如果罪行得不到清算，地球也会失去分量”这诗句之后，观众的情绪激动，演出达到了为英雄伸张正义的目的。

语言是人们相互行动、相互影响、相互了解的交流工具。碧尔曼在《论语言动作》一文中说：斯坦尼斯拉夫斯基“蔑视没有动作性的朗诵和说话，这种朗诵和说话，尽管‘像煞有介事’，很浮夸，但同样没有意义”。这也就是说，演员不仅在舞台上扮演角色时需要掌握“行动性”，在朗诵时也必须具有明确的“行动性”，不能空洞表面地背词，而要向观众解释作者在作品中所要表达的思想意图，要积极影响听众的意识。

二、要准确地把握朗诵的“行动性”

由于朗诵和演戏毕竟有所区别，因此要想准确地掌握“行动性”，并不是一件很容易的事情。在朗诵中，揭示作品的思想意义是由朗诵者一个人担当的。朗诵者处理一篇作品时，既是演员，又是导演，不像我们在话剧中扮演人物时只担当一个角色的任务。再者，我们所朗诵的文学作品，有时以作者的自白出现，有时又以叙述和对话夹杂出现，尤其是诗的语言，不像话剧的台词那样生活和连贯，因此，要做到准确地把握全篇的“行动性”，以至每一段、每一句的行动，那是需要花费一番工夫的。

郭小川同志的《团泊洼的秋天》诗，开始有一段景色描写：

朗诵诗人郭小川作品《团泊洼的秋天》

……

秋天的团泊洼，如同在香甜的梦中睡傻，

团泊洼的秋天啊，如同少女一般羞羞答答。

这一段的“行动性”是什么呢？是单纯地抒发对大自然的欣赏和热爱吗？我曾经有过这样的设想。但是，这是诗人1975年9月在五七干校期间的作品，那是“四人帮”横行霸道的时期，郭小用同志受到残酷的迫害和压制。当我们仔细地研究诗句中的潜在含义时就可以看出，作者是通过对自然景色的描写，喻示着可怕的沉寂，在“四人帮”的压制下，蛙声、蝉声、麻雀声、水声都消退了，这是对当时社会背景的真实写照。根据这些，我把这一段的“行动”确定为揭示。揭示这种静是不正常的、不应该的，这是压抑、郁闷、可怕的沉静，但终究又是暂时的现象。行动准确了，朗诵起来就会读得很慢，很沉重，不是给人以“美”的印象，而是给人以“冷”的感觉，冷得同冰一样。不仅使自己，而且也把观众带进当年的规定情境之中。

鲁迅先生的《自嘲》一诗，写于1921年，全诗只有八句：

在中央人民广播电台外景地录制诗朗诵

运交华盖欲何求，
未敢翻身已碰头。
破帽遮颜过闹市，
漏船载酒泛中流。
横眉冷对千夫指，
俯首甘为孺子牛。
躲进小楼成一统，
管它冬夏与春秋。

诗名叫《自嘲》，诗中又有“运交华盖”“破帽遮颜”“躲进小楼”等词句，朗诵时的“行动”又是什么呢？真是“自嘲”吗？反复阅读全诗，可以发现不是这样。其中几句我们可以这样理解：“横眉冷对千夫指，俯首甘为孺子牛”可解释为“面对敌人的围剿，我怒目横视，疾恶如仇；为了无产阶级和人民大众，我甘心情愿，做一头俯首遵命的老黄牛。”“管它冬夏与春秋”可解释为“管它外面反动派的政治气候有什么变化，我坚守岗位，战斗永不休”。从这几句中我们可以看到这正是诗人的“自勉”，而嘲笑的是制作白色恐怖的反动派。从“自勉”这“行动性”出发，朗诵时既不能对白色恐怖轻描淡写，又不能有垂头丧气的感觉，基调是深沉坚定的，是冷中见热的调子，表现诗人在危险环境中的坚强意志。

《团泊洼的秋天》一诗中还有这样的诗句：

团泊洼，团泊洼，你真是这样静静的吗？
全世界都在喧腾，哪里没有雷霆怒吼，风云变化！
……
谁的心灵深处，没有奔腾咆哮的千军万马？
谁的大小动脉里，没有炽热的鲜血流淌哗哗？

朗诵者在探索“行动性”时，是将作品本身作为主要依据的。但不能忘记，还需要将作品在舞台上向观众朗诵出来，“行动”的选择要积极、强烈。这一段诗句，作者用自问自答的语气，思考着一个严肃的课题，寻求着真正的答案。我在朗诵中把这一段的“行动性”从作品本身的“思索”引申扩大为“唤醒”。读到这些诗句时的内心独白是：我们都是这样，都有炽热的鲜血在沸腾，我们的沉默就是无声的抗议，同志们，你们想一想，难道不是吗？……虽然这几句诗没有明写“四人帮”的罪恶，但掌握了“唤醒”这一行动，就能挖掘出诗句中的潜在含义，在朗诵时产生了较强的反响。实践证明，“行动性”找的是准确的。

三、从行动性出发处理作品

有人问我，你是哪个流派的？我也不知道。不过可能说我是“学院派”。什么是朗诵的“学院派”，其实和演戏一样也就是遵循戏剧是“行动”的艺术这一点。所谓朗诵的“学院派”也就是在朗诵中紧紧地抓住“行动”，从“行动”中找到全篇的基调，从“行动”中产生朗诵者的具体态度，从“行动”中产生激情，从“行动”出发处理视像变化、处理节奏。因为朗诵是形象的艺术，所以朗诵的“行动性”是在朗诵者对作品所描写的事物有了具体感受和想象的基础上产生的，而且这种“行动性”还要由演员通过一系列有感染力的视觉形象和听觉形象来体现的。因此，感受是寻找行动的基础，也是体现行动的基础。没有感受，“行动性”只能停留在纸上、停留在字面上。我认为朗诵者首先应该进入作者的心灵，经过体验，将作者的诗句融进自己的心灵，再经过体现，使诗句飞进观众的心灵。

我曾听到过这样的议论：认为朗诵最枯燥、最死板、最简单。我认为这是错误的。

当我接到一篇使我激动的作品时，随着作品中的描写，我常常在自己的脑海中出现许多想象，仿佛看到那静静的小河、喧闹的街道、斗争的英雄、胆小的懦夫……仿佛听到大河流水和马蹄嗒嗒，听到人民的呐喊，听到诗人的心声……在这个基础上也就产生了高低强弱、轻重缓急、抑扬顿挫的节奏变化。一篇文学作品的朗诵，重而气势磅礴，轻而娓娓动听；有时层层递进、一气呵成，有时一字一句、从容不迫；静时万籁俱寂，动时倒海翻江。朗诵的这种起伏跌宕、变化丰富的色彩，就是我们处理作品时独特的音乐性。

艾青同志的《在浪尖上》一诗中有段连续的问话：

是谁想在天安门前把“国会纵火案”重演？！
是谁把群众的革命行动诬蔑为匈牙利事件？！
……
是谁撕掉了哀悼的诗文撤走了花圈的大山？
是谁拷打十四岁的少年，逼他供认自己是“纵火犯”？！
是谁躲在阴暗的角落精心策划“天安门事件”？！
到了今天，应当把一切的阴谋戳穿！

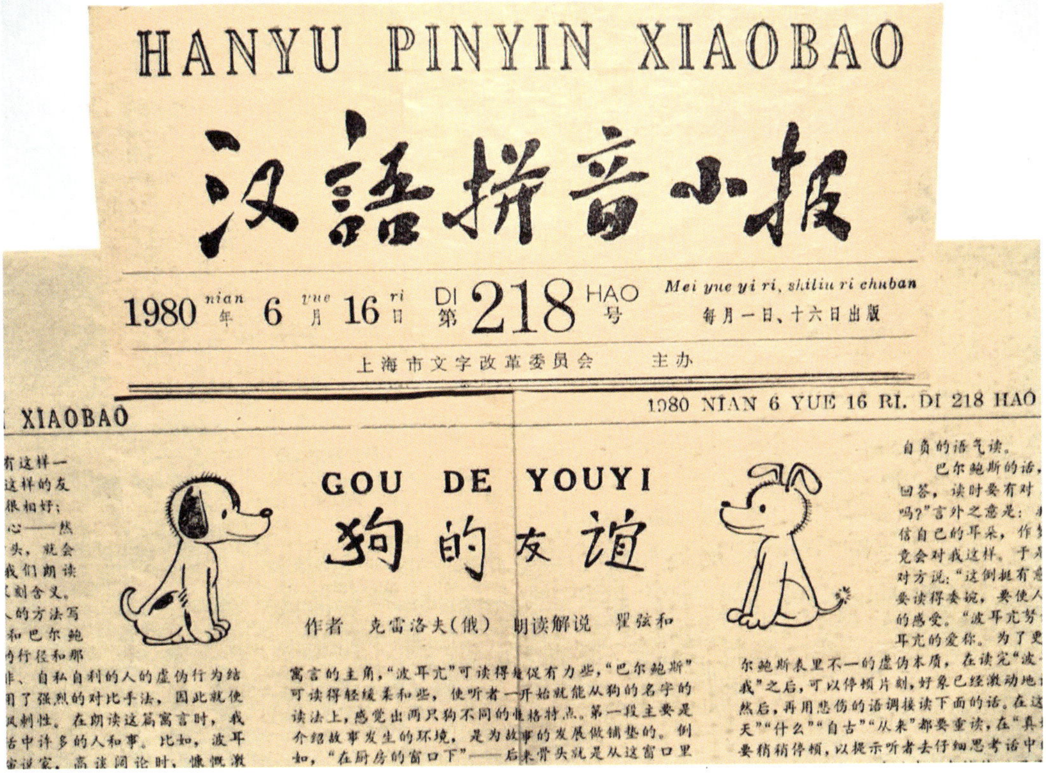

HANYU PINYIN XIAOBAO

汉語拼音小报

1980 nian 年 6 yue 月 16 ri 日 DI 第 218 HAO 号　Mei yue yi ri, shiliu ri chuban 每月一日、十六日出版

上海市文字改革委员会　主办

XIAOBAO　1980 NIAN 6 YUE 16 RI. DI 218 HAO

GOU DE YOUYI

狗的友谊

作者　克雷洛夫（俄）　朗读解说　瞿弦和

有这样一
这样的友
很相好；
心——然
头，就会
我们朗读
刻含义。
的方法写
和巴尔鲍
的行径和那
非、自私自利的人的虚伪行为结
用了强烈的对比手法，因此就使
讽刺性。在朗读这篇寓言时，我
活中许多的人和事。比如，波耳
演说家，高谈阔论时，慷慨激

寓言的主角，“波耳亢”可读得短促有力些，“巴尔鲍斯”可读得轻缓柔和些，使听者一开始就能从狗的名字的读法上，感觉出两只狗不同的性格特点。第一段主要是介绍故事发生的环境，是为故事的发展做铺垫的。例如，“在厨房的窗口下”——后来骨头就是从这窗口里

自负的语气读。
巴尔鲍斯的话，
回答，读时要有对
吗？”言外之意是：
信自己的耳朵，作
竟会对我这样。于
对方说：“这倒挺有
要读得委婉，要使人
的感受。“波耳亢努
耳亢的爱称。为了更
尔鲍斯表里不一的虚伪本质，在读完“波
我”之后，可以停顿片刻，好象已经激动地
然后，再用悲伤的语调接读下面的话。在这
天”“什么”“自古”“从来”都要重读，在“真
要稍稍停顿，以提示听者去仔细思考话中

寓言《狗的友谊》朗诵提示

这是诗人将人民压在心底的质问，用诗的形式表达出来。这段诗的行动是“声讨”，声讨必须有声势。我想象这一连串的问话好似全国各民族、各阶层、各行业的人民群众一起在声讨“天安门事件”的策划者，在朗诵时，我变换不同的身份，从不同的角度发出质问，使用了不同的语调。我设想这一段连续的问话好像庞大的管弦乐队在演奏中，弦乐、弹拨乐、管乐、打击乐交替出现，有轻有重，有快有慢，来自四面八方，声势越来越浩大，最后汇成气吞山河的乐章，也就是这段诗中的最后一句：“到了今天，应当把一切的阴谋穿！”

克雷洛夫的寓言《狗的友谊》是很受欢迎的一篇讽刺作品。我把朗诵的“行动”确定为揭露现实生活中人与人之间存在的虚伪自私的丑恶现象，抨击个别言行不一、道貌岸然的伪君子。从这一行动出发，可以联想到生活中的人和事。我设想第一只狗波尔卡如同夸夸其谈的演说家，高谈阔论时慷慨激昂，甚至唾沫飞溅；而另一只狗巴尔鲍斯如同使人肉麻的伪善者，说起话来细声细气、矫揉造作，甚至声泪俱下。这样在全文的一开始，我就用不同的语调来区别它们，如同动画影片中出现的象征性音乐那样，用粗鲁的语气塑造“波尔卡”，用尖酸的语气塑造“巴尔鲍斯”，使朗诵一开始就有明显的形象区别。同时，为了更深刻地揭露它们的虚伪，我把两只狗“表达友谊”和“争抢骨头”的

两种面目进行了明显的对比。寓言中有这样的词句："……于是它们就热烈地拥抱和接吻起来……争吵、嫉妒、恶毒，一切都滚开吧！不幸，这个时候，厨子从厨房里扔出来一根骨头，……友谊和和睦都哪儿去了？……"。我是这样处理的——在"不幸"之前，要达到忘乎所以的程度，好似牢固的友谊已经建立起来了。然后语调突变，急转直下，转向观众冷冷地读出"不幸……"这一句。这时我没有去细致地描述厨子从什么方向扔出一根什么样的骨头，而是向观众暗示：情况变化了，它们要原形毕露了。在这一句之后，我停顿了片刻，让观众去想一想会出现什么样的后果。实践证明，这一句并无幽默感的语言，每次都能收到观众会意的笑声，因为他们听懂了，想到了。接着，我再慢慢地向观众提出一个问题，"友谊和和睦都哪儿去了？"使观众对现实生活产生更多的联想，使作品的思想意义更加深了一步。

雷抒雁同志的《小草在歌唱》一诗中有这样一段：

看，从草地上走过来的是谁，
油黑的短发披着霞光，
大大的眼睛像星星一样闪亮，
……
母亲啊，你的女儿回来了，
……
孩子啊，你的妈妈回来了，
……
去拥抱她吧！
她是大地的女儿，
太阳给她光芒，
山岗给她坚强，
花草给她芳香。
……

这一段是描述英雄虽死犹生。明确地告诉观众，烈士的精神永存，号召大家向张志新学习。我的体会是：朗诵时要真的"看"到张志新烈士向我们走来，看得越具体，读起来越有情。具体的处理是："看"烈士一步一步走来，光彩夺目的形象越来越高大，节奏逐渐加快，如同充满希望的音乐由弱渐强；读到呼唤母亲和女儿"去拥抱她吧"一句，达到节奏的高点，好似乐队在演奏一曲描述人民和英雄重逢的音乐，仿佛我自己"看"

到了这一感人的情景。然后突然停顿，从合奏中出现小提琴独奏，深情、缓慢地读出“她是大地的女儿”，使人感到有一种抑制不住的凄凉的感觉，感到现实中她是死去了。紧接着再从低到高逐渐加强力量，读出天地日月给了她新的生命，使烈士的形象进一步升华，把作品的思想曲尽其妙地表达出来。

以上这些，仅是针对朗诵的“行动性”而谈。它虽不包括朗诵的全部内容，却很重要。就像我们放风筝一样，尽管风筝忽左忽右、时上时下，尽管线有松有紧，但这条线是不能断的，对它一定要紧抓不放，断线的风筝就会失去方向。

原载中央戏剧学院《戏剧学习》1981 年第 2 期

改革开放 30 年纪念诗会，朗诵《小草在歌唱》

声音中的激情

——和青年朋友谈诗歌朗诵

瞿弦和　张筠英

我们都是爱激动的人，每当我们在舞台上出现激情的时候，每当我们知道观众被这种激情感染了的时候，心里是非常愉快的，这是一种演员进行艺术创作时的幸福的心情。每一个喜爱朗诵的人，总是怀着满腔热情走上舞台的，而喜爱欣赏朗诵的人也总是怀着一腔热望走进剧场的。演员是不激情不过瘾，观众是不被感染不满足，这恐怕也是艺术特殊的魅力吧！

诗，是最注重抒情的语言艺术。唐代诗人白居易说："感人心者，莫先乎情，莫始乎言，莫切乎声，莫深乎义。诗者，根情，苗言，华声，实义。"说得多么精辟！情——感情；言——语言；声——声音的表达（也可以说诗的节奏——音乐性）；义——思想。这四者中，情与义——感情思想，是根与实；言与声——语言及其表达方式，是苗与华。也就是说，思想感情是根基，语言表达是外在体现形式。诗的创作是这一规律，诗的朗诵也要遵循这一规律。

有些初学朗诵的人认为朗诵诗不像作诗那样需要动脑筋，只要背下来，加上自己臆想的抑扬顿挫的语调就行了。有这种想法的人在台上朗诵时可以用五个字来概括——怕、假、傻、垮、嗲。他们也许在台下信心十足，但真的到了观众面前则出现一种莫名其妙的紧张，有时手脚冰凉，口不随

朗诵诗人贺敬之作品《雷锋之歌》

心，心慌气短，甚至错词、忘词，等等；有些人朗诵时，语言及其表情动作不真实，假做出一种激动的样子，大喊大叫，或哭哭咧咧，或张牙舞爪；还有些人站在台上机械地背词，眼睛直愣愣，大而无神，闪而无光，手脚不知往哪儿放。

另一些人朗诵时懒懒散散，不严肃，不庄重，甚至笑场，或是奶声奶气，矫揉造作。出现这些毛病，最根本的一点是缺乏根基——朗诵者应有的思想感情。当然更无从谈其体现形式。

其实，无论是朗诵的丰富的节奏、声音色彩的变化和语言技巧的运用，还是朗诵者明晰的思想，饱满的激情都来自作品本身。如果缺少对作品的分析理解，一切都是架空的，就成了空中楼阁，就会出现怕、假、傻、垮、哆的毛病。假如你向出现这些毛病的朗诵者提出一些问题，他大概是回答不出来的。比如：你读这篇作品要告诉观众什么思想？你对诗中所描述的事物是什么态度和感情？你为什么高声读这句，低声读那句？你读这句时眼前出现了什么形象？脑子里想得什么？为什么你的眼睛此时要看“那儿”？不要以为这些问题太简单，不重要，只有把这些问题分析清楚，才能克服怕、假、傻、垮、哆，才有资格上台朗诵，才能获得朗诵者应有的思想感情和体现方式。

一般的对于文学作品的分析，在中学的语文课上是学过的。但作为朗通者的分析与一般理性的分析不同，这个差异在于——形象性。诗歌的抒情特征也是通过一系列形象和画面展示出来的。因而，我们从一开始接触到诗作直至演出都不能脱离作品所描述的

深入生活

形象。首先，朗诵者要热爱生活，使一系列生动的形象在自己的头脑中活跃起来，可以联想，可以想象，可以根据自己的生活面加以补充，来捕捉诗中的形象。这样，你在反复的朗读中就和诗中的形象熟悉起来，也许诗里所描绘的就像你自己一样，也许就是你周围的人，也许是你常见到的事，也许是你盼望中的人和事。于是你便会喜爱它，便会产生生活中那种真实的，想要向别人讲述的欲望，便产生了创作的热情。

然后，你要从这样活生生的形象中集中分析出理性的思想意义，也就是分析一下你朗诵这篇作品究竟要引导观众明白一个什么道理，是学习什么，还是抛弃什么。这种理性的分析并不是分析的结束，而是用思想意义对形象加以归纳和整理，使你头脑中产生的初步形象得到深化和丰富。这个感性——理性——感性的过程反复多次地进行直至演出，使朗诵者不仅具有初步的创作热情，而且在分析理解体验的过程中正确地把握作品的思想感情。这时候，你就能够在诗人的作品中遨游了，可以代替作家说话了，你就会像诗的作者一样，为作品中的形象和画面而激动起来，朗诵到诗中那些让人欣喜、愤怒、悔恨之处时，像喷泉一样涌出你的激情。

激情不是凭空产生的，有扎实的思想基础，有丰富的形象内容。它是你抛弃了虚伪、浮夸、做作的感情之后而产生的真实的感情——真情的一种升华和凝练。热情——真情——激情，是朗诵能打动人心的法宝。

在朗诵过的诗歌中，有一些是我们非常喜爱的，即使过去了很长时间，仍不会忘怀，而且每次重读这些作品，都会非常激动。比如雷抒雁的《小草在歌唱》，在这首诗中作者让小草作为一个拟人的形象出现，这是什么样的小草呢？风吹不倒，脚踏不伏的小草，因为它的叶脉中融进了张志新烈士的鲜血和精神，它坚贞不屈，顽强不息，使人们从小草的身上汲取力量。当读道：

我敢说，如果罪行得不到清算，
那么地球也会失去分量！

因愤怒而大声疾呼，正义的精神定会胜利，正像太阳和地球永存一样。这种疾呼，在听众中得到了热烈的反响，他们用掌声表达了相同的情感。

《风流歌》是纪宇同志的一首长诗。作者在诗里饱含着对青年一代的期望和信任，感情是那样真挚、诚恳，使我们深受感动，也怀着满腔的热情，用诗的语言和青年人谈谈心：

多少回呵！我随英雄报深仇，
一声吼，“不扫奸贼誓不休”。
多少次呀，我伴志士同登楼，
高声唱，先天下之忧而忧……
血沃的中原呵，古老的神州，
有多少风流人物千古不朽！

这几句诗使我们联想起多少历史上的风流人物，优秀的中华民族呵，爱国爱民的英雄辈出。想到这些不由得使我们心中升腾起一种民族的自豪感，这同样是激情，是民族

与诗人贺敬之合影

与诗人李瑛合影

之情，祖国之情，人民之情。同样具有鼓动人心之力量。

作为朗诵者，有了内心的激情，其体现方式有时可能自然流露，有时也需要朗诵者精心安排，有时还需要斟酌运用声音语言的各种技巧。如：声音的高低、强弱，吐词的技巧，换气的方式，重音的突出，心理的停顿，各种语调、语势等。但这些技巧的运用同样是在挖掘内心感受的基础上产生的。

如诗人贺敬之的《三门峡——梳妆台》有这样几句：

挽断“白发三千丈”，
愁杀黄河万年灾！
登三门，向东海：
问我青春何时来？！

在这里，诗人运用大有倒海翻江之势的语言，表达人民由于治理黄河的心愿得不到实现，而发出的控诉，这是人民的呼声，是诗人感情的爆发点。为了表达这种激情，我们将前三行诗一气呵成。读出一种向上推进的动势，在第四行“青春”两字时达到最高点，然后突然停顿，这是个较长的停顿，最后读出“何时来”这几字时，则由深沉而高昂的语气读。这样人民急切的盼望心情，更能突出强调出来。

再如诗人李瑛的《一月的哀思》中有这样几句：

车轮呀，莫再转动，
马达呀！快快停息。

在北京工人体育馆朗诵诗人李瑛作品《一月的哀思》

敬爱的周总理，
难道你再不能回到我们中间；
……

这首诗是诗人李瑛同志为悼念总理而作。诗中真实地描绘了十里长街送灵车的悲壮情景。抒发出当时积郁在人民心中对总理的思念之情，及对压制悼念的愤愤不平。这几句诗是在灵车即将走出人们视野的一刹那，恋恋不舍、破心撕胆之情，使人们竟想阻止车轮的转动。为了表达这种激情，在“转动”“停息”“周总理”三个地方都要不停顿，但为了达到层层递进的语势，又必须换气，每吐一口气之后语调向上提一点，而吐气又要非常短促，使人感觉不到才好。短促急切的语调，清晰的重音，整个段落就能再现出当时的真情实景。

每一首好诗，都有激情，但诗人表达激情的方式各不相同，思想内容也绝没有完全相同的。艺术的特点之一在于“新”字。朗诵者永远不能企求得到一个一成不变的、一般的表达激情的方式。同样的一个景色，会因诗人心境不同而被描绘成不同的色彩，同样的一句诗，会因不同的人，不同的态度产生不同的内容，同样的喜、怒、哀、乐，不仅有程度的不同，往往是彼此混杂在一起而比重不同的复杂感情。因此朗诵者要善于揣摩诗中感情色彩的独特性。

我们是爱激动的人，其实喜爱朗诵的朋友们没有一个不是充满激情的，我们在生活中都有热情、真情与激情。因此，我们的朗诵也必须再现生活，充满激情。

原载《人才》1983 年 3 月

追求听觉艺术的语言内在美

——谈演播长篇小说的人物塑造

张筠英

演播中长篇小说对我来讲，是一项既艰难又很有兴趣的工作。兴趣也是一种动力，它会促使你去钻研、探索，进而从中获得教益。我是戏剧学院的台词讲师，是研究舞台语言的。一般来说，一个舞台演员在处理自己角色的台词时，往往只注意大段落的总体情绪以及伴随而来的动作、手势

录音室录音

与电台编辑叶咏梅合影

和面部表情，不可能像演播作品时那么细致地推敲一句、一词、一字所包含的内容和体现形式。也就是说，大部分舞台演员往往比较注重内心感受的充实和自我感觉是否良好，而忽视语言的表达是否准确；在处理人物的时候，比较注重形象上的性格刻画，而忽视语言性格化的塑造。

中长篇小说从演播的角度来看可分叙述和对话两部分，其中最生动、最吸引人的部分是各种人物具有鲜明特色的对话。由于中长篇小说篇幅大，容量大，因而人物一般都比较多，包括了男女老少，不同阶层、不同身份、不同性格的各具风采的人物。要求单纯靠声音使听众能感到“其人的装束、形容、颜色、气象及举止瞻顾”，演播者是需要花费巨大劳动的。

必须做到两个统一：即语言内在实质与外在体现方式的统一和视觉形象与听觉形象的统一。在这两个统一中，语言内在实质与视觉形象是基础。必须从语言内在实质出发寻找外在体现形式，必须从视觉形象出发寻找听觉形象。

怎样才能创造出准确、鲜明、生动的人物听觉形象呢？我从三个方面谈谈自己的体会。

一、从作品出发，确立对人物基调的设想

寻找人物的基调，在处理人物语言中是第一步和重要的一步。

作品本身是提供一切的依据。因此，首先是熟悉作品，在通读和细读的基础上开始进行分析归类的整理工作。我的习惯是列一张人物总表。表中把作品提示有关每个人物声音特点的内容摘录下来，归成各种类型：先分成男女两大类，每一类又按老中青再分成几小类。男女年龄是提供、区别声音音域和频率最基本的条件。广播是以实际生活为依据的。但它是一门语言艺术。艺术是源于生活、高于生活的，它是以实际生活中带有典型性的、有规律的东西为依据的。譬如：老年人一般身体较虚弱，气力不足，而声带又会较年轻时松懈，因而不能处理得尖润结实，往往是较低涩虚弱。当然在实际中，有时我们会碰到与此相反的事实。有的老太太可能说起话来犹如十七八岁的姑娘，但如果你和她很熟悉，也并不会因为她的声音而不相信她的年龄。生活中你会看到她的整体形象及言行，而在广播中只有声音的听觉形象，自然要把老太太的声音处理得虚而低，不能圆润明亮，否则听众是不会承认的。和老年人比，年轻人的声音高而实，因为年轻人一般身体健壮，气壮力足，声带的弹性又好。成年人中，男的声区低，女的声区高。儿童的声音一般则是嫩而娇，频率更高一些。

把音域区分好，这只是声音造型的普遍规律，因为在中长篇小说里，每一类的人物都可能是若干个，必须在音域大致相同的人中间，找出它们的差别。因此，第二步工作就是摘录书中有关人物声音、语言、语调特点的内容，添入每个人物的栏目中。而这类内容又分直接和间接两种。

直接的是指小说直接描写即提供的人物语言特征。如：某人说话瓮声瓮气，某人油腔滑调，某人具有女高音的歌喉，某人总是沙哑着嗓子；有的人说话舌头显大，有的人总像是从牙缝中挤出来的，有的人经常有气无力，有的人总是粗声粗气；某人说话总是命令口吻，某人经常撒娇耍赖，某人说话咬文嚼字，某人说话囫囵吞枣，某人说话是标准的普通话，某人说话带有浓厚的地方口音……这些内容为我们提供了设计人物基调时最有利的根据。

但是小说中不可能把每个人说话的特征都描绘出来，并且一个人物的完整听觉形象，是各方面因素综合而成的。人物的身份、职业、经历，对人物声音造型就很有影响。譬如：《她的代号白牡丹》一书中，仅男性中青年国民党军官和我方的地下工作者就有好几个，这些人物的音域都是在一个范围内的。但他们各自身世和所处的地位不同，也就会出现不同的声音造型。年轻的国民党军官，他有文化，讲话经常咬文嚼字，由于受到上级的赏识，因而自认为是世界上最聪明、最能干的。我想，这样的人说话时一定拿腔拿调，语句结尾有些甩腔，表现出自我欣赏，又令人作呕。为了从声音造型上区别于他人，我又设计他说话时略带鼻音。这样，就可以把他那种骄横、狭隘的性格特征更好地表现出来。

再如：《北国草》中的三个年轻姑娘的形象，音域也是属于一个范围的；又都是正面歌颂的三个女主角，不能用声音的缺陷去区别，只有在深入研究她们的经历、身世的基础上找到她们思想性格的特征，来区分她们。邹丽梅出身资产阶级与封建世俗混合的家庭，并且是独养女，生活上娇生惯养，但从小在后妈面前长大，在社会上又常常因为出身不好而被歧视，因此她有自卑感；但她是极善良的人，向往爱情和美好生活，这样的感受在她的内心中是非常热烈的。综合这些，我在处理她的声音造型时突出她柔和、娇媚、冷中有热，音量稍小可表现她的胆怯。俞秋兰则突出大胆热情、泼辣直爽的一面。虽然作品也描写了很多在爱情生活中细腻温柔的一面，但这不是主导方面。她的柔媚表现也是和邹丽梅有所不同的，可以多赋予她顽皮、挑逗的语调，因而俞秋兰说话是大嗓门儿，并且常常哈哈大笑，节奏欢快而明朗，语调起伏大。被称作大姐的唐素琴，因在生活中受骗而变得冷漠了，但她又很善良、细心，我在设计这个人物声音造型时则突出她较稳重的一面。虽然有时热情一下子爆发出来，但毕竟是一瞬间。因而声音稍低，只是稍低，不能处理成中年妇女，节奏稍缓，但声音较实。这样，三位姑娘在音频的高低、节奏的快慢、声音的虚实、音量的大小上都有所区别了。

另外，每个人的面目特征、身材、装束打扮等纯属视觉形象的特点，对处理人物听觉形象也是起很决定性的作用的。这里有一个俗成的观点：见棱见角的方形脸或壮实的五短身材似乎不会发出柔声细语，而应该具有强硬的口吻，粗声粗气的语调，甚至呼吸都会是大声喘息。单薄纤弱的身材，清秀的面庞，会使人感到声音应该高而细弱。而衣着入时，不恰当地注重修饰，描眉打鬓的人，形象上给人以自我欣赏，矫揉造作之感，声音造型上必然是有点拿腔拿调，故作媚态。

书中常常见到作者对有些人物面部形象描写得很细腻。譬如：薄薄的嘴唇，一双灵活转动的大眼睛，形象上给人以聪敏之感，可以想象到此人大概反应极快，因此语言节奏必然是快而灵活的。而那种臃肿的面庞，下垂的眼帘，嘟囔着的厚嘴唇的形象，使人想象到此人反应一定比较迟钝，有些痴呆，因而语调一般平缓。

综合上述这些方面，从性别年龄（大致音域范围）、书中直接描写的人物语言特征、间接与语言特征有关的人物身世、经历、职业、地位、思想气质外形特征，我们就可以大致掌握每个人物的基调了。

但在继续熟悉作品，做好演播前的开头工作过程中，需要全面统观一下人物基调是否需要调整。我是从两个方面出发考虑的。

首先，褒贬是否清楚。因为我们塑造人物形象，最根本的是要反映人物的思想实质，使听众能更清楚、更明确地理解作者的意图。赞美作品中那些情操高尚、让人敬佩的人，鞭策那些品质恶劣、使人憎恶的人。因而首先得保证那些正面人物的声音造型要优美、舒服、给人以美感。

然后，若发现人物之间有雷同的情况，需加以调整，以作品为依据，加强人物之间形象的对比。任何艺术形象都是对比而来的，内容上的对比必须用形式上的对比来体现，必须要把雷同的人物在听觉形象上区别开，并且要区别得鲜明准确。直到这时，确立对人物基调的设想工作才能算基本完成。

二、运用发声技巧，实现对人物基调的设想

上面所说的对人物基调的设计，是演播者的想象或设想。想象的力量是无穷的，任何形式的文艺工作都离不开想象。古人云："独照之匠，窥意象而运行，"就是说有独特见解的工匠，凭着想象中的形象进行创作。我们演播者也是一样。但这些设想和想象最后必须落实到演员的具体感觉上，落实在各个与发音有关的器官的运用上。否则，设想只能变成空想。

声音除了高低粗细之外，还有什么色彩呢？不深入钻研进去，似乎认为声音一定是单调的，内容一定是不丰富的，其实不然。古人语："声有声之形，其形惟何？大、小、阔、狭，长、短、尖、钝，粗、细、圆、扁，斜、正之类是也。"

大与小指的是音量，音量的控制在于气息，呼出的气力量强、密度大，冲击声带有力，音量就大，反之则小。长与短指声音延续的时间而言，属音长的范围。粗与细、尖与钝是属于音域的高和低的音质问题（主要指如何运用共鸣腔）。阔与狭、圆与扁、斜与正则属于音色的问题（和发音、吐字器官都有关）。

从上面可以看出，发音器官的各部位的运用能够决定声音的色彩。下面我就谈谈在演播长篇时对发音器官的一些运用技巧。

1. 吐字的器官：唇、齿、舌、牙、腭，每个部位的变化都能产生出不同的声音造型。

牙齿的上下部分开合的大小，上突出或下突出，能使你在同样的声音高度，同样的声音强度中塑造不同的声音形象。舌的突出与收缩，喉部的紧张与松懈，唇的拢与放，同样对声音的造型起很大作用。如：两唇向外，牙齿稍合，形成扁的口型说话，能给人年轻俏皮的感觉，过于扁则给人以嗲的感觉。把喉头卡紧，发出喉音较重的声音，可使人感到有沉重之感，过分的喉音也可使人感到造作。关闭鼻腔，使上腭松懈下来，形成鼻音很重的声音，可造成病态感冒的声音或给人以"反派"人物的感觉。如果把整个喉部捏紧，加以气的冲击，能够发出沙哑的声音。口腔的局部关闭，使用其他部分能发出各种特殊的声音，可以使用到特殊人物的声音造型中。

2. 几个共鸣腔的运用：口腔、鼻腔、咽腔、头腔、胸腔。

一般，需要发出高频率的声音，如小孩、女同志的类型，多用头腔和鼻腔，而老头、

中年男子可多用胸腔共鸣。《蒲柳人家》的贯穿人物是一个四岁的小男孩，我用头腔和鼻腔的共鸣塑造了这个小男孩何满子的声音。

3. 气息不仅是声音的支柱，对塑造人物作用也很大。

气息的深浅、长短，气口安排的多少、气因的运用以及提气、憋气、偷气、托气、急换气、倒吸气、大喘气、颤抖用气的运用，以前认为在表达人物思想感情时至关重要，实际上，抓住一个人物呼吸上的特点，对塑造人物听觉形象也是重要的手段。如：一个人呼吸时气总是浮的，则此人显得不踏实；而稳重的人气一定是沉的。气深，显得人老成，年龄感大；气浅，显得人年轻单纯。演播中，气音是经常运用的，不仅可以表现人的身体虚弱、人的心情胆怯，同时可以表现人的性格柔和、谦虚或虚伪等。

4. 对人物语言特殊习惯加以推敲，加以声音造型，形成完整的听觉形象。汉语语音是有特点的，每个字的发音是枣核形，可分为头、腰、尾三部分。每个人语音习惯都不一样：有的人说话吐字很规整，使人感觉做事一板一眼；有的人吐字很困难，使人感觉不善言语；有的人字尾爱甩腔，使人感觉他骄傲；有的人字头字尾都很松，使人感觉他有点玩世不恭；有的人吐字时头、腰、尾三部分过渡很快，使人感觉他利索直爽；有的人过渡很慢，使人感觉他做事拖泥带水，很迟钝……甚至有时可用方言，或用带浓厚地方色彩的字音语调来塑造人物。

譬如：《北国草》中就用京北口音、广东口音塑造了两个年轻姑娘的形象。在《蒲柳人家》中，有三个年龄相仿的老头，作品把这三个老头描写得都很可贵，很正直，很憨厚。在处理这三个老头时，除了根据性格特点在语言的建设节奏上有所区别外，我特别强调了他们语言的特征：一个突出他咬文嚼字、字正腔圆；一个运用老北京的口头语“啊！”说话前和说话当中适当加上“啊！”另一个字的头尾部较松，在能听清字的范围内，使人感觉口齿不伶俐。

上面所谈的这些技巧的运用，完全是为了内容的需要，必须从人物实质出发，“数逢其机，机入其巧，则义味腾跃而生，辞气丛杂而至”，就是说，技巧运用得好，时机又巧合，那么意义和情味就跳跃般涌现出来。而运用不当，则会起破坏作用，因此还要注重内在与外在的统一。

三、在基调的规范中，灵活地变化人物的语调

有了人物基调，我觉得好比火车有了轨道。至于火车行进的速度，何时停车，何时启动，何时进山洞，何时过桥，以及是行驶在平原还是山区，转什么样的弯，是平坦还是惊险等是千变万化的。人物的语调也是如此，但无论怎样变化也是不能出轨的。这就

录制长篇小说《西部歌王》

是基调和语调的关系。具体地说，演播时人物的基调是具体落实到人物每一句具体的语调上的，而语调又是在人物基调的规范中灵活机动地变化的。具体的语调设计不仅受到人物基调规范的限制，而且还受到作品基调的限制和人物对话所处的特定场景及情绪节奏的限制。总之，具体的语调从三个规范出发，即：作品基调、人物基调、情节节奏，以这三个方面为依据。

古人云："凡音之起，由人心生也，必唱者先设身处地，模仿其人性、情气，宛若其人自述其语，然后形容逼真，使听者心会神怡"，"故必先明曲中之意义曲折，则启口之时，自不术而合"。这里强调了两个方面，一是要设身处地，二是要明其意义曲折。的确，这两点指出了演播人物对话时最重要的两个问题。

1. 设身处地，就是平常说的进入角色，以人物之所想而想，以人物之所说而说。

也许因为我是学表演的，每当演播人物对话部分时，虽然是在播音室，是对着话筒，却禁不住手之舞之，足之蹈之。把握人物感觉，细致地揣摩人物内心状态，体验说话时的神态，对演播能否生动、能否如见其人是不可缺少的。有时为了帮助自己捕捉到活生生的人物语调，除了要深入分析、反复实践，把重音、气口、语调都安排好之外，还要标上一些作品上没有的神态特征，譬如：此时嘴角下撇、此时眼睛半睁半合、此时眉飞色舞、此时指手画脚、此时头发根竖起来了、此时手指颤抖。这样，在演播到这里时，感觉就能一下子抓到了。

2. 意义曲折，就是要抓住人物语言的内在含义和目的。

要找到准确的潜台词和内心独白，有了这个内心的依据，才能做到不术似而合；没有这个依据，往往使人感到肤浅，严重的会文不对题，就是我们常说的“太白”了。有时往往很简单的一小段对话，抓到准确的潜台词和内心独白，对话的双方就从内心交流起来、沟通起来，产生意想不到的情趣。

小说的文学特征最重要的是塑造人物，塑造典型环境中的典型人物，而对于人物细节的描写是否成功会直接影响人物的可信程度。所以在演播时必须仔细研究作品对人物行动、心理、性格细节的刻画。

反过来讲，又不能只注重细节，丢掉大局。长篇小说的主要人物多是贯穿始终的，有时只重情绪的浓烈，人物的基调全跑了；有时注意主要人物，次要人物的语调也跟着主人公跑了。所以，要在人物基调的轨道上塑造，不能出轨，否则人物就没有完整的听觉形象。

我不知道还有什么比自己的创造得到理解更幸福。偶尔看到听众来信，把书中的人物当作生活中真实的英雄来学习，为书中人物的命运担忧、鸣不平，我就会有一种说不出的兴奋之感。

古人云：“音实难知，知音难逢，逢其知音，千载其一乎。”其实，现在广大听众是热情的，知音是很多的。作为一个演播者我又多么希望成为作者的知音，成为书中每个人物的知音。这样我们就可以把作品中的文字变成情思，并且沿着文字表面的支流追溯到源头，把作者隐微的情思显露于听众，让听众能随其情而动，顺其理而被折服，以其德融化在自己的身上。到这时，听众也就成了作品和演播者的知音，我们演播者的目的也就达到了。

原载《中国长篇连播历史档案》1984 年 7 月 14 日

叙述语言的技巧处理

瞿弦和

过去我为电台录制的节目以诗歌、散文为主，在演播这些作品时我觉得较自如，能驾驭自己，能抒发激情。有人还玩笑地说我是激动派。近几年来，我开始接触中长篇，演播时我却总感到叙述语言显平。开始的时候我有这样一种观念：叙述部分只要注意语言的逻辑重音和停顿，注意字音的标准，让听众听清楚就行了。另外，还怕叙述语言和人物对话分不清，

在电台录音室录音

想使叙述语言保持一种基调，尽量注意减少变化。这样一来，往往造成叙述语言很像念书不像说话，平淡无味，缺乏热情，过分客观。在实践中，我认识到叙述语言在中长篇小说演播中的重要性，要使作品演播成功，不仅要求用声音成功地塑造人物形象，同样包括叙述语言演播上的成功，那么，我为什么不能用朗诵诗歌、散文的长处表现好中长篇的叙述语言呢?

演播者应当像作者一样，不仅是真实生活的反映者，而且是生活的解释者，是带有倾向性的。比如中篇小说《锅碗瓢盆交响曲》歌颂经济改革中的先进人物，长篇小说《北国草》是讴歌献身北大荒的知识青年的，《春天的呼唤》是赞颂十一届三中全会以后对知识分子落实政策的，而《大学春秋》又是展现20世纪50年代社会主义大学生生活的。作者的主观意识是鲜明的，演播者就应当以这样的意识去吸引听众、感染听众，因此，叙述语言是和听众直接交流的手段，它和演员在舞台上表演一样，有着明确的目的和任务，是演播者不可忽视的部分。

那么，如何在演播中把握好叙述语言呢?

首先要注意对象感和对听众的吸引力。要把话筒前的空间，想象成有无数位听众在听你的讲述，他们的眼睛里闪着探寻的目光，仿佛在问你:“怎么回事？”“后来呢？”“再后来呢？”等这样，你就会时时刻刻注意自己的语气，注意他们可能出现的反应，就可以将“读字”慢慢变为“说话”，使叙述语言口语化。

叙述语言不仅需要口语化，而且需要有吸引力，引人入胜，使听众爱听。在一部分作品中，人物语言容易演播得绘声绘色，给听众留下深刻的印象，而要如何处理好叙述语言在小说中可起的各种不同作用，就不那么容易了。演播者要注意进行细微的分析。我把叙述语言分为三类。

一、叙述语言揭示典型环境

这里包括时代背景，社会状况，自然环境等，这类叙述语言要从渲染典型环境的整体气氛着想，来设想这些段落的基调及其感情色彩。

比如《大学春秋》一开始，在不长的篇幅里就有两个不同年代的背景介绍：

一九三五年十二月五日夜，古城北平，笼罩在极度紧张不安的气氛中。天是出奇的冷，西北风呼啸着；枯树的落叶，白天被军警撕毁践踏的学生们游行示威的纸旗和标语的碎片，被卷着肆意在空中飞舞。马路上行人稀少，昏黄的路灯闪着半明半灭的暗淡的光，不时传出尖利的警笛声和摩托车声……

这一段演播的基调是压抑的、紧张的。与这段相隔不远，作者又把我们带进了20世纪50年代。时光过去了20年，演播时的基调就应当变为欢快的、明朗的：

一场春雪，把校园装扮成了银色世界。代替往日那斑斓陆离、绚丽多彩的色泽，是白茫茫的一片。画栋飞檐，碧瓦红船，道旁齐腰的松墙，湖畔挺立的高塔，全都披上了白色的素装，显得格外的柔和恬静，雅洁多姿。那纷纷扬扬的雪花，还飞呀，飞呀，飞个不停。然而，大自然的宁静，却压不住年轻人心头的火热。这是一九五三年初春，中华大学新学期开学的前夕。校园里那些回家过寒假的同学们，带着仆仆风尘，带着各地社会主义建设的喜讯，接二连三地回来了……

基调的区别还是比较容易做到的。但作者对环境的描写绝不是纯客观的，因此要格外注意演播时的感情色彩。《文心雕龙》一书中曾这样写道："物色之初，心亦摇焉"，"物色相召，人谁获安"。阴沉的天气使人感到凄凉，阳光的天气使人感到舒畅……新年春气发扬，情怀欢乐而舒畅；初夏阳气蓬勃，心情烦躁而不畅；秋天天高而气象萧森，情思阴沉而深远；冬天大雪纷纷，渺无边际，思虑严肃而深沉……一年四季有不同的景物，不同的景物有不同的形貌，感情由于景物而发生变化。在演讲这类的叙述语言时，感情色彩一定要浓，要给人身临其境之感，增强对听众的吸引力。

比如长篇小说《北国草》中的白黎生曾在赴北大荒的火车车厢里做了一个梦，梦见自己和俞秋兰在草原上相会。作者在白黎生回忆梦之前有一段叙述，叙述中描写了蒙蒙秋雨如烟似雾，这种大自然的景象，对人物内心活动起着很强的衬托作用，所以演播时可以采用虚一点的声音，造成梦幻似的境界：

白黎生第一个从硬卧床板上爬了起来，他看见窗外抖落着成串的小水珠。呵！原来车外下着蒙蒙秋雨。对于久居在城市鸽子笼式楼房里的白黎生来说，北方旷野的雨简直是一种奇观。水云如烟似雾，田野迷迷蒙蒙，村舍、树林、水塘、野花……都淹没在一片混浊的水雾之中。他睁大眼睛望着、望着，心头上那团雾，也升腾了起来。

再比如《北国草》中马俊友和邹丽梅单独谈话一段，作者为了揭示萌发的爱情闯入了两个人的心扉，对草原当时的景象有一段叙述。为了突出宁静的气氛，为了加强两个人物之间内心的交流，我在演讲时，采用了稍慢的节奏，句与句之间的停顿加长一些，给听众一个发挥想象的机会：

在工作室录音

草原没有一点声响。特别是中午，天空中没有一丝风，树不动，草不摇，天和地都笼罩在一片宁静之中。远处，拖拉机唱着单一的歌，近处只有那两只天鹅亲昵说着什么，剩下的就是这两个青年人的心跳声了……

我在处理这一段叙述语言时，就是要给听众创造一种在“静”的意境里的想象。

二、叙述语言塑造典型人物

这一类的叙述语言在小说中是相当多的，演播者在处理时要细致充实、具体、有分寸。演播小说中的人物形象不同于电影、话剧和戏曲，因为它没有具体的视觉形象，而是一种听觉形象。作者在小说中对人物外貌的描写有其主观的态度，演播者要充分理解作者的意图，并尽力去寻找生活中的依据，使自己的脑海中产生具体的视觉形象。叙述时，仿佛能够看到这一形象，这样就不会显得死板。

比如《锅碗瓢盆交响曲》中有许多当代人物形象，有服务员、作家、复员军人、售票员、干部等。演播前，我从自己接触过的人中寻找类似的形象，使小说字面上描写的人物具体化：

……饭店里唯一的先进人物崔芬，腆着六个多月的大肚子，忙得往脸上泼水洗汗。她除去走路和弯腰不大方便，两只手的动作却是十分干净利索。她把一大摞盆子送到厨房回来，很吃力地弯了一下身子，还没够着，便直起腰，用脚尖一勾就把筷子挑起来了，一伸胳膊接在手里。背后立刻有人愤愤地哼了一声："那是筷子，不是足球，顾客要往嘴里吃的，能用脚踢吗？"崔芬不用回头就知道说话的是孙连香，这个女人脸长得像一只大鞋底子，线条全是横的，一天到晚脸上老是阴天，看不见笑模样。因此，有一个政治色彩很浓的绰号——"阶级斗争脸儿。"

这一段中作者对孙连香的外貌描写得十分具体，而且这段叙述又在她的语言之后，所以我做了这样的处理，在"长得像一只"之后稍微停顿，以突出"大鞋底子"；"线条全是横的"这个"横"字是需要强调的，拉长一些；下一句"一天到晚脸上老是阴天，看不见笑模样"要读得连贯，中间不停，只把重音放在"老"这个字上。这样就有助于突出"阶级斗争脸儿"这一形象。

对人物外貌和性格的描写与人物语言的基调应当是一致的，也就是说让听众感到这样的语言出自这样的人的口是可信的。我在《锅碗瓢盆交响曲》的演播中，对桑原蓁这一人物使用了热情、文气而又带有南方口音的语调，为什么呢？作者提供了他的外貌是"敦敦实实的身体，微胖的圆脸上戴着一副眼镜，年纪有三十多岁"，并多次提到他的性格"十分豪爽""十分健谈"。如果这些叙述语言给听众留下印象，那么当人物语言出现时，听众就会觉得自然而可信：

刘俊英不好再拒绝，只好随着牛宏走出了饭店大门，门旁边的暗影里走出一个人，用带有南方口音的普通话说："你怎么才出来？"

"我有点事耽搁了。"刘俊英脸上挂羞，稍有一点发窘："老桑，这就是新来的牛经理。"

牛宏一惊，打量着这个"老桑"，敦敦实实的身材，微胖的圆脸上戴着一副眼镜，年纪三十多岁。牛宏一时还没弄明白这个"老桑"和刘俊英是什么关系。

"老桑"却十分豪爽，上前一步握住了牛宏的手："经理同志，你好！我是桑原蓁。"

"哦，您就是有名的作家桑原蓁？"牛宏更加惊异。

桑原蓁十分健谈："你的部下背地里说了你不少好话。看来你出任这个饭店的经理，对我们春城里的居民来说是个福音。”

“您也住在春城里？”

“就在饭店的左边，你看，那十栋楼就是所谓的‘高知楼’。七栋二十五号，有空到我家去坐坐。”

“哎……”牛宏忽然发现了一个奇怪的现象，每栋高知楼的中间都是黑的，而一楼和五、六楼的用户里却亮着灯光，就好像过节日用的彩色灯泡标出大楼的天地轮廓一样。他问：“这是怎么回事？”

桑原蓁摇摇脑袋：“这名为‘高知楼’，国家是想解决知识分子的问题，可是知识分子都分配在一、五、六楼，而二、三、四楼都叫行政人员、后勤人员和干部住了。到了晚上，二、三、四楼的人们早早就睡了，要不就坐到楼下乘凉聊天，所以房间里一片漆黑。而住在一、五、六层的人，都是夜猫子，肚里有牢骚，还想出点成果，不得不开夜车苦战。所以出现了你看到的这种今古奇观！”

而在《北国草》中，对“疙瘩李”这一人物我又采用了一种特殊的语调，给人一种舌头不大灵活的感觉。这样处理的依据是什么呢？就是为了使这种语调显得合理而不生硬。我注意了有关对“疙瘩李”的人物外貌和性格刻画的叙述语言：

李忠义来自长城脚下的一个山区农业社，他之所以被冠以“疙瘩李”的外号，不仅是因为他脸上长满了大大小小的青春蕾——粉刺儿；更因为他有爱抬死杠的毛病，撞了南山也不回头。……虽然，这个山沟里来的青年，常常以愚昧代替科学，流露出与二十世纪五十年代青年极不协调的色彩；但是他力气过人，在贺志彪和卢华等几个大力士中，“疙瘩李”也算得上一个“力拔山兮气盖世”的猛士。他干活像一头竖着鬃毛的狮子，从来不知疲累，也许正因为他具有这样的素质，对垦荒队中学生出身的伙伴，有一种先天性的轻蔑。除此之外，这个小伙子还有一个显著的特点，那就是对于领导说的任何一句话他都言听计从坚决照办。在那抬头只见一线天的山沟沟里，支部书记就是党的形象，党的化身；因而会场上迟大兵遭到垦荒队员们议论的时刻，他本能地站了起来。

在这一段的叙述中要着重突出他憨厚、愚昧、言听计从的特殊性格，也突出他劳动不知累、对党信任的可爱的本质，因为这个人物是个本质好，前后有转变的人物。而叙述中有关“脸上长满粉刺儿”这种外貌反而不必过分强调，这一分寸也要掌握适度，否则就会把这个人物过分丑化了：

邹丽梅对这个满面青春疙瘩的小伙子本来并没有什么好感。因为他在白黎生失踪后的辩论会上，公开站在迟大兵的立场上，和诸葛开瑞唱过对台戏；前两天，因为去铃铛河的挑水问题，自己又和他抢过扁担。迟大兵任何一句话，好像对他都是法律，他毫无考虑地遵命照办；这在八十一个伙伴中，他算是蝎子拉屎——独一份儿，因而格外引人注目。但在这冷得透骨的早晨，邹丽梅捧着一碗热粥时，她不感动命令来给他来送粥的人，却有点被这个剽悍的雪里送炭人感动了。

李忠义督促着说："吃嗨！干吗总发愣？"

邹丽梅开始喝粥。几口热粥下肚，她感到身上有了一点热力。便说："谢谢你了，待会儿我把碗送回去。"

"不行。老迟交代给俺了。这碗喝下去，再叫你喝上两碗热粥，才算俺完成任务。"

邹丽梅被他的坚决样儿逗笑了："我没有这样大的肚子，比不了你呀！一顿能喝一桶粥。"

"小邹，没有肚量也得吃。"

"那为什么？"

"听党的话不能打折扣，这是党对你的关怀！"

"迟大冰一个人，就能代表党吗？"

"坦白地说吧！你们这些喝过墨水的垦荒兵，就是跟党三心二意，总不是那么听话。"李忠义来了词儿，像大河拉开了泄水闸门一样，滔滔不绝地说了下去，"比如说俞秋兰吧，是个团支部书记，竟敢不听迟支书的话；诸葛开瑞是狗掀门帘子——全凭那张嘴，还和迟支书唱洋梆子。你是个刚入团不久的青年团员，那天迟支书叫俺去铃铛河挑水，你就敢抢俺的扁担，这都是不尊重党的表现。俺在长城根下农业社的时候，俺们党支部书记说过，'谁是党？俺就代表党，听俺的话就是听党的话。'别看俺肚子里没有墨水儿，俺对资产阶级的玩意，可看得清楚了，哪个是白瓤的葫芦，哪个是红瓤的西瓜，都瞒不过俺的眼睛。俺的双眼，就是一杆不镶秤星的标准秤。"

"那我算白瓤葫芦还是算红瓤西瓜？"邹丽梅还从来没有见过这样的一个青年人，也没听说过这样的革命理论，惊异使她忘记自己内心的隐病，因而一直专注地凝视着疙瘩李的面孔。

"你吗？俺说了你可不要生气，你是个白瓤葫芦。"

"我什么时候才能变成红瓤西瓜？"

"就像你这样不听党的话，说句不好听的，来世出生个贫下中农以后，再说吧！"

邹丽梅丝毫也不见怪李忠义。邹丽梅认为，他赤裸裸地讲述他的"真理"，虽然带着明显的荒谬，却是容易分辨的，而迟大兵却不同了，他读过一些革命理论书刊，总是善于把他个人的一切行为，用富有革命色彩的理论包装起来。和李忠义的愚昧相比较，邹丽梅越来越感到迟大冰的可鄙。她遵照李忠义之命，匆匆吃完第二碗粥，并把窝头咽进肚子之后，趁“疙瘩李”给她去端第三碗热粥时，她麻利地戴好狗皮帽子，从帐篷后面，独自奔向了茫茫雪原。

刚才这一段中，前半部的叙述语言揭示了人物关系，要向听众介绍清楚，也就是为什么会有下面的对话，对话为什么会是这样一种分寸感。中间的叙述烘托对话时气氛，要把对方的反应、谈话时的一些动作向听众做些渲染；后半部的叙述则是站在较高的角度，议论一些道理。

描写人物心理活动的叙述语言在小说中就更多了，处理的方法也是多种多样的。比如《锅碗瓢盆交响曲》中有一段对牛宏内心活动的描述，我把其中一部分当作人物的内心独白来处理，夹在叙述当中，显得更充实一些：

牛宏作为一个人，而且是个年轻人，怎能没有自己的抱负和自己的理想？甚至还有他自己的梦想和幻想！当他知道自己没有被领导器重，根本就不可能被提升时，他不想当官是真的。当提升变为可能的了，当官已成为现实，他的心有所动，想法也随之有所改变。不，我不应该失掉这次机会，要抓住自己命运的线索。有人一辈子都在寻找自己命运的线索，尚且不一定找得到，我为什么要放弃？人应该过一种有智慧的生活，有胆量地自己投进生活，在生活中认识自己，发挥自己，动用全部智力。我既然不想往上爬，不怕官运不亨通，为什么不借着春城饭店这块宝地试一试？对，试一试！我经营科干了五年，别的没有学会，对游刚那一套算是看透了，按他那一套无法搞好饮食行业。要想干出个样儿来，领导人必须要有新的风度，新的面貌，新的办法，新的魄力……

叙述语言在人物对话的前后出现，对人物对话起着重要的作用。不仅对整段对话的气氛起到烘托作用，同时还为人物对话时的具体态度提供了可靠的依据。

三、叙述语言承上启下交代情节的发展、转折和变化

遇到这一类的叙述语言，演播者要注意节奏，要用虚实、强弱、高低、快慢的对比来加强情节的发展、转折和变化。

前面我说过，中长篇小说的叙述语言占的篇幅比人物语言多，所以在演播时要格外注意节奏的变化，这种变化并不是固定的，而是随着小说中情节的发展而产生的。正像古人所说：“闲事宜缓”“急事宜促”“摹情况景宜缓，辩驳疾走宜促……”但是“徐必有

节，神气一贯”，“疾亦有度，字句分明”。也就是说快慢的速度节奏要调整适度，慢不能散，也要有突出的地方，快不能无限制，必须使人听得清。

这里特别要注意转折时的衔接部分。衔接的方式可能是低收高起，可能是强收弱播，可能是平收平接，也可能是快收慢起……下面我用例子来说明吧！

比如长篇小说《天京之变》中有这样一段，在演播这段时，特别要注意中间情节的突然变化。在“……纷纷扯起帆篷，准备解缆离岸”之后，稍微停顿，然后语气突然变为紧张而神秘，节奏变快，读出“就在这时，六骑骏马飞出了仪凤门……”以平收突起的技巧，让听众感受到情节有了转折。

长篇小说《天京之变》中的另外一段与此就完全不同，在情节衔接时，用的是快收慢起的手法，这一段是这样的：

韦昌辉向珍珠帘狂挥着天王赐给他的斩妖剑。珠子哗哗地响着，像骤雨一般滚落下来。剑尖儿划破了床头的宫灯，宫灯剧烈地摇晃着。杨秀清从水晶床头一跃而下，刚刚抄到韦昌辉的侧面，韦昌辉的斩妖剑却从斜刺里抡了过来，把他的短刀打飞了。韦昌辉挺剑而上，把他逼到了墙角。现在，杨秀清看清了韦昌辉的歪扭的脸……韦昌辉在得意地狞笑：“九千岁！天王爷今天不会在你身上下凡了！”

这一段中，在“……把他逼到了墙角”这句之前，节奏要非常紧凑，渲染东王杨秀清处在危险之中的气氛，然后突然停顿，慢慢地读出“现在，杨秀清看清了韦昌辉歪扭的脸了……”这样处理，就能更深刻地揭示争权夺势如何取代了同甘共苦的手足之情，也能增强对听众的吸引力。

中长篇小说中许多衔接部分是从现实进入回忆的，或从回忆中回到现实。演播者要格外注意叙述语言的虚实结合。一般情况下回忆部分应当虚一些，因为它毕竟是回忆，是曾经发生过的事情，给人一种距离感。比如：《北国草》中垦荒队长卢华失手打死了小马驹之后有这样一段：

“……荒原实在太辽阔了，任凭卢华极目眺望，仍然看不见它的边缘。绿色，鸟鸣，到处都是悦耳的鸟鸣。望着这浩渺的如同大海一样的草原，他的冲动立刻冷却下来；他深深地吸了两口草原上的新鲜空气，不知为什么想起了刚刚复员到煤矿上的一件往事，那也是发生在初夏的事情。有一天，他刚从矿井下回来，在浴池洗过澡之后，匆匆往宿舍走着。突然，煤矿脚下农业社的社长拦住了他……”这一段中从“有一天”开始要慢一点，虚一点，帮助听众进入一个规定情景之中。当然，在回忆部分结束时，也需要有一个间歇，

赴电台录音途中

然后有回到现实的感觉。这种虚实的变化要鲜明，要让听众有时间变化之感。

最后我再谈谈叙述语言的播讲还要注意两个字，一是“灵”，二是“情”，也就是演播者的二度再创作。“灵”是指演播者在演播时可以灵活处理。有的部分用对话就可以完全反映出当时的生动情景，那就不必在对话之前加上“某某回答说”或在对话之后添一句“某某接着讲”，因为通过人物对话的语气就可以将人物的身份表明，啰唆的叙述语言就可以删减掉。有的段落，叙述语言的位置可以前后调动，看放在什么位置更为合适，原则是看对整个故事情节的发展起什么作用。还有的时候，要根据需要，增加一些叙述语言，比如每一讲的开始，或是读小说时易懂，而听小说时不易懂的地方。在《锅碗瓢盆交响曲》的每一讲开头，我把作者题记都播一遍：“刀，怎能不碰菜板？勺，怎能不碰锅沿？我们的铁的饭锅里，好不热闹！”这样可以加强故事的趣味性，主题也可以更为突出。“情”是指演播者一定要动情。前面提到当我朗诵诗或散文时，能和作者感情融为一体，比较容易抒发自己的感情，而演播小说中的叙述语言时，容易陷进客观的介绍，缺乏应有的激情，这是应当特别警惕的。每一部中长篇小说，都有感人至深的章节，如果你自己都不动情，听众又怎能受到强烈的感染呢？《北国草》播出后，许多听众来信都谈到了马俊友救火牺牲的场面。这一段是激动人心的，要求演播者不仅注意节奏，更要注意动情：

马俊友的笑声刚刚出口，只听老乡一声呐喊："快起来，那烧死鬼又活了！"马俊友闻声而起，看看前边麦田里并无火光，扭头一看，一件使人意想不到的事情发生了：那不顾断气的火苗，不知道啥时候把那棵被雷电击落了皮的老橡树给点着了，那棵早已枯干了的老橡树，一着了火，立刻向枝枝杈杈蔓延，瞬息之间烧成了一个圆圆的火球。使马俊友触目惊心是，疾风不断把烧断了的枝杈，从高空直直地抛向防火道，特别是筑在树尖的乌鸦窝，着火之后，风吹着它的散落枝叶，像天女散花般地把火星吹进了麦田。

马俊友像疯了一样喊了一声："乡亲们！抢救麦田——"便朝着麦田跑去，还没容他跑进防火道，麦田已经起火了。马俊友返身跑到麦田边上一个蒿水坑旁边，在淹没膝盖的泥水里打了一个滚儿，又往脸上、脖子上抹上几把稀泥，带着满身泥水，向起火的麦地冲了过去。他用双手捂着脸，在烈焰中翻滚着。

老乡们被马俊友的行为感动了。他们兵分两路，一部分老乡用铁镐去刨那棵着了火的老橡树，想刨断火源；年轻的后生们则跟在马俊友身后，一字长蛇阵地冲进了麦地。他们一边手持各种武器灭火，一边焦心地朝马俊友喊着："快起来！"

"退出火圈……""危险！危险……""麦子烧了可以再种……""人比麦子贵重……别死心眼啦……"马俊友什么也没听见，这个稳重、老实，心中从来无我的年轻人，把自己的血肉之躯变成一台轧路机，只是不断地东滚西滚。

成熟了的小麦，比草原更为易燃，他压灭了这边的火，那边的火又烧着了；火势带着劈劈啪啪的爆响，在几十亩麦田里东游西串。

马俊友的头脑里只觉得自己越来越恍惚，他身子虽然还在不停地滚动着，思想却好像飞离了这块麦田：那是什么？那不是天安门前国徽上的麦穗吗！那是什么？那不是蛇在蠕动，是爸爸吃剩的那根断了的皮带！那是邹丽梅那双长长的辫子！那是什么？白白的像雪片？不，那不是雪，那是妈妈头上的银丝！那是什么？是诸葛开瑞脚上脱落的指甲盖儿！那是什么？

那是卢华带着兄弟姐妹冲进了麦田！

蒿水池的泥水被垦荒队员们滚干了，垦荒队员们在麦田里组成了一支"轧路机队"。当队员们的"轧路机队"和打火的老乡一块把大火扑灭——几十亩的麦田，被大火烧掉了将近一半。

这时，大雨破天而落。垦荒队员在瓢泼的大雨中呼喊着：

“马俊友——”“马俊友——”“马俊友——”

风声。雪声。却没有马俊友的回答声。他静静地躺在灰烬之中，带着年轻人绚丽的梦，离开了他献身的黑土地。暴雨熄灭了他衣服上的烟火，暴雨洗净了他脸上的泥巴，大火夺去了他黑亮的头发，烧焦了他浓黑的眉毛和鼻翼下刚刚钻出的胡须；大火唯一没烧毁的、也永远夺不走的，是在他胸膛前闪亮而晶莹的不锈钢……

邹丽梅没吐出一个字，就扑倒在马俊友的胸膛上——她昏了过去。

天哭，地哭，垦荒队员与老乡们的泪水和着雨水同流……

以上是我对演播小说中有关叙述语言如何处理的点滴体会。我刚刚开始尝试这一工作，望广大听众多多指教。

为了使小说中的叙述语言的演播具有更大的艺术魅力，我体会要注意三个方面、三个区别。要注意的三个方面是：① 介绍典型环境；② 揭示人物性格；③ 交代情节发展与烘托对话气氛，并从这些出发来处理叙述语言，要注意演播时对听众的吸引力，要注意灵活并且有激情。

三个区别是：① 注意叙述语言与人物语言的区别；② 注意说出来的语言和心里想的语言的区别；③ 注意叙述语言本身的变化和发展。这样才能使叙述语言既生动活泼，又有层次和变化。同样又能保持叙述者本人的基调，使之自然、真实和可信。

原载《中国长篇连播历史档案》1984年秋

凡读书，须读得字字响亮

——谈朗读在阅读中的作用

张筠英　瞿弦和

你曾读过多少篇文学作品？你还记得它们的内容吗？有多少作品中的形象是你终生难忘的？有多少作品中的写作手法是你曾运用过的？也许统计完了你会吓一跳：因为你虽然读的作品不少，但印象深刻的作品却不多。是呀！怎样才能做到事半功倍呢？

古人读书有“三诵法”。“三诵”指的是——默通、背诵、朗诵。诵即

一起讲课

为读出声音来。可见古人读书是很注意声音的表达的。古人说："书不尽言，言不尽意。"当你细致认真反复地"诵"时，你就会发现书中的言外之意，弦外之音。宋代哲学家、教育家朱熹曾说："凡读书，……须要读得字字响亮，不可误一字，不可少一字，不可多一字，不可倒一字，不可牵强暗记，只是要多诵遍数，自然上口，久远不忘。"

平时，我们看书时，常常从兴趣出发，一目十行，大概了解一下情节的发展就完了。过后很快就忘了，也体味不出许多细微的东西。但是，如果我们接受了朗诵一篇作品的任务时，那我们就会静下心来首先完整地看两遍，然后想一想：这篇作品到底告诉了读者什么？作品的题材、风格是什么？作品描写了几个人物？这几个人物各自的性格特征是什么？作家在写作手法上有什么独到之处？带着得不到答案的问题再进行细读，直到把这些问题搞清楚。仅此还达不到能朗诵的程度。下一步要张口出声反复读，这时的读，不是客观地读了，而是时而把自己当作是作者在读，时而把自己当作作品中的人物去读。深入地仔细地体验其中的思想感情。这时，你会发现很多客观地看作品时感受不到的使你感动的地方。这时你也就有了表现它的欲望，这种欲望使你想尽办法运用你所掌握的技巧去体现。

这样的"诵"还可以反过来检验你客观分析得是否正确。同时你也会发现有些句子不好读，可能是句子太长，要分一下"语节"；句子里该突出什么，要找一下重音，可能有些字的读音不确切，那需要查查字典，看看规范读音是什么。

有了这些准备，你就可以面对听众朗诵了，如果你能经常面对听众朗诵，那就会克服你谈话时的羞涩感，你会变得大胆和自信。

原载《中国青年报》1985 年 4 月 23 日

朗诵与说话

张筠英

朗诵是一种比较容易普及的艺术形式。爱好朗诵艺术的人也很多，并且绝大部分都是业余爱好。由于没有受过专门训练，不可能有集中的时间进行练习，因而会感到找不着提高朗诵水平的途径，即使读了一些讲解朗诵技巧的书也无法实践。比如练习发声、吐字等的技巧就需要一定的场所和专人辅导。但是，朗诵与其他艺术形式一样，它也是来源于生活的，并且它更接近我们日常生活每天都不可缺少的社会交往形式——说话。朗诵爱好者应该经常注意研究朗诵和说话的关系，并从说话中汲取营养，不断提高自己的朗诵水平。

什么是朗诵呢？朗是响亮的意思，朗诵就是响亮地诵读作品，也就是把无声的书面语言变成有声的口头语言。当然，应该是经过加工的、典型化的、艺术化的口头语言。

语言的口头表达即说话，朗诵也可以说就是代替作者说话。

生活中的说话是每个人每天都在进行的，通常不会感到表达起来有什么困难，语气、语势、重音、停顿，语调声音的高低，强弱、快慢的变化，都是自然而然地产生的。同时，也从没考虑过说话时手脚要如何配合，眼睛该看哪儿，这些也是应运而生无须顾及的。朗诵虽然也是“说话”，但却会发生诸如以下一些情况：不知如何处理语句的语调，全身紧张，手脚不知所措，找不到眼睛应看什么地方，声音也不听使唤，背好的词会忘掉。

与“诗刊”诗会组织者陈爱仪合影

如果我们能让朗诵与说话一样自然、生活化，那该有多好啊！那可以使我们的朗诵做到第一步——不紧张，从而能自由地表达作品的内容。也只有使朗诵做到自然、生活化，才谈得上典型化、艺术化的问题。

朗诵与说话都是语言的表达方式。不过一个是表达书面语言，一个是表达口头语言。书面语言代表作者的思想感情，口头语言代表说话者本人的思想感情；书面语言是作者经过构思而规定好了的语言；口头语言是说话者本人此时此刻产生的随意的语言。这二者之间的差别在于——作者与本人，规定好的与此时此刻。这两点是根本区别。那么，我们只要能把作者的思想感情变成朗诵者本人的思想感情，把已经规定好了的变成此时此刻产生的想法，朗诵岂不是与说话差不多了吗？是的，这就是一条根本途径。这里我们再看看说话和朗诵的过程，以便从中找到实现这条途径的方法。

生活中每说一句话都要经过三个阶段：

一、感觉阶段

二、思维阶段（即“想”）

三、用发声器官表达的阶段——产生有声语言

朗诵时一般认为只有两个阶段：

一、书面语言

二、有声语言

从两者的对比中我们可以发现，朗诵时缺少了说话时的感觉和思维的阶段，变成了直接表达的阶段。

其实，作者在写作时也要经过感觉到思维的两个阶段才产生书面语言的，只是朗诵者首先接触到的是第三阶段（这里成了书面语言形成阶段），前两个阶段需要朗诵者挖掘、想象才能得到，不像说话时是自然而然产生于语言阶段之前的。我们朗诵时，如果能将作者的感觉和思维过程挖掘出来，并融进语调里，作品的语言就真的活跃在朗诵者的脑海里了，他也一定会感到像生活中说话一样自然了。

也许有人说：那么，朗诵就仅此而已了，只需要像自己说话就行了？当然不是的。还必须把说话进行加工、提高，才能达到典型化、艺术化，才能使听众感到既可信，又能得到艺术的享受。

作为一门艺术，人们要求的标准是很高的，不仅要求朗诵者声音响亮，而要富于节奏的起伏，音调的和谐，音色的优美。语调要生活化且富于变化，使听众从你的朗诵中感到作品中的形象仿佛可以看到、可以听到、可以触摸到，宛如活动在面前一样。书面语言所涉及的范围是如此广泛，以致朗诵者本人纵使具有最好的声音条件和语言表现能力，也是不够用的。必须通过借鉴和模仿来丰富自己的语言宝库。最好、最简单易行的学习就是在生活中注意观察别人的典型的语言特征，就是借鉴和模仿别人的说话，运用到朗诵中去。生活中，如果你有意识地观察就会发现，由于每个人发音器官有所差异，发出来的声音高低、宽窄、大小各不相同。有的圆润、有的沙哑，有的洪亮、有的微弱，有的低沉、有的高扬。这种特点，从典型化的角度来看，是能够反映人物的思想和性格的。根据这些特点，我们可以在一定程度上分辨出有的人庄重、有的人轻浮，有的人沉静、有的人狂躁，有的人真挚、有的人矫揉造作，有的人呆板、有的人热情……生活中声音的色彩真是太丰富了，如果能运用到朗诵中去，你一定不会感到缺少表现手段了。如果我们能借用生活中某些人呆板的语调，抑或是狂躁轻浮的语调去表现作品中丑恶的形象，那一定会使作品中所抨击的对象更让人生厌；而借用那些热情、真挚、沉静的语调去表现作品中美好的形象，一定能使被颂扬的对象更令人喜爱和景仰。

反过来说，一个热爱朗诵，善于鉴别说话的人，他会在不断地朗诵实践中发现自己说话的优点和缺点，会把已经形成习惯的说话的缺点加以克服，因为朗诵是对一个人语言习惯最好的检验。我们在朗诵时发现，生活中懒懒散散的人朗诵时也会松松垮垮；生活中自我欣赏的人，朗诵时也会矫揉造作；生活中对外界很冷漠的人，朗诵时也会平平板板、毫无激情。

综上所述，朗诵与说话可以说是互相补充、相辅相成的。说话是朗诵的基础和源泉，朗诵是经过加工的，艺术化、典型化的说话。

有很多朗诵爱好者经常感到一些作品的内容自己不熟悉和不好体会，于是不知该怎么朗诵。这实际上是如何挖掘作品产生的感觉和思维过程的问题。对这个问题，我想用我朗诵过的诗句加以说明。

纪宇同志所写的《风流歌》中有这样一段：

我就是风流，我就是风流，
我是僵化的敌人，春天的密友。

我像一朵鲜花，开在枝头，
我像一个姑娘，目光含羞；

我是一只牡鹿，跳涧越沟，
我像一头雄狮，尾摇鬃抖。

有时，我是无影的，像清风徐徐，
有时，我是有形的，似碧水悠悠；

有时，我化作新娘秀发上的一段红绸，
有时，我变成战士躯体上的一副甲胄；

有时，我是明眸里的一丝火花，
有时，我是笑靥上的一涡蜜酒；

有时，我是铁马冰河风飕飕，
有时，我是气吞万里雄赳赳！

更多的时候我不是饰物和形体，
我是内心里对美的热烈追求！

这是把风流作为我即第一人称来叙述的一段诗句。在这段中有十四个“我”出现。如果我们仅满足把这段背下来，就会朗诵得很平，很不生动。我对这一段中的十四个“我”

的处理。首先展开想象，让它们在脑子里活跃起来；同时，努力调动自己的各个感觉器官，去感受每一个形象的特征。然后，再去寻找能够体现这些特征的语调。比如："鲜花"给人以美好的感觉，语调应该是优美的；"含羞的姑娘"，可以想象成一位少女因为幸福即将到来而害羞的感觉，语调上是含蓄的；"跳涧越沟的牡鹿"是一个轻快敏捷的形象，语调上应该是跳跃轻快的；"尾摇鬃抖的雄狮"，则给人以勇猛之感，语调上要有叱咤风云的气势。"清风徐徐"是柔和的，"碧水悠悠"是流畅的；"新娘秀发上的红绸"可读得俏皮一些，而"战士躯体上的甲胄"给人以刚劲有力和坚实感；"明眸里的一丝火花"是闪动的、热烈的，"笑靥上的蜜酒"甜蜜得使人心醉；"铁马冰河风飕飕"，要能使人仿佛听到战马在冰河上风驰电掣般驰过的呼啸声；"气吞万里雄赳赳"，则应读出磅礴的气势。而最后一句，是具体形象的升华，是十四个"我"的总结和概括，因而要读得有力、严肃，哲理性强一些。

上面这一例说明，当你朗诵某一段诗句时，首先要仿佛看到作品所描绘的形象，还要"听到"它的声音、感到它的质量，并把这些加以综合思考、提炼，形成你对这一形象的态度。然后，由此而产生相应的语调。其实，举例中所说的那些感觉和态度，在生活中都是有的。如：美好、轻快、刚劲、俏皮……只要你能把生活中这些感觉和态度借用过来，一定能产生很自然、很生动的语调，像在述说自己的肺腑之言一样真挚感人。

还有一个朗诵者经常遇到的问题，就是如何夸张。由于朗诵要面对众多的听众，不夸张听众会听不清、听不懂。所以，音量就一定要加大。同时，文学作品又是高于生活的，其思想感情的浓烈程度远远超出生活语言，所以在表现上也应是夸张的。夸张时应注意什么呢？首先要注意的是，外部表现的夸张要以内心感受的激烈程度为尺度，内心感受越强烈，越需要强调，语调越应夸张。同时还要注意，夸张不是脱离说话的基础，要把生活中说话的语调按比例地全面放大，就像数学中相似形的放大一样。切忌个别、局部地放大。如果只加大音量，而语调的起伏节奏没有变，其结果会是一片叫喊声；如果只把语调的快慢节奏人为地安排得变化很大，而不注意相应的高低、轻重及语势的变化，也会造成人工气很浓的"绕口令"式的朗诵。语调变化的这些因素必须协调的。只有这样，才能使朗诵做到既生活化又有艺术性，既自然又感人。

原载中国青年出版社《朗诵艺术谈》1986 年 5 月

演播与配音

张筠英

演播与配音虽然同样是通过电声的语言艺术，但二者的区别还是很明显的。

一是创造性与借鉴性。演播与配音者是一种再创造性的劳动，都是把书面语言变成有声语言的再创造劳动。译制配音是有视觉形象和听觉形象借鉴的创造性劳动，而演播在形成有声语言的过程中是没有借鉴的。演播者要自

为译制片配音

与录音师姚程工作照

己设计语调，节奏变化，挖掘出书面语言的内在含义，展开想象，使书面语言变成活生生的形象。同时在演播时，还要把感觉、思考、再产生有声语言的过程，再现出来。从这一点来讲，演播是有一定难度的。

二是自由性与制约性。从另一方面看，演播者创作自由些，时间的限定是大范围内的，对作品的处理可自由发挥。而译制配音的时间性是严格而又严格的。每一句话，每一个字都限制在屏幕原型人物说话节奏中，每一次喘息，每一个停顿，都要达到一致。在如此严格的限制中。创作是比演播要困难的，我们也可以笼统称为“对口形”，“对口形”有没有规律可遵循呢？现在的电视译制片没有专职的口型员，有些翻译熟悉译制工作，剧本的口形好对一些。有些翻译的剧本可能个别地方有出入，在这种情况下，就需要演员自己来校对。

三是单一性与复杂性。演播者的对象是话筒联系着的假想听众。注意点仅仅是语言和话筒。配音时除以上两个注意点之外，还要顾及画面原型人物的口形、感觉，还要注意与其他配音演员的声音与语调的谐调，在这种多重注意力同时集中于配音的演员一身时，还要做到不说错台词，保持声音力度，实在说不是一件容易的事。

配音时正因为有了视觉形象，因而要求视听形象一致是自然的。所以“对口形”绝不仅仅是口形张合一致，必须把中文的重音安排与外语的重音安排一致起来。因为画面原型人物的声音强调与他的表演是一致的，重音、语调会影响他的形体和面部表情，而形体动作的变化也会带来声音相应的反应。即使人物不说话时，也有与对手的交流和反应。总之，注意力一时也不能放松。因为，配音演员的工作包括了塑造整个人物声音形象的全部内容，而且不能是一般化的，而是要性格化的完整的声音形象。

画面上的视觉形象是神采各异的，听觉形象也是对比鲜明。所以在选择演员时，要了解他们的声音特征，一般有高低、粗细之分。

除声音特征外，还有语言特征，比如：气息的运用，呼吸时气浮，人则感觉轻浮；呼吸沉稳，人则稳重；气深则老成，气浅则年轻。

语音特征也不容忽视。说话时吐字规范，感觉此人做事认真；出字困难，感觉不善于表达情感，呆板。有人句尾甩腔，则感觉骄傲；有人字很松，吐字归音不规整，感觉他玩世不恭；有人出字快，感觉他很利索；有人出字慢，感觉他迟钝……这些语音特点，中国人外国人都是共有的，我们可以用来创造有个性的声音形象。

作为一个配音演员，应该具有多方面的修养才能塑造不同的形象。比如唱歌，说一些外语等。在日本电视剧《空中小姐》中，一群爱笑爱闹又爱唱的姑娘，像一群喜鹊，她们不仅要说英语（当然是简单的，听众一般都知道的）而且还要唱，高兴时唱，生气时也唱，聚会时唱，分别也要唱，这些唱不是一般地烘托气氛，强调色彩，而是与塑造人物有关，与推动剧情发展有关，因而在录制前，我作为导演，先把乐谱记好，把中文词改编好装填进去，让演员们先学会。在录制时，几段带有情绪的唱，很顺利地通过了。

虽然配音演员的注意力是分散的，但应在准备过程中，熟悉过程中，解除一切负担，以便在录制时集中精力，表达人物情感。情是统帅，气托声、声传情，这是我们常说的。演员在录制过程中产生激情是宝贵的，导演应加以保护，如果因为一些不重要的原因要重新录制时，导演应慎重考虑。

原载《当代电视》1993 年第 2 期

我的热爱　我的追求

张筠英

凡属语言的艺术和艺术的语言，我都感兴趣。我做过演员，当过导演，而我的本职工作是台词教师。可以说我是以追求语言的艺术魅力为最高目标的。

以声音为全部表现手段来塑造听觉形象的只有广播这一艺术形式，这

中国廣播報

ZHONGGUO GUANGBO BAO

中央人民广播电台主办 1987年 第10期 （总970期） 3月11日出版 代号1—8

我的热爱 我的追求

本文作者 张筠英

凡属语言的艺术和艺术的语言，我都感兴趣。我作过演员，当过导演，而我的本职工作是台词教师。可以说我是以追求语言的艺术魅力为最高目标的。

以声音为全部表现手段来塑造听觉形象的只有广播这一艺术形式，这是一个能施展声音全部魅力的天地。所以，对于我来讲，喜爱广播是多么自然的事。

记得第一次在广播剧中担任解说，导演曾要求我把「推起」、「倒下」这两个词读出动势来，这使我醒悟到语言的形象感是需要用声音的大小、粗细、强弱与虚实的配合来表现的；当我第一次朗诵中篇小说时，导演要求我用声音区分开二十个人物形象时，我更加深刻地体验到声音的天地是这般广阔；当我在广播中朗诵散文和诗歌时，时常深深地沉醉于那充满情感的语言的韵律和节奏之中……

演播工作给我的启迪，使我感到，对语言艺术的探索是无止境的。

最近我导演了两个广播剧，体验到广播剧导演工作的艰辛，更认识到语言艺术潜在的巨大创造力。从剧本到制作的全部过程都依赖于导演对声音的想象，各种人物声音的配合以及与音响、音乐的配合。这种配合是那么巧妙，又是那么严格，感谢电台同志给予我这一机会。

在广播剧《老莫的第二个春天》播出之前，我能向广播工作的前辈和广大听众说说我的心里话，说说我的热爱，我的追求，我感到莫大的欣慰。今天向大家呈现的这部广播剧，是一朵还没开好的花，可能不够香，可能不够艳，仅仅是我探索过程中的一个不成熟的作品，希望能够有大家喜爱的片片断断，至于那些不成熟的地方，我将会在今后的实践中进一步探索、改进。

广播剧《老莫的第二个春天》中央台三月十二日①十九点十三日②十九点四十分播出。

报刊上文章

是一个能施展声音全部魅力的天地。所以，对于我来讲，喜爱广播是多么自然的事。

记得第一次在广播剧中担任解说，导演曾要求我把“推起”“倒下”这两个词读出动势来，这是我醒悟到语言的形象感是需要用声音的大小、粗细、强弱与虚实的配合来表现的；当我第一次朗诵中篇小说时，导演要求我用声音区分开二十个人物形象时，我更加深刻地体验到声音的天地是这般广阔。当我在广播中朗诵散文和诗歌时，时常深深地沉醉于那充满情感的语言的韵律和节奏之中——演播工作给我的启迪，使我感到：对语言艺术的探索是无止境的。

最近我导演了两个广播剧，体验到广播剧导演工作的艰辛，更认识到语言艺术潜在的巨大创造力。从剧本到制作的全部过程都依赖于导演对声音的想象，各种人物声音的配合以及与音响、音乐的配合。这种配合是那么巧妙，又是那么严格，感谢电台同志给予我这一机会。

在广播剧《老莫的第二个春天》播出之前，我能向广播工作的前辈和广大听众说说我的心里话，说说我的热爱，我的追求，我感到莫大的欣慰。今天向大家呈现的这部广播剧，是一朵还没开好的花，可能不够香，可能不够艳，仅仅是我探索过程中的一个不成熟的作品，希望她还能有大家喜爱的片片段段。至于那些不成熟的地方，我将会在今后的实践中进一步探索，改进。

原载《中国广播报》1987 年 3 月 11 日

我们爱风流

——《风流歌》朗诵体会

瞿弦和　张筠英

当中央人民广播电台要我们朗诵这首诗时，首先吸引我们的是这首诗的题目——《风流歌》。的确，什么是风流？谁不爱风流？这是一个既吸引人又发人深思的主题。

我们一口气读完了四个章节。啊！真是一首优美亲切、深刻的诗篇。它寓意深刻，语言流畅，清新自然。诗句富于韵律节奏，而且有规律不呆板；

朗诵“风流歌”

与诗人纪宇合影

感情色彩浓烈而且有大幅度的变化。这样，使我们在处理作品时，就有了起伏跌宕的变化依据。

更可贵的是，这首诗的主线——风流，为我们提出了一个美学范畴的问题。这里的风流是褒义的，正如苏轼的不朽诗句“大江东去，浪淘尽，千古风流人物”。毛主席的诗句“数风流人物，还看今朝”等都是对风流的颂扬。

在现实生活中，特别是一些年轻人，追求风流，向往风流，但却不知道风流的内在实质是什么。他们追求了那些表面的风流，遭到人们的嘲笑，而自己还百思不得其解。

车尔尼雪夫斯基说：“美是生活。”那么，这些年轻人追求的风流与美和生活，究竟是什么关系呢？这篇作品对这些现实生活中碰到的问题作了诗意的回答。因而这首诗的针对性很强，对象感也很明确。

根据这首诗以上的特点，我们在处理这篇作品时，把朗诵的基调定为谈心式的。朗诵的时候，就像是在和年轻朋友们一起探索，一起研究，探索风流的外在体现和内在实质的关系。研究风流的过去和现实。所以整篇作品力求做到不叫喊，不生硬。与诗本身的风格一致。

诗中的四个章节在男女朗诵的分配上，一、四章为合诵；二、三章分别为女声和男声独诵。

第二章是作为“风流”的第一人称的自述出现的。因此采用女声独诵为宜。

这一章自述的“风流”，旨在回答第一章中年轻朋友提出的问题，以风流的外貌、实质以及它的历史引导年轻人去对比，思索今天的风流应该是什么，鼓励年轻人争做时代的风流人物。

这一章一开始就出现了鲜花、姑娘等十二个不同形象。要把这十二个形象读好，必须充分调动演员的各种感觉，把它们的共同点——“美好”强调出来。这十二个形象，我们运用虚实、快慢、高低的对比的语调来读，鲜花与姑娘要读得秀丽和含蓄；牡鹿要读出轻捷之感；雄狮则要读得有气魄；清风要读得缥缈，使人感到一只温柔手掌的摩挲；碧水要读得通畅实在；红绸要读得俏皮；甲胄要读出坚硬之感；火花要读得短促，似在闪烁；蜜酒要读得甘醇；冰河则要读得凛冽、锋利；气吞万里则应该表现出宏伟雄浑的气质。

第二小段，从“人类多长寿”至“风流人物千古不朽”，是回顾历史，在读法上吸取了一些类似戏曲韵白的念法，节奏稍放慢，使听众浸入回忆的境界。千古不朽的风流人物，都有崇高的思想情操，因此对“先天下之忧而忧”和“不扫奸贼誓不休”，这两个点睛之句必须作重点处理。读得铿锵、深沉。

最后一个小段，承上启下，引导人们深思：八十年代的风流是什么？鼓舞人们去创造新的风流。这一段节奏要向上推，给人以充沛的力量和坚定的信念。既能表现作者的感情，又体现了时代的期冀，同时也表达了我们朗诵者的热望。

原载《朗诵报》1985 年 3 月第 4 期

行动性、形象性、音乐性（节选）

瞿弦和

为了使朗诵能达到较高的艺术水平，这就需要朗诵者掌握好朗诵的技巧。根据多年在朗诵实践中的体会，我认为朗诵的技巧可以归纳为行动性、形象性、音乐性三点。

一、行动性

我们在观看各种演出的时候，曾发现过这样的一些现象：在重要的演出活动中，有的演员紧张过度、晕场、不敢上场、心动过速、脸色发白，朗诵时两手僵硬、两腿哆嗦，有的把词说颠倒了自己毫无觉察，有的顺拐走路自己都没发现。还有的人朗诵时自我欣赏、自我意识过强，觉得自己多么美、声音多么甜……更多的情况是，朗诵一篇作品时，不知道自己说出的话要告诉大家什么，不仅听众糊涂，连自己也不明白。所有这些，都说明了一个问题：缺乏朗诵的“行动性”。

朗诵是具有行动性的艺术。一篇朗诵作品行动性的确定，是基于对作品所揭示的内容以及作品产生的时代背景等的深刻理解。朗诵的形象性和音乐性都是在行动性的基础上产生的。“行动性”是朗诵者在整个朗诵过程中的核心问题，只有掌握了“行动性”，才有处理作品的依据。有了行动性，朗诵者就可以进入作者的心灵；就可以通过体验，将作者的诗句融进自己的心灵；就

与诗人雷抒雁合影

可以经过体现，使诗句飞进听众的心灵。

二、形象性

形象，是指文学艺术区别于科学的一种反映现实的手段。它是根据客观现实生活各种现象加以艺术概括所创造出来的，有一定思想内容和艺术感染力的具体、生动的图画。形象性是文艺作品用形象的特殊形式反映现实生活所具有的具体、可感、生动，能唤起人们思想感情的属性。

朗诵的形象性的体现，要求朗诵者在朗诵时通过语言、形体变化等手段，再现作者创造出来的、有一定思想内容和艺术感染力的具体、生动的图画，并使观众从朗诵者那里真切地感受到。

当我接到一篇使我激动的作品时，随着作品的描写，我常常在脑海里想象出幅幅生动的画面。我仿佛看到那静静的小河，喧闹的街市，战斗着的英雄，胆小的懦夫。如雷抒雁的《小草在歌唱》，它是为悼念张志新烈士而作的。诗的开头是这样的：

风说：忘记她吧！
我已用尘土
把罪恶埋葬！
雨说：忘记她吧！
我已用泪水
把耻辱洗光！
是的，多少年了
谁还记得
这里曾是刑场？
行人的脚步来来往往，
谁还想起，
他们的脚踩在
一个女儿
一个母亲
一个为光明献身的战士的心上。
只有小草不会忘记。
因为那殷红的血，
已经渗进土壤，
因为那殷红的血，
已经在花朵里放出清香。
…………

多么含蓄、深沉而又有意境的诗句呀！作者的构思又是那么巧妙，使这首诗的开头非常吸引人并且不同寻常。

那么，诗句产生在什么样的环境之中呢？我设想：作者是站在张志新烈士当年牺牲的刑场上，对着那空旷的，只有小草的刑场，感慨万分而写下来这些诗句。刑场是什么样的？我没有见过，那怎样才能想象得更具体、更形象呢？

我记起了在报纸上看到的解放军某部战士的一篇文章，那篇文章中曾较详细地描述张志新同志在刑场上牺牲的经过。通过这篇文章，刑场的具体环境在我脑海中逐渐完整起来，张志新烈士坚贞不屈、毫无惧色为真理而斗争的形象在我心中逐渐树立起来，甚至可以感到经过这里的风啊、雨啊，它们是在带着痛楚的心情来抚摸张志新同志的英灵。特别是刑场上唯一有生命力的小草，因为它的躯体已溶进英雄的鲜血，它的思想已同英雄一脉相通，因此她在风中、雨中摇摇摆摆地不停地唱啊、说啊，哭诉着心中的悲伤。

没有联想，没有想象，朗诵者无法进入到作者的心灵中去，也就无法在自己的头脑中展开形象的画面。联想、想象，可以说是艺术工作者的天性。当他接到一部作品时，随着诗句的描写就会展开带有金翅的联想、想象，把自己置身于诗的生活图画之中，让自己的全身心活跃起来，让这些图画也活跃起来，一幅幅活动的图画构成了诗的活动背景。朗诵者站在舞台上就像是一个诉说者，他在诉说自己所看到的、听到的各种使人激动的形象，他在倾诉自己心中的爱、恨、欢欣、痛苦……他要告诉观众的思想"就像水晶散发出来亮光一样从作品中散发出来"（别林斯基）。

虽说联想和想象是艺术工作者的天性，但要想得对、想得丰富、想得深刻，与自己的生活阅历，与自己对生活的理解分不开。比如前面所讲的雨巷，就与自己距离太远，因此理解得太浅。有些诗则比较容易把握，比如杨牧同志的《我是青年》这首诗。我觉得作者写的就是我们这一代人，而我也有诗中类似的经历——正如诗中自我简介所述。想到这些，我的心情便不能不激动，觉得我要为我们这一代人说说心里话，这些话是带着酸味的杏干，酸中有甜、苦中有乐。这些话——心里的话与这首诗的味道是多么相同呀！我从我的经历出发补充、丰富了诗文的内容，诗中的形象便在脑里活跃起来了。

想象和联想在朗诵者那里，必须是具体的、非常具体的并符合作品内容的才有用。我们要把作品吃透，才能选择出联想和想象的范围。首先把作品内容所反映的时代、时期、时间甚至包括季节，早、午、晚都要搞清楚。然后把作品所描写的环境地点搞清楚，是外国还是中国，是工厂还是农村，是山间还是湖泊，是宫殿还是街道小巷……再有，把作品所描写的人物行为、性格、声音、相貌以及人物的经历等都搞清楚。

另外，作为朗诵这种形式，特别是诗歌，往往以抒发作者本人的思想感情为主。在很多政治抒情诗中，并不一定出现具体的人物，而我们研究的人物则会涉及作者本人，因为诗是作为作者的话体现出来的，作者本人的性格、思想、行为都会倾注在诗句之中。

其次，朗诵者联想和想象的画面不应是死板的、静止的，而要随着诗句的内容不断移动、飞跃，从而赋予这些画面以活跃的生命力。朗诵者通过这些活动的画面给朗诵内容插上翅膀，去感染观众、飞进观众的心田。

三、音乐性

我曾听到过这样的议论：朗诵是最枯燥、最死板的。我却以为不然。不是吗？在一篇文学作品的朗诵中，有时气势磅礴，有时娓娓动听；有时层层递进、一气呵成，有时一字一句从容不迫；静时万籁俱寂，动时倒海翻江。朗诵的这种起伏跌宕、变化多端的色彩，犹如一首乐曲一样，具有音乐之美。果戈理曾经说：“……用语言表达出来的心灵的声音比音乐远为复杂多样。”斯坦尼斯拉夫斯基近六十岁时说，他的台词不够表达普希金诗剧全部丰富的内容和那种感人的力量。他希望把他演过的角色重新再演，要加强台词的音乐性。

音乐之所以具有令人陶醉的魅力，是因为它有优美动听的曲调。曲调是按照一定的高低、长短、强弱关系而组成的声音的线条。一般来讲，朗诵时声音色彩的变化称为语调。语调同样也是由声音的高低、长短、强弱这些因素组成的。不过，语调与曲调相比，没有曲调那么规整，变化幅度也较小，而且朗诵者的语调需要朗诵者本人创造，而音乐的曲调是作曲家已经规定好了范围的。

从上面我们可以看出，朗诵者的创造过程是个很细致、很复杂的过程。我们常说，作家是写出来的语言的作者，而演员是说出来的语言的作者。创造语调是朗诵者体现作品思想感情很重要的手段。因此，我们在创造语调时，特别要注意声音的高低、长短、强弱的变化，使语调能具有音乐的魅力。这就是我所说的朗诵的音乐性。

富于音乐性的语调的依据是我们前面所讲的语言的形象，形象的含义本来不光是视觉，还有听觉形象。朗诵主要是听觉形象的艺术。要让观众听到作者的心声，首先朗诵者自己要先听到作者的心声，从作品中听到人民的呐喊，听到马蹄嗒嗒，听到大河奔流，听到风声呼呼，听到流水哗哗。这些借助联想和想象感觉到的声音，便是我们处理语调的依据。

诗歌、小说、散文等文学作品绝不是朗诵者随意说出来的语言，而是经过作家精心雕琢出来的精练的典型的语言。因此，朗诵者不仅要理解作品的思想，找出行动性，要置身于作品之中想象出语言所包含的视觉、听觉形象，还要运用语音、语言的许多技巧加以处理，才能达到形象、生动、准确，具有音乐性的标准。

朗诵这门艺术是我热衷的事业，它有使人陶醉的魅力，它的艺术境界是无止境的，它那丰富多彩的、变化发展的内容和题材，需要我们永远不断地探索和追求。

原载《朗诵艺术谈》1986年5月

“游子吟”朗诵教学示范课设想

张筠英

这是一堂有些特别的辅导课。交给我任务的杜敏老师是这样说的：1 月 28 日我们的“中华好童声”颁奖典礼将在首都博物馆礼堂举行，我想让你在舞台上示范教学古诗“游子吟”，这个设想，你来完成最合适。

答应了这个任务后，静下心来一想：这到底是表演小品呢，还是上辅导课呢？如果二者合一，既要有像剧本一样的提纲程序，又要有现场发挥

现场教学

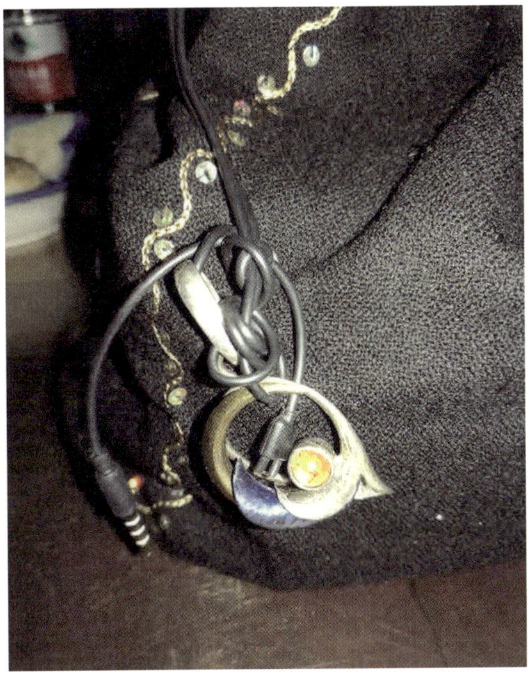
向孙儿讲述传家宝

即兴的部分，二者如何结合呢？

经过一番思考，我先设定了舞台上要有三位小朋友。

这样可以有互动的谈话、可以有现场提问、小朋友也可以讲述。一般的课，如果学生不会，可以下堂课再回答；如果老师讲得不明白，可以下次再补充。而这些，这次都是不允许的。另外，还要有时间观念，十五分钟内必须结束。

我让舞美人员在台左摆一把椅子，在台右放三个小凳子，形成“八”字形。我要求小朋友出场前准备一个家长对自己关爱的感人短故事。开始之后，分几个步骤：

A. 三个小朋友自我介绍姓名、年龄、年级，三人一起朗诵“游子吟”；

B. 我介绍古诗“游子吟”的写作特点及思想意义，讲明此为五言诗，篇幅短小、语言平淡、清新自然、有民歌风味。诗分两层意思，前四句通过缝衣的细节歌颂母爱；后两句以小草难于报答阳光做比喻，描写儿子对慈母的孝心。

C. 请小朋友用生活语言讲出“游子吟”故事的前四句。我会提醒几点：母亲什么时间缝衣？那个年代桌上点的是什么灯？母亲缝衣时是什么心情？在提醒过程中，告诉小朋友描述情景必须想象丰富灵动，要有影视般的画面出现在眼前。

D. 接下来，我要讲“游子吟”的后两句，这两句不是描述，而是感叹，属于抒情范围。用什么语调呢？反问自己？教育别人？还是自愧做得不够，表达今后要好好孝顺父母？……

此时，请三位小朋友每人讲出准备好的“家长关爱自己”的短故事。孩子们讲完，我以妈妈、奶奶的身份讲讲自己对儿孙的爱。

先讲一个儿子的故事：20 世纪 70 年代，“文化大革命”时期人们的服装几乎是千篇一律的。一天，儿子瞿佳吃晚饭时对我说：“妈妈，我们学校有一个男生穿了一件很好看的上衣。”

“是什么样的？”

“就是那种下面比上面紧的那种。”

“噢，我知道了，是夹克衫，对吧？”

“大概是吧。”

晚上儿子睡了，我搬出手摇缝纫机，又找出一本杂志，终于找到一款夹克衫的样子，然后翻箱倒柜找出一块深灰色底、带暗红和深蓝格子的料子，再用儿子当时穿的一件衣服作为尺寸的标准，拿出画粉、尺子……裁剪开始，接着上缝纫机……老天有眼，裁剪得非常准确，缝制也很顺利！晚十一点半，一件夹克做好啦，我剪去多余的线头，用熨斗熨平，十二点，完成了。

儿子（前排中）瞿佳演出照

第二天早晨，儿子起床后，我给他穿上新夹克，他迫不及待去照了照镜子，高兴地说："太合适了，太合适了！我们学校的那个同学穿的就是这样的！"可能因为这件衣服是妈妈亲手缝制的，袖子肘部破了还在穿，我发现了，就用一双旧的皮手套剪成椭圆形补在袖子上，成了一件当时很时髦的夹克。

再讲一件我和小孙子靓靓的故事。当我知道他要出国留学时，心里非常不舍，觉得不能天天见到他了，他却反过来安慰我说："奶奶，一放假我就回来看你！"分别来得太突然，几天之后就要走，我想，应该给他带些什么呢？我用黑底金色图案的围巾做了一个礼品袋，里面放了祝福平安的料器，我最喜欢石料，因为它实实在在、天长地久。然后写了一封信，我本想读给他听，但是我的小孙子按住这封信说："别念，不要念，我走以后一个人时再看。"他说完转过脸，偷偷擦了一下眼泪……停顿片刻，我说："靓靓，奶奶是用心给你写的，希望你别丢了，放在一个保险的地方，若有不愉快的事情，或有犹豫不决的时刻，你可拿出来看看，或许有点帮助。”因为我在装信的盒子面上写了四个字——坚强、快乐。围绕这四个字，我写了我的经历、体会，写了他的过去以及未来可能遇到的问题，要一生记住你自己的行为原则——“淡定”，能做到荣辱不惊才能使自己一生平安。在信的最后，我送给他一首大家都熟悉的歌词：“……你拥有我，我拥有你……在很久很久以前，你离开我去远方翱翔，当你觉得外面的世界很精彩，我会在这里祝福你……当你觉得外面的世界很无奈，我还在这里耐心地等待你。每当夕阳西沉的时候，我总是在这里盼望你。天空中虽然飘着雨，我依然等待你的归期。”

后记

在舞台上当我讲完我给儿子做衣服时，台下突然有一个人站起来说：“我是首都博物馆的书记，想问张老师，您做的这件衣服还在吗？我们可以收藏”，我赶忙说：“衣服是有，但不够博物馆的档次”，书记笑着说：“够格、够格”，在场的人都笑了！

此时我想到那年送儿子出国，在返回北京的飞机上，放的音乐是“故乡的云”，相当长的时间，直到现在，我都不敢听这首歌，一听就会掉泪。这次当我轻声唱起“外面的世界”时，我流泪了，没想到，现场的观众鼓掌了，也流泪了，还跟我一起唱。

2018 年 1 月　北京

朗诵作品的解读与呈现

瞿弦和

我一直致力于朗诵艺术。回想起来，从1955年我的少年时代，在中央人民广播电台少儿部第一次播出苏联诗歌《怕黑暗的别佳》开始，到现在纪念长征胜利80周年朗诵李本琛的《丰碑》，经历了60余年的时间。这61年朗诵的实践从未间断过，今年已经72岁了，我今天想用我朗诵过的三首诗的简短的体会，简单地阐述一下朗诵作品的解读、理解和呈现。

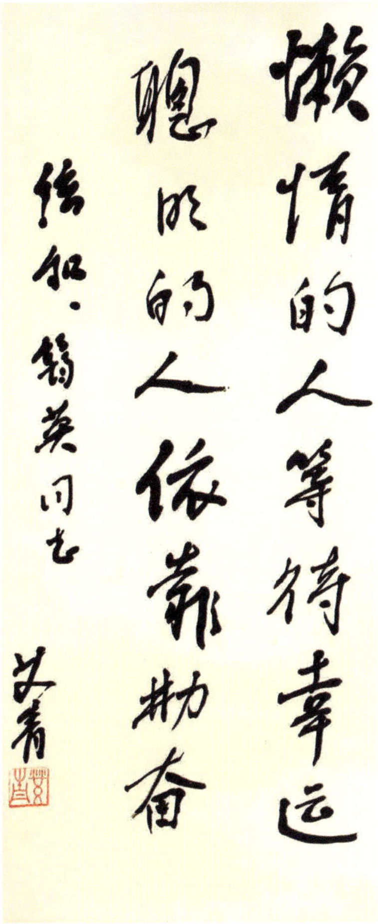

艾青老师题字

因为大家对我在朗诵中的表现，常常有人评论我是学院派，或者说，瞿弦和朗诵挺动情的，且不说这些评价是否准确，自我感觉我一直是遵循着“体验”到“体现”的创作规律。我记得这样一句名言说：“行动是捕捉情感的网罟”，是指一个演员或者一个朗诵者在舞台上要紧紧地抓住他的“目的”和“任务”，然后要做到这一点，就离不开对朗诵作品的“解读”和“理解”。只有“解读”和“理解”之后，才能把握准确的基调，才能找到目的和任务，才能产生语言的节奏，才能爆发饱满的激情。

第一，“解读”和“理解”，能够找到在舞台上的目的和任务。

在纪念左翼作家联盟成立50周年时，我朗诵了著名诗人艾青的作品。《大堰河——我的保姆》。接到这个任务时，我正在厂里拍电影，同组的演员们热情地给我出主意。有人说，你看看地图，大堰河在哪个省；有人说，虽然大堰河是他的保姆，还有没有歌颂河流、歌颂故乡、歌颂民族，赞美祖国的其他含义。我没有立即背诵，在拍摄的间隙，我回到北京去了艾青老师的家。

艾青老师知道了我的来意，笑呵呵地说：“小瞿，你们对那个时代不太熟悉。那个年代，出来做工的农村妇女，都是没有自己的名字的，大堰河就是生她的村庄的名字。”

我紧接着问：“除了想念一个保姆、歌颂你的奶妈、回忆那些难忘的情景之外，还有没有其他的含义？”

他说：“没有！当时这首诗发表的时候，有一条评论，我就觉得很好笑。评论中说：‘美洲有密西西比河，欧洲有伏尔加河，非洲有尼罗河，中国就出了个大堰河’。”

艾青老师说：“当时我就觉得很可笑，现在我告诉你，这首诗没有别的含义，是我在监狱里来回踱步时，看到了监狱的小窗外飘进来雪花，使我不禁想起我在给保姆上坟时的情景。那一天，天上也是飘着雪花。我看着雪花，浮想联翩，想起了我的保姆，从小

在艾青故居大堰河雕像前

与诗人杨牧合影

朗诵杨牧作品《我是青年》

把我带大，我在他谈话的过程中，我体会到他对保姆深深的爱。”

我也不由得想起我自己少年时代的保姆，那是因为来自农村的小脚老太太，走路很吃力，什么样的重活都能干，我也不由得想起许多人家的保姆在为主人的孩子精心的抚育。所以我把朗诵《大堰河——我的保姆》的行动性确定为：歌颂一位朴实的农村劳动妇女。艾青老师这首诗写得很仔细，特别是那段大家熟悉的：

你用你厚大的手掌把我抱在怀里，抚摸我。
在你搭好了灶火之后，
在你拍去了围裙上的炭灰之后，
在你尝到饭已煮熟了之后，
在你把乌黑的酱碗放到乌黑的桌子上之后，
在你补好了儿子们的为山腰的荆棘扯破的衣服之后，
在你把小儿被柴刀砍伤了的手包好之后，
在你把夫儿们的衬衣上的虱子一颗颗地掐死之后，
在你拿起了今天的第一颗鸡蛋之后，
你用你厚大的手掌把我抱在怀里，抚摸我。

每当念到这儿的时候，一种感恩之情就会油然而生。艾青老师的夫人高瑛曾多次回忆：“艾青讲，我写这首诗时没有流泪，不知为什么，每次听瞿弦和朗诵我都会流泪。”所以这首诗也给我留下了难忘的印象，对作品的“解读”和“理解”，能够准确地找到朗诵者的目的和任务。

第二，“解读”和“理解”，能够产生语言的节奏。

我曾经朗诵过著名诗人杨牧的作品《我是青年》，这是一部获奖作品。诗人在诗的前面有一段自我简介，生于1944年，36岁，属猢狲，也就是属猴，因久居沙漠，前额有三道长纹，并两道短纹，额顶已脱去25%左右的头发。

我非常喜爱这首诗，因为诗人跟我同岁，而且跟我有相同的经历，我在大西北的青海省曾经工作生活了8年，诗中所描述的每一个仔细的环节，我都记忆犹新，历历在目。诗中有三段同样的“……哈，我是青年”，三处同样的“笑”。根据我对那个时代的理解，这三处“笑”，我处理成无可奈何的苦笑、麻木的傻笑和自我的嘲笑。具体说：

第一段原文“还叫我青年”，意思是36岁的，怎么还能叫青年呢？真是无可奈何。我处理成自己默默地苦笑，“……哈，我是青年！”

第二个“笑”，“而当我的诗句，出现在人们面前的时候，竟像哈萨克牧民的羊皮口袋里发酵的酸奶子一样新鲜！……哈，我是青年！”我没想到我们的才华在十年动乱之后，人们才得以承认。

第三个“笑”，“我以青年的身份，参加过无数青年的会议，老实说，我不怀疑我青

担任《黄河大合唱》朗诵

上海会场

年的条件。三十六岁，减去‘十’，正好……不，团龄才超过仅仅一年！……哈，我是青年！”觉得很可笑吗？接到后面那就嘲笑自己了。

而到最后的“我是青年”则不再笑，重音放在“是”上，用肯定的语气，严肃地正视“青年”这个称号，表达自己的决心。

这是一首励志的诗，这种节奏的产生、节奏的处理，也是来自于对作品的解读和理解。

第三，“解读”和“理解”，能够激发饱满的激情。

我曾经朗诵过《黄河大合唱》几个段落的中间部分；参加《黄河大合唱》的演出，可能有 30 年的历史。《黄河大合唱》原来是八段体，但是往往我们演出是七段体，因为第三段“黄河之水天上来”，是单独的一段配乐朗诵。1986 年，香港宝丽金唱片公司为了出版全套《黄河大合唱》，把任务交给了我。在严良堃老师的指导下，我完成了这段朗诵。光未然老师生前也看到了全版的《黄河大合唱》演出。这不仅是一个配乐朗诵，它里面有大段的对黄河的赞美。

我在分析的时候，不由得想到了自己曾经去过壶口瀑布，曾经看到过黄河奔流的情景。当我读到诗句的时候，我能够感受到他对黄河的描写，不仅仅是对河流壮观的描写，而是对民族精神的写照；他是通过黄河的奔腾咆哮，来表达中华民族的气势，中华民族的决心。所以在朗诵中，就可以把自己的语言节奏加快，在必要的地方找到激情点。比如，以下这一段跟乐队的音乐旋律完全是吻合的。

在十里路外，仰望着它的浓烟上升，
像烧着漫天大火，使你感到热血沸腾；
其实凉气逼来，你会周身感到寒冷。
它呻吟着，震荡着，发出十万万匹马力，
摇动了地壳，冲散了天上的乌云。

因时间关系不用多讲，我的想法：我们朗诵爱好者一定要注重对作品的解读和理解，只有做到这一点，才能把作品完整地呈现出来。也就是说，朗诵者一定要进入作者的心里，把作品融进自己的心灵，再把作品送到观众的心里。

最后，再次向上海的朗诵家们艺术家们表示致敬，感谢，让我们团结起来，为我们钟爱的朗诵事业做出更大的贡献。谢谢！

在上海朗诵艺术高峰论坛上的演讲　2016 年 11 月 12 日

“星期朗诵会”寻踪

瞿弦和　张筠英

一个星期日，我们在北京门头沟体育馆演出，设在场地中央的主席台离我们很近，刚走上台我们不约而同地发现了一张熟悉的面孔，他戴着眼镜微笑着鼓掌，亲切热情。呵，著名的吴思敬教授！现场没有交谈的机会，演出后我们驱车回家，半路上我夫人手机里收到吴思敬教授的一条信息：“你们对

与吴思敬教授合影

作品理解准确，朗诵前对门头沟矿区的回忆感人至深，祝贺！”

我们到家后吴教授又打来电话，他说：“今天是周日，唤起了我对当年‘星期朗诵会’的回忆，你们有印象吗？如果有印象，写一篇文章好吗？”

哇，“星期朗诵会”，那是20世纪60年代初期，北京出现的颇受欢迎的艺术品牌，它也是对我们投身朗诵艺术的启迪，当时我们还都是中央戏剧学院的在校生，是朗诵艺术的发烧友，是“朗诵会”热心的观众，能写一篇“星期朗诵会寻踪记”太有意义了，我们毫不犹豫地答应了。

常言道：“想着容易办着难。”当年的朗诵界的元老绝大部分已辞世，那时也没有能力留存更多的有关资料，我们只知道创办者当中有健在的、德高望重的殷之光老师，对，求教殷之光老师！

殷之光老师年逾八十，是著名的朗诵艺术家，18岁时担任了上海工人业余朗诵团副团长，1958年他告别了刑事侦查员的生涯，成为中央广播文工团第一代广播、电视剧的演员，他不仅策划、组织了“北京星期朗诵会”，1983年，他勇敢地竖起了第一块专业朗诵艺术团的牌子——北京朗诵团。几十年来，他一直活跃在朗诵艺术领域，为朗诵事业做出了卓越的贡献，他是首届“朗诵艺术贡献奖”的获得者。

当他得知我们要写一篇有关“星期朗诵会”的文章时，满怀激情地讲起了往事，拿出了他保存的珍贵资料。

1963年3月24日，《北京晚报》刊载了新华社24日讯：“今天上午，诗刊社和北京话剧、电影演员业余朗诵研究小组在北京儿童剧院举办了‘星期朗诵会’。它受到了广大群众的热烈欢迎，数百张入场券在开始售票后一小时内就被人们竞购一空，还有许多买不到票的诗歌爱好者，站在剧场门口等候退票。”报道中所提等候退票者，就包括我们和中央戏剧学院表演系61班的同班同学。我们对朗诵的痴迷的程度，不亚于现代的“追星族”，从剧场走出来，口中还在模仿着老演员朗诵西蒙托夫诗句的语气。同班同学王稔就念念有词地说：“就让他这样吧！”把“让”字读得很长，“这样吧”读得很短，以致成为全班男同学的口头禅，动不动就来一句“就让他这样吧”。王稔今年也已76岁了，仍在青海工作，我们写这篇文稿时打电话给他，说起“星期朗诵会”的事，他马上就来一句：“就让他这样吧。”可见朗诵对作品的再创造给人多深印象。

朗诵研究小组包括谁？殷之光老师告诉我们，5个人：殷老师本人、北京人民艺术剧院的朱琳老师、赵韫如老师、董行佶老师，还有北京电影演员剧团的杨启天老师。

我们找到了诗刊1963年7月号中的诗讯，其中写道：“为了推广和研究朗诵艺术，北京市话剧、电影演员中的朗诵爱好者，在中国作家协会、北京市文联等单位的关怀与支持下，建立了业余朗诵研究小组，研究小组的主要任务是研究和探讨各种不同内容、题材、风格的文学作品的朗诵方法，交流朗诵经验，互相观摩学习，并研究朗诵艺术民族化、群众化等问题。朗诵研究小组，还将有计划地、经常地组织朗诵演出，配合各个时期的宣传任务，加强演员的朗诵实践，满足广大观众对朗诵欣赏的需求。”

我们通过朱琳老师的孙儿刁晓晓、北京人艺原副院长严燕生、董行佶老师的女儿董媚等人找到了他们当年的照片，人艺现任院长任鸣还特别叮嘱剧院资料室全力提供帮助，中国儿艺的冯俐书记让资料室提供了20世纪60年代儿童剧场的全景照。

看到照片，心中升起由衷的敬意。殷之光老师是当年朗诵研究小组唯一健在的元老，他铿锵有力、节奏鲜明的朗诵已成为一种风格。朱琳、董行佶老师是我们中央戏剧学院表演系的台词老师，那时我们是大三的学生，正逢独白对白单元，他们来上课，会引来许多的“旁听”者，其中包括学院的青年教师。董行佶老师对张筠英的台词极为肯定，这可能是张筠英毕业后留校任教的原因之一吧，董行佶老师具有天赋的声音，运用自如，张弛有力，吸引着无数朗诵爱好者。朱琳老师被誉为中国话剧舞台的皇后，功底深厚、台词充满韵味，是杰出的话剧表演艺术家，诗人郭沫若在亲笔书写的条幅中对她有高度的评价。那个学期瞿弦和的小课老师是朱琳老师的爱人著名艺术家刁光覃，他教弦和话剧“李国瑞”中李国瑞的独白，为日后的台词增添了性格化处理的能力。赵韫如老师主演的多部话剧我们都观摩过，而她写的文章《诗朗诵的甘苦》，对朗诵“边海河畔”的体会又给朗诵爱好者许多启迪。杨启天老师在电影《董存瑞》中扮演的郅振标使人难忘，他热情奔放的朗诵颇具感染力。

《北京晚报》1963年3月24日报道中还有一段时任“诗刊”主编著名诗人臧克家的原话：“诗歌通过朗诵已经站立起来：它迈开步伐，开始走向剧场、学校、工厂、农村，朗诵使诗歌更加大众化了，它像一匹千里马载着战斗的心、幸福的心、快乐的心奔向远大的社会主义的前程。”臧克家还亲笔挥毫为殷之光写下“你的一张口，不知打动了多少人”，至今还挂在殷老师的客厅。

我们问殷之光老师，这条报道是否就是首场“星期朗诵会”，殷老师告诉我们：“不是，首场是在中央电影院，就是现在的北京音乐厅。”他清楚地记得当时的经理姓耿，殷老师借鉴中央乐团举办“星期音乐会”的经验，找到耿经理，经理问他，若朗诵会门票卖不出去，场租怎么办？殷老师不仅摘下手表当抵押，还说家里还有收音机，耿经理被感动了。

中央影院是什么模样？我们询问了现音乐厅、现电影局，均没有资料。我们冒昧地求助西城区委宣传部部长王都伟、副区长郝风林等人，很快西城区文明办商德江、谢静和区委宣传部徐晓辉都发来珍贵的照片，这是一张黑白照片，交通警的制服、自行车、三轮车的样子充满时代感，照片右侧的邮局至今还在，背景正是六部口中央电影院！北京音乐厅也发来改建前后不同时期的照片。

“北京星期朗诵会”初期都是什么节目？当年，新华社三月二十四日讯中写道：“殷之光、赵韫如、朱琳、杨启天、董行佶根据各自的特长，朗诵了许多不同体裁、不同风格的文学作品。其中有毛主席的词《沁园春·长沙》和《蝶恋花·游仙》，鲁迅的《一件小事》，郭沫若赞扬雷锋的诗《一把劈断昆仑的宝剑》，光未然、何其芳、袁水拍、郭小川、贺敬之、戈壁舟的新诗，烈士叶挺、何敬平的诗，卡斯特罗的演说词《历史将宣判我无罪》的片段等。”

我们可以清晰地看出《北京星期朗诵会》从创办初期开始，就紧扣时代的脉搏，既有传统名篇，又有当代诗歌，既有革命烈士诗抄，又有歌颂楷模人物的作品，充满着正能量。

著名作家秦牧曾在1964年1月写的文章中回忆说：“诗歌朗诵运动，近年来蓬蓬勃勃地开展起来了，北京、上海、广州、武汉等地的朗诵会，上座记录一直保持百分之百；满座了，有些热心的听众还要求加椅子，或者站着听，在一些群众晚会上，反映也是异常强烈。最近广州举办了一个业余朗诵训练班，仅仅几天工夫，就有五百二十多人前来报名，代表了二百多个单位，情形异常热烈。这种种情况，不但是其他方面的人，也是许多诗歌工作者所始料不及的，它标志着我国革命群众文化生活的迅速发展。诗歌朗诵运动，有它的异常广阔的前途，比起它的‘未来’来，现在的声势还不过是初露锋芒而已。这一运动的发展，将迅速扩大诗歌的政治影响和艺术生命；从另一个方面更加丰富群众的文化生活；推动诗人进一步和群众结合并掌握诗歌的民族形式；它还将促进大量演员的朗诵艺术和提高青年少年学生学习语文的水平。诗歌，将通过这一运动长出更美丽的彩翼，飞到工厂，矿山，农村，兵营去，飞到广大群众，特别是青年群众的心中去，引起感情的共鸣，激起思想的回响，发挥它更大的战斗作用。”

“诗刊”1963年7月号中诗讯报道：“北京人民艺术剧院在六月十六日举行了‘星期诗歌朗诵会’，受到了观众的热烈欢迎。朗诵的作品无论内容、题材、风格以及朗诵表演的形式，都很丰富。由剧院单独举办诗歌朗诵演出，这还是第一次。据悉，北京人民艺术剧院今后还将经常举办这样的星期朗诵会。这种做法，有许多好处：它可以利用剧院排练和演出的空隙时间，因此比较容易举行，容易长期坚持；它可以充分发挥演员的长处，更便于提高朗诵的水平；而且朗诵对于演员的台词训练和提高文学修养也有好处。看来，这办法是一举数得，值得推广的。”

北京人艺的朗诵会以董行佶、苏民、朱琳、舒绣文、赵韫如、周正等艺术家为主。苏民老师是北京人艺的代表，不仅在舞台上塑造了众多鲜活的人物，而且培养了人艺几代学员。瞿弦和回忆：“全国政协会议期间，我们一起在西郊宾馆的驻地联欢会上朗诵诗歌，他还让我主持纪念剧作家曹禺先生诞辰一百周年纪念演出，主持词很多，每一段都描述曹禺先生不同的创作经历。演出时，苏民老师没有坐在导演席，而是在边幕不断提醒我此段落的重点，精准把关，我受益匪浅。”苏民老师有着超强的语言功力，他朗诵郭沫若的《地球，我的母亲》有相当的难度。这首诗每段开始都是“地球，我的母亲”，苏民老师有意在结尾时，三次重复了这句关键词，三遍选择了不同的重音，“地球”“我”“母亲”，分别表达了诗的内涵、朗诵者的体悟以及升华后的地球形象。苏民老师已经辞世，他在拍摄《世纪诗人》光未然专辑中，留下了他在舞台上朗诵的珍贵资料。

舒绣文老师经常朗诵的是鲁迅先生的《一件小事》，这篇只有一千字的作品，她却做了认真的分析。她说：“首先是掌握它的主题思想，理解其中人物的思想感情；其次才是寻找适当的表现方法”。“从这一点出发，我又去探求文中每一个人物的思想感情，并把他们从最初诵读时呈现在我面前的人力车夫、老妇人、巡警等几个人物的形象结合起来，这些人物便有血有肉地活起来了。这时，我心中产生一种强烈的愿望，要把这些人物和他们的思想感情告诉给更多的人。一种创作欲望迫使我寻求表达的方法。所以，我以为，只有首先理解了作品，表达方法才有可靠的基础；离开对作品的理解去追求表现方法是不行的。”并且写成《我怎样朗诵》一文，有理论、有实践。

周正老师是影响瞿弦和投身话剧事业的艺术家。瞿弦和曾在追忆周正老师的文章中写道：少年时代，爸爸妈妈曾带我去看北京人艺演出的话剧《仙笛》。周正老师扮演剧中的主角什万达，英俊、潇洒，他的声音甜美，台词清晰，就像他的名字一样，那么完美！戴着红领巾的我在回家的路上就对妈妈说：“将来我也要像他一样演话剧！”周正老师朗诵的苏联作家高尔基的散文诗《海燕》可称为教材。随着我年龄的增长，我与周正老师同台的机会越来越多。他晚年时荣获了首届“朗诵艺术贡献奖”，那时正逢我们拍摄《世纪诗人》徐志摩专辑，那时他已行动不便坐上轮椅，并患有严重的“帕金森”病，但他酷爱朗诵艺术，接受了我们的邀请，在家中拍摄，朗诵徐志摩的名篇“山中”，他背诵了全诗，克服手抖发出的杂音。他还谦虚地说：“实在不行就别用，影响质量。”书画频道播出拍摄新闻的上午，我打电话告诉他届时观看，他女儿周梅接的电话，她哽咽地告诉我：“爸爸凌晨走了”，周正老师为我们留下了他最后的朗诵影像！

我们还看到了方琯德老师登台朗诵。方老师留给观众印象最深的是在话剧《伊索》中成功扮演了格桑，参加朗诵活动不多。写这篇寻踪记时，我们带着疑问找到他的女儿、中国儿童艺术剧院的艺术家方子春。她说：“这事儿我还真知道。63 年我才 10 岁，我爸带我到首都剧场去的，他让我坐在楼上侧三排。他和苏民叔叔是剧院演员队正副队长，又和小董（董行佶）叔叔是好朋友，是那二位拉他参加的。我爸是安徽人，台词有点口音，发音位置又高，风格与众不同，平时朗诵不多，但却担任过报幕员，那是和侯宝林先生主持的北京春节晚会，语言极其幽默，侯先生说‘我这个人生下来就会笑’，我爸回一句‘我这个人生下来就会哭’，开场就是满堂彩。”

“还有一次爸爸和剧组演员在我家对词，一些人念不好北京的儿化韵，爸爸让我说一句剧中人的台词——娘们儿，我觉得这是个骂人的词，不愿说，在爸爸催促下，我小声说了，没想到在场的所有演员一起大声地学——娘们儿。”

爸爸教我朗诵寓言《东郭先生和狼》，他模仿起狼的样子，我就忍不住大笑起来……

生动的回忆，让我们感悟到老艺术家们对舞台语言训练的重视，对青少年朗诵的培养，对参加星期朗诵会的热情。

有关上海的“星期朗诵会”，我们请教了 87 岁高龄的著名的播音艺术家陈醇老师，他是第五届“朗诵艺术贡献奖”的获得者。陈老说：“那是很久以前的事啦，1963 年，半个多世纪，噢，五十七年啰。我和上海的电影、话剧演员每个星期天上午都在上海音乐厅举办朗诵会。每次人都是满满的，上海人喜欢听朗诵，这是个高雅的活动，演员们没有任何报酬，但早早地就都到场了。上影厂的孙道临、黄宗英、冯喆，还有白杨；上海人艺的沈扬、高重实等都是主要的参加者。”

我们问陈老，“您经常读的是哪篇？”“当然是鲁迅先生的《自嘲》啦！我对鲁迅先生很有感情，鲁迅墓迁葬我也参加了。”——“运交华盖欲何求，未敢翻身已碰头。破帽遮颜过闹市，漏船载酒泛中流。横眉冷对千夫指，俯首甘为孺子牛。躲进小楼成一统，管它冬夏与春秋。”陈老一气呵成读完，声音浑厚，思维清晰，不减当年。

生活在广州的著名表演艺术家姚锡娟，大家非常熟悉。我们不仅多次在朗诵会中同台，瞿弦和还与她共同主持了大连服装节开幕式的文艺演出。

我们向她了解 20 世纪 60 年代广州“星期朗诵会”的情况，她回答我们的第一句话是：“让我想一想，找一找。”

我们知道她有许多事情要做，她又是个认真负责任的人，等她的消息可能会十天半个月。没想到，第二天上午，她就发给我们许多珍贵的资料。一本发黄的“朗诵艺术文选”映入眼帘，这是广州文艺界朗诵工委会和广州青年文化宫 1964 年 1 月编辑的。

这真是一本宝贵的史料。广州市作协成立的朗诵工委会在《文选》中收集的十九篇文章，均为著名作家、诗人、艺术家、活动家的名篇佳作。我们一起看看目录：秦牧的小序、周钢鸣的“壮大诗歌朗诵队伍”、萧三的“诗朗诵漫谈”、朱光潜的“谈诗歌朗诵”、徐迟的“再谈朗诵”、高兰的“关于诗朗诵的一点感想”、舒绣文的“我怎样朗诵”、赵韫如的“诗朗诵的甘苦”、苏民的“朗诵杂记”、黎铿的“朗诵书简”、诗刊记者的“朗诵艺术座谈”。

《文选》中还刊载了欧阳予倩的“演员必须念好台词”、白珊的“重读、语调、停顿和呼吸”、白凤鸣的“说唱艺术的念字和发音”、耿震的“话剧演员的舞台发音问题”。

《文选》最后还有袁水拍的“诗歌朗诵值得搞”、葛洛的“广大群众欢迎诗歌朗诵”、闻山的“听诗朗诵有感”、韦丘的“挨骂之后”。

可以看出《文选》是有关朗诵普及与提高的宝贵教材，既突出了朗诵的战斗号角作用，鼓励朗诵艺术的培训，还对朗诵的技巧进行了有益的交流。

姚锡娟说：“广州的‘星期朗诵会’非常成功，每逢星期天上午，都在南方剧院举行。参加的演员分别来自珠江电影制片厂、广东省话剧团、羊城话剧团，许多诗人也亲自登台朗诵。演员没有酬劳。”

她特别提到了英年早逝的黎铿老师。这位4岁步入影坛的20世纪30年代最杰出的童星，无论在北影还是珠影都热衷朗诵艺术，高超的水平、认真刻苦的精神，堪称榜样。黎铿老师朗诵“孔乙己”“历史将宣判我无罪”，他和妹妹黎萱还一起朗诵了《雷锋之歌》，无论长短，甚至几十分钟的作品，全部为背诵，带动了‘朗诵会’良好的风气，所有演员均为脱稿上台朗诵，正像黎铿老师在“朗诵书简”中写下的“真挚的激情”。值得一提的是，黎铿老师的“朗诵书简”共有八篇，在《羊城晚报》上连载，影响极大，这和著名作家秦牧和广东诗人韦丘、黄雨等人的支持是分不开的，这篇书简现在看来仍有很高的水平。当时的年轻观众现已达耄耋之年，再加上“文革”后持续的朗诵活动，应该说广州拥有一批高素质的懂行的朗诵观众。

姚锡娟老师当年才21岁，是“星期朗诵会”中的年轻人。她清楚地记得，当时她朗诵的是诗人李季的名篇“只因我是一个青年团员”。她还记得参加朗诵的还有省话的黎萱、高宏，珠影的束夷、张捷等人。

姚老师还兴奋地告诉我，那时有一首很流行的四人朗诵“难忘的航行”，描述毛主席来到军舰上的情景，演员穿着海军服，可帅了！——这由衷的赞美，也是爱的表达，因为四位朗诵者中就有姚老师亲爱的伴侣，著名的表演艺术家杜熊文老师。

集体朗诵“难忘的航行”是当时在各个“星期朗诵会”上颇受欢迎的节目。原创是北海舰队战士演出队，首演是1963年，原版是沈绍基、田丁、陶浩、周祖同四位艺术家。在广州“星期朗诵会”上担任朗诵的是杜熊文、林书锦、辜朗辉、金作信。

广东省话的著名艺术家简肇强坐在轮椅上给我们回电活，他曾两次参加广州的“星期朗诵会”，朗诵的是《革命烈士诗抄》中陈然的“一个共产党员的自白”。

同一时期武汉的“星期朗诵会”情况，我们询问了“重温经典”演出同台的武汉人民艺术剧院的表演艺术家鄢继烈，他说：“1963年你们在中戏上大学，我那时在艺校，咱们都年轻，没能参加那个时期的‘星期朗诵会’。不过我们剧院老一代有几位健在，我帮你问问。”很快，资料就发给了我们。20世纪60年代武汉人艺每逢星期天都在“中南剧院”或“湖北剧场”举办“朗诵会”，场场客满，盛况空前。剧院的主要演员踊跃参加。其中有张章朗诵“胆剑篇”中勾践的独白，郭铁珊朗诵的“荔枝蜜”，魏珉朗诵的《大雁》，中年演员朗诵《欧阳海之歌》，青年演员朗诵诗人贺敬之的《雷锋之歌》。还有当时“朗诵会”上经常出现的集体朗诵“难忘的航行”。现今已80岁高龄的魏珉老师始终为朗诵艺术的普及奔忙，深入社区讲课，辅导青少年。

当时天津的“星期朗诵会”，在八一剧院、中国大戏院举办，天津人民广播电台的著名艺术家关山是每场必到，人们对关山老师非常熟悉，他在电台播讲了长篇小说《红旗谱》《欧阳海之歌》《红日》等。年逾八旬的关山老师讲起当年的情景依然十分兴奋，他说：“那时参加朗诵的有天津人民艺术剧院的主要演员，马超、颜美怡、路希等，他们不仅朗诵中外名篇，还有话剧中的对白”，我们想起那时马超、颜美怡曾主演过话剧“钗头凤”，影响很大，他们的台词功力在话剧界是佼佼者。我们问关山老师，星期朗诵会上你读的是“世纪诗人”闻一多的名篇“洗衣歌”吗？他说：“不，不，那时读的是鲁迅的《立论》，还有苏联马雅可夫斯基的讽刺诗‘开会谜’，反映很好。”半个多世纪了，关山老师依然活跃在朗诵舞台上，他平易近人，经常和大家探讨朗诵艺术，他获得了第二届朗诵界的最高奖“朗诵艺术贡献奖”。

在北京，除殷之光老师冠名的“星期朗诵会”之外，当时在中苏友好协会，逢星期天，也举办朗诵会。中苏友协位于北京南河沿大街西侧，它是一个旧式的西洋建筑，进门后上二楼，不大的活动厅，摆上椅子是会场，拿开是舞厅，经常举办俄语教学、交谊舞辅导等活动，有一个小舞台。参加朗诵的大多是中央广播电视剧团的演员。该团的导演周寰是我们中央戏剧学院的同学，他毕业于导演系。他说：“当年，电视剧团参加中苏友协演出的演员，不分老、青，也不管你是朗诵新节目还是保留的节目，必须在全团预演审查，大家提出改进意见，是非常严肃认真的。参加朗诵的既有我的恩师、著名的演播艺术家纪维时，有你们认识的王显、车适、徐恩祥、冯英杰、赵玉嵘，还有和我一起到团的王明玉、徐文燕。”多么熟悉的名字啊！纪维时老师在电台播讲过长篇小说《敌后武工队》《铁道游击队》等，在话剧“北京人”中成功扮演了江泰，人物有一段报北京老菜馆名称的台词，他说得非常精彩，受到剧作家曹禺的表扬。王明玉和徐文燕后来都从事少儿节目的编导和教学工作，我们的儿子瞿佳小时候在中央台“银河艺术团”就是王明玉的学生啊！

周寰说：“还记得陈玉璘朗诵马雅可夫斯基的《向左》，穿的是他原来在部队文工团苏式套头的上衣。（好像志愿军文工团）我特别羡慕，后来他把这件军装送给我了。我朗诵《团证》时，就穿这件军上衣，腰中扎一条部队的武装皮带，特别神气！”

朗诵艺术在1963—1964年期间非常活跃，“星期朗诵会寻踪”的写作过程中，我们一直沉浸在回忆之中。我们那时是中戏大学生，除文中提到过的老师外，还有教过我们的著名艺术家、中国青年艺术剧院的王培、郭平老师；有“东方红”音乐舞蹈史诗中担任朗诵的总政话剧团的艺术家林中华、白慧雯，中央实验话剧院的唐纪琛老师，全总文工团的杨淀泉老师，还有在朗诵活动中十分突出的曹灿、李唐老师。

曹灿老师与瞿弦和都是属猴的，比弦和大一轮。他性格幽默、开朗乐观，在话剧“雷锋”中扮演雷锋，在电台演播小说“李自成”，他是获得首届“朗诵艺术贡献奖”的三位元老之一。是他把北京语言学会朗诵研究会会长的担子交给了瞿弦和。辞世前，他得知我们在“写星期朗诵会寻踪”，嘱咐我们“一定要写好，很有意义”。他查阅了自己的业务记录，并在住院期间发来信息：“我最早参加‘星期朗诵会’朗诵的是《红柳·沙棘·白茨》，作者我记不清了”，多么严谨的艺术态度啊！

电影艺术家李唐也是朗诵会的常客，他是电影《甜蜜的事业》的主演之一。通过北影臧今生团长找到李唐老师之子李晓耕的电话，他在电话中告诉我们：“我爸爸朗诵的剧照没有留下，但爸爸多次带着我去后台，我之所以报考话剧专业，成为广州战士话剧团的演员，与朗诵会的熏陶有关。爸爸最爱朗诵的是寓言《木偶探海》。”

始于1963年的《星期朗诵会》，振兴了朗诵艺术，团结了一批老、中、青艺术家，掀起了一股朗诵热潮，“星期天，听朗诵会去”成为人们交谈中的相约语。这一活动也得到了老舍、臧克家、光未然、田间、萧三、李季、柯仲平、阮章竞、艾芜、张继纯等老诗人的支持。“星期朗诵会”创下了连演13场的纪录，开国元勋之一王震将军打来电话订票，苏联驻华大使馆的友人要求欣赏，首钢工人要求增加演出场次，北大学生邀请到学校去专场演出……

我在写这篇“星期朗诵会寻踪”过程中，多次请教殷之光老师，他几乎每次都对我们说：“‘星期朗诵会’有超强的生命力，它遭遇过挫折，中间有过停顿，20世纪60年代，因‘文革’等政治运动，未能延续，但各类朗诵活动从未终止，虽然没有冠名‘星期朗诵会’，可朗诵艺术的号角作用，诗歌表达的时代主旋律，始终如一。”

第二次冠名“星期朗诵会”是近40年后的2011年5月6日，当时，殷之光老师让我们夫妇参加，他告诉我们，《北京晨报》、北京朗诵艺术团等单位联合主办的“星期朗诵演唱会”决定在北京青年宫举办！

恢复后的首场“朗诵演唱会”，以歌唱青春、赞美理想为名，老、中、青三代艺术家齐聚一堂，殷之光老师出色的组织能力将著名表演艺术家朱琳、周正、石维坚，话剧演员狄凤荣、闫怀礼、瞿弦和、张筠英、沙景昌，电影演员方舒，歌唱家李光曦、姜嘉锵、耿莲凤、李元华、马子跃、郑咏等在同一舞台展现风采。

我们记得朱琳老师重现了几十年前在“星期朗诵会”上朗诵的诗人贺敬之的名作《三

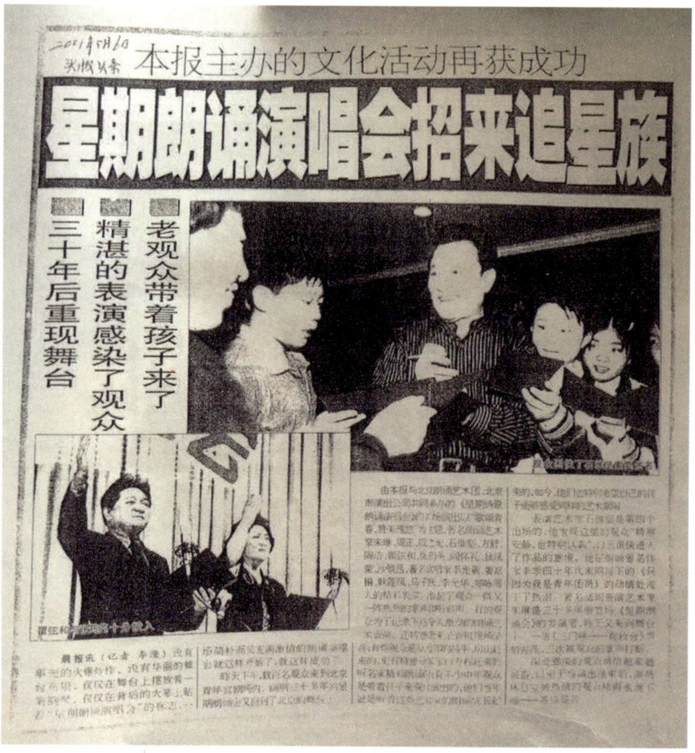
本报主办的文化活动再获成功

星期朗诵演唱会招来追星族

老观众带着孩子来了

精湛的表演感染了观众

三十年后重现舞台

参加“星期朗诵会”的报道

门峡——梳妆台》，石维坚老师朗诵了诗人李季的名作《因为我是青年团员》，第二天，《晨报》整版介绍了演出盛况，其中一张是石维坚老师和观众在一起的；另一张我们夫妇的，照片下的文字写道：瞿弦和、张筠英十分投入。

事情发展得并不顺利，因资金问题，“星期朗诵演唱会”举办了十二期后又一次暂停。《北京西城报》曾以“星期朗诵会重现中国梦”为题，介绍了这十二场演出老、中、青艺术家云集的情况，殷之光、曹灿、瞿弦和、冯福生、朱琳、杜宁林、雷瑞琴、郑健康等著名朗诵艺术家，不讲条件，不计报酬。他们有的推掉商演，有的调整拍摄计划，倾情加盟。在六一“乘着智慧的翅膀”朗诵会上，著名配音演员李扬、著名相声表演艺术家姜昆，都推掉了重要工作。他们对“星期朗诵会”的总策划殷之光说：“别提钱，为了孩子，我去！”“正是扬帆远航时”庆十八大诗歌朗诵演唱会中，著名表演艺术家谢芳与老伴张目携手，联袂演出。多场朗诵会，精彩不断，感人肺腑。78 岁高龄的殷之光先生虽然心脏放了 4 个支架，腿脚也有些不好，站几分钟都有些困难，但为了观众，他拄着拐杖，激情豪迈地坚持朗诵。他说：“这回可有阵地了！倒在朗诵的舞台上，我也不怕，我就想让‘星期朗诵会’长命百岁！”正是有了广大文艺工作者的团结，对诗歌朗诵艺术的喜爱，为宣传中国梦奉献的精神，才有了“星期朗诵会”如今的蓬勃发展。这一年，每期都有针对性地推出“朗诵会”的主题，“五一”劳动节以“理想之歌”，歌颂青春和理想；“六一”

儿童节推出了少儿专场；“七一”推出了“南湖放歌”，庆祝党的生日；“八一”更是把舞台搬到了国旗班。不仅如此，还推出了中小学语文精品——“童话故事”专场，受到大家的欢迎和好评，成为首都舞台上一个独特的品牌，一道亮丽的风景。

我们应该向殷之光老师致敬，他将朗诵艺术视为自己的终生的追求。有困难，再想办法，他又寻求西城区委、区政府的支持，并请原文化部（现为文旅部）高占祥部长亲笔题写“北京朗诵剧场”六个大字，挂在西城文化馆缤纷剧场的墙上。

从 2012 年 5 月 13 日开始，定期举办“新星期朗诵会”，《京华时报》对首次演出进行了报道：“北京朗诵剧场在西城区文化中心举行揭牌仪式，并举行了《青春颂歌——纪念‘五四运动’93 周年专题朗诵会》，阔别舞台数十载的‘星期朗诵会’活动得以回归……首场演出阵容非常强大，既有殷之光、虹云、瞿弦和、冯福生等老艺术家，又有杜宁林、雷瑞琴、王世贵、郑健康、王欢等中坚力量。”演员们经常一起回顾“星期朗诵会”的历史，时至今日已成功举办了八十期，这是“星期朗诵会”的第三个阶段。

这个阶段一个鲜明特点就是朗诵活动深入基层，更广泛接触群众，更接地气，北京市涌现出更多的群众朗诵艺术团体。

2019 年 11 月 1 日，第八十期“星期朗诵会”在北京市西城区文化中心的北京朗诵剧场举办。被誉为“建设精神文明的轻骑兵”“千年诗国的云雀”“城市里的乌兰牧骑”的殷之光老师，再次发声“一生只做一件事，那就是朗诵”。

在这次活动中表彰了北京市基层的十二个优秀团队，殷之光老师亲自颁发奖杯和荣誉证书。

回顾“星期朗诵会”的发展历程，我们看到了以殷之光老师为代表的朗诵界艺术家为朗诵艺术的推广、普及、创新和发展所付出的心血。

原载《艺术广角》2020 年第 7 期

朗诵艺术三要素

瞿弦和

朗诵是语言的表现艺术，是艺术性的说话。在长期实践中，我深感它离不开三个要素，那就是：说什么、为什么说和怎么说。

一是言为心声。大家会发现，朗诵会上经常选择的作品，是以第一人称出现的，苏轼的中秋词《明月几时有》、鲁迅先生的《自嘲》、毛泽东同志的《蝶恋花·答李淑一》、叶挺将军的《囚歌》、艾青的《大堰河·我的保姆》、雷抒雁的《小草在歌唱》等，作者直抒胸臆。同样，作家魏巍的《谁是最可爱的人》，以讲述长征途中和抗美援朝战场的壮烈场景，来表达自己的心声。

即使不以第一人称出现的作品，无论是诗歌、散文、故事和小说，也同样在表达作者对事物、人物、景物的评价，对大千世界的感悟。

再现作品的朗诵者，必须倾听作者的心声，使自己爱上这部作品，走进作者的内心世界，把作者的心声变为自己的话说出来，这是朗诵的前提。

二是言必由衷。我们常会听到这样的评论："这个朗诵听着别扭、特别假，让人不舒服。"是的，朗诵者不知道自己的目的和任务，也就是不清楚为什么朗诵，脱离了生活的真实，必然言不由衷。

我永远忘不了俄罗斯戏剧大师斯坦尼斯拉夫斯基的名言："如果说画家是线条和色彩的大师，音乐家是声音的大师，那么演员呢——演员是行动的大师。"我们的专业术语称之为"行动性"。

“行动性”使朗诵者目的明确，才能使语言变成内心的话。面对任何一篇作品，朗诵者都要仔细阅读、认真分析，准确地找到“行动性”，而“行动性”的选择也必须恰当、积极。

诗人郭小川的《秋歌》是我首诵的，“一年一度的强劲秋风把我从昏睡中吹醒，一年一度的节日礼花点燃我心中的火种”，诗一开始，就是诗人真实的感受，是他的内心独白。朗诵时不宜激昂宣泄，而应选择“倾诉”为行动性，缓缓轻声读出来。

诗人艾青的“大堰河——我的保姆”，诗中表述：“我是地主的儿子，也是吃了你大堰河的奶而长大了的大堰河的儿子”，细腻地讲述了自己的奶妈、保姆，一个普通的农村劳动妇女对自己的哺育，情是那样的真挚。艾青老师曾告诉我，这是他在狱中，透过高墙上的小铁窗，看到外面飘过的雪花，想起他给大堰河扫墓的情景，我又到艾青老师故乡看到大堰河的住房和墓地，身临其境地感受，我把“呼唤”选为朗诵的行动性，艾青老师是对大堰河在天之灵的感恩表白。

朗诵诗人雷抒雁作品《小草在歌唱》

看望艾青夫人高瑛老师

朗诵宋代苏轼作品《明月几时有》

1979 年，在北京中山公园音乐堂，我把诗人雷抒雁的《小草在歌唱》搬上了舞台，这首诗通过拟人化的小草，歌颂了为真理而献身的张志新烈士。全诗情感炽热，充满对比，“我是共产党员，却不如小草，让她的血流进脉管，日里夜里，不停地歌唱”，我把“自责”作为行动性，观众反响强烈。

言必由衷，朗诵者把握“为什么朗诵”的行动性，语言的真挚，不仅能得到听众（观众）的认可，作者本人也会发出感慨，诗人艾青的夫人高瑛老师告诉我：“诗会结束后，在车里艾青对剧作家曹禺说，我写大堰河没有哭，可听瞿弦和朗诵这首诗，我就会流泪。”他觉得，我读出了他的心声。

三是言花语巧。“花”指变化，“巧”指处理。也是“怎样朗诵”的形象性和音乐性。

朗诵要使语言吸引人，要体现语言本身所具有的“轻重缓急”“抑扬顿挫”等音乐色彩，要使听众（观众）感受到朗诵者描绘出的形象。

朗诵者不仅要理解作品，还要把自身的感觉融进语言中。古典诗词《明月几时有》，宋代词人苏轼写道：“我欲乘风归去，又恐琼楼玉宇，高处不胜寒”，那种“禁不住”、那种“凉意”不分朝代，人皆有之。朗诵时可在“高处”两字之后略有停顿，“不胜”的“胜”字有意拉长，然后用颤音读出“寒”，唤起大家的同感。

我担任20世纪华人音乐经典《黄河大合唱》的朗诵近四十年，八段朗诵必须让大家从中感受到黄河这条母亲河的形象，念什么心里要想到、眼睛里要看到。黄河流域从发源地至入海口，青海、四川、甘肃、宁夏、内蒙古、陕西、山西、河南、山东的黄河水有清有浊、有急有缓，所以朗诵词中的“红日高照，水上金光迸裂”“月出东山，河面银光似雪”“排山倒海，汹涌澎湃”“烧着漫天大火”……眼睛里都会出现不同的景象，节奏自然有不同的处理。

诗人杨牧的获奖作品《我是青年》是20世纪80年代初期的代表作。诗中有三处“哈哈，我是青年”，由于我与诗中描述的中年人年龄相同、经历相仿，我分别处理成“无奈的苦笑”“麻木的傻笑”“自我的嘲笑”。这种变化，丰富了观众的联想，加强了作品的深度。

篇幅有限，点滴体会，仅供参考。

原载商务印书馆出版《语言战略研究》2020年第4期

在徐志摩国际研讨会上的发言

张筠英

今天，有幸来到杭州参加著名诗人徐志摩的国际研讨会，非常高兴。

先请朋友们看一段我们拍摄的“世纪诗人徐志摩专集”的片段（30分钟）。

大家观看时，我非常忐忑不安，听到大家的掌声，我踏实了，又听到几位学者的肯定，我才彻底放心。

与徐志摩长孙徐善曾交流

会上有位日本专家说："没想到，诗可以这样拍，很生动、很丰富、很有美感。"

我回答说："我们确实用了心。把诗从书面的字立起来，动起来是一件费心费力但极其快乐之事。"作为导演，我讲讲拍摄的体会。

首先是选择徐志摩的作品，力图真实全面地表现他的精神风貌。吴思敬教授撰写了通篇解说词，孙维桠教授做了具体讲解。在选择的作品中，既有大家熟知的优美的爱情诗《再别康桥》《偶然》《山中》，有表达友情的《石虎胡同七号》，充满革命激情的《梅雪争春》，还有抒发亲情的散文《我的祖母之死》、关注民情的散文《死城》，使诗人徐志摩在人们心中的形象更加立体化。

比如：因为是拍摄，所以可以运用的手段更多，我们要展现诗人徐志摩诗作的国际性，他的诗，中国人喜欢，世界各国的朋友都喜欢，剑桥大学那个刻有徐志摩诗句的纪念石还是外国学者和学生制作的。《再别康桥》可以说世人皆知。张葵教授得知我们的意图后，精心组织了六个国家的学者，用不同的语言，在各自不同的国家朗诵《再别康桥》中同样的诗句："轻轻地，我走了，正如我轻轻地来。我挥一挥手，不带走一片云彩。"英、法、德、俄、日语此起彼伏，为了突出徐志摩诗作的传承至今，这一诗句再出现汉语的集体男声、集体女声、少年儿童群诵，连续不断，再加混响，对人们的心灵产生内在的震撼力，而画面也从剑桥大学的景色落幅在题有此诗句的岩石上。

为使诗句能让观众特别是现代的年轻人深刻理解、体验诗的内涵，突破诗句多在书面和录音中流传的局限，我们精心选择拍摄地点，采用了"一诗一景"，并邀请老、中、青三代艺术家担当朗诵。拍摄景地多为诗人的故乡、故居或诗作中描绘的环境，并从服装、造型、镜头色彩等等方面表现诗作的时代背景，当然，这给自己增添了许多难度。

我们找到了环境贴近的小瀑布、草地蓝花、小溪流水、木质窄桥，拍摄了徐志摩的处女作《草上的露珠》《在那山道旁》；为了表现他对曼殊菲儿的怀念，我们在自然空旷的场景，摆放了旧式的西洋式的桌椅；在浙江海宁徐志摩故居，我们在老式楼房前、石子小路上拍摄《我的祖母之死》，在夕阳的光线中，通过门窗，注意拍摄古老的南方睡床、立柜、方桌、木制地板……把徐志摩悲凉的心情、诗句的时代特点充分呈现出来。而拍摄《云游》一诗，我们专程赴山东济南徐志摩罹难地，拍摄山坡岩石，阴沉的天空，烘托对徐志摩英年早逝的惋惜。

各位学者、各位专家，在拍摄"世纪诗人徐志摩专集"的过程中，我们还尝试了戏剧小品、音乐小品的形式，使整集的色彩丰富多变，克服"审美疲劳"，同时使诗作的思想情感更生动别致地体现出来。徐志摩的散文《死城》，我们选择了北京人民艺术剧院的两位表演艺术家，穿上富有时代感的服装，将作品中的语言组成戏剧片段中的人物对话，大家说，具有化妆朗诵的味道，比以第三者的口吻叙述更为直接。

徐志摩国际研讨会

《偶然》一诗也是诗人徐志摩的代表作，早已有为诗词谱写的歌曲。这次我邀请两位著名的歌剧演员重新录音，以徐志摩、林徽因的身份演唱，不仅有内心活动，还安排了调度和形体动作，甚至手部交流的特写，后期编辑又处理成幻梦般的结尾，应该说，较为完美地表现了徐志摩《偶然》一诗的心路历程。

为了能留住老艺术家的身影，80岁高龄的朗诵艺术家周正身患帕金森病，坚持在家中拍摄了徐志摩《山中》一诗的节选。我安排老艺术家的朗诵过后，出现女高音歌唱家演唱《山中》。钢琴键上的手指、绿草如茵的山坡、造型独特的孤树……这样的反差，使观众产生审美的转换，《山中》的演唱，使诗句升华，抒发了徐志摩对林徽因的思念，一种爱又不能爱的虐心之感。

我们拍摄的不是故事片、传记片，更不是纪录片，而是世纪诗人徐志摩诗作的艺术片，我们尽可能地用完美的视频手段来表现，而音频也是不可或缺的重要部分，它包括语言、动效和背景音乐，语言不仅要有标准示范作用，更要体现诗作的风格，诗人的激情。

拍摄的经历也是我们学习的过程，我们会继续努力探索。

2017年4月16日　杭州

在主持人培训班上的讲座

瞿弦和

大学毕业后，到剧团报到。除演出话剧外，很快接触到报幕员工作。20世纪70年代末，我为舞蹈家陈爱莲独舞晚会、歌唱家郭兰英歌剧片段晚会报幕，不仅在剧场演出，还在北京电视台屏幕上亮相。随之在中央台及各地方台参与元旦、春节、元宵、清明、端午、国庆等晚会，并主持了国家级大型

认真讲课

文艺晚会，其中包括：国庆 60 周年、建党 90 周年、抗战胜利 70 周年、长征胜利 80 周年。

今天曲敬国教授让我给来自全国各地的主持人讲课，这是名牌大学——解放军艺术学院办的主持人训练班，我想通过自己的亲身感受，讲三个内容：

1. 关于主持人的概念

2. 担当主持人的条件

3. 主持人应注意的问题

20 世纪 80 年代前，我们习惯“报幕员”的称谓，主持人应该是具有采、编、播、控等多种业务能力，在一个相对固定的节目，作为主持者和播出者，集编辑、记者、播音员于一身的人。

1981 年中央人民广播电台“空中之友”栏目设置主持人，由徐曼主持之后，中央电视台赵忠祥主持《北京中学生智力竞赛》，节目中使用节目主持人一词，开启了中国电视节目主持人之先河。

回顾广播电视的历史，可以看到主持人早期的样式：“广播员”“播音员”“报幕员”，均在其中。

在广播事业的创建过程中，播音形成了端庄大方，义正词严，热情奔放的风格。

1947 年毛主席在陕北曾表扬一位女播音员：“……讲到我们胜利是那样兴高采烈，痛斥敌人又是那样痛快淋漓。”可以看出我们在表达中追求的是真理的声音、人民的声音，尚未注意每个人自身的特点。随着时代的发展，一代又一代能说、能采访、能编辑、能驾驭节目的主持人大量涌现。

有关资料显示，从主持形式上分，有报幕式的主持人、串场式的主持人、播报式的主持人、操作式的主持人、解说式的主持人、组织式的主持人、访问式的主持人。从节目内容上分有新闻类、经济类、文艺类、文化类、体育类、少儿类、学术类的主持人。

说到这里大家的脑海中自然会浮现出那些熟悉的主持人的形象，也会把他（她）们划分到某种类型中，这就引出了第二个问题——担当主持人的条件。

每一位担当主持人的，都具有一定的天赋，就像这次培训班的学员，来自全国各地，每个人的形象、声音、气质，都经过严格选拔，才走上工作岗位。我们也会发现，大家所熟悉的主持人，大部分都毕业于专业艺术院校，以播音主持专业为主，中国传媒大学（原北京广播学院）为最，另有话剧演员、影视演员、歌唱演员、曲艺演员转变身份的，还有学理工科的、文科、外语专业毕业的，他们都发挥了自己的特点，取得优异的成绩。

我今天要强调的是，担当主持人有两个重要条件，那就是热爱生活、关心时事和注意学习、认真刻苦。

我们主持任何一档节目或一场晚会，都有它的主题，在突出主题的过程中离不开这个时代、离不开国家民族、离不开现实生活。主持人必须热爱生活、关心时事、了解社会，才能驾驭，否则连简单的名称，清晰的政策都会说出差错，这是不能容忍的。

准备的过程中，对涉及的历史典故、时代背景、人物传记、名人名言等也必须了如指掌，不怕多，只怕不够，否则在主持过程中也会出现不知所措、尴尬的场面。

上课之前，一位学员对我说："瞿老师，我经常在电视上看您主持，您一定要给我们讲讲主持人应当注意的问题。"我对他说："我是话剧演员，不是学主持专业的，但我可以把我的体会告诉大家。"

我觉得有这样几点：把握基调、控制节奏、穿针引线、外松内紧。每档节目、每场晚会类型不同，我认为：主持纪念活动，要庄重大方，体现成就感；主持联欢晚会，要活泼热情，体现幽默感；主持知识竞赛，要引人入胜，体现神秘感；主持年终总结，要亲切自然，体现幸福感；主持红白喜事，要分寸得当，体现仪式感；主持民俗节目，要清晰准确，体现历史感。

这里所说的各种类型节目都要注意节奏，不仅是主持词的快慢，还要注意导演要求的整台哪里有节奏的变化，哪处是节目的高潮，并想方设法达到导演的要求。

比如陈爱莲的独舞晚会，舞蹈的风格不同，而且每个舞蹈中都有节目之间要留给她换服装的时间，这个空当中主持人的用词必须得当，时间长短合适，有助于整场晚会的节奏变化，所以我采用了几段"题外话"，比如："为了保证演出的顺利进行，在灯光操作间、在音响操作台、在后台的服装室、化妆室还有许多人在默默无闻地工作着，他们是真正的无名英雄，让我们向他们表示感谢。"观众的掌声是真挚的、热烈的，演出节奏也有了变化。这句主持词我一直灵活地运用到今天。

比如中国文联举办的经典咏诵会，老子的《道德经》，孔子的《论语》……每位历史人物的名句都有解说词，这就要求主持人讲清楚、讲明白，有承上启下，穿针引线的作用。每一小段的主持，可以像讲故事，又可以结合今天这个时代讲感受，使整场演出连贯，富有整体感。

比如在北京工人体育馆举办的纪念五四运动的大型演出，因为党和国家领导人的要光临直播现场，整台晚会彩排了多遍，主持词应当非常熟了，但作为主持人依然不能掉以轻心，必须精神高度集中。直播即将开始，我们已经登上了高高的平台，总导演急匆匆赶来，向我喊："把六个主办单位报出来。"天哪，几次彩排都没报啊，我们词很熟了，谁都没拿手卡，女主持问我："怎么办？"我说："我来！"因为心中有数，六个主办单位顺利地、准确地说出来了，女主持走下高台，不停地说："我真为你捏把汗啊！"

比如申办奥运会的演出活动，主持中突然灯光出了问题，舞台上没了照明，出现冷场，但话筒还有声音，我便在暗中加了一句："正像申办奥运一样，我们会遇到很多意想不到的问题，我们要有充足的思想准备战胜各种不同的困难。”话音未落，灯光复明，大家情不自禁鼓起掌来。主办单位负责人对我说：“词加得好，还有哲理。”

应该强调一点，我在话剧舞台上扮演了各类角色为担当主持打下了基础，积累了经验。

时间关系，不能多讲，希望在座各位学员，在解放军艺术学院老师们的教导下，取得优异的成绩，成为合格的主持人。

2014 年 3 月 21 日

在话剧《赵武灵王》中扮演赵武灵王

在古希腊悲剧《特洛亚妇女》中饰卫队长

舞台语言的基本表现手段

方伟、张筠英

舞台语言的基本表现手段包括重音、停顿、语调。

重音、停顿、语调是训练舞台语言表现技巧的基本功。掌握这些基本功，演员才能把剧本台词或文学作品的思想感情正确地表达出来，才有可能为在舞台上创造鲜明的性格化的人物语言打下基础。

“语言是思想的直接现实”。语言是为表达思想而存在的。因此，运用语言技巧，首先必须是在对作品、对台词的思想意义正确理解的基础上进行。这些表现手段绝不是单纯的技巧性问题。

人们在生活中说什么话（生活语言），总是经过自己的头脑思考过的，对要谈的内容在思考过程中感受得真实而具体，想清楚了才说出来。在想（思维活动）的同时就产生了语言。这个“想清楚”产生出来的语言是有内容的，有逻辑的，别人一听就明白了。因此，语言是人们进行思想交流的工具。语言是思维的表现形式，思维是语言的内容，二者是密切联系不可分割的。

但是在舞台上演员说的是作者写出来的语言，角色的台词。如果演员在舞台上仅仅是把作者的语言背出来，在说台词的时候没有具体的思维活动过程，对所说的内容没有鲜明深切的感受，那么即使他的口齿很清楚，声音很明亮，似乎也有抑扬顿挫的处理，这些台词却是没有生命的空洞的形式，不是生动活泼的有丰富内涵的艺术语言。它缺少了语言和思维的内在联系，只是无内容的形式。

台词课上示范

因此，我们的工作首先要认真分析作品的语言，了解作者的思想。通过研究、理解、体验、感受这些语言的内在实质，找到作者的思维逻辑，并把作者（或角色）的思想通过演员自己的思维活动在舞台上展现出来，才可能使作者精心制造的艺术语言，变成演员发自内心的舞台语言。

作者在进行创作时，为了表达自己的思想意图，再现自己心里深切体验到的东西，在用词、造句、篇章结构上是煞费苦心的。演员必须十分认真严肃地对待作者的语言，尊重和热爱作者的语言，在认真研究的过程中寻找准确的表达手段。

在日常生活中，表达自己语言的手段是自然产生的，不加以修饰的，无意识的。而在舞台上则必须把生活中语言的表现手段加以提炼，有意识地加以运用，以达到较好的舞台效果。

一、重音

（一）什么是重音

重音是指一句话中重要的，应该强调的词。强调的方法是多种多样的，不应单纯理解为重读。

斯坦尼斯拉夫斯基说：重音——这就像是食指，指出一个句子或一个音节中最主要的字眼！被打上重音的那个字包含着潜台词的灵魂、内在实质和主要因素！

从思想逻辑上看，一个句子里只有一个主要的逻辑重音。它决定着这个句子的主要意思，是最应该强调的词。

在生活中由于我们说话的目的性很明确，语言行动很清楚，逻辑重音就自然安置得正确；我们对待事物有特定的态度和感情，重音的色彩就很鲜明。

在读台词和文学作品时，由于对于作品的理解和感受不同，如何安置和读出重音就是一个需要认真对待的问题了。

（二）重音的作用

重音服从于语言行动，它是交流思想的重要手段之一。在生活中不存在重音放得不对和念得不对的问题。在舞台上放错了重音或是重音念得不当，立刻就暴露了演员对台词理解不准确或感受不恰当的问题。

欧阳予倩老院长非常重视台词的重音问题。不论看话剧或歌剧，他经常指出某人某句重音不对。他曾提过好几个剧团演《日出》时陈白露的一句台词重音放错了。

黑三：（气汹汹的，对着后边的党羽）进来，你们都进来，搜搜吧。

白露：（忽然声色俱厉地）站住，都进来？你们吃什么长大的？你们要是横不讲理，这个码头不讲理的祖宗在这儿呢！……

好几位女演员都把重音放在“这儿”上，老院长说应该放在“祖宗”上。陈白露为了要压倒黑三嚣张的气焰，强调“祖宗”确实比强调“这儿”更有慑服力，含义更为深刻。

在舞台上正确使用重音，准确地表达自己的行动愿望，就能激发同台演员的情绪，拨动对方的心弦，增加彼此的信念和真实感，完成思想的交流，使观众很正确地领会到人物的思想意图。

（三）如何确定重音

重音是有生命的，它反映出角色的要求、愿望、内在感受。要从人物关系上找，从对方的反应上找，从所谈问题的症结上找，从矛盾的关键上找，……综合确定重置的各种因素，我们可以像在数学的坐标图形上寻求一个“点”一样，从垂直和水平的两条交叉线来确定。

任何一句话都不是孤立存在的，都有个来龙去脉，都要承上启下，因此不能孤立地分析每一个句子。必须联系上下文，前后幕；根据作品的内容、主题思想、情节发展、人物行动的变化来仔细研究每句话的意图和作用是什么。这是一条竖的线索，即垂直线。

我们说话，都有明确的对象，都要使自己的语言在对象身上起作用。横的线索就是从说话的对象，在人物关系中给予对方的作用和对方的反应上找。

把这两条竖和横的线索综合起来分析，便能寻找到每句话真正的内在实质，从而找到这句话的重音。

如果你对自己确定的重音把握不准，可以先抹去重音。在一句话中要是不强调这个词仍不影响这句话应起的作用，那它就不是重音。只有表达自己的愿望和态度必不可少的那个词才打上重音。

例如《哈姆莱特》一剧中的台词："……要是在这一种睡眠之中，我们心头的创痛，以及其他无数血肉之躯所不能避免的打击，都可以从此消失，那正是我们求之不得的结局。"

在这一句中，"创痛""打击""消失""求之不得"均可作为重音，但根据以上分析，可以看出"消失"是其中最主要的词。如果抹去了它，这句话就失去了意义。这是哈姆莱特在充满着难言的痛苦之下，独自默默思索时的语言。此时他纠缠在矛盾之中没有决定复仇的办法，而"创痛"和"打击"的"消失"正是它想象中"毁灭"的理想境界，所以重音应放在"消失"上。

再如历史剧《大风歌》第四场中陈平的台词："……她口称重用老臣，其实扶植诸吕势力，妄图一旦时机成熟，变刘氏江山为吕家天下！"这里很容易把"江山"或"天下"读成重音。而此时陈平是在向陆贾表示他对吕后篡权的不满，重音应当放在"吕家"两字上。

以上论述了确定逻辑重音一定要从语句的内容、上下文的关系上出发，从语言行动性出发，没有一成不变的规则。但在以下几种情况中，有一些大家公认的规则，供我们参考：

1. 对比关键的词念重音。

如：这本书是我的，不是你的（一般情况下，人称代词不能读重音）。你说咱们枫树湾是地主老财多，还是长工佃户多？

2. 比喻句子中的比喻词念重音。

如：河水像镜子一样发亮，看，一排排的照片，多像你讲的报春花呀！

3. 两个或两个以上的语句相连，第一句话被强调的概念在以后又出现时不再强调，重音落在新的概念上。

如：……你刚才瞧见刘小姐么？她说她要嫁给我，她一定要嫁给我，可是我跟她谈了，我说："你，你要嫁给我！你居然想嫁给我！你？"

这世界上只有陈白露才配嫁给 George Chang 呢！

4. 在迭用词，一个词比一个词加强的时候，在每一个词上都放上重音，并依次加强。

如：他没有遗产，他没有嗣息，他没有坟墓，他也没有留下骨灰。他似乎什么也没有给我们留下，但是他永远活在我们心里。

5. 在列举事物的时候，每个词都重读。

如：我出门要坐汽车，应酬要穿些好衣服，我要玩儿，我要花钱，要花很多很多的钱，你难道听不明白？

6. 表示肯定的，句子中肯定词一般是重音。

如：我们必须好好工作。

（四）重音强调的方式

重音强调的方式是多种多样的，变化无穷的，但是无穷的变化都有一定的依据。我们要首先找到这些依据，然后才可能运用声音的各种变化加以强调。

用语言表达一个词的时候，首先要把这个词所反映的概念弄准确，从舞台语言的角度来看，要把每个词的形、音、义弄准确。形——指词的视觉形象。音——指词的听觉形象。义——就是词的内在含义。当我们确定了某个词（或词组）是逻辑重音时，可以从这三方面来考虑其强调的方式。比如：

“骆驼很高，羊很矮。”这里“高”和“矮”是对比词，这两个概念很容易理解，词的形象和意思都很明确。我们只要在语音上运用两个字的声调，用高、低两种不同的读法，这两种形象就可以表达出来。

又如：“唰啦，从树丛窜出一只金钱豹。”这里“唰啦”是象声词，形容豹子窜出来的动作快而敏捷，所以应该用短促而有力的声音来突出这个重音。

再比如这样一段话：“细碎的舞步，脉脉含情的眼神，结合长线条的舞姿，构成一幅流动的画卷。”这段话中的三个重音是“细碎”“脉脉含情”“长线条”。从词本身的形、音、义出发便可找到强调的方式，可以用短而轻的语音节奏读出“细碎”，用弱而柔的语音读出“脉脉含情”，用长而舒展的语音读出“长线条”。

再如鲁迅的诗“万家墨面没蒿莱，敢有歌吟动地哀。心事浩茫连广宇，于无声处听惊雷。”其中“敢有歌吟动地哀”一句中“敢”是重音。由于对这句话的含义理解不同，就产生了不同的强调方式。有人用强而短促的肯定语气强调这个“敢”字，使人误解这句话是歌颂那些敢于歌唱反抗的人，这是错误的。这句话应该理解为：千家万户又黑又瘦的饥民出没于荒原野草之中，哪里还敢唱歌、吟叹来抒发可以震撼大地的哀痛呢？因此这个敢应是“岂敢”“怎么敢”的意思，应用轻而上扬带反问的语气来强调这个重音。

运用各种声音技巧强调重音。

重音是比较而来的，重视、强调的方法不仅仅是增加强度和力度，有时候反而用轻而柔的声音来突出重音。也有时候用变换音色的方式、用停顿（即在要强调的重音词前有一个明显的心理停顿）、调整音长、拉长或缩短语音的结构、加强字头的力度来突出重音，还可以用润腔、顿音、滑音……

总之，台词是角色为了达到一定目的去积极行动影响对象的重要手段之一，语言行动总是积极的以强烈的愿望与对象进行交流。不论是宣传自己的思想观点要求对方共鸣，或是请求援助、希望谅解、规劝开导、倾吐真情、严厉责备、冷嘲热讽、旁敲侧击……演员要用不同的声音色彩把它谱出语调，让人听懂你的意思，听出言外之意，弦外之音，感觉到角色的内心活动。重音就是构成语调的一个重要的成分。

如何念重音，要掌握重音的性质。它取决于演员说台词时，在思想发展的逻辑进程中内心视像的鲜明程度和潜台词的内容。

金乃千同志谈到他在朗诵郭沫若同志的《水调歌头·粉碎“四人帮”》时是这样处理的。他说：当读到“狗头军师”时，我把这四个字从牙齿里挤出来，然后稍稍停顿一下，再用鄙视的神态朝角落里一瞥，好像那里就躺着一具干瘪的活尸，产生一种万恶的张春桥连个姓都不配有的心情，说出这个“张”字，……用强烈的、斩钉截铁的语气读出“铁帚扫而光”，把这个“扫”字拖长，增强动势。……轻缓地说出“篡党夺权者，一枕梦黄粱”，读“梦”字时含着一丝冷笑。

演员愈是能根据作者提供的台词，活跃自己的想象，产生出鲜明的视像，具体的想法，就愈能找到感人的千变万化的重音色彩读出台词来。

（五）应当注意的问题

1. 重音有时是一个词，有时是一个词组。

词组是比词大一些的语言单位。它是词与词按照一定的方式结合起来，表示一定关系的一组词。读时不要把词组读破。特别是成语，成语是具有特定含意，固定形成的词组。不能读破、读散。

如散文《春笔偶拾》中的一段：“……说它是凌波仙子，说它是金珠托玉，那还只是外表的描绘——有形似而没有神似。”（词组）

又如这样一句台词：“打到敌人内部去，将计就计，等有朝一日，把队伍拉出来，东山再起。”（成语）

2. 重音的确定不是机械和死板的。

比如高尔基的《海燕》中有这样一段：“……这些海鸭呀，享受不了生活的战斗的欢乐……”我们可以把重音放在“海鸭”“生活”“战斗”这几个词上。但为了进一步体现作者对海鸭的看法，加强朗诵读者对他们的蔑视和抨击，我们可以把重音放在“这”“享受”上，形成了一种新的语调。

又如马雅可夫斯基的长诗《好呵》有这么两句：“街，是我的！房屋，也是我的！”作者把逻辑重音和音韵角都统一在“我的”这个词上。在苏联，许多朗诵者都用强音，重读“我的”这个词，以此来体现革命胜利后人民当家作主的豪迈心情。但有一次一个少数民族的演员念这首诗时偏偏用轻声，带有某种调皮似的幽默感来传达这种自豪感。听众初听很意外，再一想，这么念很深刻，很传神，也很合理，开掘了新意，报以热烈的掌声。

3. 以上所谈的是从每个重音的角度来谈强调的方式。如果从作品的全局来看，并不一定每一个重音都要强调，需要强调的重音也要分出层次，不能以同等的程度强调。

在文学、戏剧作品中，每一句话都有明确的思想，当然也就有逻辑重音。但是我们在舞台上说的时候，并不是每句话的重音都去强调，只有在语意比较深刻，或语句有夸张、比喻的地方，或有潜台词（表面词句与内在含义有矛盾）的地方，其重音才需要强调。因此，我们在拿到一篇文学作品，或接到一个角色后，不必把每句话的重音都找出来并加以强调。那样念出来的台词，使人感到节奏单一，意思不清，重点不突出，违反了人们生活语言的逻辑和习惯，使听众听不舒服。

即使是需要强调的重音，也要分清主次，着力强调最主要的重音。对次要的音节需要和主要重音起配合、呼应作用的给予一定的陪衬烘托，然后轻轻地、清楚地、不慌不忙地把那些不应强调的词带过去。我们应该根据台词的思想逻辑、感情起伏、愿望的强烈程度配备全套的重音：强的、次强的、中等的、弱的。并搭配好重音与其他词之间的有机关系，而且要找到重音的性质——刚、柔、浓、淡、尊敬、轻蔑、愤恨、爱慕、夸张、诱惑……并把重音与停顿和语调结合起来，才能使台词说得生动活泼、富于表情达意。

二、停顿

（一）什么叫停顿

说话时声音的间歇叫停顿。在生活中人们说话的顿歇是自然的、无意识形成的。由于人们的思维活动、感情起伏、自然呼吸状态的需要，自然而然有各种不同的停顿。书面语言用标点符号来表示停顿。但是标点符号包括不了生活语言的全部停顿，更包括不了千变万化的停顿给有声语言带来的丰富的表现力。因此，舞台语言的停顿，必须是演员在深刻理解体验作品内容的基础上，根据作品和角色的需要，有意识地精心推敲设计处理形成的。

（二）逻辑停顿与心理停顿

1. 逻辑停顿

我们说话时，由于语言逻辑的要求，中间会有许多停顿。在两个停顿之间的一段话我们叫它做语节。它在意义上是完整的，在语调上是统一的，要读得很连贯。这种两个语节之间的停顿叫作逻辑停顿。逻辑停顿帮助我们把语节和整个句子组织起来，阐明它的意义，使我们说的话文理通顺，清楚易懂。逻辑停顿运用不当，就会改变语句的意思，或是打乱语句的逻辑。

例如下面两个句子由于停顿不同，意思就完全相反：

妈妈说我不对。（我错了）

妈妈说我不对。（妈妈说错了）

妈妈说：“我不对！”（妈妈错了）

无鸡鸭亦可，无鱼肉亦可，青菜一碟足矣。（要青菜）

无鸡，鸭亦可；无鱼，肉亦可；青菜，一碟足矣。（要鸡鸭鱼肉）

划分语节是处理逻辑停顿最基本的工作。

认真仔细注意作者标出的标点符号，正确地处理标点符号要求的停顿，我们就能把语句的思想内容有说服力地传达给听众。

2. 心理停顿

心理停顿来自说话者的心理状态，受愿望、心情、感情的支配。它不能破坏逻辑停顿的作用，而且要加强它的作用。但心理停顿在特殊的情况下又可以不受逻辑停顿的规定，在逻辑和文法上不能停顿的地方停顿。

3. 逻辑停顿和心理停顿的关系

逻辑停顿的时间比较固定，一般比较短。如果不适当地延长，就会被观众误认为是忘词。演员在说台词或朗诵时不仅是要把词念得文理通顺，意思明白，还要求艺术的感染力。因此在说台词时必须把逻辑停顿转化为心理停顿。在声音停顿时，你的思维活动和心理活动不能停顿，而要更强烈地活动着。在停顿时要有思想的发展、过渡、转折、交代等不同的活动，要表达出潜台词和贯串行动来。也就是说在停顿中与对象的交流不能间断，而是更积极。因为停顿的瞬间是使对象产生思考和联想，引起对象回味或共鸣的重要时刻。特别是在情节的重大转折时，人物感情激动的高峰时，要做出重大的判断和决定时，都必须利用心理停顿的艺术手段。演员应该学会在这些时刻运用心理停顿，才能增强语言的表现力，达到“此时无声胜有声”的艺术境界。

下面举几个处理心理停顿的例子以供参考：

且忍住裂心的撕痛，
一任那泪眼迷离，
我只要一只小小的花圈，
献给敬爱的周总理。

这里“小小的花圈”之前有一明显的停顿，这个停顿是人物情感激动高峰时所需要的。如：

总攻击的时间就要到了，小冯看了看三班长，三班长看了看小冯，两个人会意地笑了笑。小冯心里说：“三班长咱们就要胜利地完成这次潜伏任务了，三班长，咱们……”啊，就在这个时候，在小冯面前出现了一个连做梦都没梦见过的意外情况！

在“啊”之后，有一明显的停顿，这个停顿是故事情节重大转折时所需要的。

“死了；睡着了；睡着了也许还会做梦；嗯，阻碍 就在这儿……”

在“阻碍”之后，有一明显的停顿，这个停顿是人物思考判断决定时所需要的。

“老弟，就因为他跟大家是这样的关系，我们的地位更难处，你 当然不同了……”

在“你”之后有一明显的停顿，这是向世仁继续在试探对方，潜台词是：你是和他们站在同一边的，我知道你和队员们的关系……也就是说是具有丰富的潜台词时所需要的。

（三）标点符号的作用

著名的作家，语言大师们在写作品时，对标点符号的运用是很认真，很讲究的。曹禺同志在看排他写的戏时，常常指出演员把标点符号读错了。标点符号念错，说明演员没有理解台词的意思，没有感受到作者的用心立意。

试读《雷雨》第一幕鲁贵讲鬼的一段台词，注意语句的划分和思维活动的层次关系。

贵：那时你还没有来，老爷在矿上，那么阴森森的大院子，就太太，二少爷，大少爷住。那时这屋子就闹鬼，二少爷是小孩，胆小，叫我在他门口睡。是个秋天，半夜里二少爷突然把我叫起来，说客厅又闹鬼，硬叫我去看看。我直发毛，可那会儿我刚来，少爷说了，我还能不去？

四：您去了？

贵：我就喝了两口烧酒壮壮胆子，穿过荷花池，偷偷地钻到这门外的走廊旁边。到门口，就听见这屋子里啾啾啾的像一个女鬼在哭。哭的惨！心里越怕，越想看。我就硬着头皮，从这窗缝里向里一望。

四：（紧张地望着他），您瞧见什么了？

贵：就在这张桌上点着一支要灭不灭的洋蜡烛。我恍恍惚惚地看见两个穿着黑衣裳的鬼，并排地坐着，像是一男一女，背朝着我。这个女鬼像是靠着男的身边哭；那个男鬼低着头直叹气。

四：真的？

贵：可不是！我就乘着酒劲儿，朝着窗户缝，轻轻地咳嗽一声。这两个鬼就嗖一下分开了，都朝我这边望。这一下子他们的脸清清楚楚地正对着我。这我可真见了鬼了！

作者用明确的标点清楚地提示了当前的环境，他发现闹鬼的原因，他的行动过程，他当时的心情、思想状态，他所见事态的发展，他的结论。如果忽略了标点的提示，任意处理句子的语调语气，不从句子和句子的关系，衔接、转换找到鲁贵的思想逻辑，就念不好这段台词。

语言逻辑基本功的首要任务是明确概念，划分语节，严格地按照作品的标点符号分清句逗，正确理解语言的思维逻辑，使自己的思维活动起来再说出句子。不论句子长短，要念出统一的语调，表达一定的语气，正确处理语句的停顿。

在这里让我们从朗读的角度，分析一下几种主要的标点符号与停顿的关系。

句号、逗号、分号、冒号、问号、感叹号、破折号、删节号、引号等都各有其独特的可以说明其本身特点的停顿和声态要求。

例如鲁迅在下面一小段话中用了九种不同的标点符号，提示了这两个人物的精神状态。激动、窘迫、惊喜交集，相互之间的不同感觉及彼此的关系改变都从这些标点符号上提示出来：

“闰土哥，你来了？……”他站住了，脸上现出欢喜和凄凉的神情；动着嘴唇，却没有作声。他的态度终于恭敬起来了，分明地叫道：“老爷！……”

逗号的作用是促使人听下去，因为你一个意思没有说完，你还在想下去，别人也就迫切地听下去，所以只要你想得多就可以停得长。不必着急，你只要真正在思想，你就不会匆忙，谁也不会来打断你，催促你，它能使别人忍耐地等待着你继续说下去。

冒号（：）：引起注意，提醒对方去听下边的话。

问号（？）：是询问的声态，促使别人考虑问题，回答问题。要给别人思考的时间。

分号（；）：当我们要表示比逗号稍长的停顿，论述事物的几个方面，而又不是想用句号打断我们的思路的时候，就用分号。

感叹号（！）：有所感，叹出来，用感叹号。其呼吸声态能促使对方的同感。

句号（。）：是思想单位的结束，需要一个较明显的停顿。停顿的长短和语调的升降要根据句子和句子的关系来决定。段落中的句号、段末的句号、全篇结束的句号都有不同要求。

（四）停顿与气息的关系

一般来说，气口可以安在断句之处（即语节之间）。但绝不是每一断句之处都需要换气，要根据语句的内容、语意、感情的状态来决定如何换气。气口安排的恰当，念的人念着舒服，听的人听着也不别扭。气口找得好，也易于掌握节奏。催，催得上去；缓，缓得下来。感情就能通过声音的高低和节奏的快慢自然而然地表达出来。

所谓“气口”就是换气的地方和形式。换气的方式多种多样，有续气、取气、偷气、就气、歇气、大换气、倒抽一口凉气等。这种气息的锻炼与运用在语音技巧训练中得到不断提高。这里不再详谈。

另一个应该注意的问题是：停顿才能换气，但是反之，停顿不一定都要换气，有时只做声音的顿歇，气息不动。

换气与停顿的变化可能出现三种情况，三种情况会产生不同的效果，能够表达不同的思想情绪，第一种：停顿同时换气。一般情况来讲，停顿和换气是统一的。

我只相信，
即使把它交给火，
也不会垂下辛勤的双臂，
但，千山默哀，
万水波息……

在“但”后面的这个停顿较长，而且要大换一口气，这里的换气，似乎成为正式的语言而存在，要让观众感觉到。因为这个“但”字是个转折，前面是说不相信总理的死，“但”字后面说明由于天地和人间都在悲痛地哀悼，自己也不得不相信这一悲痛的消息。

第二种：换气而不停顿。一般用在语句是连续不断地向前推进，逐渐要形成思想的高潮时运用。如：

……车轮呀，莫再转动，

马达呀，快快停息，

敬爱的周总理，

难道你再不能回到我们中间……

其中“转动”“停息”“周总理”之后都需要换气，但这三个地方的停顿要非常短促，几乎使人感觉没有才好，这样可使语句造成向前推进的动势，读起来有紧迫感，为达到这一段的高潮做好准备。

第三种停顿而不换气。则一般用在思想要延续发展，情绪正在积累的地方。

比如雷抒雁的诗《小草在歌唱》中：

母亲啊，你的女儿回来了，

它是水，钢刀砍不伤！

孩子啊，你的妈妈回来了，

她是光，黑暗难遮挡！

去拥抱她吧，

她是大地的女儿，

……

前两个逗号之后的停顿（“她是水”“她是光”）是属逻辑停顿，为了思想完整、情绪饱满，可以处理停顿不换气。后面“大地的女儿”之前，有一心理停顿，这里思想要延续，情绪要积累，也可停顿不换气。

（五）应当注意的问题

1. 当我们遇到一些长句子时，为了能恰当的断句，以便使我们既能不破坏语句的完整，又能更好地运用气息，同时还可以考虑到与重音相配合更好起到强调作用，我们必须在长句子中划分出多一些的语节。但是要注意，语节一般都是在词组的基础上划分的，如果破坏了词组的结构，会使句子的思想混乱。

我们来看看《哈姆莱特》剧中的一段台词：“默默忍受 / 命运的暴虐的毒箭，或是挺身反抗 / 人世的无涯的苦难，通过斗争 / 把它们扫清，这两种行为，哪一种更高贵？”……除了标点符号提出我们应当停顿的地方之外，我们又在长句子中划分出一些语节，既可以更好地起到强调作用，又可以更恰当地运用气息。

再如，艾青的诗《大堰河——我的保姆》中这样的诗句：

在你把乌黑的酱碗 / 放到乌黑的桌子上之后，
在你补好了 / 儿子们的 / 为山腰的荆棘扯破的衣服之后，
在你把小儿被柴刀砍伤了的手 / 包好之后，
在你把夫儿们的衬衣上的虱子 / 一颗颗地掐死之后，
在你拿起了 / 今天的第一颗鸡蛋之后，
你用你厚大的手掌 / 把我抱在怀里，抚摸我。

在这样的长句中，为了更恰当地断句，我们也划分出一些语节，但要注意，不能破坏词组的结构。

2. 诗这种作品与散文体作品在划分语节时略有不同。有关诗的特点以后再讲。如梯形诗，它的形式特点本身就是在语节的基础上构成的。而古体诗中五言诗大体分成“二三”两节读。七言诗分为“二二三”或“四三”两种语节来读。中国历史剧剧本的台词，在处理时语节划分得比一般散文体台词要多一些。

3. 比如：历史剧《大风歌》中陆贾的两句台词：“皇上即位以来，风调雨顺，国泰民安，真是太平 / 景象！……足以爵封万户侯，官至九卿，富贵 / 已极！”在“太平”和“富贵”之后我们都安排了停顿，与一般散文体的台词有所不同。

三、语调

（一）什么叫语调

语言具有的声音色彩叫语调。

剧作家是写出来的台词的作者。

演员是说出来的台词的作者，即角色语调的作者。

优美的音乐必须有动听的旋律和节奏。语调好像是语言的旋律和曲谱。语调包括声音技巧的各种变化：高、低、轻、重、迟、急、顿、挫。语调丰富多彩，生动活泼，语言就富有音乐性和节奏感。语言的各种表情都体现在语调中。

语调是明晰的思想、鲜明的态度、强烈的愿望所激起的感情和视像产生的。因此演员必须用自己的想象力把作者提供的人物的生活情境在自己的头脑和心灵中展现出来，使它成为有形有色的生活画面，才能把台词变成自己由衷要说的话，仿佛是从自己的思想中产生的一样。为此演员应该尽力去寻找准确的语调把这些思想、感受、视像、愿望……清楚鲜明地描绘出来，以此来影响观众，达到你所要达到的目的。语调是根据语言的目的性和行动性产生的。

在生活中，人们的语调是千变万化，丰富多彩的。在说台词或朗诵中，要防止刻板的、做作的语调。任何缺乏内心根据的语调都会使语言矫揉造作，空乏无味。滥用语调和过分粉饰语调，也会使语言成为庸俗的、华而不实的东西。话剧的特点就在于语言的真实、细致。它所表达出来的心灵的声音比任何音乐远为细腻、复杂和多样。准确、鲜明、生动的语调必须永远是从语言的内容和感情的需要出发。声音是受头脑和心灵支配的，没有具体的思维过程是不会产生语调的。台词应该完全符合于角色的性格和内心的节奏，就是要从剧本中特定的人物出发，任何脱离角色的内心生活而造出来的语调虽然可能很好听，但却不能打动观众的心。

（二）从语法入手寻找语调

语调要求肯定、明确、不要似是而非，只有这样，思想才能通过语言准确地表达出来。

读简单句子的语调，要求明确以下几点：

1. 你对谁说这句话？（你与对方的关系如何）

2. 你为什么要说这句话？（动机如何）

3. 你说这句话要达到什么目的？（想达到什么结果）

对于比较复杂的句子除以上的要求外，还要弄清楚这个复句的主干是什么。主语、谓语、宾语是句子的主干成分。复杂句子找出主干成分后，句子的结构间架便显出来了，然后再弄清楚其他成分与主干是什么关系，逻辑关系清楚了，语言才能交代明白。

句子是由一些词和词组组织起来的，表达一个完整的意思，有一个完整的语调的语言运用单位。

句子的结构是多种多样的，在这里我们首先对复合句的各种类型进行一些剖析，使我们能从语法的角度出发，掌握语言内部的思维逻辑及其表达方式。

几个在意思上有关系的句子，可以连接起来造成复合句。复合句的分句之间有各种不同的关系。读台词时如果不把这些关系读出来，把一个复合句读成了许多独立的单句，就破坏了语言的逻辑，不能正确地表达句子的意思。复合句按其结构可分为两大类：联合复句和偏正复句。

1. 联合复句：由两个或两个以上的分句平等地连接起来，分句之间的关系是并立的，不分主次。

由于联合复句中分句与分句的关系是平行、连贯、对比、顶接的，通过分句说明或描写几件事情、几种境界，或同一事物的几个方面，因而每个分句的地位、作用是并列的，平行的，同等的，在语调处理上也要求对等，只是由于对不同分句描绘的感情色彩不同，在音色上应有所变化。例句：

○ 虚心使人进步，骄傲使人落后。

○ 他们爱祖国，爱人民，爱正义，爱和平。

○ 她现在老了，嫁给一个下等人，又生了个女孩子，境况很不好。

○ 她一个单身人，无亲无故，带着一个孩子在外乡，什么事情都做：讨饭，缝衣服，当老妈子，在学校里伺候人。

○ 生存还是毁灭，这是一个值得考虑的问题；默然忍受命运的暴虐的毒箭，或是挺身反抗人士的无涯的苦难，通过斗争把它们扫清，这两种行为，哪一种更高贵？

○ 人民教师、班主任，他所培养的，不要说只是一些学生，一些花朵，那分明就是祖国的未来，就是使中华民族在这九百六十万平方公里的土地上，强盛地延续下去，发展下去，屹立于世界民族之林的未来。

2. 偏正复句：前后分句在意义上有偏有正。正句是正意所在，偏句对正句有说明或限制的作用。一般顺序是偏句在前，正句在后。可以表示转折、假设、条件、因果、取舍等关系。

因为偏正复句中分句与分句的关系是有正有反，有因有果，有取有舍，所以在语调上必须把这种逻辑关系强调出来。逻辑关系体现在语调的转换上。例句：

○ 不论走到什么地方，人总是爱他的故乡的。尽管他乡的水更甜，山更青，他乡的少女更多情，他乡的花草湖光更温柔；然而，人仍然是爱他的故乡的。爱他粗朴的茶饭更好吃，爱他的乡音更入耳，爱他淳朴的丝弦更迷人！

○ 他没有遗产，他没有嗣息，他没有坟墓，他也没有留下骨灰，他似乎什么也没有给我们留下，但是他永远活在我们心里。

○ 要是他借着我的父王的形貌出现，即使地狱张开嘴来，叫我不要作声，我也一定要对它说话。要是你们到现在还没有把你们所看见的告诉别人，那么我要请求你们大家继续保持沉默；无论今夜发生什么事情，都请放在心里，不要在唇舌之间泄露出去。我一定会报答你们的忠诚。

○ 这是我的愿望，要叫那些瞧不起她，不信任她的人看看，在我们这个社会里还有人尊敬这些出身不好，但认真改造思想，踏踏实实工作，为社会主义做出贡献的人，并且有人不怕牵连，愿意永远跟她生活在一起。

由历史所指示，凡有改革，最初，总是觉悟的知识者的任务。但这些知识者，都必须有研究，能思索，有决断，而且有毅力。他们也用权，却不是骗人，他利导，却并非迎合。他不看轻自己，以为是大家的戏子，也不看轻别人，当作自己的喽啰。他只是大众的一个人，我想，这才可以做大众的事业。

○ 一个有觉悟的工人，不管他来到哪个国家，不管命运把他抛到哪里，不管他怎样感到自己是异邦人，言语不通，举目无亲，远离祖国——他都可以凭《国际歌》的熟悉的曲调，给自己找到同志和朋友。

○ 老鼠生性多疑，总是东猜西想，疑神疑鬼，五内不定，只怕寻得上下无路，进退两难，到了那个时候就窜不出去了。

○ 你心中有什么疑难不清，只要起个数就可以一清二楚；想知道流年的吉凶祸福，只要起个数就可以一明二白；要想逢凶化吉，遇难呈祥，找人能逢，谋事能成，赌钱能赢，官司能平，只要起个数，都能够找到门路，指引迷津。

○ 百鸡宴是座山雕山头上的坎子礼儿，每年要举行一次百鸡宴，是在腊月三十的大年五更，座山雕的全山人马大吃大喝一次，因为这次大宴全是吃鸡，不许是别的，又是在一百户人家弄来的鸡，鸡数不得超过一百只，所以叫百鸡宴。

从句子的用途来看，句子可以分成以下四类：

（1）陈述句。这是用得最多的一种句子，凡是对于事物的叙述、描写、说明、判断时，都使用这种句子。陈述句一般来说，句末的语调是下降的。中间停顿地方的语调都稍向上扬，表示这句话未完，结束时语调下降读出句号。

（2）疑问句。分为三类：

①是非问，要求对方回答“是”或“不是”，“有”或“没有”。语调在问句的主要词上转为上升。如：

你有事吗？

这话真是他说的？

他真是这样说的？

②选择问，要求回答者在二者之中选择一个。语调在对比的两个词组上加重上扬。如：

你说咱们这枫树湾，是地主老财多，还是长工佃户多？

③特指问，要求对方就某一点做出答复。句子中用疑问代词“谁”“什么”“怎么”“怎样”等代替疑点。语调在疑问代词上加重升高。如：

这是谁呀？

你要上哪儿去？

今天的幸福是怎么来的呢？

（3）祈使句。向对方发出命令、请求或与对方商量。如：

出去！

你回去吧！

最好准时来，不要迟到！

这样的句子感情色彩比较重，语气和语调都要根据上下文提示的感情尺度来处理。

（4）感叹句。感叹句都是用以表达强烈的感情。根据情感的不同要求运用不同的语调表示。如：

○ 这是多么长，多么可怕的一场噩梦！

○ 是呵，听着是凄凉呵！可瑞贞，我现在突然觉得真快乐呀！这心好暖哪！真好像春天来了一样。活着不就是这个样子么？我们活着就是这么一大段又凄凉又甜蜜的日子呵！叫你想想忍不住要哭，想想又忍不住要笑呵！

（三）从人物出发去寻找语调

在生活中人们的语调是千变万化的。文学戏剧语言是从生活语言中提炼，加工，更富于形象感和表现力的艺术语言。古今中外，不同的作者有不同的语言风格。剧本中出现的人物，有不同的民族、时代、年龄、性格、职业、习惯……又各有不同的语言特点，在台词中要求演员的声音语调能适应不同人物语言的表达能力。我们从语法和逻辑的基本规律出发，找到一些最基本的表达语言的规律和方法只是台词训练基础的一部分，要求演员明确如何通过语言表达思想，明确语言形式和思维活动（语言的内容）的关系。思想对于每一个人的每一具体时刻都是具体的、活的，因此表达思想的语调也是具体的、活的。语调是受规定情境制约的。演员对规定情境（时间、地点、事件、人物关系……）理解感受的正确、深刻，语调也就产生的自然而生动。

掌握了语法和逻辑的规律，使我们不会只是形式地背台词，也不会不论念什么都只用一些固定的刻板的腔调来“朗诵”。

（四）语调变化的基本因素

语调是语言所具有的声音色彩。这点我们已经讲过。一般人简单地理解语调的变化只是高低的变化。实际上，语调的变化是高低、快慢、强弱这三组因素不同的组合而构成的。

只有高低的变化，或只有强弱、快慢的变化的语调，会给人以单调重复之感，也是产生朗诵腔的原因之一。而这三组因素综合的运用，则会使语调千变万化，产生意想不到的好的艺术效果。当然我们不是为变化而变化，语调变化根据是人的思想行为。

生活中人们的语调是判断一个人的思想、性格、行为、目的的好手段。舞台上也同样如此，同一行动所产生的同样的语言，由于不同的人说出会产生不同的语调。同样的语言，在不同的规定情境下说出也会产生不同的语调。当然，不同的思想，不同的行为的语言，差异就更大了。

这些差异和变化，我们从语音的角度认真去分析会发现，是由高低、快慢、强弱这三种因素的变化而构成的。人们一般在兴奋的时候，说话音频会提高，力度会加强，速度会增快，于是形成高、强、快的语调。而当一个人在悲伤、痛苦时，音频会下降，速度要减慢，力度会削弱，因而形成低、慢、弱的语调。但是这样的变化绝不是一成不变的规律。比如当人们在讲述一件激动人心的事而又不能让外人听见时，力度会减弱，形成高、弱、快的语调。而往往有时人们在极度兴奋（特别是悲伤）之下，说话反而形成断断续续——慢，泣不成声——低弱的语调。有时，为了表达对一种事物崇敬的心情，会产生高、快而弱的语调。有时为了表达对一种人或一种事物的憎恨，会产生低、慢而强的语调。

这里需要说明的是，这三组基本因素的变化运用是对比而形成的。我们说一个人物的语调是指一个人物语言的基调，是指与其他人物的对比而言的。而就其一个人物的语言而言，也是变化多端的，但这变化要受到基调的制约。我们说某句话的语调是指这句话的基调，是指对比上下句而言。就一句话中高低、快慢、强弱也有对比和变化，但要受这一句话的基调制约。在安排每一句话的基调时，要考虑到与上下句的衔接，这个衔接的“茬口”是很重要的。可能是延续的、缓变的，可能是跳跃的、突变的。衔接的不同预示着语言思想行为的变化。对于下一句的语调起着重要的作用。

舞台语言是造成舞台气氛的重要因素之一。在朗诵文学作品时，舞台上其他一些手段诸如灯光、布景、音响等因素一概被排除，舞台气氛只由语言这一因素而形成。因此必须在语言上下功夫，才能造成良好的舞台气氛。舞台气氛是指舞台演出中能烘托主题思想和舞台人物形象的生活气息。舞台语言的处理，包括语调、重音、停顿的运用不能脱离创造舞台气氛这一宗旨。因此我们必须对语言所描绘的生活环境生活景象有着深刻的理解和细微的体验。使每句话的语调，在形象地再现具体人物、事物的基础上组成统一的气氛。特别是作品的开头，更需要造成一个真实的有生活气息的气氛，使观众能身临其境，很快地进入到作品的生活环境之中，并能相信作品所描绘的人物和事物。

我们讲气氛这一问题，目的在于说明语调不是孤立存在的。是受语言通篇所表达的主题思想、人物形象所制约的。是在统一构思的基础上产生的。这样形成的语调，使这篇作品与那篇作品迥然不同。我们泛指能够代表这篇作品特征的语调，为这篇作品的基调。基调是由在统一构思的基础上产生的语调组成的。

（五）重音、停顿、语调的关系

以上我们把重音、停顿、语调分别进行了讲解。这三者的关系是怎样的呢？重音、停顿是构成语调的重要因素，但它们都要受到语调的制约。重音和停顿本身也是不可分割的、互相配合的。因此，这三者之间是互相配合、互相制约的。如一句话中处于语调高势上的重音和停顿，与处于低势的重音和停顿，显然有强弱高低长短的不同。反过来说，为了能造成语调的高势和低势，重音和停顿都要进行一番苦心的安排。因此这三者的运用是需要统一考虑安排的，都是为语言的思想性、行动性服务的。这三者如能运用自如，配合巧妙，就能使舞台语言具有强烈的感染力和艺术魅力。

如贺敬之的诗《三门峡——梳妆台》：

挽断“白发三千丈”，
愁杀黄河万年灾！
登三门，向东海：
问我青春何时来？！

这是全诗中的重点和高潮段落之一，是表达深受黄河之害的劳动人民盼望根治黄河的强烈愿望。为了突出这一点，我们要将前三行诗读出一种向上的动势，在第四行“青春”两字时达到高点，然后突然停顿，这是一个较长的停顿，最后读出重音“何时来”。这个停顿使重音更为突出，而这停顿、重音、节奏又使整个段落形成由低到高、有紧有松的丰富语调。

原载《中央戏剧学院舞台语言基本技巧 教材汇编》1982 年 4 月

花城袖珍诗丛

朗诵诗

雷抒雁　程步涛　编

朗诵提示：瞿弦和　张筠英

《雪落在中国的土地上》　艾青

雪落在中国的土地上，
寒冷在封锁着中国呀……

风，
像一个太悲哀了的老妇，
紧紧地跟随着，
伸出寒冷的指爪，
拉扯着行人的衣襟。
用着像土地一样古老的话，
一刻也不停地絮聒着……

那从林间出现的，
赶着马车的，

袖珍诗丛《朗诵诗》

你中国的农夫，
戴着皮帽，
冒着大雪，
你要到哪儿去呢？

告诉你，
我也是农人的后裔——
由于你们的，
刻满了痛苦的皱纹的脸，
我能如此深深地，
知道了，
生活在草原上的人们的，
岁月的艰辛。

而我，
也并不比你们快乐啊，
——躺在时间的河流上
苦难的浪涛，
曾经几次把我吞没而又卷起——
流浪与监禁，
已失去了我的青春的
最可贵的日子，

我的生命，
也像你们的生命，
一样的憔悴呀。

雪落在中国的土地上，
寒冷在封锁着中国呀……

沿着雪夜的河流，
一盏小油灯在徐缓地移行，
那破烂的乌篷船里，
映着灯光，垂着头，
坐着的是谁呀？

——啊，你，
蓬发垢面的少妇，
是不是
你的家，
——那幸福与温暖的巢穴——
已被暴戾的敌人，
烧毁了么？
是不是，
也像这样的夜间，
失去了男人的保护，
在死亡的恐怖里，
你已经受尽敌人刺刀的戏弄？

咳，就在如此寒冷的今夜，
无数的，
我们的年老的母亲，
都蜷伏在不是自己的家里，
就像异邦人，
不知明天的车轮，
要滚上怎样的路程……
——而且，
中国的路，

是如此的崎岖，
是如此的泥泞呀。

雪落在中国的土地上，
寒冷在封锁着中国呀……

透过雪夜的草原，
那些被烽火所啮啃着的地域，
无数的，土地的垦殖者，
失去了他们所饲养的家畜，
失去了他们肥沃的田地，
拥挤在，
生活的绝望的污巷里，
饥馑的大地，
朝向阴暗的天，
伸出乞援的，
颤抖着的两臂。

中国的苦痛与灾难，
像这雪夜一样广阔而又漫长呀！

雪落在中国的土地上，
寒冷在封锁着中国呀……

中国，
我的在没有灯光的晚上，
所写的无力的诗句，
能给你些许的温暖么？

1937年12月28日夜间

【朗诵提示】

这是诗人艾青的著名诗篇。黑暗的旧中国，如同寒冷的风雪天一样悲惨、凄凉，广阔又漫长。全诗充满压抑、痛苦、悲凉的气氛。朗诵时不要光是一味追求低沉的基调，还要有不甘于如此，寻求希望的内在力量。

重复出现的“雪落在中国的土地上”这一句，是每一段的开头。全诗四段，四句同样的诗句，要处理好，因为它决定了每段的基调。第一次出现要读出悲凉的气氛；第二次出现要带着愤愤不平的心情；第三次出现带有绝望的感觉；最后一次出现，要有寻求的渴望。根据这四次出现的不同的内容，运用高低、快慢、强弱的变化，使朗诵的语调丰富多彩，富有变化。

读这首诗时，朗诵者可以想象自己就是当年的诗人，穿着单薄的衣衫，独自一人站在风雪中，面对苍茫大地，马车农人，倾诉自己心中的苦闷，渴望春天的早日到来。

《老马》 臧克家

总得叫大车装个够，
它横竖不说一句话，
背上的压力往肉里扣，
它把头沉重地垂下！

这刻不知道下刻的命，
它有泪只往心里咽，
眼里飘来一道鞭影，
它抬起头来望望前面。

1932 年 4 月

【朗诵提示】

这首诗，以“老马”为感情媒介，叙述了其悲惨的生活。这首诗写于 1932 年，实际上是作者借“老马”之口，描写了旧社会劳动人民沉重、痛苦的生活。

第一小节，注意“老马”无可奈何的态度，在重压之下老马忍辱负重。

第二小节，要读出在不断袭来的压迫中，“老马”仍具有的生活信心。“前面”这个词就代表着“老马”的希望。全诗的基调是深沉的。

《洗衣歌》 闻一多

洗衣是美国华侨最普通的职业。因此留学生常常被人问道：“你的爸爸是洗衣裳的吗？”

（一件，两件，三件）
洗衣要洗干净！
（四件，五件，六件）

熨衣要熨得平！
我洗得净悲哀的湿手帕，
我洗得白罪恶的黑汗衣，
贪心的油腻和欲火的灰，……
你们家里一切的脏东西，
交给我洗，交给我洗。

铜是那样臭，血是那样腥，
脏了的东西你不能不洗，
洗过了的东西还是得脏，
你忍耐的人们理它不理？
替他们洗！替他们洗！

你说洗衣的买卖太下贱，
肯下贱的只有唐人不成？
你们的牧师他告诉我说：
耶稣的爸爸做木匠出身，
你信不信？你信不信？

胰子白水耍不出花头来，
洗衣裳原比不上造兵舰。
我也说这有什么大出息——
流一身血汗洗别人的汗？
你们肯干？你们肯干？

年去年来一滴思乡的泪，
半夜三更一盏洗衣的灯……
下贱不下贱你们不要管，
看那里不干净那里不平，
问支那人，问支那人。

我洗得净悲哀的湿手帕，
我洗得白罪恶的黑汗衣，
贪心的油腻和欲火的灰，
你们家里一切的脏东西，

交给我洗，交给我洗，

（一件，两件，三件）
洗衣要洗干净！
（四件，五件，六件）
熨衣要熨得平！

【朗诵提示】

这首诗的前言，带着辛酸的泪道出旧社会华侨的苦楚——被人歧视。今天读这首诗，仍能为忍受屈辱的侨胞流下热泪。

朗诵时，要理解诗句的含义，有很多诗句按其表面的意思去读，可能起反效果。所以必须挖掘“潜台词”，戏剧台词中的潜台词即台词潜在的意思或是说言外之意。用在朗诵中完全是合适的，如：一件，二件，三件，洗衣要干净，不可读成顺从的甘心情愿的意思。要发挥朗诵者的想象力，比如：读成模仿主人的口吻。而“我”则是无可奈何，不耐烦地在听，潜台词是：知道了，知道了。而第二句：“四件，五件，六件，熨衣要熨得平！”要读出“我”愤愤不平的内心反抗精神。朗诵时可咬着牙，每一个字的出字都要用些力气。潜台词：总有一天，我会再也听不到这叫人不能忍受的训斥……

此诗每段结尾都是四个字一组，由八个字组成一句话。这六段的六个结尾既要处理得有共同的节奏感，也要有区别。如：“替他们洗”这句可读得低沉一些，你是在哭诉。“你信不信”这句读得像说话一样，好似在争论。“你们肯干”而是质问，最后一个“交给我洗”读出反抗斗争的决心，最后一个“洗”字要让听众感到“我”已决心不干洗衣的活儿了。

当然，每段结尾的语调与每段的基调基本是一致的，是与各段的内容相一致的。

全诗要朗诵得沉重，压抑而充满内在的力量。

《假使我们不去打仗》　田间

假使我们不去打仗，
敌人用刺刀
杀死了我们，
还要用手指着我们骨头说：
“看，
这是奴隶！”

1938年（给战斗者）

【朗诵提示】

这首诗实际上只有一句话，是名副其实的短诗。它是在特定的历史环境中产生的。用最具体的形象，最典型的话语，向人民指出不去打仗的后果——做奴隶！

“假使我们不去打仗”是全诗假定的前提，一定要使观众听懂，否则下面的诗句听众会不知道为什么而存在的。

最后一句，朗诵者可适当地模仿敌人的口吻，加强其生动性。

《我为少男少女们歌唱》　何其芳

我为少男少女们歌唱。
我歌唱早晨，
我歌唱希望，
我歌唱那些属于未来的事物，
我歌唱正在生长的力量。

我的歌呵，
你飞吧，
飞到年轻人的心中
去找你停留的地方。

所有使我像草一样颤抖过的
快乐或者好的思想，
都变成声音飞到四方八面去吧，
不管它像一阵微风
或者一片阳光。

轻轻地从我琴弦上
失掉了成年的忧伤，
我重新变得年轻了，
我的血流得很快，
对于生活我又充满了梦想，充满了渴望。

1942 年初

【朗诵提示】

这是一首很著名的诗。它感情饱满，格调明朗，具有强烈的感染力，而且具有歌一般的韵律，细细体味，就会从心底产生起伏婉转的节奏和优美动人的音韵。

诗与散文的读法不同，其中很重要的一点是语节划分得多，也就是说停顿多。如全诗第一句“我为少男少女们歌唱”，可在“我为”后面、“少男少女们”后面，加上两个停顿。但注意语调是衔接的，不要一停顿，语调就向下滑。为了使诗句具有向上的力量，有时把一些句子集中起来，读得很紧凑，把节奏推到高潮时，再加上较大的停顿，如：第一自然段的后一句，三个歌唱要连续读，每一行利用偷气的办法，抢出节奏逐渐把语调向上推，在“未来的事物”这一句达到高潮，同时加上一个停顿。然后，再用较之前面慢一些的速度朗诵出“我歌唱正在生长的力量”这一句。此诗写作于 1942 年，不仅是为年轻人而作，同时，也是把他（她）们当作新事物的代表来歌唱的。

《好夫妻歌》　魏巍

一

乱尸里，我发现了你，
狼山里你们一对好夫妻。

朋友呵，你死了怎么还睁着眼，
大嫂呵，你的头发怎么掉了一半在污泥里。

大嫂呵，你的衣裳怎么撕得这样烂，
朋友呵，你手里怎么还握着荆条子。

呵，你们纯洁的血液流在一起，
狼山里，倒下一对好夫妻。

二

四年前，我头回来到狼牙山里，
就遇见你们这对好夫妻。

朋友呵，你给我舀了一挑甜井水，
大嫂啊，你抓把山茶放到开水里。

当我说声谢谢你，
脸红了呵，你们还是一对小夫妻。

而今死在狼山里……

三

三年前，当我负伤在狼山里，
昏沉沉，又遇见你们这对小夫妻。

朋友呵，是你把我背回你的家，
大嫂呵，是你把紫葡萄一颗颗放到我嘴里。

如今呵，你们牺牲我不在，
今天惨死在狼山里……

四

几月前，我又转到狼山里，
你们已经生了儿，正在度着喜日子。

大哥呵，你那天到山里采药去，
大嫂呵，你在家流汗蹬着织布机。

眼看着，正要把荒年度过去，
可是可，被敌人打死在深山里。

你们的幼儿哪里去了，
对我说呀，你们这对好夫妻。

五

好夫妻，好夫妻，
狼山里，你们这对好夫妻。

枪在我手里直发烧，
热泪流到我心里。

要不割敌人的头来祭你，
我情愿死在狼山里……

【朗诵提示】

这是一首民歌体的叙事诗。通过“我”所见到的一对普通农民夫妻对子弟兵的关怀、照顾，歌颂他们对革命战士的情谊。夫妻的惨死则激起战士们更强烈的阶级仇恨。

民歌体的诗歌韵脚比较规整，要注意把它们读清楚，妻，里，机，你，都是一七辙。诗的节奏比较整齐，要在较整齐的节奏中寻求细微的变化。

回忆与现实交替进行，是这首诗的另一特点。注意把这两部分区别开，每次进入回忆时，第一句要读得虚一点，慢一点。再回到现实中来时，要用肯定的较实的语调。

朗诵时，“一、二、三、四”可不念，一直贯穿下来，这样使观众能得到一个完整的印象，否则，朗诵者和观众都容易跳出诗的意境。

《肉搏》　蔡其矫

白色的阳光照在高高的山上，
在那里，剧烈的战斗正在进行。

近傍，那青铜的军号悲壮地响起，
冲锋的军号，以庄严的声音，鼓舞我们的士兵。

一个青年，我们团里的一个新兵，
飞似地前进，子弹在脚下扬起缕缕烟尘。
而在山岩后，一个日本军曹迎上来。

于是开始了惊心动魄的肉搏战！
军号还在吹，山谷震荡着喊杀声……

交锋几个回合，那青年猛力刺了一刀，
敌人来不及回避，也把刺刀迎面刺来，
两把刺刀同时刺入两人的胸膛，
两个人全静止般地对峙着，啊！决死的斗争！
只因为勇士的刺刀比日本人的刺刀短几分，
才没有叫颤栗的敌人倒下来，

我们的勇士没有时间思索，有的是决心，
他猛力把胸膛往前一挺，让敌人的刺刀穿过了背梁，
勇士的刺刀同时深深地刺入敌人的胸膛，
敌人倒下，勇士站立着。山谷顿时寂静！

第二年，在那流血的地方来了一只山鹰，
它瞅望着，盘旋着，要栖息在英雄的坟墓上；
它仿佛是英雄的化身，不忍离开故乡的山谷。
过路的士兵呀！请举起你们的手向他致敬。

【朗诵提示】

这是一首描写抗日战争时期激烈的战斗场面的叙事诗。全诗充满斗争的气息，紧张的节奏。

前两段介绍了战斗的地点，要烘托即将开始激战的紧张气氛。

三、四段是一位战士与日本军曹肉搏战的过程。从战士遇到日本军曹，到两人对刺，僵峙，至战士勇于自我牺牲同时刺死敌人，从内容上，我们可以感到节奏的变化，在层层推进中，要有停顿，然后推向更高的层次，最后又一次低沉下来。

第五段也就是最后一段，表达了人们对战士的怀念与崇敬。

创造紧张的气氛节奏，和层层递进的语调，仅有真实的感受还不够，还需要运用一些技巧，比如说：偷气、蓄气的气息运用，语言的速度加快，需要寻找能够缓冲的和承上启下的词与词组或句子等等，一味地加快节奏，增高语调，只能使朗诵者声嘶力竭，而达不到预期效果。

《韩波砍柴——记母子夜话》　冯至

农历正月十九，
雨下了几天几夜，
后半夜忽然停止，
露出来下弦明月。

满屋里都是月光，
老婆婆从梦中惊醒，
她叫醒她的儿子，
她说，“外面有个人影。”

儿子说，“深更半夜，
哪里会有什么人？”
“你们年轻人不知道，
这是韩波的灵魂。”

“韩波是一个樵夫，
终日在山里砍柴，
他欠下了地主的
还不清的高利债。”

“他砍柴砍了一生，
给地主生火煮饭；
他砍柴砍了一生，
给地主生火取暖。”

“他自己永远
吃不饱也穿不暖；
不管天气多么坏，
砍柴没有一天中断。”

“那时和现在一样，
雨下了几天几夜，
到了正月十九，
雨又变成大雪。”

“他在风雪里冻死，
许多天没有人管，
后来身上的破衣裳，
也在风雪里腐烂。”

“但他死后的灵魂，
还得要出来砍柴，
因为他一丝不挂，
只能在夜里出来。”

“年年在他的死日，
后半夜总有月光，
给他照着深山，
像在白天一样。”

“我们这里的春雨，
一下就是一个月，
只有在这时候，
雨为他停止半夜。”

她说这段故事，
说得人全身发冷，
外面的月光中，
真像有一个人影。

她的儿子说，“妈妈，
韩波死的真可怜，
但这是旧日的故事，
不是在我们今天。”

“过去我们农民，
人人都是韩波，
可是我们现在，
韩波没有一个。”

“过去无数的韩波，
都在饥寒里死亡，
我们同情他们，
只用半夜的月光。”

“现在的月光里，
也许有韩波的灵魂，
他出来不是砍柴，
却是要报仇雪恨。”

“明天我们斗地主，
他也要向地主清算，
他再也不会害羞，
他要在白天出现。”

1952年2月15日，江西进贤
1953年8月修改

【朗诵提示】

这是一首叙事诗。诗句的主要部分是一位老婆婆与儿子的对话。老婆婆所叙述的故事是带有传奇色彩的。加上是一位老婆婆在讲，因而较夸张，用对孩子讲故事的口吻较适合。此诗最好用女声朗诵。

后面一段老婆婆的话，是在讲道理，不像前一段那么形象具体，朗诵时一定注意亲切，像说话一样。

这首诗对旧社会劳动人民困苦的生活给予了深切的同情，同时也表达了新社会生活的幸福。

叙述部分与对话部分在朗通时要分清，两个人物的对话要分清。

《唱歌的少女》　绿原

少女是可爱的，
唱歌的少女是更可爱的。
她唱起来，像花在开放。
歌声洒在空中，
有香气四散。
有时我工作得很疲倦，
头脑昏昏沉沉，这时——
只要听到她们一唱，
我便像给针锥了一下似的
跳了起来，卷起袖子……
青春的力量像潮水一样向我汹涌。
那不是恋歌的共鸣，不是！
我没有轻狂的情绪，没有！
什么也不是，什么也没有——

除了一种在早晨跑步后
呼吸新鲜空气的感觉，
那时我要工作，那时我能工作。
在我们这个时代里，
一切都是新鲜的，
一切都有节奏和韵律，
一切都能变成歌。
在我们这个时代里，
少女不唱歌，是奇怪的，
少女唱歌不好听，也是奇怪的。

1954 年

【朗诵提示】

这首诗从少女的歌声中，让我们感受到生活在这样的时代是多么美好。

全诗没有讲什么道理，而是把生活中人人都有过的感受，真实地再现在诗句中，因而基调是亲切、质朴的。诗中的“我”，是作者，是朗诵者，也是观众们。

这首诗的标点符号很严谨，给朗诵者提供了节奏变化的依据。这样，朗诵时便要注意句号和逗号的语调不同点。只有在句尾时语调才能向下滑。逗号表示一句话的意思还没有完，语调应有延续的感觉，不要下滑。破折号出现时，停顿要比逗句长一些。当然，即使在没有标点符号的诗中，朗诵者也要根据内容，自己来安排标点符号。

唱歌的少女意味着青春的力量。在诗的前半部分中，此句是重点。后半部分中，“在我们的时代里”一句后面的三个“一切”，是作者写此诗真实的用意，在于歌颂我们的时代。要把这三个“一切”读清楚，要有说服力。全篇的结尾不是高昂的调子，两个“奇怪的”要读出幽默感。

《嘎达梅林之死》　吕剑

英雄的嘎达梅林，
被敌人追到了河边；
西拉木伦河波浪滚滚，
欲渡没有舟船。

英雄的嘎达梅林，
这时候兵少弹尽；

英雄的嘎达梅林，
对他的战士慷慨发言：

“大雁飞向南方，
是为了去寻找温暖；
我们举行起义，
是为了人民的自由和土地。

为他的女人要擦胭脂，
王爷要出卖我们的土地；
为强占我们的土地，
张作霖要斩杀我们的人民。

我们起来造反，
真正是义正词严；
我们每个兄弟的心，
都可以面对日月星辰。

只要人民一日起来，
没有推不翻的朝廷；
只要播下了自由的种子，
人民终究会得到自由。

内蒙的英雄好汉，
决不贪生怕死；
为了人民而死，
要比包格达山还重。

让我们告别科尔沁，
感谢它的养育之恩；
让我们祝福科尔沁，
终有一天它会得到翻身。”

嘎达梅林的战士，
人人战斗到最后；

英雄们背水奋战，
最后只剩下他自己一人。

这时敌人的兵马，
铺天盖地而来；
英雄的嘎达梅林，
奔上了一座悬崖。

英雄的嘎达梅林，
投入了西拉木伦河的怀抱，
滚滚的河水挟着春冰，
收下了自己忠诚的儿子。

等着敌人赶到河边，
早已不见嘎达梅林的踪影；
只听到惊涛骇浪的巨吼，
疑是嘎达梅林的大军反攻过来。

1956 年 8 月 26 日 · 呼和浩特

【朗诵提示】

这是一首歌颂内蒙古人民英雄的叙事诗，格调铿锵悲壮，感情深沉，气势雄浑。

全诗分成三个大段落，前两个自然段，介绍了嘎达梅林和他的战士们在战斗中所处的绝境。中间的六个自然段，是嘎达梅林对战士的发言，也就是他的誓言，最后四个自然段叙述了战斗时的情景和他英勇牺牲的壮举。

前后两大段落展示了壮烈的战斗场面，朗诵时要如同身临其境，要随着战斗的紧张进行，注入朗诵者的担心、敬仰、惋惜、歌颂……

中间一段英雄的讲话，是用第一人称自述。朗诵者要进入角色，如同自己在对着战士们讲话，鼓舞战士与敌人决一死战。这段声音最好是用男声低、中音。声调要适当拉大、增强，要有在空旷地方讲话的感觉，并要充满激情。诗句中提到的土地、人民、自由、科尔沁，都是英雄无限留恋而又为之牺牲的力量所在。朗诵时，在这些地方不要一味大声喊叫，要带着真实的内心感受，用充满柔情的语调朗诵出来。

对诗中提到的王爷、朝廷，则要充满仇根。而“我们起来造反……”与“内蒙的英雄好汉”这两小段，则要用刚毅、坚强的语调。

此首适合于男声朗诵。

《阿妈的吻》 梁上泉

阿妈哟阿妈，
你为什么不说话？
眼望着新修的医院，
为什么噙着泪花？

问你你不回答，
吻着怀里的娃娃，
向医院步步走近，
你到底在想什么？

莫非想起以往的孩子，
没有一个长大？
莫非想起旧日的病痛，
找不着一个“门巴”？

阿妈，你擦干了眼泪，
是不是要说说心里话？
笑脸却紧贴着明净的门窗，
像吻着白胖胖的脸颊。

呵！你吻吧！吻吧！
你以吻孩子的母爱，
在吻着自己的医院，
在吻着自己的祖国呀……

1955 年 2 月 19 日，扎木

【朗诵提示】

这首诗写作的时间是 1955 年，写作的地点是西藏。在刚解放不久的西藏地区，作者描写翻身的西藏农奴们在新修的医院前激动地吻着自己的孩子的动人情景。并在最后一段中写出她们之所以如此，是因为感谢党、感谢祖国对西藏农奴的关怀，这吻是献给祖国的，这热泪是幸福的。

朗诵者以第三人称的身份出现，朗诵时，要把诗中的情景当作此时此刻头一次见到的情景来加以渲染，这样才能生动。因此要把阿妈的形象想象得非常具体——外形、衣着、心理状态甚至走路形态、节奏等等，同时还要把医院的整体形状及它与阿妈的方位想准确，想具体，最好把阿妈和医院处理在朗诵者前方的两个四十五度角的地方。阿妈稍近，医院在另一侧的稍远处。

这样，朗诵者的视像、语调随着阿妈活动的身影而变化。当然，不能忘掉与听众交流。因为朗诵者是在说给听众听，二者之间的转换，要有机，恰当。

《三门峡——梳妆台》　贺敬之

望三门，三门开：
“黄河之水天上来！”
神门险，鬼门窄，
人门以上百丈崖。
黄水劈门千声雷，
狂风万里走东海。

望三门，三门开：
黄河东去不回来。
昆仑山高邙山矮，
禹王马蹄长青苔。
马去“门”开不见家，
门旁空留“梳妆台”。

梳妆台啊，千万载，
梳妆台上何人在？
乌云遮明镜，
黄水吞金钗。
但见那：辈辈艄工洒泪去，
却不见：黄河女儿梳妆来。

梳妆来呵，梳妆来！
——黄河女儿头发白。

挽断“白发三千丈”，
愁杀黄河万年灾！
登三门，向东海：
问我青春何时来？！

何时来啊，何时来？……
——盘古生我新一代！
举红旗，天地开，
史书万卷脚下踩。
大笔大字写新篇：
社会主义——我们来！

我们来呵，我们来，
昆仑山惊邙山呆：
展我治黄河万里图，
先扎黄河腰中带——
神门平，鬼门削，
人门三声化尘埃！

望三门，门不在，
明日要看水闸开。
责令李白改诗句：
“黄河之水‘手中’来！”
银河星光落天下，
清水清风走东海。

走东海，去又来，
讨回黄河万年债！
黄河女儿容颜改，
为你重整梳妆台。
青天悬明镜，
湖水映光彩——
黄河女儿梳妆来！

梳妆来呵，梳妆来！

百花任你戴，
春光任你采，
万里锦绣任你裁！
三门闸工正年少，
幸福闸门为你开。
并肩挽手唱高歌呵，
无限青春向未来！

【朗诵提示】

这是一首难得的古典诗词与现代诗结合的典范。朗诵起来朗朗上口，铿锵有力，气魄雄伟，需要声音有幅度，字音有功夫。另外，要注意适当地用些古典格律诗的上韵的读法。同时又要有新时代的思想感情。

此诗分成两大段，以“何时来啊，何时来”为分界。前一大段是旧社会由于黄河久不治理，劳动人民深受其害，痛苦万分。后面写新中国成立后，国家治理了黄河，人民不再受黄泛之苦，生活安定幸福。

全诗有三个高潮，一是“问我青春何时来？！”二是“社会主义——我们来！”三是“无限青春向未来！”

第一个高潮是第一大段的结尾，集中了旧社会劳动人民的怨恨，无限悲愤地面对大海喊出：“问我青春何时来？！”

第二个高潮是第二大段的开头，是翻身作了国家主人的劳动人民自豪的誓言。

第三个高潮是全诗的结尾，表达了人民对未来的信心。

其他诗句，则不必都处理成重点。可用其他方式向观众讲清楚。如：第一自然段则要突出一个“险”字。第二自然段，是无可奈何花落去的态度。后面“责令李白改诗句”一句，可读得俏皮、幽默。

很多人朗诵此诗时，提出“黄河女儿”究竟代表什么？我认为她代表人民的美好愿望。这愿望是治理黄河的愿望，是对幸福生活的憧憬。

《茶》　李瑛

报载，摩洛哥人民热烈欢迎中国种茶专家到摩洛哥指导种茶。摩洛哥的土地上长出了中国的茶苗。

晚上。灯下。

我读着黑非洲的诗，
喝着热茶，
忽然好像看到：
摩洛哥，
阿兹鲁谷地，
一片茶花。

茶花，
透出沁人的香味，
弥漫了非洲每间茅屋，
传到我家。

我说：
青铜铸造的非洲呵，
你会理解：
中国的小小的茶籽，
给你带去了多少
深情的话！

那一粒粒
肥壮的茶籽，
不久前，
还生长在我国南方，
有一千条水，
作它的乳汁；
有一千条山，
作它的床榻；
还有六亿双眼睛，
六亿双手臂，
保卫它，
不受践踏。

而在另一片大陆上，
在非洲，
在摩洛哥，

家家都有把
花瓶似的铜壶，
但——却没有茶。
就像河床，
没有水；
就像花盆，
没有花。

没有茶，
好客的主人，
将怎样款待朋友？
没有茶，
对战斗归来的士兵，
将说些什么？

于是古老的土地，
向朋友呼唤；
中国的茶籽，
便带着一片翠绿的梦，
万里迢迢到非洲，
在苍莽的大陆上，
舒青、发芽。

中国的大地呀，
尽管你的赠礼
多么微薄，
但在摩洛哥人民心上，
粒粒茶籽，
却像一颗颗砝码。
为什么？为什么？
是六亿人民的友谊，
在这里化作了：
流水一样绿的叶子
奶汁一样白的花。

棵棵茶苗是稚弱的，
却经住了风吹雨打；
个个生命是幼小的，
却惊动了万顷流沙。
为什么？为什么？
是辛勤的摩洛哥人，
用淳厚的汗，
把小小的茶籽浇洒；
中国的茶籽，
便知道该怎样
表示回答。

——你闪着晶莹的、
宝石的光的非洲呵！
——你渗透着殷红鲜血的、
红土壤的非洲呵！
——你流着眼泪挺身而起的、
微笑的非洲呵！
——你战斗的非洲呵！
我们亚细亚的土地，
我的也曾经饱受
深重灾难的国家，
多么爱你，
他深知：
你们身上的镣铐
有多重，
你们门前的铁锁
有多大；
因此，请接受吧——
我们给你的战斗的敬礼，
和一千句深沉的问候的话！

晚上。灯下。
我读着黑非洲的诗，
喝着热茶，

我看见：
阿兹鲁谷地的茶花，
我甚至还听见它
吸水的声音；
我甚至还闻见它
香漫朝霞……
而同时，
我也想起：
刚果河畔的战斗，
奥雷斯山谷的篝火，
赤道线上怯尼亚的杉林，
尼亚萨兰大街上罢工的火把……
我深深地祝福你们——
所有全世界
为民族独立、
自由、民主
而战斗的人民，
且让我
以我们民族传统的习惯，
献给你
一杯热茶！

1960 年 11 月

【朗诵提示】

作者以第一人称自述的形式，以报纸发表的消息为感情媒介，歌颂了中国人民和第三世界人民的真挚友谊。

诗的开头，很有意境，朗诵者要把晚上，灯下，喝茶的情景再现给听众，把听众也带到这个诗人家庭的夜晚的情景中。

诗中有两段中间都有两个“为什么？”然后做了回答，这两段可作重点段落处理。四个为什么不要读成疑问，要读成设问。因为不是真不明白，而是带有启发的意思。语调都要向上扬，读出问的意思。紧接是回答。回答的语调要肯定而亲切。要把中国人民的友谊和辛勤的摩洛哥人两句重点突出出来。紧接的一个自然段是全诗中最庄严的一段，因为内容是斗争，压迫，鲜血。这一段的基调是沉重的，要充满力量。这不会影响全诗亲切、真挚的基调，只能增添其色彩。

诗的最后一段，重复出现开头的意境，朗诵时注意视象的方向，感觉要和开头的一段相同。最后几句，从“我深深地祝福你们”——这一句开始，把节奏推向高潮。到“以我们民族传统的习惯”这一句为最高点，然后缓下来，以最诚挚的语调深情地朗诵出“献给你，一杯热茶”。

《海燕戒》 刘征

有一只小海燕在动物园里长大，
叫他海燕，只因他是海燕的后代。
他自己，且不必说冲击暴风雨，
压根儿就没见过真正的大海。

这一天，小海燕为了寻找大海，
飞到海面上，直累得东摇西摆。
他正在絮絮叨叨抱怨命运，
忽然看见海上出现一座楼台。

小海燕一见打心眼儿里高兴：
“啊，这才是我理想的大海！
你看摩天的高楼和堂皇的大厦，
那里一定就是天堂的所在。”

“里边定然有镶着宝石的金笼，
又安静又暖和，不染一点尘埃；
里边定然有高等厨师制备宴席，
吃什么有什么，只要把嘴张开。”

“有时也可以扇起翅膀飞几圈，
但那是为了消遣，完全自由自在；
有时也可以对着暴风雨吟唱，
但喧嚣和危险完全隔在玻璃窗外。”

“你看那门前如水如龙的车马，
有多少人为欢迎海燕而来！
我这么飞呀飞的真是傻瓜，

幸福的生活已经在眼前展开。”

有只老海燕打断了他的话：
“那是蜃楼，哪里是什么楼台！
快抓住闪电，跨上乌云的骏马，
看，猛烈的暴风雨就要到来！”

小海燕轻蔑地打了个口哨：
“我懂得怎样为自己安排。
这大海上的风云瞬息万变，
我可不打算在大海里葬埋。”

霎时间，海上涌起滔天巨浪，
无数海燕冲天起舞，多么豪迈！
小海燕跌跌撞撞向蜃楼飞去，
一头栽进大浪，再也没有回来。

不要以为海燕的子孙一定是海燕，
只有海燕的翎毛并不能驾驭大海。

1963 年 7 月

【朗诵提示】

寓言诗是诗中较活泼、适合于朗诵的一种。这首诗从六十年代到现在，一直有人在舞台上朗诵。这首诗是以讲故事的方式进行的。深入浅出，通俗易懂。朗诵时，首先要塑造好小海燕这个轻浮、不肯踏踏实实学习，而又任性、盲目骄傲的形象。朗诵小海燕的话时，可模仿一个任性的小男孩的口吻，可以用些小男孩的典型形体动作加以配合。而那只老海燕则可用较低、较稳重的声调，对小海燕进行规劝。

叙述的部分，与一般诗的朗诵略有不同。就是要把有寓意的地方点透，让观众听懂其中内在的含义。如：“叫他海燕，只因他是海燕的后代”这一句要读成其实他根本就称不上海燕的语调。

诗的最后一句，是全诗寓意所在，不要被华丽的外表所迷惑，要踏踏实实地学习真本领。全诗充满天真、活泼的气氛，适合给少年儿童朗诵。

《悬崖边的树》 曾卓

不知道是什么奇异的风，
将一棵树吹到了那边——
平原的尽头，
临近深谷的悬崖上。

它倾听远处森林的喧哗
和深谷中小溪的歌唱，
它孤独地站在那里，
显得寂寞而又倔强。

它的弯曲的身体，
留下了风的形状。
它似乎即将倾跌进深谷里，
却又像是要展翅飞翔……

1970 年

【朗诵提示】

这首诗的第一段描写了一株树的特殊的遭遇——被风吹到了临近深谷的悬崖上，朗诵时应带着同情而又担心的心情，把这株树的命运介绍清楚。读到第二行的“那边”，不要作句尾处理，语调不要下滑，为了把后两行引出，强调出“悬崖”这个词。

第二段描绘这株树的处境，同时说明了它不屈服的性格。此段朗诵时要注意把“孤独”与“倔强”两个词作为重音。

第三段，作者具体地描绘了这株树的倔强的形象：在即将倾跌进深谷里的危险的境遇中，还在斗争，还没有低头，还要展翅飞翔。最后一段是全诗的重点，要把朗诵者的全部热情倾注进来，赞颂这株树。

作者在这首诗里，借这样一株悬崖边的树，赞颂人们逆境中不屈服的精神。

《致橡树》 舒婷

我如果爱你——
绝不像攀援的凌霄花，
借你的高枝炫耀自己；

我如果爱你——
绝不学痴情的鸟儿，
为绿荫重复单调的歌曲；
也不止像泉源，
常年送来清凉的慰藉；
也不止像险峰，
增加你的高度，衬托你的威仪。
甚至日光，
甚至春雨。
不，这些都还不够！
我必须是你近旁的一株木棉，
作为树的形象和你站在一起。
根，紧握在地下；
叶，相触在云里。
每一阵风过，
我们都互相致意，
但没有人，
听懂我们的言语。
你有你的铜枝铁干，
像刀，像剑，
也像戟；
我有我红硕的花朵，
像沉重的叹息，
又像英勇的火炬。
我们分担寒潮、风雷、霹雳；
我们共享雾霭、流岚、虹霓。
仿佛永远分离，
却又终身相依。
这才是伟大的爱情，
坚贞就在这里：
爱——
不仅爱你伟岸的身躯，
也爱你坚持的位置，足下的土地。

1977年3月27日

【朗诵提示】

作者以“橡树”隐喻所爱的男方，以内心独白的方式倾诉了自己心中无限的柔情。这首诗中一开头就用两个“如果”，含蓄而准确地表达了一位热恋中的女孩子对爱情的独到而执着的追求，换句话说，就是“我”爱“你”，不是看中你的地位，也不是只做贤妻良母，更不是为做你的陪衬……那么，“我”爱的到底是什么呢？或者说“我”爱的追求又是什么呢？从“不，这些都还不够”，作者笔锋一转，和盘托出了自己的主张。从诗的结构来说，上面的整个这一段是为了反衬下一段。

下面的四句“我必须是你近旁的一株木棉”至“叶，相触在云里”是“我”追求的爱情的中心思想，即爱情应当是平等而相互融合在一起的。重点句的重点词又在“树的形象”，“紧握”，“相触”这几个词。

下面“你有你的……”“我有我……”这两句读起来要有对称的语调。

“这才是伟大的爱情”到结束是全诗的总结。表达了爱情要有坚实的基础而不是追求表面的华丽。因此要把“位置”“土地”加重语气来读。

全诗充满柔情、细腻，而又坚韧，塑造了一个较完美的女青年的形象。

《彩霞万里》　向明

守卫在祖国的海防线上，
特别喜爱那灿烂的云霞，
人人对云彩都有自己的比喻，
在战士心中它到底像什么？

东边，一片片多么壮美，
像建设红旗插遍高原平坝：
蜿蜒的是江河般的丝绸棉麻，
翻腾的是海洋般的铁水钢花，
横卧的是山岭般的水闸堤围，
高耸的是森林般的井架钻塔……

西边，一丛丛多么绚丽，
像丰收喜报撒满绿野荒沙：
金色的是稻海扬波涌浪，
银色的是棉田结桃绽花，
黄色的是油菜铺金叠彩，

红色的是果林喷香吐霞……

南边，一叠叠多么雄伟，
像战士的岗位屹立海角天涯：
奇峻的是陡峭挺拔的山峰，
巍峨的是虎踞山顶的哨卡，
鲜明的是熊熊燃烧的篝火，
雪亮的是刺刀闪耀的光华……

北边，一朵朵多么美妙，
像科学研究丰富多彩的鲜花：
圆形的是卫星在蓝天运转，
长形的是火箭向海洋进发，
奇形的是胰岛素结出的异果，
蘑菇形的是氢弹开放的奇葩……
呵！彩霞万里，万里彩霞，
用浓烈的色彩描绘动人的四化。
海边云霞多奇景，祖国呵，
每天都有最新最美的图画！

1977 年 12 月

【朗诵提示】

作者在这首诗里，借海防战士对彩霞的联想，以优美、舒展、热情的基调，描绘了祖国建设的动人景象。

这首诗是从一个提问句开始的，这一提问句就是第一段。这一段不仅介绍了诗中主人公的身份，所在的地点，还提出一个问题：（彩霞）在战士的心中它到底像什么？

诗的最后一段对这一提问做了回答。

诗的中间四段，用东、西、南、北方向作为每段的开头，用色彩的对比，形象、形状的对比来描绘祖国各方面建设的成就，这样既形象、生动，又有色彩的变化。形成具有艺术感染力的诗的语言。朗诵时，不仅要舒展优美，还要带有强烈的新鲜感，对所描写的每一具体情景，都要像第一次发现一样。如果都是无所谓的态度，则永远不能产生热情和激情。

《如果没有花朵》 邹荻帆

如果世界上
没有花朵，
不会有甜蜜的果实，
不会有酸啧啧的水果。
蜜蜂会从哪儿来？
孩子们哪知道甜蜜的生活？

如果世界上
没有花朵，
当少男少女们唱着恋歌，
难道送给对方的永是经典著作？
永远是金钱饼干一盒盒？
呵，没有夜来香的爱情，
多么寂寞！

如果世界上
没有花朵，
天涯比邻的友谊该怎么说？
当你把樱花给我，
把金黛莱给我，
把惠特曼的紫丁香给我，
而我没有牡丹，
没有出墙的红梅灼灼，
呵，没有鲜花的友谊，
多么寂寞！

我呼唤五风十雨，
让花朵有流风的轻抚，
淋雨的洗濯。
我呼唤花朵在暴风雨中怒放，
像勇猛的海燕那样飞鸣：
让暴风雨更猛烈些
更猛烈些……

【朗诵提示】

这是一首花鸟诗，也是一首抒情诗，基调清新明丽。

作者用反问的形式，让人们想象世界上如果没有花朵会是一种什么情景。同时描写了花朵给大自然、给人类带来的欢乐与美丽。这些反问形式的诗句带有启发性，节奏不宜太快，每句结尾要留有停顿，在停顿中让听众去思考，去体会。还要注意到，以问话出现的诗句，实际上是作者肯定的事物，要强调出来。如：第一自然段中，甜蜜的果实、酸啧啧的水果、蜜蜂、甜蜜的生活，第二自然段中：夜来香的爱情，强调的方式要根据事物的特性。果实、水果是实实在在的东西，读出甜甜的、酸酸的感觉。而甜蜜的生活和夜来香的爱情，是虚的事物，读时可直接向听众倾诉。可根据自己的理解，想象出一幅具体的美好图画来补充。

在最后一段，作者赋予花朵坚强的性格，给花朵以内在的力量。朗诵时可读得气魄大一些。

《假如生活重新开头》　邵燕祥

假如生活重新开头，
我的旅伴，我的朋友——
还是迎着朝阳出发，
把长长的身影留在背后。
愉快地回头一挥手！

假如生活重新开头，
我的旅伴，我的朋友——
依然是一条风雨的长途，
依然不知疲倦地奔走。
让我们紧紧地拉住手！

假如生活重新开头，
我的旅伴，我的朋友——
我们仍旧要一齐举杯，
不管是甜酒还是苦酒。
忠实和信任最醇厚！

假如生活重新开头，

我的旅伴，我的朋友——
还要唱那永远唱不完的歌，
在喉管没被割断的时候。
该欢道呼的欢呼，该诅咒的诅咒！

假如生活重新开头，
我的旅伴，我的朋友——
他们不肯拯救自己的灵魂，
就留给上帝去拯救！……
阳光下毕竟是白昼！

时间呀，时间不会倒流，
生活却能够重新开头。
莫说失去的很多很多，
我的旅伴，我的朋友——
明天比昨天更长久！

1979 年 11 月 19 日

【朗诵提示】

在人生漫长的道路上，谁都有遗憾，谁都有感伤，谁都会想：假如生活重新开头，我将怎么度过？

这首充满哲理的短诗将给你作出回答。它能使你振奋，使你开朗，给你重新生活的勇气。其中一些诗句会使听众久久不忘。如：“明天比昨天更长久！”

六个自然段中，只有四、五两段是有矛盾的对立面——丑恶的东西。在朗诵这两段时，要把其中的含义弄清楚，读明白。反复琢磨会发现这两段是在告诉大家，真理是终究会得到承认的，让时间去检验吧！

其他四个自然段，朗诵时口吻应是启发式的，劝说式的。“我的旅伴，我的朋友”，要读得亲切，仿佛就是对着面前的人在诉说，最后一段，把两个对比的意思用语调区别开来——“时间”与“生活”、“明天”与“昨天”。其中肯定的“生活”与“明天”要加重语气。

全诗不宜朗诵得太快，每段读完稍加停顿，给人以思考、回味的余地。

《小草在歌唱》——悼女共产党员张志新烈士　雷抒雁

一

风说：忘记她吧！
我已用尘土，
把罪恶埋葬！
雨说：忘记她吧！
我已用泪水，
把耻辱洗光！

是的，多少年了，
谁还记得
这里曾是刑场？
行人的脚步，来来往往，
谁还想起，
他们的脚踩在
一个女儿、
一个母亲、
一个为光明献身的战士的心上？

只有小草不会忘记。
因为那殷红的血，
已经渗进土壤；
因为那殷红的血，
已经在花朵里放出清香！

只有小草在歌唱。
在没有星光的夜里，
唱得那样凄凉；
在烈日暴晒的正午，
唱得那样悲壮！
像要砸碎礁石的潮水，
像要冲决堤岸的大江……

二

正是需要光明的暗夜，
阴风却吹灭了星光；
正是需要呐喊的荒野，
真理的嘴却被封上！
黎明。一声枪响，
在祖国遥远的东方，
溅起一片血红的霞光！
呵，年老的妈妈，
四十多年的心血，
就这样被残暴地泼在地上；
呵，幼小的孩子，
这样小小年纪，
心灵上就刻下了
终生难以愈合的创伤！

我恨我自己，
竟睡得那样死，
像喝过魔鬼的迷魂汤，
让辚辚囚车，
碾过我僵死的心脏！
我是军人，
却不能挺身而出，
像黄继光，
用胸脯筑起一道铜墙！
而让这颗罪恶的子弹，
射穿祖国的希望，
打进人民的胸膛！
我惭愧我自己，
我是共产党员，
却不如小草，
让她的血流进脉管，
日里夜里，不停歌唱……

三

虽然不是
面对鬼子军的大胡子连长，
她却像刘胡兰一样坚强；
虽然不是
在渣滓洞的魔窟，
她却像江竹筠一样悲壮！
这是二十世纪，七十年代，
社会主义中国特殊的土壤里，
成长起的英雄
——丹娘！

她是夜明珠，
暗夜里，
放射出灿烂的光芒；
死，消灭不了她，
她是太阳，
离开了地平线，
却闪耀在天上！

我们有八亿人民，
我们有三千万党员，
七尺汉子，
伟岸得像松林一样，
可是，当风暴袭来的时候，
却是她，冲在前边，
挺起柔嫩的肩膀，
肩起民族大厦的栋梁！

我曾满足于——
月初，把党费准时交到小组长的手上；
我曾满足于——
党日，在小组会上滔滔不绝地汇报思想！
我曾苦恼，
我曾惆怅，

专制下，吓破过胆子，
风暴里，迷失过方向！

如丝如缕的小草哟，
你在骄傲地歌唱，
感谢你用鞭子
抽在我的心上，
让我清醒，
让我清醒，
昏睡的生活，
比死更可悲，
愚昧的日子，
比猪更肮脏！

四

就这样——
黎明。一声枪响，
她倒下去了，
倒在生她养她的祖国大地上。
她的琴呢？
那把她奏出过欢乐，
奏出过爱情的琴呢？
莫非就比成了绝响？

她的笔呢？
那支写过檄文，
写过诗歌的笔呢？
战士，不能没有刀枪！

我敢说：她不想死！
她有母亲：风烛残年，
受不了这多悲伤！
她有孩子：花蕾刚绽，
怎能落上寒霜！
她是战士，

敌人如此猖狂，
怎能把眼合上！

我敢说：她没有想到会死。
不是有宪法么，
民主，有明文规定的保障；
不是有党章么，
共产党员应多想一想。
就像小溪流出山涧，
就像种子钻出地面，
发现真理，坚持真理，
本来就该这样！

可是，她却被枪杀了，
倒在生她养她的母亲身旁……
法律呵，
怎么变得这样苍白，
苍白得像废纸一方；
正义呵，
怎么变得这样软弱，
软弱得无处伸张！
只有小草变得坚强，
托着她的身躯，
托着她的枪伤，
把白的，红的花朵，
插在她的胸前，
日里夜里，风中雨中，
为她歌唱……

五

这些人面豺狼，
愚蠢而又疯狂！
他们以为镇压，
就会使宝座稳当；
他们以为屠杀，

就能扑灭反抗！
岂不知烈士的血是火种，
播出去，
能够燃起四野火光！

我敢说：
如果正义得不到伸张，
红日，
就不会再升起在东方！
我敢说，
如果罪行得不到清算，
地球，
也会失去分量！

残暴，注定了灭亡，
注定了“四人帮”的下场！

你看，从草地上走过来的是谁？
油黑的短发，
披着霞光；
大大的眼睛，
像星星一样明亮；
甜甜的笑，
谁看见都会永生印在心上！

母亲呵，你的女儿回来了，
她是水，钢刀砍不伤；
孩子呵，你的妈妈回来了，
她是光，黑暗难遮挡！
死亡，不属于她，
千秋万代，
人们都会把她当作榜样！

去拥抱她吧，
她是大地女儿，

太阳，
给了她光芒；
山岗，
给了她坚强；
花草，
给了她芳香！
跟她在一起，
就会看到希望和力量……

1979年6月7日夜不成寐
6月8日急就于曙光中

【朗诵提示】

这是一首著名的长诗。朗诵这首诗的目的是非常明确的——为惨死的英雄伸张正义。全诗又可分为回忆、自责、剖析、揭露、控诉、呼唤等一系列具体的行动，使朗诵者能够抓住核心，突出作者所要表达的思想感情。

朗诵时一要注意内心的感受，要做到思想活动充实、具体。比如描绘刑场和小草，一定要有身临其境之感，视像处理要得当。读到“你看，从草地上走过来的是谁……”朗诵者要仿佛看到英雄光彩夺目的形象。虚假和不真实的做作表演，会破坏这首诗的意境。

二要注意语言的节奏，因为诗文较长，朗诵者如果平均使用力量，只会使听众感到平淡。全诗重点在“我敢说：如果正义得不到伸张，红日就不会再升起在东方……”这两句，一定要着重强调。朗诵开始时，节奏应当缓慢、低沉，结束时，应当有力、昂扬。中间轻重缓急的安排，要根据诗句的具体内容来决定。

《被剥了皮的胜利者》　黄永玉

天上有一个顽童，
每天吹着牧笛
到处
放牧他的羊群。
早上，跟太阳一道起来，
夜晚，
陪伴他的是满天星星。

小家伙牧笛实在吹得太好，
爱煞了天上的仙女和众神，
若就这样平平安安过去也罢了！
忽然他异想天开
要跟阿波罗吹笛赌输赢。

阿波罗是天上的
文化首长，
琴、棋、书、画，自信件件是专门。
天神眼睛里
原也容不下砂粒，
小牧童的建议肯定是发了神经。

这一天
比赛开始在一座山上，
阿波罗指定美丽的雅典娜
作裁判人。
“现在来谈谈拿什么作赌注？”
阿波罗说：
“比输的，
让人把皮剥一层！”
唉！唉！唉！
小牧童未免太天真，
哪里料到原来天上也有不公平。

阿波罗端坐在宝座上，
举起神圣的笛子镶满钻石和金银。
他吹一吹，又停了一停，
以便看看周围听众的反应。
众神和仙女好像听报告，
静悄悄，
木讷讷，
一点也没有表情。
阿波罗还以为是自己的技巧深入了人心。
…………

下一个轮到小小牧羊神
他拈起两只简陋的芦笛，
刚刚弄出几个声音，
微笑和沉思马上出现，
清凉的微风拂去了惨雾和愁云。
笛子是一部轻快的摇篮，
抚慰使每个听众
仿佛都有了情人。

没料到美丽的裁判
却使大家吃了一惊，
他断定
胜利属于阿波罗，
这位天上的文化领导人。

唉！
疏忽的观众如果
稍微精明一点，
早就该看到慑于权威的
雅典娜的哀怨的眼睛。

小小牧童被剥了半张皮，
没有怨言，却发出呻吟。
表面上是输了赌注，
实质上是冒犯了大灾星。

神仙的伤口比起人间
愈合起来当然要快，
牧场上又荡漾起小顽童
醉人的笛音。
虽然他名义上吃了一个闷棍，
虽然他变成一个残缺的精灵。
天上的阿波罗虽然会剥皮和抽筋，
他却永远淹没不了
响彻天涯的

快乐的笛声。

（尾声）子曰："别惹阿波罗！"
"被剥了皮，别忘了继续吹笛子。"

1980年5月

【朗诵提示】

这是一首寓言诗。以神话中天上的阿波罗神与牧童为主角，通过他们俩比赛吹笛的故事，抨击了那些玩弄权术的领导者——阿波罗神，歌颂了敢于抗争，不为淫威所屈服的牧童。朗诵这首诗时，要用讲故事的口吻，要带些孩童般天真的语气，以最生动、最生活的语气来朗诵。但又不可读成散文，要按照诗中提供的诗行，划好语节（即语句中间由停顿而分成的小段）。

前两个自然段，要竭力渲染牧童笛声的优美。最后一句带着担心的心情朗诵他要比赛的决定。

第三自然段，用嘲笑的态度介绍阿波罗神把"自信件件是专门"中的"自信"强调出来。

第四、五、六段，讲述比赛的过程。

七、八段是对错误判决的实质的揭露。

十段，牧童的笛声终于战胜了邪恶，真理是扑不灭的。最后的结尾可以与朗诵第一段时的语气相同。

尾声是提醒人们提防玩弄权术的人，要坚信真理一定会胜利。朗诵时，可以用告诫的口吻。

这首诗除了给一般观众朗诵，也可以给儿童朗诵。

《我是青年》 杨牧

作者自我简介：生于1944年，36岁，属猢狲。因久居沙漠，前额已经有三道长纹并两道短纹；因头脑热，头发已秃去25%左右。

人们还叫我青年……
哈……我是青年！

我年轻啊，我的上帝！

感谢你给了我一个不出钢的熔炉，
把我的青春密封、冶炼；
感谢你给了我一个冰箱，
把我的灵魂冷藏、保管；
感谢你给了我烧山的灰烬，
把我的胚芽埋在深涧！
感谢你给了我理不清的蚕丝，
让我在岁月的河边作茧。
所以我年轻——
当我的诗句出现在人们面前的时候，
竟像哈萨克牧民的羊皮口袋里，
发酵的酸奶子一样新鲜！

……哈，我是青年！
我年轻啊，我的胡大！
就像我无数年轻的同伴——
青春曾在沙漠里丢失，
只有叮咚的驼铃为我催眠；
青春曾在烈日下暴晒，
只留下一个难以辨清滋味的杏干。
荒芜的秃额，也许正是早被弃置的土丘，
弧形的皱纹，也许是随手划出的抛物线。
所以我年轻——
当我们回到春天的时候，
你看看我，我看看你，
哈……我们都有了一代人的特点！

我以青年的身份
参加过无数青年的会议，
老实说，我不怀疑我青年的条件。
三十六岁，减去“十”，
正好……不，团龄才超过仅仅一年！
《呐喊》的作者，
那时还比我们大呢，
比起长征途中那些终身不衰老的

年轻的战士，
我们还不过是“儿童团”！
……哈，我是青年！

嘲讽吗？那就嘲讽自己吧，
苦味儿的辛辣——带着咸。
祖国哟！
是您应该为您这样的儿女痛楚，
还是您的这样的儿女，
应该为您感到辛酸？

我，常常望着天真的儿童，
素不相识，我也抚抚红润的小脸。
他们陌生地瞅着我，歪着头，
像一群小鸟打量着一个恐龙蛋。
他们走了，走远了，
也许正走向青春吧，
我 却只有心灵的脚步微微发颤……
……不！我得去转告我的祖国：
世上最为珍贵的东西，
莫过于青春的自主权！

我爱，我想，但不嫉妒。
我哭，我笑，但不抱怨。
我羞，我愧，但不悲叹。
我怒，我恨，但不自弃。
既然这个特殊的时代，
酿成了青年特殊的概念，
我就要对着蓝天说：我是——青年！

我是青年——
我的血管永远不会被泥沙堵塞；
我是青年——
我的瞳仁永远不会拉上雾幔。
我的秃额，正是一片初春的原野，

我的皱纹，正是一条大江的开端。
我不是醉汉，我不愿在白日说梦；
我不是老妇，絮絮叨叨地叹息华年；
我不是猢狲，我不会再被敲锣者戏耍；
我不是海龟，昏昏沉睡而益寿延年。
我是鹰——云中有志！
我是马——背上有鞍！
我是骨——骨中有钙！
我是汗——汗中有盐！
祖国啊！
既然你因残缺太多
把我们划入了青年的梯队，
我们就有青年和中年——双重的肩！

【朗诵提示】

这是一首深受欢迎的，适宜朗通的好诗。尤其是亲身经历过十年动乱的中年人更能深刻体会诗句的含义。

全诗充满着对祖国的爱，充满着为祖国勇挑重担的革命激情，整个基调真挚、热情。

诗的前半部分，虽写了“青年”本人在“文革”中的不幸遭遇，但立足点不是抱怨，所以，读起来不能有颓废之感。其中有三个笑，可依次处理为——无奈的笑，木然的笑和自嘲的笑。

诗的后半部分要表现出逆境中的奋起。“我爱、我想……我是青年”这一段是内心的肺腑之言，要读得慢一些，让听众跟随朗诵者去联想，给听众留下深刻的印象。全诗最后的两句要读得紧凑，节奏要向上推。

朗诵时最好把作者写的“自我简介”读出来，但必须与诗的朗诵分开。

《人的标本》　罗飞

中共党员沈福彭同志，青岛医学院教授，一九八二年二月九日因心脏病逝世。他在遗嘱里写道：“我已与家人商定，将遗体奉献给我亲手一点一滴创建起来的人体解剖学教研室。……如能制成标本，串成骨架，我便能在我所倾心的岗位上站岗了。”

——摘自《健康报》1982年4月22日

一

不要骨灰，
不要土坟，
不要墓碑，
不要铭文。

用一副骨架，
总结跋涉的一生。
啊，共产党人的生命！
终结之后，还有一个
新的历程。
同志
看见了吗？
——生和死，
现在和未来，
光亮的
会聚点上，
屹立着一副
岸然的骨架。

无血液的流动，
无肌肉的温热，
深陷的眼窝
也失去了灼人的瞳仁。
但这副骨架
屹立着——
证明共产党人
辉煌的人格。
乃是钙和磷合成，
钙——使铁骨铮铮，
磷——会爆发火花。
百年千年，
在光明中永生。

有这副骨架在
又何需争论：
“共产党人
是否特殊材料造成？”

二

当我们苦闷的时候，
可以请你为我们检查病症。
当我们忧郁的时候，
你将为我们医治消沉。
当我们因失败而瑟缩，
你会激励和鼓舞我们。
斗争，
站在你的岗位上的
仅是一具人的标本吗？
不，这是
——一尊高尚情操的标本，
附丽着我们民族的英魂。

三

蛱蝶枉然有一副
美丽的身躯。
一旦制成标本，
枯槁了粉墨、色彩，
憔悴了图案、花纹，
双翼会失落色泽的缤纷。
枫叶的鲜艳，
因压制而显得暗淡。
虽未与群叶一同飘散，
它的标本
却早失去了生意和情韵。

我决不用
轻浮的颂歌
赞美僵死的标本，

我礼赞的是——
真正的人
倾心于共产主义事业的
最高最美的坚贞。

1982年5月10日，四川
（原载《新月》1982年第3期）

【朗诵提示】

在这首诗的前言中，作者写了他是因为什么创作的这首诗——一位彻底为医学事业献身的教授，把自己的遗体作为标本，献给他亲手创建起来的人体解剖学教研室。这精神正如诗中所写到——倾心于共产主义事业的最高最美的坚贞。

全诗的基调是带着崇敬的颂扬，朗诵时，要严肃而热情。

此诗很多诗句是升华了的思想，如：第一自然段的“生和死”至“岸然的骨架”，第二自然段的“钙——使铁骨铮铮”至“在光明中永生”等。

这些诗句朗诵时要使人感到是发自肺腑之言，不宜大喊大叫，可用虚实结合的语调。

第三段落，用蛱蝶标本的憔悴暗淡，对比出人的标本的意义。因此朗诵这两个自然段，语调上前者要较低，后者要较高昂。

说理的部分，朗诵者切忌不要丢掉观众这一对象，要带着强烈的说服他们的愿望，向他们倾诉自己的感想。

《第五十七个黎明》　赵恺

一位母亲加上一辆婴儿车，
组成一个前进的家庭。
前进在汽车的河流，
前进在高楼的森林，
前进在第五十六天产假之后的
第五十七个黎明。

五十七，
一个平凡的两位数字，
难道能计算出什么色彩和感情？
对医生，它可能是第五十七次手术，
对作家，它可能是第五十七部作品；

可能是第五十七块金牌，
可能是第五十七件发明。
可是，对于我们的诗歌，
它却是一片带泪的离情：
一位海员度完全年的假期，
第五十七天，
在风雪中启碇。

留下了什么呢？
给纺织女工留下一辆婴儿车和一车希望，
给孩子留下一个沉甸甸的姓名。
给北京留下的是对生活的思索，
年轻的母亲思索着向自己的工厂默默前行。

“锚锚”：多么独特的命名，
连孩子都带着海的音韵。
你把铁锚留在我身边，
可怎么停靠那艘国际远洋货轮？
难道船舶，
也是你永不停泊的爱情？
但愿爱情能把世界缩小，
缩小到就像眼前的情景：
走进建外大街，
穿过使馆群。
身边就是朝鲜，接着又是日本，
再往前：智利、巴西、阿根廷……
但愿一条街就是一个世界，
但愿国际海员天天回家探亲，
但愿所有的婴儿车都拆掉车轮，
纵使再装上，
也只是为了在花丛草地间穿行。

可是生活总是这样：
少了点温馨，
多了点严峻。

许多温暖的家庭计划，
竟然得在风雪大道上制定：
别忘了路过东单副食商店，
买上三棵白菜、两瓶炼乳、一袋味精。
别忘了中午三十分钟吃饭，
得挤出十分跑趟邮电亭：
下个季度的《英语学习》，
还得趁早续订。
别忘了我们海员的叮咛：
物质使人温饱，
精神使人坚定……

这就是北京的女工；
在前进中盘算，
盘算着如何前进。
劳累吗？劳累；
艰辛吗？艰辛。
温饱而又艰难，
劳累而又坚定：
这就是今日世界上，
一个中国工人的家庭。

不是吗？放下婴儿车，
就要推起纱锭，
一天三十里路程，
一年，就是一次环球旅行。

环球旅行，
但不是那么闪烁动听。
不是喷气客机，
不是卧铺水汀。
它是一次只要你目睹三分钟，
就会牢记一辈子的悲壮进军：
一双女工的脚板，
一车沉重的纱锭，

还得加上一册《英语学习》、
三棵白菜、两瓶炼乳、一袋味精。
青春在尘絮中跋涉，
信念在噪音中前行。
漫长的人生旅途上，
只有五十六天，
是属于女工的
一次庄严而又痛苦的安宁。
今天，又来了：
从一张产床上走来两个生命。
茫茫风雪，
把母亲变成了雪人，
把婴儿车变成了雪岭。
一个思索的雪人，
一座安睡的雪岭。

雪人推着雪岭，
在暴风雪中奋力前行。
路口。路口。路口。
绿灯。绿灯。绿灯。
绿色本身就是生命，
生命和生命遥相呼应。
母亲穿过天安门广场，
长安街停下一条轿车的长龙：
一边是“红旗”“上海”“大桥”“北京”，
一边是“丰田”“福特”“奔驰”“三菱”……
在一支国际规模的“仪仗队”前，
我们的婴儿车庄严行进。
轮声辚辚，
威震天庭。

历史博物馆肃立致敬，
英雄纪念碑肃立致敬，
人民大会堂肃立致敬：
旋转的婴儿车轮，

就是中华民族的魂灵。

1980年岁末，风雪中的北京小关

【朗诵提示】

作者在这首诗里，从我们天天上班的车辆洪流中的一辆婴儿车展开想象，描述了一个普通女工的物质生活与精神生活，并将这“旋转的婴儿车轮”，升华为“中华民族的魂灵”的象征。

朗诵时，要注意到这首诗既有亲切、抒情的一面，又有宏伟、昂扬的一面。另外，还要把握好朗诵者的身份——一位有修养的中年人——作者本人。因为诗中有很多句子是作者直接抒发心境的。

诗的开头与结尾处，叙述行进的车辆洪流，朗诵时，语调要深沉，要朗诵出语言的动势。也就是说要让语言也有行进的、向前推进的感觉。要收到这样的效果，就要注意在诗行的结尾处少用向下滑的语调，词句要读得有弹性，要有连贯，逐渐把诗句推向高潮。特别是全诗的最后两段，从三个路口开始，可用“贯口”，速度要稍快一些，至“威震天庭”。再做一个较大的停顿。接着一个深深的吸气后，庄重有力地读出三个“致敬”，然后再处理一个较短的停顿，把语调再次提到高点，一口气读到“中华民族的”，再一次停顿，缓慢地有节奏地收住句尾。

诗中叙述海员妻子的生活和思想时，语气要自然。

有些直抒作者情思的地方，要带着思考的感觉，并注入作者的倾向。

各种语气要根据内容交错进行。从而使观众和朗诵者一起感受，一起思考，一起对这位普通女工的崇高品质发出由衷的赞叹。

《就是那一只蟋蟀》 流沙河

台湾诗人Y先生说：“在海外，夜间听到蟋蟀叫，就会以为那是四川乡下听到的那一只。”

就是那一只蟋蟀
钢翅响拍着金风
一跳跳过了海峡
从台北上空悄悄降落
落在你的院子里
夜夜唱歌

就是那一只蟋蟀
在《豳风·七月》里唱过
在《唐风·蟋蟀》里唱过
在《古诗十九首》里唱过
在花木兰的织机旁唱过
在姜夔的词里唱过
劳人听过
思妇听过

就是那一只蟋蟀
在深山的驿道边唱过
在长城的烽台上唱过
在旅馆的天井中唱过
在战场的野草间唱过
孤客听过
伤兵听过

就是那一只蟋蟀
在你的记忆里唱歌
在我的记忆里唱歌
唱童年的惊喜
唱中年的寂寞
想起刻竹做笼
想起呼灯篱落
想起月饼
想起团圆
想起满腹珍珠的石榴果
想起故园飞黄叶
想起野塘剩残荷
想起雁南飞
想起田间一堆堆的草垛
想起妈妈唤我们回去加衣裳
想起岁月偷偷流去许多许多

就是那一只蟋蟀
在海峡那边唱歌
在海峡这边唱歌
在台北的巷子里唱歌
在四川的乡村里唱歌
在每个中国人脚迹所到之处
处处唱歌
比最单调的乐曲更单调
比最谐和的音响更谐和
凝成水
是露珠
燃成光
是萤火
变成鸟
是鹧鸪
啼叫在乡愁者的心窝

就是那一只蟋蟀
在你的窗外唱歌
在我的窗外唱歌
你在倾听
你在想念
我在倾听
我在吟哦
你该猜到我在吟些什么
我会猜到你在想些什么
中国人有中国人的心态
中国人有中国人的耳朵

1982 年 7 月 10 日，在成都

原载《长江文艺》1982 年 11 月号

【朗诵提示】

这是一首既有幻想色彩又非常现实的诗。诗人用“就是那一只蟋蟀”作为每段开头，重复使用，充分表达了海峡两岸人民的思念之情。

这首诗的前言，说明了此诗的立意与根据，朗诵时要自然，要生活化。作者让一只蟋蟀插上了诗的翅膀，飞到了台湾的一位诗人的家中。每段开头的一句中，要强调“就是”这一个词，目的是告诉听众，台湾与大陆人民希望早日团圆的心愿。

诗中2—5段通过回忆的方式，说明海峡两岸人民有着共同的历史，第一自然段，要用带有孩童般纯真的信念朗诵，把“台北上空”读清楚。最后个自然段把最后一句作为重点，强调“中国人的耳朵”这一词组。

这首诗运用了较多的排比句，朗诵时要读出层次，并注意节奏的变化。如：第四自然段的十一个想。朗通时，根据内容和诗的韵律，可以分成五句。

前两句各两行，然后是三行一句，最后一行是一句。

每节的前两句诗都有规整的对仗。朗诵时，语调要读得热情一些，后两句是散文体的，注意读出诗的意境——甜蜜，清香，带有自然气息的回忆。最后一句是跳出回忆的一声感叹，可用气音，缓慢地读出。

在第五段中的许多长句后面，突然出现三个字的短句，给朗诵者提供了鲜明的节奏变化的根据。在抒情、柔和的长句后，用有些跳跃的、肯定的语气读出六行三个字的诗句，可形成鲜明的对比，给听众留下深刻的印象。

《母爱》 傅天琳

我是你的黑皮肤的妈妈
白皮肤的妈妈
黄皮肤的妈妈

我的爱黑得像炭
白的像雪
黄得像泥土
我的爱没有边界
没有边界没有边界我对你的爱

你是白雪覆盖的种子
你是黄土长出的树
你是煤炭燃亮的火
你是生命你是力量你是希望你是我
孩子呵我的孩子你是我的孩子

【朗诵提示】

这是一首对母亲的颂歌，歌唱博大宽厚的母爱，歌唱那没有种族界限的，没有民族之分的纯洁的母爱。

儿童是人类未来的希望，是人类生机勃勃的力量所在。这里的妈妈是一种泛指，不是某一个具体的人。朗诵者最好是年岁大一些的女同志。这样更符合诗中抒情主人公身份。

第二、第三自然段的最后两行，是全诗的中心思想，要读得有分量。

黑，白，黄，三种色彩及相应的事物，要对比得鲜明一些。

全诗的基调要像一位慈祥的妈妈对孩子说话一样柔美、温和。

《华南虎》　牛汉

在桂林
小小的动物园里
我见到一只老虎。

我挤在人群之中，
隔着两道铁栅栏
向笼里的老虎
张望了许久许久，
但一直没有瞧见
老虎斑斓的面孔
和火焰似的眼睛。

笼里的老虎
背对胆怯而绝望的观众，
安详地卧在一个角落，
有人用石块砸它
有人向它厉声呵斥
有人还苦苦劝诱
然而，它都一概不理！

又长又粗的尾巴
悠悠地在拂动，

哦，老虎，笼中的老虎，
你是梦见了苍苍莽莽的山林吗？
是屈辱的心灵在抽搐吗？
还是想用尾巴鞭击那些可怜而可笑的观众？

你的健壮的腿
直挺挺地向四方伸开，
我看见你的每个趾爪
全都是破碎的，
凝结着浓浓的鲜血！
你的趾爪
是被人捆绑着
活活地铰掉的吗？
还是由于悲愤
你用同样破碎的牙齿
把它们和着热血咬碎的……

我看见铁笼里
灰灰的水泥墙壁上
有一道一道血淋淋的沟壑
像闪电那般耀眼刺目！

我终于明白……
我羞愧地离开了动物园，
恍惚之中听见一声
石破天惊的咆哮，
有一个不羁的灵魂
掠过我的头顶
腾空而去，
我看见了火焰似的斑纹
和火焰似的眼睛！

【朗诵提示】

这是一首寓意很深的诗。作者从对笼中驯养的老虎嘲讽不解，到同情，到理解，以致为它鸣不平。寓意被压抑的力量终于有一天会释放出来。

诗的开头，用很朴素的语言叙述笼中老虎的形象。第三段开始，用不解略有嘲讽的态度对待笼里的老虎。从第四段的“哦，老虎，老虎”开始，进入沉思与同情。到第五段中“有一道一道血淋淋的沟壑”这一句时，作者是猛醒，用惊异的高声调读出这句。最后一段是作者的想象，预示着未来的前景将是崛起与抗争。

《我的歌声》　柯岩

一

世上有多少诗篇
是那样温柔地
歌唱着月亮

世上有多少诗篇
献给了夜莺
带着迷人的忧伤……

但我的党，却教我
把自己的歌
献给麦穗
献给钢铁
献给斗争和理想

于是，在镰刀和铁锤的旗帜下
我学会把自己的歌
唱给自动化流水线
唱给电子计算中心
也唱给战士和枪……

因为，没有这一切
就不会有宁静的夜色
也不会有——
夜莺甜蜜的梦想

二

我曾经歌唱过
声威赫赫的猛将
我曾经歌唱过
功勋盖世的良相

但，在我的母亲
——我的党
身负重伤的时刻
我的诗篇，却要
献给时代的医生
蘸着滚烫的鲜血
带着燃烧的希望

歌唱他的从容
他的胸襟
歌唱他钢铁一样的手腕
是怎样紧握手术刀
割去毒瘤，治疗溃疡
又穿针引线
修补着健康躯体上的
每一道裂痕、每一处创伤

望着母亲欣慰的笑容
我怎能不歌唱
呵，我要歌唱
我要歌唱——

歌唱他的身影
仍挥汗如雨
映照在母亲
瞩望未来的瞳孔里

歌唱他仍像士兵一样
默默守护着

母亲那已恢复健康的
伟大而坚强的心脏

（原载《人民日报》1982年9月20日）

【朗诵提示】

在这首诗中，作者把发自肺腑的歌声，呈献给麦穗（镰刀）、钢铁（铁锤），也就是献给我们的党。特别是新的历史时期，经过十年浩劫的身负重伤的党，渴望他能迅速扭转局面，恢复祖国母亲健康的形象。

此诗有些词句比较含蓄，朗诵时要把这些词的含义准确地读出来。比如上面所读的“麦穗”“钢铁”就是指党。“母亲”代表祖国。身负重伤是指“文化大革命”的创伤。“割去毒瘤”是指粉碎“四人帮”的斗争胜利等等。这些有含义的词句，要读得慢些，根据具体内容，寻找相应的语调。

全诗都是第一人称的自述，朗诵者也要把诗句当作自己写的一样。当然第三人称的诗句朗诵者也是代表作者在说话。但第一人称更使观众感到亲切，直接。因而朗诵时很多地方像是自己发出感慨，这样的诗句切忌高声调，需要留有思考的余地，多一些停顿，多一些延续的语气。

《云南的云》白桦

你透明，
因为你太纯净；
离灰尘很远，
离太阳很近。

你快乐，
因为你淡泊无争；
既不积累实利，
又不收集虚名。

你自由，
因为你太轻盈；
刚刚还在山顶上徘徊，
转瞬之间又飘扬远行。

你幸福，
因为你勇于牺牲；
为了花常开，叶常青，
你洒尽了化为雨滴的生命！

你美满，
因为你领悟了永恒；
永恒就是花开花谢，
永恒就是生生死死。

你也有痛苦，
因为你太多情，
大地如此美丽，
云南，你有多少爱才能把债还清。

【朗诵提示】

这是一首抒情短诗，作者在短短的二十几行诗里对云南的云尽情赞颂，使我们看到作者对美的憧憬。因而这又是一首带有哲理的抒情诗。

作者在前五段中，对美的五个方面做了剖析。每段是两句，头一句是讲明道理；第二句是具体形象的描绘，或具体的所指的事物。因而朗诵时，每段的第一句要读得慢一些，把意思读清楚，对具体形象的描绘，要读得舒展。

最后一段是用辩证的观点，说明在最美好的事物中也有痛苦，这痛苦就是报答不尽养育我们的祖国大地的恩情。

全篇朗诵的基调是抒情的，虽没有大幅度的节奏变化，但却给听众以美的享受和真理的熏陶。

此诗是借景而抒情的，因此朗诵者要对云展开想象，朗诵时要有具体的视像。

《猛士》 周涛

安得猛士兮守四方——汉高祖·刘邦

世间需要这种奇伟的男儿
如同大地需要
拔地而起的群峰

诗人程步涛向中国诗歌学会朗诵团授牌

诗人雷抒雁谈朗诵

否则，便产生不了奔流入海的大江河
便没有甘愿跌得粉碎的大瀑布
和惊涛裂岸的大轰鸣
倘若大地仅仅满足于平坦
世界该是多么乏味呵
没有一个雷敢撞响天空的沉钟
也没有掀荡浮尘的烈风
世界就会像
一个多雾而燥热夏天的早晨那样
弥漫起令人窒息的平庸

潇潇易水一道生死的界限
几千年的男儿们
都会碰到这类只能回答一次的课题

有个燕赵的慷慨悲歌之士一去不返
也有拔山盖世的英雄绝路引颈
光荣的失败者不曾失败
留给人间一腔豪气一身勇
也留下千年惋惜千年遗恨
几千年悠然而过

高天阔地间还能听到
热血谱成的悲歌在风里长鸣

有个终身郁郁寡欢的诗中圣人
也有遭了宫刑的太史公
伟大的受辱者不曾受辱
受辱的是一个时代的蒙昧无知
酷吏贪官总是得以飞扬跋扈
苦了的却是整个民族的良心
也许 古中国想起 就会为之一哭呵
为了那些明亮的闪电
只照彻了无比浓重的铅云

但是 中国不绝这些奇伟的男儿
他们用热的血、活的生命
滋润着锈了几百年的 历史车轮
猛士呵，我们的军魂
挺起七尺汉子的腰身
只要展开你骄傲的旗帜
临危时就不惜力拔生命洪流的闸门
孔武、刚毅、狂放而又忠贞
在祖国面前
没有任何慷慨的言论
能比上一次慷慨的 献身

我崇拜古往今来的猛士呵
当我热血沸腾时
就羞惭于自己仍是一介书生

1983 年 10 月 12 日

【朗诵提示】

这是一首政治抒情诗。作者豪情满怀，对历史上为祖国献身的英雄——猛士充满敬意，用他们的精神来鼓舞今天的人们。

诗句有气魄，很豪迈。大地山川在短短诗篇中都带上了英雄的气概。

诗中没有点出一个英雄的名字，但我们朗诵时应知道他指的是谁，诗中提到的燕赵的慷慨悲歌之士——荆轲，拔山盖世的英雄——项羽，终身郁郁寡欢的诗中圣人——屈原，这样朗诵者在读到这些诗句时，便会产生具体的形象。

但这首诗的重点在于说理，当然诗中的说理也是形象的、生动的。它借用很多比喻，使诗句充满诗情画意。如：把猛士比作敢响天空的沉钟，把献身的精神比作甘愿跌得粉碎的大瀑布，等等。朗诵者必须把这些诗句的含义搞清楚，满足于把诗句表面的意思传达给观众是不行的。

理解是表现的基础。这首诗的词句有些地方比较含蓄，寓意比较深刻，朗诵前要反复读，加深理解。

原载花城出版社《朗诵诗》1985 年 6 月

回 望

从青海调回北京，夫妻团圆

珍贵的照片　幸福的回忆

张筠英　瞿弦和

也许是巧合，我们俩人都曾在20世纪50年代给伟大领袖毛主席献过花。虽说现在我们早已组成了家庭，但当时并不熟悉。我们是同一时代成长起来的，都是少先队早期的队员，北京市少年宫艺术小组的第一批成员。在我们幸福的童年中，有许多令人难忘的记忆，但至今最使我们感到骄傲、最有意义的，就是给毛主席献花。

在天安门城楼上——筠英的回忆

1953年10月1日，在国庆节的盛大游行队伍通过天安门广场的时候，我和另外一位男同学走在队伍前面的少先队队旗下，手捧用银纸包着的沉甸甸的鲜花，在千万双热情关注的目光下，我们穿过金水桥，向天安门城楼跑去。广场上立刻响起了阵阵掌声。那个男同学抢在我的前面，把鲜花献给了毛主席。我也迫不及待地在他和毛主席握手之际，赶快举手敬队礼，把鲜花献了上去。毛主席仿佛看出了我急切的心情，他笑了，赶紧接过了我的花束，并且询问了我的名字、学校和学习成绩。接着，毛主席又问我："是国庆节好，还是新年好？"我说："国庆节好！"毛主席又问："为什么国庆节好呢？"我扬起头看着毛主席说："国庆节能见到毛主席！"毛主席笑了，笑得那么慈祥、亲切！我站立在毛主席身边，从天安门上向游行队伍望去，眼前是一幅幅流动着的宏伟壮观、多姿多彩的画卷。我看得高兴了，就无拘无束地又蹦又跳。我看到一个活动的火车模型出现在游行队伍中，就连忙伸手指着模型告诉毛主席说："您看，那个模型还冒着白烟呢！"毛主席亲切地俯下身子，顺着我手指的方向望去，用湖南的家乡话回答我："看见了，看见了……"摄影记者拍下了这珍贵的场面，这就是那幅后来被题为"毛主席和少年儿童"的照片。至今，我珍藏着它，把它放在家里最醒目的地方。

在中山公园中山堂——弦和的回忆

1955年7月1日上午，一群少先队员在中山公园美丽的草坪上欢快地做着游戏。当时谁也不知道，团中央的同志正在挑选当晚给伟大领袖毛主席献花的儿童。我这个从海外回到祖国不久的幸运儿被选中了！

纪念堂的生日庆祝大会在中山堂前的广场举行，我们在欢腾的人群中焦急地等待着毛主席的到来。当他那魁伟的身躯出现在中山堂大厅门前时，我跑上去把鲜花献给了毛主席。当时我的个子才到毛主席上衣口袋下面，我仰着头看着毛主席，心里又高兴、又紧张，只知道一个劲儿地笑啊笑……随后，毛主席、周总理和其他中央领导同志，让我们坐在沙发上，问我们在哪个学校读书，叫什么名字，还询问了我父母的情况。我站起来，走了几步，坐到了毛主席坐的沙发的扶手上，一一向毛主席做了回答。过了一会儿，毛主席和其他领导同志去看文艺节目，我们也跟在后面。我们都不愿离开毛主席，就围坐在毛主席身边。有一位工作人员走来招呼我们，让我们到后边去坐。毛主席亲切地说："就让他们在这儿吧！就坐在我身边！"我们高兴地拍起手来。那天，我们在毛主席身边度过了一个幸福的夜晚。也就在我们向毛主席献花的那一时刻，记者拍下了一张珍贵的照片。

我们给毛主席献花虽不在一个日子，但是，都清晰地记得：献花回来以后，许多少先队组织的活动都要请我们去讲述这一幸福的经历。大家最爱听的就是毛主席和其他中央领导同志的谈话。每一次，我们都把毛主席关心少年儿童的情景讲给大家听，并和大家一起表示要争取做到"三好"——身体好、学习好、工作好。我们还给关心我们、写信来祝贺并鼓励我们的解放军叔叔和工人叔叔回信，表示要永远记住这个全国少年儿童给我们的荣誉，不辜负党和老一辈革命家对我们的期望，好好学习，天天向上。

正是在这种精神的鼓舞下，我们一刻没有放松对自己的要求。我们两个人，在中学时代都获得了北京市教育局颁发的银质奖章，这是对连续三年各科学习成绩优秀者的一种奖励。1961年，当我们高中毕业的时候，又同时考取了中央戏剧学院。我们给毛主席献花时，还是天真的孩子，如今都已人到中年，成了文艺战线上的普通战士。然而，当年同毛主席在一起的幸福情景，却始终保存在我们的记忆里，激励我们充满信心地去学习、工作和生活。啊，珍贵的照片，幸福的回忆。在毛主席诞辰九十周年的日子里，我们写下这篇短文，作为纪念。我们将把党的期望和关怀，作为永久的动力。

原载《中国教育报》1983 年 12 月 22 日

附 1：

幸福的时刻　四（1）

瞿佳（瞿弦和、张筠英之子）

六月一日，是我们少年儿童的节日。而今年的“六一”是我最难忘的一天。

这天，蔚蓝的天空上飘着几朵白云，阳光灿烂，歌声万里。我怀着喜悦的心情，走向首都体育馆。我将代表北京市的少年儿童主持庆祝“六一”的大会。多么光彩和幸福啊！我觉得身上的担子非常重。我想：一定要严格要求自己，一定要严肃认真完成党交给我的这个光荣任务。想到这里，我仿佛觉得自己长大了，懂事了。

首都体育馆坐着一万多名来自全市各个学校的优秀少先队员，他们穿着整洁的队服，胸前飘着鲜艳的红领巾，好像纯洁的白花衬着火红的心……会场里，星星火炬在一面面队旗上闪耀着金光，由少先队员组成的“六一”两个大字仿佛在向我们欢笑。这是多么可庆可喜的节日啊！

下午三点整，邓颖超副委员长和各位首长都来了。他们坐在主席台上，向我们微笑。当我们站起来热情地欢迎他们的时候，他们也鼓起掌来。望着邓奶奶慈祥的面容，我不由得想起了我们敬爱的周爷爷。周爷爷生前是多么关怀我们少年儿童啊！他还戴着红领巾和少年儿童一起照过相呢。在今天的庆祝大会上，将庄严宣布恢复少先队的名誉，我想：这就是要我们更好地继承少年先锋队的光荣传统，继承革命先烈的遗志，做党的事业的接班人。想到这我更感到这个大会的重要了。于是，我就用最洪亮的声音宣布大会开始。接着，大会举行少先队的各种仪式，邓奶奶讲了话，少先队员们表演了精彩的文艺节目。

这时，最难忘的时刻来到了，我和另外一个同学，恭恭敬敬地走到邓奶奶跟前，站在她的两旁，我说：“邓奶奶好。”她亲切和蔼地说：“你不要叫我奶奶，我戴上了红领巾，我也是少先队员之一啊。”我听了很感动。我们边说边笑地走下楼梯，还一起照了相，最后，邓奶奶还把我紧紧地抱在怀里，我的眼睛被幸福的热泪迷住了。

我依依不舍地望着邓奶奶，她坐的车已经开动了，但我的脑海里还回想着邓奶奶亲切的话语，浮现着她老人家慈祥的面容，我一定要听邓奶奶的话，要做党的接班人，继承毛主席、周爷爷的遗志。

最难忘的一天度过了，我低头看了看胸前飘动着的红领巾，我觉得它比以前更鲜艳更美丽了。

1978年10月写于北京景山学校

附 2：

一件难忘的事

（四年级）瞿聪融（瞿弦和、张筠英之孙）

从小有很多难忘的事，好像三岁以前的事我没有主动记忆，大多是大人们后来给我讲，我才有些模糊印象。

从幼儿园起到小学四年级，我觉得自己长大了，起码也是个“半成品”了。少先队活动、打冰球、各种各样的比赛都有些突出的事，但最难忘的，还是 2015 年 10 月 28 日那一天，因为这一天我代表全国少先队员向德国总理默克尔献了花。

2015 年 10 月 28 日，瞿聪融向来访的德国总理默克尔献花

头一天晚上，我兴奋地睡不着，妈妈说12点时我突然坐起来大声问：“几点了？别迟到了！”妈妈被吓了一跳，把我按下说：“还早哪，快睡吧！”

早上5点多钟，我到学校集合，少先队总辅导员张老师给我一大包吃的，亲切地说：“多吃点，一会儿到机场，就不会心慌了！”结果，从学校到机场的路上我一直在吃。

到了机场，走进一间很大的休息室。一位漂亮的大姐姐径直朝我走来，“小朋友，没吃早餐吧？想吃什么？别客气，中餐？西餐？最好的牛排都有。”呵？！我最爱吃牛排，可实在吃不下了呀，早知道这样，我在路上就不吃了。

飞机的轰鸣声催促我们来到停机坪。我抱着一束鲜花，站在红地毯的一端，目不转睛地看着飞机滑行。舱门打开，出现了一位很有气质的老人，我一眼就认出了，她就是德国总理默克尔。我高兴地跑向前，默克尔总理看见了我，笑了笑，亲切地走过来。我献上花，用英语说了一句：“欢迎你来到中国，来到北京！”她听懂了，拍着我肩膀搂着我说：“给我们照张相吧！”于是就留下了那张值得永远珍藏的照片。

回学校的路上，车队有警车开道，我享受了特殊待遇，汽车风驰电掣般地开到了景山学校的门口。我本以为上第二节课了，没想到同学们还在操场上做广播操呢，我下车后马上归队，真是一节课也没耽误啊！

2015年10月写于北京景山学校

幸福的回忆（节选）

张筠英

让我们荡起双桨，
小船儿推开波浪。
海面倒映着美丽的白塔，
四周环绕着绿树红墙。

每当我听到这首歌，幸福的儿童时代的生活就浮现在眼前。鲜艳的红领巾在胸前飘扬，星星火炬的队旗闪耀着红光。丰富多彩的少先队的生活是多么美好，多么令人难忘啊！

一九五五年，长春电影制片厂拍摄大型儿童故事影片《祖国的花朵》。我在影片中扮演积极要求入队的杨永丽。杨永丽是个聪明伶俐的女孩子，她功课好，也喜欢唱歌、跳舞。可是，杨永丽有一个缺点：不关心集体，不愿意帮助同学。所以，班上的同学都戴上红领巾了，只有她和一个叫江林的男孩子，脖子上还是空空的。电影中有这样一组镜头：

……一个中队的少先队员，有的穿着花裙子，有的扎着蝴蝶结，有的穿着白衬衫蓝裤子，聚集在北海的五龙亭里，读解放军叔叔给北京小学五年级甲班的一封信，信中关切地问道：杨永丽和江林什么时候能够入队呢？杨永丽听到这，难过地走出人群，伤

在电影《祖国的花朵》中扮演杨永丽

在电影《祖国的花朵》中扮演杨永丽

心地哭了起来……

拍摄这组镜头的地点在北海公园，趁着导演叔叔们做准备工作，我们十几个孩子奔到儿童游戏场玩了起来。正玩得高兴，工作时间到了，导演把我们带到摄影地点。一切都准备好了，大家都在等着我表演，可是我满脑子还是滑梯、跷跷板、转伞和秋千，一下子不能进入戏的情景，怎么演，也哭不出来。这下可把导演急坏了，他耐心地启发我，解放军叔叔多盼望你入队呀，可你现在还没戴上红领巾，你想想，这多叫解放军叔叔失望呀……我听着导演的话，望着周围小朋友们胸前的红领巾，不禁回想起自己要求入队的时候的情景。那时候我还不到七岁，按当时队章的规定是不能入队的，可我要求入队的心情非常迫切，甚至做梦都梦见自己戴着红领巾在敬队礼。我一连写了好几次申请书，还找了好多次老师和辅导员，恳切要求批准我入队。记得公布新队员名单的那一天，我早早的就起床到了学校，还没走近红榜，心就怦怦直跳，我睁大眼睛，一个名字一个名字往下看，当我看到自己的名字的时候，高兴地跳了起来！我还想起辅导员常常讲的一句话："红领巾是红旗的一角，是烈士的鲜血染成的。"想起自己下过的决心：要为红领巾争光，决不能辜负少先队员的光荣称号！可是现在，我没能按导演的要求拍好镜头，让那么多的叔叔阿姨都等着我，为我着急，而我脑子里还在想着玩，真是太不应该了！我突然觉得叔叔阿姨们期望的眼光就像解放军叔叔的眼光一样，真使我难为情。我难过地走出人群，坐在栏杆上伤心地哭起来……后来，导演表扬说，这个镜头拍得很好。

从那以后，每次排戏，我总是有意识地问自己：杨永丽是怎么想的，我怎样演才能像她呢？杨永丽开始不关心集体，也不爱帮助同学，经过大家的帮助，后来改正了这个缺点。为了演好杨永丽的转变，我常想，为什么一个少先队员，应该关心集体，帮助同学呢？

我暗暗下定决心，我不仅要演好杨永丽改正了缺点，自己今后也要更加关心集体，关心同学。拍完电影回到学校以后，碰上有的同学生病缺了课，我总是主动去帮助他们补课。

红领巾整整陪伴了我八年。现在，我已经从一个充满稚气的小姑娘变成了大人，从一个只是对艺术有兴趣的孩子变成了中央戏剧学院的教师。但是，当年毛主席亲切的话语还时时在我耳边回响，拍摄《祖国的花朵》一幕幕有趣的经历还不时在脑海中出现。当然，现在排戏，我再不会像小时候那样；然而，那一段至今回想起来仍感到幼稚可笑的经历，不正是我走向人生、走向艺术生活的第一课吗？

原载中国少年儿童出版社《我们曾经是少先队员》1980 年 7 月

中学时代，多么可爱（节选）

张筠英　瞿弦和

火热的夏天

张筠英：初中毕业时，我因获得“银质奖章”被保送高中。同学们很羡慕我，因为我可以痛痛快快地玩一个夏天了。就在这时候，几位同学找到我，很不好意思地说：“你能不能帮我们温温书？”我本想去哥哥那里住些日子，但我还是答应了同学们的请求。每天下午，我都赶到学校帮她们复习功课。考试临近了，我也替她们紧张起来，结果，这几个同学都考上了高中。发榜那天，她们邀我到王府井照相馆照了一张合影，我心里甭提多美啦！我永远也忘不了那个火热的夏天。

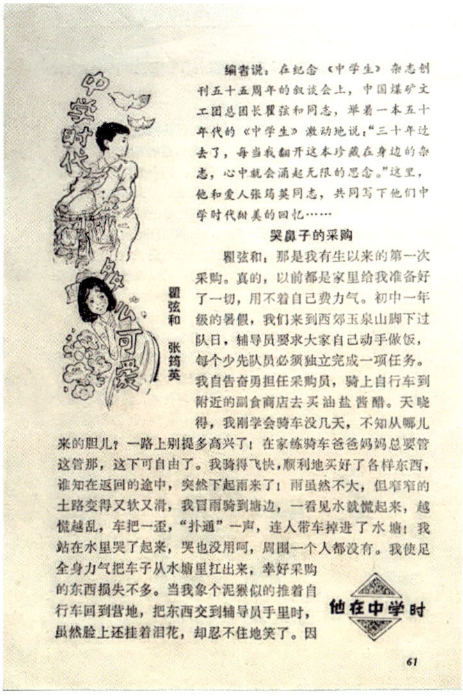

中学时代多么可爱

瞿弦和　张筠英

编者说：在纪念《中学生》杂志创刊五十五周年的叙谈会上，中国煤矿文工团总团长瞿弦和同志，举着一本五十年代的《中学生》激动地说：“三十年过去了，每当我翻开这本珍藏在身边的杂志，心中就会涌起无限的思念。”这里，他和爱人张筠英同志，共同写下他们中学时代甜美的回忆……

哭鼻子的采购

瞿弦和：那是我有生以来的第一次采购。真的，以前都是家里给我准备好了一切，用不着自己费力气。初中一年级的暑假，我们来到西郊玉泉山脚下过队日，辅导员要求大家自己动手做饭，每个少先队员必须独立完成一项任务。我自告奋勇担任采购员，骑上自行车到附近的副食商店去买油盐酱醋。天晓得，我刚学会骑车没几天，不知从哪儿来的胆儿？一路上别提多高兴了！在家练骑车爸爸妈妈总要管这管那，这下可自由了。我骑得飞快，顺利地买好了各样东西，谁知在返回的途中，突然下起雨来了！雨虽然不大，但窄窄的土路变得又软又滑，我冒雨骑到塘边，一看见水就慌起来，越慌越乱，车把一歪，“扑通”一声，连人带车掉进了水塘！我站在水里哭了起来，哭也没用呵，周围一个人都没有。我使足全身力气把车子从水塘里扛出来，幸好采购的东西损失不多。当我象个泥猴似的推着自行车回到营地，把东西交到辅导员手里时，虽然脸上还挂着泪花，却忍不住地笑了。因

他在中学时

61

文章首页

银质奖章

瞿弦和：我从小自尊心很强，学

习上不甘落后。一天晚饭后，为一道几何题，我一个人憋在屋子里。姐姐悄悄推门进来说："还不睡，都十一点了，我帮你做吧！"我什么话也没说，就把她推出门。过了一会儿，一阵脚步声传来，我抬头一看，是爸爸。爸爸是数学老师，他心疼地说："我告诉你答案好了。"我倔强地摇摇头，用手把习题本捂住。爸爸只好轻轻退出去了。全家人都睡了，我一点困意也没有。忽然，我想起要加一条辅助线，这样，我很快就把题做出来了！我终于胜利了。正因为有这股倔劲儿，我的学习成绩一直优秀，高中毕业时，我荣获了北京市教育局颁发的一枚银质奖章。

野餐时掌勺"着火了"

张筠英：我在中学时也去野餐过，还被推选为掌勺呢！大柴锅架起来了，柴火烧起来了，我往锅里咕嘟嘟倒了半瓶子油，转身去拿菜，正想大显身手，突然，油锅里蹿出火苗子。哎呀，真可怕！大家七嘴八舌地嚷起来了："着火了！着火了"我一时不知所措，愣在那里；还是老师跑过来抓起锅盖盖上，才把火苗扑灭了。大家松了一口气，老师平静地说："讲了半天化学，怎么忘了燃烧的原理，没有空气燃烧就会中止。"同学们面面相觑。是啊，在课堂上学到的理论知识怎么到实际生活中就忘了呢？

可爱的中学时代是绿色的，我们的每一个故事都是一片歌唱的绿叶……

原载《中学生》1985年4月

怀念您，红领巾班

瞿弦和

可爱的小孙子已经九岁了，每当看着他戴着红领巾，背着书包去上学时，总会唤起我少年时代的回忆，回忆北京二中，回忆那可爱的红领巾班。

20 世纪 50 年代中期，二中还是男校，朴实的校风招收的初中生大多是家境较为艰苦、年龄偏大、学习成绩优异的学生。1955 年，在初一八个班的学生中，却出现了一个平均年龄最小，每个人都佩戴着红领巾的初一（1）班。这是二中历史上独一无二的“红领巾班”。那时，入队离队都有严格的年龄规定，加入少先队是一种光荣，不仅入队仪式隆重，由辅导员亲自为新队员佩戴上象征着烈士鲜血的红领巾，就是晚上睡觉，也会把红领巾叠得整整齐齐放在枕头下。所以“红领巾班”在当时的二中，格外耀眼。

一次主题队会

我们开过一次畅想未来的新年晚会，标题是“十年后的我”，要求大家以十年后的身份进入会场，各自化装成有职业特点的人。哈，可有意思了！有的同学穿上从家里拿来的大号衣服，有的同学借来了服装……一个个都变成了“大人”，有炼钢工人、拖拉机手、会计师、医生、教授、画家……事实证明，这正是理想教育。考入清华北大钢院农大和师范的，正是当年一些同学的理想。画家李燕、骨科专家蔡猷伯都是我们班的。我呢，穿上了一身海军服，

“红领巾班”同学

因为我特别喜欢有飘带的军帽，觉得特别神气，可后来却没当上海军，画家李燕调侃我说：“那时你就是在演海军，你就是个演员料。”

队会上，大家争着讲述自己的工作和生活情况——都是同学们自己设想的远景。不时逗得大家哈哈大笑。这次队会唤起了我们对人生事业的追求，也给我们留下了难忘的印象。

两位徐辅导员

大队辅导员徐作森、中队辅导员徐元恭，是我们“红领巾班”最难忘的。初中时代是一个人成长的重要阶段，是思想品德成熟的关键时期，这两位辅导员比我们大不了几岁，可他们像维护棵棵小树一样，修枝剪叶，从每一件小事，每一个细节关心培育我们。

徐作森老师知道我在上二中前的 1955 年 7 月 1 日，在中山公园中山堂，曾代表全国少年儿童给毛主席献花，他反复对我讲，要珍惜这一荣誉，永远不能忘记，不能辜负领袖对你的期望，他在会上对新同学介绍，让大家分享这份光荣，他让我好好保存当时的合影。

不久，1955 年国庆庆典，少先队方阵从天安门广场通过接受检阅，我担当最先入场的国旗护旗手，是四个护旗手最右边的一个，离天安门最近。我特别高兴，以为比其他集体队列轻松，谁知练的时间更长！正步，敬队礼，甩头……休息时，他还要求我不能自己先去喝水，要替旗手护旗，旗手比你们累，还嘱咐我不能骄傲，对自己要求要严格，要助人为乐，主动做好事，通过护旗你更要懂得红领巾就是国旗的一角，戴上红领巾就要想到对自己的要求。徐元恭辅导员和我们年龄更接近，他和我们打成一片，每次到班上来，他都戴着红领巾，他称自己是永不离队的少先队员。他对“红领巾班”每一位同学的学习状况，都非常了解。我小时候侨居新加坡，上学过早，回国后又跳班，入二中时才十岁，功课很吃力，特别是数学，有时我急得直哭，强烈的自尊又影响着我，我觉得自己是数学老师的儿子，父母都是资深教师，怎么会跟不上？甚至还发脾气。徐元恭知道后，问我：“为什么跟不上，是不懂？还是粗心？要是不懂就要去问，直到懂了为止。学习上要虚心，不能有虚荣心。”这些话，至今记忆犹新！在老师和同学们的帮助下，初中三年级，我赶上了大家的步伐，以第五名成绩，考入二中的高中，并在高中时期连续三年获得优良奖章，毕业时获得了北京市教育局颁发的“银质奖章”。

三回夏令营

“红领巾班”有三次难忘的夏令营：香山、龙潭湖、玉泉山。香山古老的昭庙，就是我们的宿营地，夜里的守营培养着我们的胆量；龙潭湖畔的帐篷，我们亲手搭建，“偷袭”的军事游戏，锤炼着我们的勇敢；而玉泉山夏令营的采购更是一次对我品格的磨炼——那是我有生以来的第一次采购，真的，以前都是家里给我准备好了一切，用不着自己费力气。初中一年级的暑假，我们来到西郊玉泉山脚下过队日，辅导员要求大家自己动手做饭，每个少先队员必须独立完成一项任务。我自告奋勇担任采购员，骑上自行车到附近的副食商店去买油盐酱醋。天晓得，我刚学会骑车没几天，不知从哪儿来的胆儿？一路上别提多高兴了！在家练骑车爸爸妈妈总要管这管那，这下可自由了。我骑得飞快，顺利地买好了各样东西，谁知在返回的途中，突然下起雨来了！雨虽然不大，但窄窄的土路变得又软又滑，我冒雨骑到塘边，一看见水就慌起来，越慌越乱，车把一歪，“扑通”一声，连人带车掉进了水塘！我站在水里哭了起来，哭也没用呵，周围一个人都没有。我使足全身力气把车子从水塘里扛出来，幸好采购的东西损失不多。当我像个泥猴似的推着自行车回到营地，把东西交到辅导员手里时，虽然脸上还挂着泪花，却忍不住地笑了。徐作森辅导员说：“好样的，要学会克服困难”，我开始懂得了“自立”两个字的含义。

四种社团活动

二中的社团活动特别丰富，它像摇篮一般培养出许多人才，话剧界的雷恪生、颜彼得、冯万有、李鸿年、唐烨；舞蹈界的宋金福、何荣兴；美术界的李燕……后来的校友毕业后进入艺术领域的就更多了。我在“红领巾班”时就参加过四种社团活动。

航模组、动物组增添了我们对科学，对动物的知识，动物组是徐作森老师帮助我们组建的，设在校园后院的平房。白兔、灰兔、荷兰猪……我们每天去喂它们，为它们打扫笼子，把它们抱在怀里轻轻地抚摸，热爱动物，和谐相处，我们还拿 120 的相机留下了不少照片。活动最多的是戏剧组和舞蹈组，戏剧组是音乐老师孙畅组织的，她和我们一起排演了苏联儿童剧《自由的米莎》，在演乐胡同工人俱乐部演出前，她亲自用金粉为我刷头发，一边刷一边说：“这回更像外国孩儿了！”

舞蹈组是和女十四中合作的，我还是主力呢！蒙古族舞蹈“鄂尔多斯”“欢乐青年”是经常演的，五一节中山公园的游园演出，我们竟然是主舞台演出的重点节目。半个多世纪过去了，当年女十四中的演员也步入了老年，至今见面时，我们还拿出当年的剧照，看啊，笑啊，那是中学生活时代的愉快回忆。

五位红领巾队友

我怀念二中所有教过我的老师，怀念初中高中同班里的每一个同学。其中和五个队友有着特殊的故事。

高澍，“红领巾班”的好友。我们从不同的大学毕业，从事了不同的专业，我从中央戏剧学院毕业后，到青海省民族歌舞团工作。没想到，他从清华大学毕业后，也到了大西北，在青海省柴达木工作。六十年代末的一天，我从西宁乘卡车，专程去柴达木看他，漫长的路、恶劣的天、茫茫荒漠，看不见城镇，司机停下车，告诉我拱形铁架那里就是入口。铁架上有“大柴旦市”字样，可能是风沙太大，“旦”字已不知去向，只剩下大柴市三个字，我不知道高澍住在哪儿，事先也没有告诉他。路上人很少，我担心问不到，没想到，第一个相遇者就告诉我：“大柴旦没有树，唯一的一棵就是高澍连土带树从北京运来的，你看到那棵树，就是他的家。”太突出了！我一眼就看到了那棵特殊的树，不高也不粗，在风中顽强地挺立着，刹那间，我觉得那摆动的不是树枝，而是一条鲜艳的红领巾，像“红领巾班”充满理想的一种精神，仿佛又看到“主题班会”中，高澍同学那一身工装……我三步并两步，跑到树前，哪有什么房子啊，是个地窝子，高澍见到是我，惊喜万分，两个当年“红领巾班”的同学，真的在十年之后重逢了，我们都哭了，那是一种男子汉的泪呵！就在这个地窝子里，我们一起吃了一碗北京带来的挂面。可万万没有想到，这次重逢，却是最后一次见面！高澍担任了《瀚海潮》杂志总编后，在一次交通事故中永远离开了我们。

“红领巾班”的同学有着深厚的友谊，这种友情是纯洁的、无价的。夏守中同学是品学兼优的好学生，参加工作后，是国务院侨办中新社的一位领导干部，他从没忘记中学时代的同窗学友，特别是对待在外地工作的同学，无论谁的家人有病，他都会像亲人一样，前去探望关照，他把同学的长辈当作自己的长辈，从不张扬，默默无闻地做着力所能及的一切。英年早逝的守中，我们想念你。

“主题班会”上，蔡槱伯同学曾把自己装扮成医生，戴上听诊器的样子可爱极了，十年后的他，真成了著名的骨科专家大夫，在医术上颇有成就。当他得知我的家人住进他所在的积水潭医院时，夜里十二点赶到急诊，提取化验单，安排病房，真情无限。

廖安珊同学也是“红领巾班”的一员，他从北大毕业后，到了青海格尔木。青海地势高，普通的锅蒸馒头总会发黏，为了在格尔木接待我，他特地借了一个当时很少有的高压锅，蒸了白面和青稞面的馒头，可香了。调回北京后，他又操办起校友会的工作。每次难得的聚会，都靠他啊！

“红领巾班”的班长张殿德，性格沉稳，办事认真，但在恋爱上遇到了难题，我和夫人张筠英得知后，将著名京剧艺术家李佑春的女儿介绍给他，门当户对，喜结良缘。这是我当媒人介绍的唯一成功的一对，这也是一种特殊的缘分吧！

1955 年—1961 年，我在北京二中度过了初中、高中的学习生活，整整六年啊！当时有一首熟悉的歌曲：“小鸟儿在前面带路，风儿吹着我们，我们像春天一样，来到花园里，来到草地上，鲜艳的红领巾，美丽的衣裳，像许多花儿开放”

红领巾映照着我成长的道路，点燃我生命的火花。你教给了我自信、勇敢，你使我懂得了勤奋、认真，你是我们成长的摇篮，我为二中骄傲，我为“红领巾班”自豪。

原载《星星火炬　引领人生——忆北京二中少先队》2014 年 3 月

写给父亲

瞿弦和

每逢“八一”，都会想起父亲，他是八一南昌起义的参加者。他很少提这件事，直到去世。后来，我在他的遗物中发现了他亲笔写的《忆八一》手稿，我送到人民日报，建军八十周年时发表了。从那时起，每年“八一”前，我都会再去扫一次墓，仿佛是心灵上的告慰。

为亲人扫墓

祖孙三代

父亲是温州人，青年时代就读暨南大学。他喜爱音乐，拉小提琴，吹萨克斯。姐姐名叫瞿弦音，父亲说“有音必有和”，所以给我起名叫瞿弦和，没想到，却使我领悟了与人相处的真谛。“弦之不和单调也，人之不和寡助也”，书法大师刘洪彪挥毫题字“和弦曲”，而这正是我名字反读的谐音。

父亲疼爱我，却不张扬。从海外回国后，我们久居北京，一直到我大学毕业。他发现我爱看《北京晚报》，每天从青龙胡同的家门口，走过两条胡同，到四眼井街口报亭买回《晚报》。大学期间，我到山西昔阳参加社教工作队，半年时间与农民同吃同住同劳动。他把每天的《北京晚报》留好，凑齐一个星期的七份报纸，卷成纸筒，从邮局寄至山西昔阳。每当我从李家庄公社王家山大队队部取到晚报，就会在油灯下一气读完。

大学毕业，我响应党的号召，主动报名到祖国的大西北——青海工作。那时父亲已患病，他没有阻拦我。我怕父母难过，没让他们到火车站送我。那时大学毕业的工资，在北京是 46 元；而青海却有高原补贴，每月是 73 元。我每月寄给家里 20 元。没想到，父亲从没用过，他一直为我存着。从 1965 年 9 月到我 1967 年 3 月结婚，16 个月，共存 320 元。结婚前他把钱交给我说：“这是你自己挣的。”

父亲盼着有孙子。我爱人临产时，我在青海有演出，赶不回来。第二天一早，父亲就赶到邮电局，给我发来电报。电文至今我都能背下来：“昨夜，�英生一男孩，重七斤二两，祝贺。”我在青海工作了八年，他日日夜夜想念着我。1969 年，他六十岁那天，特地与母亲照了一张合影，寄到青海。照片背后写着“我们都老了”，我知道这是他在呼唤我。

父亲的话不多，不像母亲那样爱说，但他的话很有分量，有的话，我一辈子也忘不了。父亲是数学教师，在新加坡任教时曾在校刊上撰文，其中有一句“你觉得房子里太闷，

祖孙三代

需要你自己动手打开窗子”，后来被指责为“在学生中宣传进步思想”。现在想来，这正是他早期革命思想的流露。

我上小学时，家境并不富裕，看到同班同学有黄包车接送上学，我吵着要像人家一样。父亲笑着说：“不要跟人家比，要比就比功课。”我上学过早，四岁开始在新加坡读小学，回国后又跳班，功课跟不上，初中成绩很不理想，父亲从不骂我。从初三开始，他每天叫我起床，我想赖床再睡，他会说：“你不是要去上早自习吗？同学在等你呐……”初中毕业，我好像变了似的，以优异成绩考入高中，并在高中毕业时，获得北京市教育局颁发的“银质奖章”。

每天中午全家人在一起吃饭，母亲有时会抱怨单位的某某同事不懂人情。父亲总会说：“不要想人家谢你，事做了就好。”以诚待人，不求回报，是父亲做人的原则。

父亲很坚强，五十岁那年中风半身不遂，但他从未停止和疾病抗争。每天清晨到阳台上做他自编的早操，他背着家人，踉踉跄跄去坐公交汽车，从豁口到北新桥。有一天，我骑车路过北新桥商场，一辆13路公共汽车正关门离站，我忽然发现最后登上汽车的竟然是父亲。我欲喊无声，怔怔地站在那里。

父亲很低调，没有做出惊天动地的事情，但他在我心中却像山一样。美国电影《鸳梦重温》中有一句经典台词：“一个人死了，如果他有儿子，那么儿子就是他生命的延续。”我会把父亲这点点滴滴的小事，告诉儿子、孙子……

原载《温州日报》2013年8月1日

附：

忆八一

瞿良（瞿弦和之父）

八一起义标志着第一次国内革命战争的结束与第二次国内革命战争的开始，它改变了中国革命的命运，有伟大的历史意义。

八一起义的第一句口号是“打回广东去，重建革命策源地”。（策源地就是根据地的意思，那时候还没有根据地3个字）当时是这样想的：北伐是从广东出发的，工农群众帮助了北伐军，北伐军勇敢作战取得胜利。这一切，完全是中国共产党党员在军队和群众中艰苦工作的成果。1927年7月的大革命之所以失败，一个重要原因是党没有直接掌握军队的指挥权。八一起义组织了由党直接领导的武装，建立了革命政权。再来一次北伐，不再犯第一次北伐时所犯的错误，那么争取革命胜利仍然是可能的。这句口号是总结了当时革命失败的教训后提出的，但因对当时的客观形势缺乏分析研究，最后没有达到目的。而这句口号却起过很大作用，曾经鼓舞起义部队怀着满腔革命热情向广东进军。在进军途中，起义部队在江西的瑞金、会昌打过两次胜仗。

瞿良遗照

占领会昌后为什么不直接从广东北部进军而又折返瑞金取道福建汀州攻占潮汕？这是因为当时的张发奎部队已比我们先一步进入广东。张发奎是反动的，但他的部队里还有党的一部分力量，这样占领潮汕之后可以利用张发奎与桂系的矛盾随机进军广州。后来事实证明这个判断有一部分是正确的，因为张发奎与桂系军阀真的在广东打开了，我们利用这个矛盾又发动了广州起义。

起义部队占领潮汕后，部分军队在揭阳一带作战失败，但另一部分主力在朱德同志领导下又组织起来，这就是后来到井冈山与毛主席会师的部队，是人民解放军的前身。朱德同志是当时起义的领导人之一，起义时他是第九军军长，部队里的同志都称他为朱军长。当时九军的人数不多，但在进军途中已经表现出高度的组织性与纪律性，不论翻山越岭，道路崎岖，九军的士兵总是以整齐的单行纵队如长蛇般前进。朱军长在起义部队里有很高的威信，大家都认为他是一位军事经验丰富并有政治修养的长官。记得攻打瑞金的那一天，九军与教导团是预备队，我们在离前线不远的一个草坡上做准备。教导团的副团长请朱军长给我们做了一次讲话，朱军长除了勉励大家认清革命军人的责任，鼓励大家勇敢作战之外，还告诉我们许多作战经验，给大家印象最深的是，怎样以敌方射来子弹的声音来判断子弹落点的远近。朱军长说："敌方射来的子弹发出嘘嘘的声音，落点离我们是很远的，如果发出扑扑的声音，我们就要小心提防。"当时的朱军长还不到40岁，他的讲话稳重而有力，至今印象深刻。

起义部队的一部分在广东东江一带失散了，但参加起义的同志们的革命意志并没有消失。除了朱德同志领导的部队继续转战各地之外，有一部分同志留在海陆丰一带参加农民起义；有一部分同志转到各地坚持地下工作；另有一大部分政治工作人员，从广东东部南海岸的一些小港口搭乘帆船漂流至香港，转到广州，又参加了同年12月的广州起义。他们大部分都是中国共产党党员，正如毛主席所说的，他们从地上爬起来，擦干净身上的血迹，掩埋好同伴的尸首，又继续战斗了。

回忆29年前的今天，中国革命正处在危急关头，幸有党的领导，发动了八一起义，创建了人民自己的军队，才挽救了革命。

（附记：我的父亲瞿良是南昌起义和广州起义的参加者，时任教导团的教导员。近日发现他于1956年写的这篇《忆八一》，我愿将此遗稿通过大地副刊献给读者，以纪念南昌起义80周年。瞿弦和）

原载《人民日报》2007年8月3日

少年时期的我

张筠英　瞿弦和

欢乐的小学童年生活、有意义的少年初中生活、丰富的高中生活，这就是我 1949 年至 1961 年，在东城区培元小学、女十二中初中高中生活的真实写照。

12 年，虽说在一生中不是很长的时间，但对个人的成长却是有决定作用的。这个时期，我从不懂事的单纯的小孩子，成长为一个人生观、世界观基本形成的青少年。在这个时期有几件事，至今难忘。

女十二中老校门照片

1953年国庆节，我走在少先队游行队伍中，跑过金水桥在天安门上把一大束鲜花献给毛主席。至今还有人问我，当时是什么心情？

在我的记忆中，经过历史的沉淀，仍然是圆满完成任务的幸福感。1953年国庆节前夕，团中央首长给我布置的任务，就是给毛主席献花。他说，献花是代表全中国的少年队员，从跑向金水桥那一刻起，全国人民都在注视你，你要稳稳当当地跑上天安门，把鲜花送到毛主席手中。因此我的心情是把责任感放在首位。从此我知道无论接受什么任务，责任心是最重要的！一定要脚踏实地，认真严肃地完成每一项任务。

在小学即将毕业时，我被选中拍摄全中国第一部大型儿童故事片《祖国的花朵》，在其中扮演有骄娇二气的、班级最后入队的小姑娘杨永丽。影片的主题歌《让我们荡起双桨》传唱至今。

初中一年级我被评为北京市三好学生，后来初中三年连续获得优良奖章，因而得到一枚北京市教育局颁发的银质奖章。

在这期间，我们的班主任老师，无论是在教室、楼梯、操场，都会嘱咐我说“不要骄傲，对老师要更有礼貌，对同学要更加尊重”。初中毕业，我被保送到高中，老师在放假前对我说“不用考高中，但是放假了，你要每天下午都到学校来，为同学解疑答问，只有同学们都考上高中，老师们才能放学，你也会从中得到快乐”。发榜了，结果如人所愿，我和我们班的几个同学还特意到“中国照相馆”留影纪念。

12年的校园生活告诉我，快乐不是不辛苦、不刻苦，不光是别人给予自己的爱，更在于给予别人所获得的快乐。

淡定、宽容、单纯、融洽是我们应有的生活态度。在考大学选择专业时，本来我准备报考中国科技大学生物物理系，但班主任老师找我谈话说“艺术专业需要特殊人才，中央戏剧学院老师让我来给你和你的家长做工作，希望你报考表演系”。

祖国的需要，当然应该是我的志愿，于是我选择了话剧表演专业。几十年的教学与舞台实践、电影电视剧的拍摄、大量的广播节目录制、译制片的配音工作，我从中学到了许多专业知识，提高了自身的艺术修养。在这些活动中，我也获得了许多奖项，在1987年被评为全国十大演播家之一，参与编导的两部广播剧《矿山奏鸣曲》《头版新闻》被评为“五个一工程奖”。2018年我编导的歌颂中国抗击埃博拉国际医疗队的广播剧《我不去　谁去》荣获中国人口文化奖广播剧一等奖等。

2019年，我已76岁，还在拍摄文化部（现文旅部）国家艺术基金项目——“世纪诗人”音像工程，担任导演工作。我为能够发挥余热，把世纪诗人的经典作品精准唯美的体现出来而感到无比愉悦。

北京二中校门照片

封面

回忆少年时代生活，少先队的教育让我懂得红领巾是烈士鲜血染成的，是国旗的一角。

1955 年 7 月 1 日，党的生日那天，为欢迎越南胡志明主席来中国，毛泽东主席在中山公园音乐堂举行盛大活动。北京团市委选派我和其他三位小朋友代表全国少年儿童给领袖献花。那天我们亲身感受到老一辈革命家对少年儿童的关怀和期望。

从那时起，这种幸福感和使命感一直鞭策着我。在北京二中（东城名校）六年学习中克服了年龄小不用功的缺点，终于在高中阶段连续三年荣获优良奖章，并在毕业时获得北京市教育局颁发的银质奖章。

我忘不了育英小学（现北京市东城区灯市口小学）当年班主任甄哲东老师，他在成绩册上给我的操行评语“守纪律、爱清洁、太谦虚”至今还保存着，简单的九个字把优缺点都点明了，“过分的谦虚”不就是骄傲嘛！这是颇有私塾老师气质的班主任怕伤害我的自尊心所用的评语，受用一生呵！

我忘不了育英小学的音乐课，老师用讲故事的方法，让我们分段落欣赏交响音乐“彼得和狼”，打开音乐之门，让我们幼小的心灵感受音乐的魅力和形象性。

我忘不了北京二中少先队辅导员徐作森老师，他带我们参加夏令营，派我一个人冒雨去采购油盐酱醋，锻炼我从小战胜困难的勇气。

我忘不了北京二中班主任老师王寅霞，她组织的班会“十年后的我”记忆犹新，每位同学按自己的理想装扮成大人参会，在红领巾班会上，让我们的理想与祖国紧紧相连。

小学、中学的各科老师辛勤培养我们，让我们懂得了热爱祖国、热爱生活，懂得了刻苦认真对待事业，使自己能够严格要求，不断进步，入团、入党，成为一名党的文艺工作者。

北京市东城区灯市口小学、北京市第二中学校友瞿弦和

原载东城教育《壮丽七十年　奋斗新时代——北京市东城区优秀毕业生集锦》2019年9月

随　感

在美国芝加哥

丝的光泽　花的美丽

瞿弦和

新春佳节，一个精致美丽的信封出现在我的办公桌上。这是远方朋友——波兰西里西亚演出公司总经理杰姆内的来信。

去年秋天，中国煤矿艺术团《丝路花雨》剧组曾在波兰演出，那每一幕情景至今令人难忘。中国民族舞剧以她那丝的光泽，花的美丽，赢得了广泛的赞誉。杰姆内的来信使我更深地体会到丝与花的另一层含义，那就是中波两国人民友好的情丝，两国艺术家友谊的花朵。

记得在扎布热音乐舞蹈之家为波兰矿工演出，热情的掌声多达三十几次，演出结束时观众全体起立鼓掌，谢幕长达十几分钟。贝格尔经理激动地表示："我不记得在我的剧场中有谁得到过这样的殊荣。"波兰卡托维茨《工人论坛报》在头版显著位置以《花雨过后，暴风雨般掌声》的套红标题报道了这次演出的盛况。耶莫维特煤矿副矿长爱德华·希特科说："你们不愧是来自古老文明的中国。如果不看你们的演出，一生都会遗憾。"

抵达波兰的第三天，我们拜访了著名的西里西亚歌舞团。该团团长斯塔尼斯瓦夫·托卡尔斯基60年代曾率团访问过中国，我团演员邹振泰当时是接待组成员，老友相见，分外亲热。好客的主人显得格外激动，舞蹈演员们为我们表演了波兰各地区的民族舞蹈，管弦乐队和歌队则为我们演唱了中国人民所熟悉的《波兰圆舞曲》。他们还邀请我团女演员白珊、李晓燕穿上波兰民族服装，一起在草坪上翩翩起舞。

参观肖邦故居

在首都华沙，我们应邀在著名的波兰剧院演出。这座古老的剧院，正门高墙上镶着精美的浮雕，门前广场旁坐落着世界著名天文学家哥白尼的塑像；剧院门前的橱窗里陈列着各国著名剧团在这里演出的剧照。波兰朋友特意将我团演员的照片作为永久图片陈列在内。在剧场对面有一座教堂，音乐家肖邦的心脏就存放在那里。

肖邦是波兰人民的骄傲，也是中国艺术家所崇敬的伟人。离开波兰的前一天，我们专程前往距华沙 70 公里的肖邦故居参观。这是一座幽静的院落，绿树成荫，鲜花遍地，屋宇在藤蔓间矗立，肖邦塑像在骄阳下闪光，仿佛它本身就有一种音乐之美。我们到达时，波兰朋友打破惯例为我们举办了专场音乐会。钢琴演奏家德卡尔斯基演奏了肖邦的钢琴曲。大家坐在长椅上，聆听着从绿叶遮盖的小窗内传出的琴声，陶醉在诗的意境之中。

当晚，我驻波兰使馆为艺术团访波举行了盛大的招待会。我们将这次在波义演的全部收入 50 万兹罗提捐赠给“罗兹波兰母亲保健中心”，表达中国煤矿工人的友好情谊。在会上，波兰玛佐夫舍歌舞团 80 多岁的团长米拉 · 齐明斯卡 - 塞格延斯卡女士对我说：“我很久没有看到这么精彩的节目了。”我告诉她，玛佐夫舍歌舞团在中国的演出也很受欢迎，中国的中央电视台播放了演出实况。她激动地表示，这是她最高兴的事。

友好的情丝，绵延不断；友谊的花朵，盛开心间。我用刚刚学会的波语朗诵了波兰著名诗人密茨凯维支的诗：“……你把我的手紧紧握住，啊，这就是波兰的语言。”

原载《人民日报》1987 年 2 月 18 日

微型话剧东欧行

瞿弦和

鲜花，掌声，汗水，泪水……我们四个演员一边挥动着花束谢幕，一边激动地交流着：中国的话剧是可以超越国界的！

金秋十月，美丽的索菲亚城沉浸在戏剧节的喜庆气氛中。来自欧、亚、美洲十七个国家的戏剧代表团分别在七个剧场演出。

此次戏剧节，又称“轻便”“皮包”“微型”新戏剧。它的要求是：最少数量的演员，最简单的布景道具和最简练的手法。各国代表团的演出形式多样，有独幕剧，有哑剧，也有独角戏和小品。我们四个演员带去了五个节目。好客的主人十分尊重地将中国代表团的演出安排在闭幕期间进行，在我们到达之前，索菲亚电台多次介绍“中国代表团是戏剧节中最年轻的”，引起了从未看过中国话剧的保加利亚朋友的极大兴趣。

剧场舞台很小，但各种设备却是先进的。观众席高于舞台，演员表演区与第一排观众处在一个平面上。演员和观众相聚咫尺，演员的每一个眼神，每个动作，判断交流的全过程尽收观众眼底，演出未设同声翻译，无形中增加了表演的难度。

演出开始前，我大胆地用保、英、俄三种语言致了开幕词，并用保语朗读了保著名诗人包泰夫的诗，尽管很不准确，却沟通了感情，打破了与观众的距离感。紧接着，生活小品《丑妹》开场了，女演员张凯丽优美的歌声和饱满的激情征服了观众；接下来是古典喜剧《拾玉镯》、讽刺小品《买鞋》、漫

在保加利亚首都索菲亚

画小品《理发》，最后以抒情小品《雨巷》结尾。整个演出，全场气氛活跃。保加利亚著名评论家切夫达理 - 多布列夫说："我非常喜欢这五个小品，不仅古典的，现代的讽刺小品也非常好，内容结合实际，完全能够看懂和理解。你们的表演，包括表情、眼神、形体有一种很强的暗示力，可以说是惟妙惟肖的。"

满载着戏剧节中结下的友谊硕果，我们来到了罗马尼亚的首都布加勒斯特访问演出，同样获得了成功。剧场经理在演出后说："没有一个人因看不懂而退场，中国话剧竟然能在这里打开局面，不能不说是一个奇迹。"罗著名评论家玛 - 伯尔布查说："你们的表演是世界性的，超国界的，它不受语言的限制。"著名导演斯坦卡说："你们的表现手法不一般，是一系列表现手法有机的结合，我看到了各种流派的影子。"罗共中央《火花报》发表了著名评论家斯坦库的文章《传统和现代化》，它称"中国艺术家们上演的节目构成了富有暗示力的中国精神气质的艺术场面……演出形式，体现了纯古典手法与欧美演出方式的新手法相结合。"

原载《人民日报》1987 年 12 月 12 日

多姿多彩的联欢节

瞿弦和

佩戴着金光闪闪的平壤艺术证章，手捧着墨绿色的国际艺术证书，小伙子和姑娘们抑制不住内心的喜悦，高兴地向观众挥手。在第十三届世界青年联欢节上，我们为祖国争得了荣誉。燃烧在平壤五一体育场的联欢节火炬虽然熄灭了，但那一幕幕动人的情景却使人终生难忘。

七月的平壤，景色宜人。全世界 179 个国家的青年和学生代表团相聚在一起。非常巧合，中国青年代表团也由 179 人组成。中国俱乐部设立在普通

第十三届世界青年联欢节开幕式，中国代表团入场

江剧场。剧场外的山坡上，屹立着具有纪念意义的高达46米的千里马铜像。剧场正门是中国式的城门，四周的围墙是长城式的垛口，加上院子里的中国牌楼和高高飘扬的五星红旗，显得庄重、宏伟又有浓郁的民族特色。

我们在平壤度过了紧张、愉快而有意义的日日夜夜。此次联欢节设立了舞蹈哑剧节、古典音乐节、通俗歌曲节、民间音乐节、政治歌曲节、杂技魔术节等艺术比赛。我们不仅在艺术上荣获了联欢节的最高荣誉，而且每次都能准时奔赴比赛场地。朝鲜组委会的负责同志激动地对我说："每个艺术节，中国演员都是第一个报到，表现了很强的组织纪律性。"

广交朋友，建立友谊，演员们以独特的文化使者的风度活跃在联欢节的各项活动中。在友好国家的俱乐部，在公园露天舞台，我们与各国演员同台演出。民主德国俱乐部离我们最近，造型独特的大型气球向我们伸展着欢迎的翅膀，我们交错坐在一张张圆桌旁亲切交谈，互赠礼品；在苏联俱乐部，列宁格勒芭蕾舞剧院的演员们穿起民族服装列队在门前，中苏两国演员手挽手唱着"喀秋莎"，跳着舞步走上楼梯；蒙古国家舞蹈团的演员热情邀请我们到蒙古包式的俱乐部做客；罗马尼亚音乐家在自己的俱乐部演奏了中国乐曲，我们用罗语演唱和朗诵了罗马尼亚的歌曲和诗歌；在东道国朝鲜的俱乐部大厅，朝鲜青年歌舞团的演员和我们跳起集体舞，畅叙鲜血凝成的友谊……

在联欢节期间，应朝鲜朋友的邀请，我们访问了朝中合作农场。我们当中有几位演员曾在北京红星中朝友好公社参加过插秧劳动，这次又来到朝中农场的稻田。农场的负责人向我们赠送了自制的草帽和扇子，让我们品尝了农场自产的鲜鱼、羊肉、鸡、蔬菜、水果和豆腐。席间，朝鲜朋友们唱起中国电影《甜蜜的事业》的插曲，为中国舞蹈演员赵凤霞祝贺二十四岁生日。入夜，光复大街的各代表团驻地灯火辉煌，鼓乐齐鸣，大家载歌载舞，狂欢活动持续到次日凌晨。来自世界各地的青年虽然肤色不同，语言相异，但都表达着共同的心愿：和平、友谊。

原载《北京日报》1989年9月2日

出访随感（节选）

瞿弦和

俄罗斯的轻歌剧（1991 年）

随中国文联邓兴器书记访问俄罗斯，来到阿尔泰边区，今天晚上主人邀请我们观看轻歌剧《蠢货》。这是契诃夫的独幕剧，是世界名著。早年在中央戏剧学院表演系学习时，看过表演系 59 班、表演系工农班教学演出的几个版

与俄罗斯演员合影

与俄罗斯导演尤里·杜边科

本。剧中人物幽默的台词，夸张的处理，至今记忆犹新。轻歌剧究竟怎样表现？带着问号走进袖珍型的歌剧厅。

幕启，一座美丽的花园展现在观众面前，台左侧的后方，有一座高亭，亭子里坐着九位乐手，他（她）们组成了一支小型的管弦乐队。这使我想起中国戏曲现场伴奏的乐队，观众看得见，不显多余，更觉添色。原话剧中的部分台词被谱了曲，人们不觉得是话剧加唱，因为作曲家将全剧包容在完整构思的音乐之中，欢快、幽默的音乐风格非常鲜明，加之两位演员对音乐有着准确的感受，他（她）们融化在音乐之中，因此唱歌不显突兀，同名话剧演出的喜剧效果和寓意毫不减色。担任主演的女演员利利娅·萨尔塔耶娃是国家功勋艺术家，我向她献了花。演出结束后举办了酒会，我们一起用俄语唱起了俄罗斯歌曲《喀秋莎》。同行的舞蹈家贺燕云还和俄罗斯演员共舞。利利娅·萨尔塔耶娃告诉我，轻歌剧在阿尔泰拥有许多的观众，歌剧厅上演轻歌剧时，总是座无虚席，人们的生活水平并不十分富裕，但每逢观看歌剧时，大家都会身着晚礼服来到这里，我想，这也是艺术家的一种幸福吧！

此次全程陪同我们的是俄罗斯著名话剧导演尤里·杜边科，中等个子，胖胖的，说话时总爱笑，当他知道我是话剧演员，学的也是斯坦尼斯拉夫斯基体系时，饶有兴趣地问：“你接触过俄罗斯的话剧吗？”我说：“在中央戏剧学院表演系读书，小说片段选的是《青年近卫军》，我演奥列格；剧本片段是《普拉东·克列契特》，我演普拉东。”一听到“普拉东”三个字，他的眼睛一亮，“我是阿尔泰边区话剧院这部话剧的导演。”又迫切地问：

“哪场戏？”“普拉东、阿尔卡吉、丽达三人那场。”“这是很难演的一场，分寸感一定要掌握好。”……可能是有太多的共同语言，短短的几天里我们形影不离，他每天都带给我们他自家园地里的西红柿、草莓，对我也直呼“普拉东”了。

非洲之角观看话剧（2000 年）

坐在卡萨布兰卡著名的咖啡馆里，喝一口突尼斯风味的咖啡……啊，我终于踏上了神秘的非洲大陆。感谢剧协派我参加李准同志率领的代表团出访科威特、叙利亚和突尼斯。当我听到突尼斯这三个字时，感到格外兴奋，因为非洲在人们脑海中十分陌生，只是这座在电影《卡萨布兰卡》中出现过的咖啡馆给人们留下了深刻印象。

走出咖啡馆，我们去参观突尼斯国家话剧院，一座典型的非洲城堡式的建筑内装饰，却不乏法国风格。院长热情地接待了我们，还与几位主要演员进行了座谈，他（她）们介绍了剧院演出过的剧目，说实话，我很意外其中有不少世界名著，其中包括莎士比亚的《奥赛罗》、阿加莎·克里斯蒂的《捕鼠器》……扮演过《奥赛罗》剧中人物埃古的演员风趣地说：“将来你演奥赛罗时，我去与你合作。”虽然语言不通，但讲起话剧剧目来，

在突尼斯迦太基古城遗址剧场

双方似乎立即有了共同语言。院长送给我一个小镜框，里面镶着突尼斯国家话剧院的建筑照，表达了对中国同行的友好情谊。

傍晚，我们赶往哈马迈特，突尼斯的国家文化节正在举办，他们邀请中国代表团观看当天演出的话剧。露天剧场位于海滨，半圆形的、古希腊剧场的模式。我们坐在靠高处的石阶上，剧场声音效果极好，没有台词时，可以清晰地听到地中海的海浪声，还有海边树叶被风刮的声音。使馆翻译张庆华告诉我们，演员说的不是法语，而是一种地方土语，虽不了解剧情，但觉得表演手法并不陈旧，演出中时常引起当地青年观众的笑声。

芬兰的两个剧场（2007 年）

第一次到北欧是 20 世纪 90 年代中期，因为乘坐芬航的班机在赫尔辛基转机。它给我的印象是冰天雪地中的教堂和码头上骑着高头大马的人。

跨入新世纪，中国戏剧家协会代表团访问芬兰，我再次来到这里。代表团参加了颇具影响的坦佩雷国际戏剧节。作为一个酷爱舞台的话剧演员，我不仅感受到芬兰人民的戏剧情结，而且对芬兰的两个剧场格外感兴趣。

坦佩雷是芬兰第二大都会，距首都赫尔辛基 180 公里。这是一个历史悠久的美丽城市。它位于奈西湖和比哈湖之间的狭长地带，坦梅尔河贯穿城市中心。它不仅是芬兰的工业中心、教育中心，更是芬兰的戏剧之都。

在戏剧节期间的一个傍晚，我们终于来到著名的“露天夏季剧场”。旅行车停在木制的路牌下，我们随着人流，沿着林间小道走向这个神奇的建筑。

它坐落在滨尼基湖畔，1959 年建成。可容纳 800 人的观众席像一艘大帆船，造型奇特，它不前后航行，却能 360° 旋转。

出于对远道而来的中国同行的尊重，主人为我们安排的座位在观众席正中央，年年夏季在这里举办戏剧节的芬兰人，在演出开始前半小时就来到剧场。我环顾四周，座无虚席。相对观众座席的精巧设计，我一直在寻找舞台。

这是一部芬兰剧作家的露天实景戏剧《旅途》。观众正前方是一个羊圈，扭头可以看到一幢两层楼，里面的桌椅、睡床依稀可见，唯独没有隔墙，仿佛是房屋的横断面。而看另一面，是真实的山坡和树。

正在寻找舞台之时，一辆汽车开来，从车上下来两个年轻人，以为是卸道具，没想到他们的旅行开始，剧情也随之展开了！

他们讲的是芬兰语，我们听不懂，却有极大的吸引力，不知不觉就进入剧情了，随着他们离开羊圈走向小楼，观众席开始整体旋转，转了九十度，我们转到两层楼房的正

芬兰总统哈洛宁接见中国剧协代表团

对面，剧中人物进入楼房继续他们的故事。

谁也没想到，此刻在观众席的背面，隔场戏的背景也在布置，矮小的院墙、零散的树枝、候场的群众演员……

我们习惯于传统的剧场，坐在固定的观众席上，静候着舞台的各种迁换、布景、大道具、传统的天幕幻灯、整体画幕的上下。我们还经常看到，眼花缭乱的电视墙、多道吊杆起落、舞台的升降和旋转。而在这个露天剧场，一切都是那样的真实自然，连贯、流畅没有虚假和做作。不仅效果好，还能节省一大笔资金支出呀！

当观众席这艘船转过一百八十度，我们面对的就是宽阔的湖面了，这是实景表演区，在湖水拍打岸边的背景声中，剧中人物在湖畔讲述他们的愿望，充满意境。

就这样，在旋转的大船上我们度过了一个有趣的戏剧之夜。主人告诉我，这样的演出场场爆满，不需要政府补助，自给自足，还有盈利。这真值得借鉴啊！

“列宁剧院”更具有历史意义。在芬兰坦佩雷，伟大的革命导师列宁留下了他的足迹。著名的俄国革命工人大厦，保存至今，对游人开放，体现着对历史的尊重。大门外，可见列宁剧院的标记，列宁博物馆收藏着萌发俄国大革命的珍贵手稿。坦佩雷有一家ttt工人剧团，他们提出的口号是为工人阶级演出，为工人阶级服务，始终保持低票价，令人感慨。

我们来到列宁剧院观看话剧。芬兰观众有极高的艺术欣赏水平，他们聚精会神地观看，芬兰朋友悄悄告诉我，总统哈洛宁女士今天也来了！她坐在普通观众席上。我让剧协外联部的帅哥王岭出面，问问中场休息时，可否接见我们？总统愉快地答应，并在“列宁剧院”门前合影留念。

原载中国戏剧家协会《与新中国同行——六十周年纪念文集》2009 年 8 月

出访意大利

“松竹梅兰”

——中国煤矿文工团赴摩洛哥、突尼斯访演总结

瞿弦和

松竹梅兰是我团舞美设计师周海平为此次出访晚会设计的舞美背景。这是中华民族所喜爱的植物和花卉，画家以它们为题作画；诗人们以它们为意赋诗；作家以它们来比喻人的品格，描绘事物的形象；我以它们为题写下非洲之行心得，愿它能记录下我们走过的历程，愿它能显现我们劳动的成果。

心得分为：友人和亲人、艺人和能人、男人和老人、女人和美人。这里包含着万古长青的友谊、焕发青春的艺术、克服困难的意志和无私奉献的精神。它多么像挺拔的松、嫩绿的竹、傲雪的梅和宁静的兰！

友人和亲人

受文化部（现文旅部）和国家安全生产监督管理局、国家煤矿安全监察局的委派，中国煤矿文工团以中国艺术团的名义，代表祖国，代表800万煤矿工人于2002年7月7日至8月6日赴摩洛哥和突尼斯参加国际艺术节。

建团以来，我团演员的足迹已遍布全世界38个国家和地区，这是我团第24次组团出访，却是我团第一次踏上非洲土地，是出访中艺术门类最多的一次，也是我团在境外停留时间最长的一次。我们在摩洛哥分别参加了马拉

喀什国际艺术节、德土安艺术节、拉巴特艺术节，演出 11 场。在突尼斯参加了哈玛迈特艺术节、著名的迦太基国际艺术节，莫纳斯基尔艺术节、达巴卡艺术节和比赛大艺术节，演出 7 场，出访演出共 18 场。

这是一次千载难逢的机遇，演出获得了巨大的反响。那台上台下融为一体的激情场面，那山呼海啸般的掌声和欢呼声，那长达十几分钟的谢幕场面，至今会浮现在眼前。

我们不会忘记：马拉喀什皇家剧院的椭圆形观众席响彻了比矿区演出还要火爆的掌声；德土安体育场里，中国艺术团刚一入场，全场齐呼“中国、中国”；拉巴特广场上，摩洛哥观众依依不舍地自发夹道欢送中国演员；哈玛迈特剧场那怡人的海风和海浪声；迦太基露天古剧场，青年观众与演员一起扭动身躯，千人同跳撒哈拉风情舞；莫纳斯基尔古城堡里，在酷似延安窑洞前舞台上，我们与突尼斯朋友心连心；世界排名第三的杰姆古罗马斗兽场里，西安古乐“老虎磨牙”和口技演员模拟的虎啸声，让我们与阿拉伯人民一起浮想起两千年前角斗士奴隶与猛兽搏斗的壮烈场景……弘扬中华文化，促进艺术交流，广交各方朋友。此行我们亲自感受到阿拉伯人民的友好情谊，我们始终沉浸在友谊的海洋中。

我们是一支国家级的专业艺术团体，同时也是一支工人文工团。在摩洛哥马拉喀什演出期间，有两位来自摩洛哥磷酸盐矿的观众，当他们得知我们是煤矿文工团时，非常高兴，他们惊讶在中国竟然有一支高水平的队伍长期在为矿工服务。他们通过邢增河文化参赞，热情邀请我们专程到摩洛哥矿区演出，虽然因时间的限制没有成行，却让我们在异国他乡，体会到矿工的情意，岗位的光荣。

我们的演出好评如潮，赞声不绝。摩洛哥国家电视台的阿拉伯语、法语、西班牙语节目反复报道；突尼斯国家一台现场直播迦太基演出盛况，突尼斯创世纪青年电视台多

接受突尼斯电视台记者采访

次采访并介绍艺术团情况，各大报社纷纷刊载了消息。

代表国王前来观看演出的马拉喀什省长称：“这是非常优秀、训练有素的艺术团”；文委主任说：“你们的精彩演出将载入马拉喀什的文化史册”；得土安组委会主席告诉我们：“你们征服了摩洛哥观众，你们把摩洛哥观众俘虏了”；开车接送我们的司机说：“你们的演出真是太好了，比优秀还要优秀”；德土安大区区长为了表示对中国艺术团的尊重，特邀我这个团长作为手工艺品博物馆开馆的剪彩嘉宾；拉巴特市长亲自邀请全体演职员喝茶，将礼品赠送给每一位成员；摩洛哥文化新闻大臣穆哈默德·阿沙里专程从外地赶回出席观看了在穆巴哈德亚五世纪剧场的演出，并接见了全体演职员；摩洛哥王室成员诺海公主也在包厢内欣赏了艺术团的表演。我国驻摩洛哥使馆邢增河参赞说：“这种规格是从来没有过的。”

在突尼斯，迦太基国际艺术节是世界上著名的艺术节之一，各国对此非常重视，此次与我们同来参加的就有奥地利维也纳国家交响乐团、俄罗斯沙可夫斯基芭蕾舞团等十几个国家的优秀艺术团体，突尼斯文化部对我团非常重视，安排我团在具有三千年历史、全部用石头砌成的迦太基露天古剧场演出，当天恰逢突尼斯共和国日，突尼斯外交部部长、副议长、国防部长、妇女部长等高级官员与6000名突尼斯朋友出席观看，演出结束后，他们来到舞台上与演职员合影，并说：“这是一个梦幻般的夜晚，突尼斯人民欢迎你们。”

在这两个国家，我们受到了亲人的关怀，在机场，中国驻摩洛哥文化参赞邢增河、驻突尼斯文化参赞顾逸群亲自前来迎接，我们整个演出行程是在使馆领导下进行。驻摩洛哥大使熊展旗、驻突尼斯大使朱邦造均在使馆设宴款待大家，政务参赞、武官等全体使馆工作人员与艺术团一起联欢，并为恰逢生日的演员准备蛋糕。文化参赞全程陪同、事无巨细，体贴入微，保证了出访的圆满完成，两位大使都充分肯定了演出的成绩，他们说：“演出非常成功，你们为中国争了光，影响是广泛的，阿拉伯人民为你们喝彩，你们为增进友谊作出了贡献。”

艺人和能人

艺人，似乎是过去对文艺工作者不尊重的称呼，但要当好一名艺人却是非常艰难的。此次出访，带什么样的节目，如何组成一台晚会，我们下了一番功夫。出国前进行了认真的排练和审查，音响师张青对所有舞蹈音乐和画外音进行了细致的合成。事实证明，以中国民族乐器独奏进行串联的中外古今歌舞晚会是成功的。

在出访过程中，我们群策群力，反复磨合，不断修改，并根据不同的场地，进行不

巧遇摩洛哥卖水人

在突尼斯迦太基艺术节

同的尝试。松竹梅兰四个条幅可一并排开，可有高有低，可分别使用，还可横挂为景。舞蹈表演，时而草地，时而台板，甚至游泳池边，小石桥上。声乐演员可从坡上走下，又可从地道闪出。舞蹈、口技、杂技、声乐、器乐的演员在艺术上相互探讨，舞蹈节目的风格掌握，器乐节目的表现力，声乐演员对作品的理解都有明显的提高，整台节目越演越流畅，节奏起伏错落有致，节目长度恰到好处，得到了各方面的肯定。中央电视台随团导演刘军说："每场都有 MTV 的好镜头"；机关党委付伟书记说："每晚都是一座大红灯笼高高挂的中国城！"

大家体会到，作为一名从艺人员，要有强烈的事业心。不仅要像男演员朱海涛、李瑞博那样，克服脚伤绑着绷带上场；像舞蹈演员吴超、吴含梅那样发着烧也要面带微笑；像张永智等五位演奏家那样勤学苦练；像歌星胡月那样用拗口的阿拉伯土语学唱突尼斯歌曲；像杂技演员刘巍那样在不同的风向和风力中完成高难度的动作，更要注意观察生活，积累素材，提高艺术修养。此次出访过程中，我们参观了摩洛哥、突尼斯的古迹，游览了名胜，团员们在大海中嬉戏，在沙滩上享受日光浴。魏歆等十二位青年演员写下了观感、随笔或日记，从不同角度记载了自己的亲身体会。

俗话语："艺高人胆大"，每位演职员都要向"一专多能"的方向努力。此次出访，能人辈出。著名的北外阿拉伯语博士薛庆国先生兼职灯光师；中年舞蹈家罗昭宁灯光与舞蹈双肩挑；范炳强一人可担任口技、飞叉、魔术三项演出任务；驾驶技术熟练的马光伟干起舞台工作也是把好手；舞蹈演员张谊担当起中央三套综艺快报的随团主持人；笑星石小杰抛飞叉、力气大，对得准；舞美设计师周海平身挎照相机被姑娘们簇拥着，成了受欢迎的摄影师；口技演员许国立在北非成了家喻户晓的明星，一名出色的采购员；沉默寡言的笛子演奏家周丕军不会外语，也成功地在台上扮演了胡月的临时情人；就连中央电视台的记者高伟强在联欢会上也能来一段《猴王吃西瓜》。他和刘军导演两位中央电视台的能人在短短的一个月中，在中央电视台一、二、三、四套节目中多次报道了艺术团出访的盛况，产生了广泛的影响。

男人和老人

人们总爱用阴盛阳衰来形容中国的男女人才的现状，但在这条心得中我们都要为男人们叫好。18 场演出，近十次驻地搬迁，数不清的装卸车、装卸台。艺术团所有的男人包括五位男演奏员，六位男舞蹈演员，两位男口技演员，两位独唱演员刘君侠、黄鹤翔，还有平日里被称为"闲杂人员"的舞美人员，承担了全部劳动量，无一人有怨言，无一人惜力，想方设法装好每一个台，千方百计保证舞美用品及生活用箱完整无损。他们无愧于"男子汉"的称号。

"老人"的人字应当儿化，读为"老人儿"，含义是艺术团中的几位五十岁以上的干将。马振铭书记、石小杰团长、杨运森副团长、演奏家张永智和舞蹈演员王连通。有他们在，大家工作起来就有一种踏实感。忘不了此次演出中，大家为五双"清宫行"鞋子找不到着急时，共产党员王连通说的话："团长请放心，我哭也能把它哭出来"，他竟然在十分钟内锯了八个木块以防万一！忘不了马振铭、石小杰在办理机票、护照过程中的一丝不苟；忘不了杨运森用他那已经不太灵活的腰搬箱装车；忘不了额顶已秃去 25%左右头发的张永智在艺术处理上的积极建议。应当说，他们不老，他们永远是年青的男人。

女人和美人

此次艺术团成员中多达20位女演员。姑娘们每场演出从开始到结尾要抢换十余次服装，炎热的天气，袖子贴在手臂上脱不下来，穿不上去，但从没有人误场。她们俊俏的面庞、修长的身材、婀娜多姿的体态体现了中华民族的女性美！当大轿车司机因超速被交警拦截时，女孩子投去富有魅力的一瞥，交警立即放行，司机感慨道："中国的姑娘真厉害"！

印象最深的是十四个拉杆小箱子，在北京首都机场，在荷兰阿姆斯特丹机场，在摩洛哥卡萨布兰卡机场，在突尼斯迦太基机场，一列中国姑娘手拉色彩相同的小箱款款而行，像一队实习的空中小姐，她们是那样珍惜编着号的拉杆箱，似乎里面有价值连城的珠宝首饰，殊不知那是有独特气味的演出鞋！因为她们深知，哪怕丢失一只，就会影响整台演出。

女人是美丽的，美丽的女人是艺术团的亮点；女人是多情的，她们会为买到称心如意的东西而笑，也会为找不到队伍焦急地哭，她们有着不寻常的购买力，体现了中国人好日子，扬了中国人的威风。

此次艺术团由47人组成，除文工团演职员外，还有部机关党委的领导，中央电视台的导演，记者，北京外国语学院的教授，艺术团就像一个大家庭一样，相聚的日子虽然短暂，但在每个人的艺术生涯中都写下了难忘的一笔，愿阿非利加州的炽热，点燃我们的激情，愿大西洋与地中海的海风鼓动我们的风帆，让我们踏上新的征程，迎接新的挑战！

原载《中国煤矿文工团难忘60文集》2002年12月

我把文联当成家

瞿弦和

在我的心中，我把文联当成家，因为文联确实是文艺工作者的一个大家庭。在这个大家庭里，能够结交各个艺术门类的朋友，而且能经常参加文联组织的深入生活、深入基层的活动，这对于一个艺术家的成长都是非常有益的。“艺术家万里采风”和“送欢乐、下基层”等活动都落不下我。

中国文联的各文艺家协会，除了民协和摄协之外，其余的我都与之合作过。1982 年我担任中国煤矿文工团团长，2005 年开始我担任中国剧协副主席，跟其他协会一起到基层慰问演出、体验生活的机会也就更多了。在与这些艺术家交往的过程中，自己的视野也变得开阔起来，博采众长。

2006 年，我跟中国视协去山西阳泉矿务局新景矿慰问演出。当时我和视协一些演员在井下的巷道里为矿工师傅们现场演唱、朗诵，视协几位扮演领袖人物的艺术家也进行了表演。当时我们煤矿文工团也派去了一个大队伍，把演出的乐器都带到了井下，那个场面是非常令人难忘的。井下工人没有想到，艺术家不仅来了，而且还走到了井下、走到了一线工人的身边。记得一位演员在演唱歌曲的时候，工人师傅们也跟着唱了起来。黑黑的脸、黑黑的手和白白的脸、白白的手在一起，让我永远无法忘怀。这不仅是艺术家和工人之间手拉手的表演，而且是一种心贴心的交流，这种体验对于艺术家来讲是值得珍藏的。当艺术家戴上矿工帽，穿上矿工服和矿工靴的时候，立刻就会对矿工的工作情况有一个最直接的了解，于是不用说教，大家自然会对工

在井下为煤矿工人演出

中国文联志愿者赴内蒙古演出

人师傅产生一种崇敬感。

2005 年，我跟中国剧协的梅花奖艺术团到内蒙古的包头下基层慰问演出。梅花奖艺术团中各个剧种的演员都有，当时慰问的是当地的矿工和各厂矿的工人。这些观众很少有机会看到这么多剧种的名家集中在一起演出，他们很兴奋，演出现场总是人山人海的，艺术家们也很感动。我还随中国舞协的舞蹈家们去贵州冰雪重灾区慰问演出，穿过泥泞的山路赶到剧场。中国音协在人民大会堂举办的纪念冼星海诞辰 110 周年活动中，我担任了《黄河大合唱》的朗诵；中国杂技艺术家协会成立的晚会是由我主持的；中国书法兰亭奖的颁奖仪式我朗诵了东晋王羲之的名篇《兰亭集序》，中国作协的各种诗歌朗通会我也经常参加。

在参加文联的所有活动中，“文代会”是个醒目的字眼，大会上，我们可以第一时间亲耳听到党中央对文艺的指示，把握时代的脉搏，这对于文艺工作者来说十分重要。我认为这是文联得天独厚的条件。回忆起来，我第一次参加文代会是在1979年的第四次文代会，当时还只是列席会议。到第五次文代会时，我已经成为代表参会了。后来，我作为文联委员相继参加了第六次、第七次和第八次文代会。

我还参加了文联每年举办的“百花迎春”春节大联欢，晚会现场能够见到许多文联的老领导，和这些老领导在一起，有机会听到很多他们对于文艺现状和文艺发展方向的看法，是一次难得的学习机会。

把中国的民族艺术送到世界各地与外国友人架起友谊之桥也是文联艺术家义不容辞的责任。1984年以来，中国煤矿文工团承接了大量文联的外事活动，先后十几次参加了世界各地举办的艺术节。所到国家包括美国、西班牙、法国，突尼斯等。文联派我团到西班牙参加艺术节的经历让我记忆最为深刻。西班牙艺术节比较特殊，各代表团除参加艺术节外，还要参加一个食品节。由于当时团里没有请专业厨师同行，我只好在前一晚跟使馆要了白面、肉和白菜，动员全团演员，包饺子、做红烧肉。由于食品节后还有演出，我安排演员们晚上轮换制作食物，而我也亲手和面、包饺子。在第二天的食品节上，中

参加中国文联“百花迎春”联欢

参加西班牙艺术节中的食品节

国美食受到了外国友人的极大欢迎，我们食品展台前的队伍是整个食品节中最长的。其他国家参加美食节的队伍都是由专业厨师组成，只有我们是由艺术家组成。那一天在我们团的每一位演员心中都留下了难忘的回忆。参加美国斯普林威尔艺术节，我们住在当地居民家中，与房东们结下了深厚的友谊，后来他们来到中国还与我联系见面，共叙友情。我想这样的交流，其意义才是深远的。

毛主席《在延安文艺座谈会上的讲话》发表这么多年了，对我们现在的文艺工作依然有重要的指导意义。艺术家对生活的积累，需要长年累月地一点一滴不断累积，一个艺术家只有不断深入生活，努力采集生活中的素材，最终才能酿造出美好的艺术成果。文联成立 60 年来始终坚持深入实际、深入生活、深入群众，为广大文艺工作者提供了向人民、向生活学习的良机。文联的“艺术家万里采风”活动，“放眼企业看巨变”活动以及“送欢乐，下基层”活动都为文艺工作者提供了深入生活的机会，意义深远。

60 年过去了，作为文联的一分子，我深感幸运和自豪，我衷心地希望文联成为一个更加温暖、可爱的文艺工作者之家。

原载《中国艺术报》“美好回忆 盛世华章——庆祝中国文联成立60周年我与文联大型征文集粹”

2009 年 6 月 23 日

下矿日记

瞿弦和

今天是到达庞庄煤矿的第三天。昨晚演出结束后开了个艺术小结会，睡觉时已是今天了。早晨睁眼一看表，糟了，七点四十分！与矿长约好今天要下井的。我顾不上吃早饭，急忙来到调度室，想立即出发。矿长却执意要我吃下几个炸糕。矿长名叫黄国民，一九六二年毕业于中南矿院，看上去完全是个文质彬彬的知识分子，还戴着一副眼镜，相比之下，我的体质要强得多。跟他一起下井，我想不会落后的，再说又不是第一次下井，没问题！同行的还有秘书刘桂才，他身高一米八二，按现今姑娘们的说法，这是“标准个儿”，平时穿着一身漂亮合体的西服，不了解煤矿的人绝不会相信他是个矿工。

徐州矿务局庞庄是全国第一个实行机械化的矿井。今天大巷灯光明亮，两旁洞壁上写着醒目的大字：高高兴兴下井来，安安全全上井去！黄矿长边走边说：“一定要让工人有安全感，然后才能有自豪感。”真没想到，黄矿长竟然走得这么快，不一会儿我就气喘吁吁了，幸亏吃了几个炸糕，还有点儿底气，可三个月前扭伤过的脚又在隐隐作痛……正在担心的时候，一位不相识的老师傅递过来一根木棍：“同志，你不习惯，拿着吧。”巷道里深一脚浅一脚，它可帮了我大忙。棍子的上端磨得非常光滑，看样子老师傅用过很长时间，握着它好像心里有了依靠，滋生了一股力量。

在工作面割煤机旁，我见到了年轻的煤机手，黑黑的脸庞带着孩童似的神情，笑时露出一口整齐的白牙。听着哗哗的声响，看着滚滚的煤流，我情

在煤矿井下巷道

不自禁地说："真厉害！"他挥动着手臂大声地告诉我："可带劲儿了！"那神情充满着一种自豪感。小伙子拉着我说："看你们演出了，嘿嘿，票特别紧张，三个人一张，老师傅们让我代表他们去看的。"黄矿长立即将了我一军："听见了吧？你们要常来啊！"此时小刘秘书兴奋地告诉我：工人们感谢煤炭部领导的关怀，感谢文工团把文艺节目送到矿山来，昨天计划产煤五千四百吨，实际完成七千零九十吨！下矿演出竟然有这样大的吸引力，我们的慰问竟能起到这么大的作用。我的心头也像年轻的煤机手一样涌起一股自豪感，我学着小伙子的样子挥着手臂说："这样的演出，真带劲儿！"

原载《北京日报》1987 年 5 月 30 日

从“矿车旁的拉丁”到“水泥台上的芭蕾”

瞿弦和

拿着这两张演出照，想起前日小孙子的问话：“爷爷，你们为什么叫文工团啊？”是啊，这一诞生于革命战争年代的称谓，不仅是少年儿童，恐怕青年人中也有许多不解。文工团，全称是文艺工作团。在较早时期的文学、戏剧、音乐、舞蹈等都属文艺工作的范畴，组建的队伍就称文艺工作团，至今沿用文工团称谓的，大多是建团早、团史长、最贴近百姓的文艺团体。我们中国煤矿文工团 1947 年诞生在东北鸡西解放区，从那时起，面向矿山，服务矿工，深入基层至今已有六十五年了。

这两张相隔十年的演出照片很有代表性，都在四川，同在广旺矿区。一张是 2003 年在赵家坝井口演出；另一张是今年冒雨在唐家河矿广场演出。这是我们走基层的常规慰问，也是我们克服困难，将高雅艺术送到基层的真实写照。照片上两位拉丁舞演员杨国华、闫冬梅说，这是他们有生以来第一次在泥土地上跳拉丁，还要小心不被矿车的轨道绊倒。芭蕾舞演员毕业于北京舞蹈学院的孙梦婧说，跳芭蕾特别担心芭蕾鞋尖被水浸泡，而刚下过雨的水泥台上就是湿漉漉的。其实在这两处演出场地的节目是可以调换的，但是，演员们想的是，煤矿工人工作在偏僻的山里，看节目的机会少，看拉丁和芭蕾就更难了，只要有一点可能，就应满足矿工们的需要。

拿着这两张演出照，想起了煤矿工人对我们文工团的爱称：“不拿风镐的采煤队”。那是 20 世纪河北峰峰矿区的马书记亲切命名的。他说：“你们虽

矿车旁的拉丁双人舞

水泥台上演出《春天的芭蕾》

然没有直接下井挖煤，但只要你们一来，煤炭产量就上去了，安全生产更好了，你们就是不拿风镐的采煤队啊！”打开记忆之门，思绪如潮，我耳边又回荡着历代领导人的教诲——毛泽东主席说：“当矿工，真光荣！”周恩来总理说：“煤矿工人很辛苦，他们需要这个团。”江泽民同志亲笔为我团题词：“面向矿山，服务矿工。”胡锦涛同志在观看我团第一届“五一音乐会”时说：“文艺只有深深扎根于人民的沃土之中，只有同广大人民群众相结合，才有永恒的生命力，才能永葆青春。”

我想，走基层一定要始终如一，长年坚持，更要想方设法，尽心尽力，成为一朵永不凋谢的乌金花。

原载四川《广旺矿工报》2012 年 5 月 23 日

心里要真的有人民

瞿弦和

深夜，从演出一线乘夜航班赶到北京，参加了第十次文代会开幕式，现场聆听了习近平总书记的重要讲话。“胸中有大义，心里有人民，肩头有责任，笔下有乾坤”，时代对文艺工作者提出了更高的要求。

回想自己在中国煤矿文工团工作的经历，感慨万端。每当我们到达矿区，在矿山广场，在井下巷道，为煤矿工人演出时，完全不是一种艰苦感，而是一种幸福感。因为，我们为他们演出时，看到的是他们渴望的眼神，兴奋的面庞，激动的泪水，开心的笑容。我最喜欢朗诵的一首诗是，《煤啊，我的情人我的黑姑娘》，诗中这样写道：“你在我的眼眸里噼啪作响，你在我的灵魂中璀璨闪光，追寻你是一种理想，逼近你是一轮光芒。”在别人的世界里，姑娘代表的是爱情，但在这里，她的内涵是矿山，是祖国，是事业，是理想。

在巷道里，我和身着矿工服的煤矿工人，一起朗诵这首诗，轰隆隆的割煤机在为我们配乐，盏盏矿灯是我们的灯光，他们的掌声是对我们的肯定，他们含着泪水的眼睛，说明他们懂了，他们快乐了。我们这些为矿工服务的演员是他们的朋友，是兄弟，黑哥们儿！我们的歌颂，让他们为自己的工作而骄傲自豪，所以我们感到幸福，我们为他们服务一辈子，是从内心发出的两个字“情愿”。

我忘不了，在徐州矿务局庞庄矿的井下，一位素不相识的老矿工，递给了我一根磨得乌亮的木棍，说了一句让我一辈子都忘不了的话，“路不好走，

走向矿井井口

歌颂矿嫂的舞蹈《风中的树》剧照

拄着它，得劲儿。”我忘不了，我们的词作家曹勇、白云海在大同矿区深入生活，看到矿嫂宁肯抱着孩子，在风中站在屋外，也不愿打扰屋里睡觉的矿工。他们充满激情地写了一首歌颂矿工家属的词，“我骄傲，我是一棵树，一棵风情万种的相思树，风雨里，我是为你撑开的伞，冰雪里，我是给你烫酒的壶，一把青丝三千丈，缠绵的通向井口的每一条小路……”这首词至今在矿务局传唱。

回顾为煤矿工人服务的经历，使我对“一切优秀文艺工作者的艺术生命都源于人民，一切优秀文艺创作都为了人民”有了更深的体会。现在我已经73岁高龄了，但我仍然发挥着余热，在我所热爱的诗歌朗诵的舞台上，愉快地、努力地传承中华民族的优秀经典诗文。2016年，文化部（现文旅部）国家艺术基金第一次立项批准了诗歌朗诵这种形式

“重温经典”巡演

的全国巡演。这个任务激发了我们的热情，我们精选了古往今来的经典作品，其中不仅有《诗经》《楚辞》、汉赋、唐诗、宋词、元曲，也有中国近代和现代的优秀诗作，还加入了民乐以及戏曲的片段，我们力图表现“中华民族素有文化自信的气度，弘扬中华优秀传统文化”。

为了营造诗歌的意境，我们总会象征性地运用戏剧舞台的装置、布景道具，力图与诗的内容、作者的创作意图相吻合，并从视觉形象上引领观众很快进入诗文的情感中。我们在诗会的演出中，全程运用视频、音频，烘托环境，配合朗诵者表达情感，让朗诵者与听众，都能身临其境。越来越多的少年儿童也在诗会中出现，他们演唱《春眠不觉晓》，朗诵《少年中国说》。正是在这样的实践中，我们理解了“只有树立正确历史观，尊重历史，按照艺术规律呈现的艺术化历史，才能经得起历史的检验，才能立之当世，传之后人。”

“文艺工作者坚定文化自信，用文艺振奋民族精神。”我们正在努力实现这一目标。

原载《人民日报》2016年12月8日

我的血管里流淌着黄河水

瞿弦和

父亲酷爱音乐，给我起名叫“弦和”，因为姐姐叫“弦音”，他说“有音必有和”。

我没有学音乐，考入了中央戏剧学院表演系。但似乎是命运的安排，在中国煤矿文工团当了近30年的团长，却始终和音乐在一起。其中担任《黄河大合唱》的朗诵，是我艺术生涯中难忘的经历。

2019年5月23日，在延安文艺座谈会的节点，在革命圣地延安的宝

延安宝塔山下唱“黄河”

担任《黄河大合唱》朗诵近四十年

指挥家严良堃排练《黄河之水天上来》

塔山下，我荣幸参加了中央音乐学院延安音乐节。指挥家俞峰、中央音乐学院师生、各界朋友组成阶梯式的庞大阵容，站在这样的舞台上，真是感慨万千！

80 年前，黄河大合唱在延安首演时，第三段《黄河之水天上来》是由词作者光未然老师自己朗诵的，中华人民共和国成立后一直只演七段，唯独没有这段。直到 1985 年唱片社要出版全套《黄河大合唱》，指挥家严良堃、作曲家施万春带领我和我夫人张筠英一起研究朗诵词与音乐的配合，经反复推敲，并和中央乐团共同恢复了合唱的第三段《黄河之水天上来》。自 1986 年开始，《黄河大合唱》开始以完整的八段体演出。恢复演出后，词作家光未然老师专程到后台鼓励我，他紧紧握住我的手，含着眼泪说了三个字“谢谢你”，他多年的心愿终于实现了！此情此景，我终身难忘。忘不了 2005 年，纪念作曲家冼星海诞辰一百周年，我们在北京人民大会堂唱《黄河大合唱》；忘不了 2013 年光未然百年诞辰，我和钢琴、琵琶演绎，《黄河之水天上来》；忘不了今年 4 月 13 日《黄河大合唱》首演 80 周年纪念日，在延安鲁艺旧址广场我再次朗诵《黄河之水天上来》，第一次完成朗诵与三弦独奏的合作……

这次在延安，在朗诵第三段前播放了光未然朗诵《黄河之水天上来》的录音，全场静静地聆听空中飘荡的吟诵般的声音，仿佛光未然先生的在天之灵和我们同场演出，全场为之动容！

《黄河大合唱》是经典之作。它既有混声合唱，又有独唱、对唱；它不仅对乐团、合唱团有严格的要求，更要求朗诵者在八段朗诵中与音乐融为一体、准确把握节奏。第一段《黄河船夫曲》、第七段《保卫黄河》朗诵尾句结束，紧接着唱词开始，拖延了，与唱

延安鲁艺广场再现三弦与朗诵合作

词重叠，提前了，出现空白，失去气势，必须严丝合缝；而男女声独唱的第二段《黄河颂》、第六段《黄河怨》，朗诵尾句结束，恰好出现大提琴、单簧管的旋律，为独唱铺垫，是情感的引入。

在中央电视台“经典咏流传”《黄河大合唱》专辑中，我作为第三段恢复者和朗诵者讲述了第三段《黄河之水天上来》恢复后演出的盛况。有一次，我陪指挥家严良堃走出后台，一位海外华人对我们说：“这段以前没个听过，太感人了，每个华人，不管身在哪里，我们血管里流淌的不是血，而是黄河的水啊！”听到这句话，我哽咽了，因为它表达了我们共同的心声！

我每次参加《黄河大合唱》的演出，都充满激情，因为我有许多真实的感受。

我出生在印度尼西亚苏门答腊南榜，1950 年，未满 6 岁，随父母一起从新加坡回到祖国。我今年 75 岁了，是祖国的阳光雨露滋润着我的心田，是少先队、共青团、共产党哺育我成长。

我考入名校北京二中，永远忘不了总辅导员徐作森老师，他发现我这个归侨学生有文艺特长，从各方面培养我。在中央戏剧学院四年大学生活中，我和同学们一起，认真学习，到部队、到农村锻炼，参加社教，我加入了共青团。毕业时没有享受国家对归侨的照顾，而是响应国家号召，奔赴大西北，在青海省民族歌舞剧团、青海省话剧团工作了八年，跑遍青海省各个州县，为农牧民送去欢乐。

党和国家几代领导人教导文艺工作者，深入生活，扎根人民。1973 年，我又开始为煤矿工人服务，我始终没有离开基层，竖井、斜井、平巷、露天，我和工人们一起下井，我和团员们一起把文艺节目送到矿山、广场、井口、井下，这是磨炼，是奉献，是学习，更是对祖国的报答！我成了一名光荣的共产党员，无论在青海还是在矿区，我都会遇到默默无闻战斗在一线的归侨，青海民族歌舞团的歌唱家印尼归侨黄源影、山东枣庄山加林矿工程师港澳同胞苏德福、中国煤矿文工团指挥家马来西亚归侨黄东宁……他们的爱国之情、报国之志，始终在鞭策着我。

党和国家给予我很高的荣誉：全国政协委员、全国侨联常委、中央国家机关侨联副主席。北京侨联成立艺术团，又委派我任团长。1981 年艺术团在北展剧场演出新年晚会，廖承志同志上台接见归侨艺术家，与特立尼达和多巴哥归侨舞蹈家戴爱莲、马来西亚归侨歌唱家叶佩英等同声高唱《我爱你，中国》。情景感人！

在全国政协侨联界别的会议上，我能代表侨界参政议政，呈交提案，自豪的同时，倍感责任重大。

在《黄河之水天上来》的朗诵中，词作家光未然将黄河称之为“中国的大动脉，在它的周身奔流着民族的热血”，

我曾在三江源，在青海果洛、贵德、化隆，在甘肃兰州的黄河边伫立，也曾在宁夏石嘴山、山西临汾、河南三门峡、山东东营黄河边沉思，黄河水时清时浊，或急或缓，但它始终是奋勇向前，奔向远方，这正是我们伟大的民族精神。

我的名字反过来读，谐音是“和弦曲”，

《黄河大合唱》万众一心，正像朗诵词中写道：“响应我们伟大民族的胜利的凯歌”，让我们把 20 世纪华人音乐经典《黄河大合唱》世世代代传唱下去！

原载《人民日报》（海外版） 2019 年 5 月 13 日

关于政协委员参政议政的发言

瞿弦和

各位领导、各位朋友：

大家好！

应该先祝贺“假如我是委员”这个平台上线。有人会问：“你是老委员，你来干什么？”第一，我对人民政协有着特殊的感情。第二，北京卫视著名主持人李杨薇是我的好朋友，她让我来，我不敢不来。

我当了两届北京市政协委员，当了四届全国政协委员。我的体会是：政协委员，它的定位是参政议政、建言献策。作为政协委员，它不仅是一个荣誉，更主要的是责任。作为政协委员应该是一个热爱生活、关心国家大事、为老百姓着想的人。

每年的政协会议，委员们都可以提案。我有三个难忘的提案。

20 世纪 80 年代，在北京市政协我提出了一个关于“旧楼房改造”的提案。当时家用电器刚刚普及，每天晚上，当一座楼的居民们同时使用电器的时候，楼道里的保险就会短路。居民们就纷纷用更粗的保险丝自己安装，甚至用上铁丝，存在很大的隐患。我提出要加快旧楼房电路改造。北京市人民政府拨了专项资金，对大量的 6 层楼的居民楼进行了电力改造。第 2 年北京市政协把我这个提案列为优秀提案，给了我一个证书。

20 世纪 90 年代，在全国政协，针对全国下岗职工的问题，我提出了一个增设“四员”的提案，这“四员”包括得非常简单，就是交通协管员、

接受北京台记者采访

居民区的水电费收费员、车场管理员，还有电话接线员的，当然现在这已经过时了。

这个提案得到了各个有关方面的重视，民政部的副部长还专门接见过。

后来当我看到街头有身穿棕色制服的交通协管员的时候，我心里感到特别的欣慰。

跨入新世纪，我又提出了一个关于北京市交通堵塞的提案。我发现从景华北街到金桐西街，不允许左拐弯，所有车辆必须向右转弯，绕行很长的路程才可以左拐弯，增添了交通的堵塞。提出这个提案以后，朝阳区交通中队专门派人找到我，并且实际进行了考察，终于特设左拐弯车道，直到今天这条路从未堵塞。

我的感受是“假如我是委员”上线，是一个给政协提供更多倾听百姓呼声的渠道，同时也给青年们提供了一个了解政协、关心政协的窗口。

祝平台越办越好，谢谢。

在政协“假如我是委员”平台上线发布会上的发言

2019 年夏

打好“中国文化走出去”的品牌

瞿弦和

“中华文化走出去”这个战略是党的十七届六中全会上进一步明确，又再次强调的。实际上“中华文化走出去”很早就提出来了，而且这些年，一直在进行。

中华文化走出去，它包括的范围很广，比如举办各种展览，比如兴办华文学校，其中包括华文的艺术教育。

我们的出版，把中华文化的经典翻译成各种国家文字出版；我们的艺术演出走出国门、走向世界，这都属于中华文化走出去的范畴。应该说响应党的十七届六中全会吹响的号角，我们会有更多的形式、更多的办法走出去。

世界对中国现代文化了解得可能较少，古典文化在世界上占有一席之地，走出去有一定的优越条件。这个问题应该分几种情况说，世界有230多个国家和地区，对中国非常了解的、略有所知的和完全不了解的，可能有这么四种情况。非常了解的，像我们的周边国家，和我们多年来建立友好关系的国家，特别是亚洲地区国家，文化上是有千丝万缕的联系的。

还有一种就是比较了解的，虽然地处比较遥远，但是它本国的文化发展很好，各种信息也比较便利。

略知一二的就是有些国家好像听说过，一说中国艺术就是京剧，一说古典文学就知道孔子。

“仁者之歌”咏诵会海外演出广告

在人民大会堂前接受外国记者采访

还有就是根本不了解的。这四种情况的国家我都去过。比如那年文化部（现文旅部）派我们到加勒比海四国演出，访问当中有圭亚那。我们带了一台歌舞节目去，剧场条件一般，演出也并设有过多的宣传，但是它的总统、总理都来了，和当地群众、孩子们一块看演出，剧场的效果非常火爆，而且总统和总理上台接见演员、合影、发表讲话，表示对中国的友好，一再说通过这场演出了解了中国的文化，知道了中国文化的内涵。这些地方，你演出的内容，恐怕两者都不能偏废，既要有中国传统的东西，也要有现代的特色。

传统文化如何“走出去”？比如对孔子，我们在全世界可能有三百多个孔子学校，孔子学校讲的，有的国家的文字翻译可能还没有完全达到当地的需要。怎么样用艺术的形式来介绍孔子？我印象里面，山东曾经搞过一个话剧《孔子》，我们还有纪录片报道过。我们有一位舞蹈家叫李奇，也在创作一个孔子的大型舞剧。但是，要想让全世界了解的话，应该还有很多种办法，这里面就牵涉怎么“走出去”。最近中国文联搞了两场很有意义的活动，一场是感悟老子的《道德经》，叫“和韵天歌”咏诵会。集中了声乐、器乐、朗诵和舞蹈，很有意思的一台晚会，外国朋友看到，一定会有影响。

3 月 1 日，来参加两会之前，中国文联又搞了一个介绍孔子《论语》的咏诵会，名叫“仁者之歌”，非常有意思。

开场时先介绍：在 2500 年前，春秋时期，在鲁国的泗水河畔，一位老人坐在银杏树下设坛讲学和弟子们开始了关于家庭、关于人生、关于家国天下的讨论，它是儒家的一个重要的学说，这部学说产生了什么样的影响，在中国的思想文化上有什么地位，让我们一起走近这位老人。

这种介绍和后边的《论语》的原文诵读，感悟《论语》新创的歌曲，体现《论语》意境的舞蹈，再用中国的民族器乐在中间配合，非常精心的设计，高质量地把中国古典的文化送出去，这种“走出去”，是有效果的。

“中华文化走出去”一定要有质量，要有影响，要达到目的。我们走出去的方法很多，每年文化部（现文旅部）、中国文联、中国侨联、国务院侨办，包括各省市的有关机构，或者是演出公司，都在组织不同的团体到世界各地去。我觉得应该有一个针对性，有一个目的。筹备工作一定要仔细，一种就是到华人地区送欢乐，节日期间让当地的华人华侨感受到祖国的温暖和关怀，让他们了解祖国日新月异的改革开放的形势、变化；另外一种就要走入到它的高层社会、它的主要舞台，有影响的场合去演出，让世界各国的朋友们较全面地了解中华文化。

原载中国政协传媒网 2012 年 3 月 22 日

铃铛上的国家

瞿弦和

我喜爱这些流光溢彩的铃铛，小小的铃铛，透视着国家的人文历史。

我收藏世界各国的铃铛。儿子说“悦耳动听”，夫人说“赏心悦目”，我说“心悦神醒”。无论是形态各异的造型，还是曲折的收藏过程，每个铃铛都有说不尽的故事。望着近200个国家的3000多个铃铛，听着音质不同、余音不绝的铃声，我仿佛周游在大千世界。

铃铛的质地不同，有金银铜铁锡，有陶制、有烧瓷、有料器、有水晶、有木刻、有石雕；铃铛的用途各异，有门铃、有风铃、有手铃、有脚铃，还有颈铃；用于呼唤、制止、提醒、报时。但它无一不体现一个国家、一个民族的文化。

在铃铛上展示的建筑造型，是一个国家的象征，更是这个国家的骄傲。法国巴黎的埃菲尔铁塔、英国伦敦的大本钟、美国的自由女神像和费城的自由钟等都成为铃铛上栩栩如生的造型。看到这些铃铛上的建筑魅影，不用文字，你就自然知道，它代表着哪个国家，你就仿佛身临其境。

在铃铛上出现的国旗，更有着历史的内涵。每个国家的国旗，从结构、形象到颜色，都有故事。以北欧五国为例，丹麦、挪威、瑞典、芬兰、冰岛的国旗都是十字图案，其实都与丹麦有关。丹麦的国旗源于历史上转败为胜的隆达尼斯战役，战士们曾高呼：“抓住这面旗子就是胜利”，这面旗象征着丹麦人的力量。北欧其他四国国旗，虽旗面颜色分别为红、浅蓝、白和蓝色，

在意大利威尼斯商店挑选铃铛

但旗上的十字图案，都源于丹麦国旗，或因曾被丹麦统治过，或表示与丹麦的密切关系。有北欧五国带有国旗的铃铛并列在一起，就会使人浮想联翩。

奥林匹克的五环标志呈现在各奥运举办国的纪念铃铛上。有两个奥运铃铛使我印象深刻，因为它们的颜色是黑与白。也许是巧合，也许是制作者当年的心境，它有着浓郁的历史感！一个是1936年柏林奥运会的黑色铃，那个畸形的战争年代，德国的同盟国日本为它打造了带有五环的纯黑色铃铛；另一个是70年后的2006年意夫利都灵冬奥会，开幕式运动员入场时，运动员手持的带有五环的白色铃铛，一抹白色，象征着冰雪，更象征着纯洁高尚的体育精神——更快、更高、更强！

铃铛上有许多人物造型，它体现着一个国家的人文历史，它是社会进步的象征。美洲国家的铃铛中，不乏以哥伦布雕像为装饰的。五百多年前，哥伦布从西班牙出发经过七十昼夜的艰苦航行，终于登上巴哈马群岛。这是一个重大转折点，成为美洲大陆开发的新纪元，使西半球出现了与原印第安部落截然不同的新国家。所以，不仅巴哈马，包括美国在内的北美各个国家都有哥伦布形象的铃铛，它见证了哥伦布发现新大陆对社会发展的推动。

棕色、黄色、灰色的大小不一的小男孩光身叉腰撒尿的铃铛，形象逼真。这是比利时首都布鲁塞尔的标志性建筑，小男孩被称为“布鲁塞尔第一公民”，占领者撤离时想用炸药毁城，幸运的是这个小男孩夜出撒尿，浇灭了导火线，拯救了全城。

非洲埃及的铃铛中，有以埃及艳后为题的，但使人难忘的还是南非前总统曼德拉雕像的铃铛。凝望它，我不由默念起，前不久朗诵过的一首诗“你属于这片金色的土地，更属于全人类。你用血肉身躯，抵挡住了万千生命的脆弱，你用一双黑色的大手，保护着无数颗幼小的心灵。让我们轻声呼唤你的名字，让我们思索你的话语——没有抗争就没有和解，没有和解，就没有未来！”伟人已逝，精神永存。

国家的定义是“统治和管理的工具”，但它不是空洞的，它有具体的形象和风度，更具有一种精神。我喜爱这些流光溢彩的铃铛，小小的铃铛，透视着国家的人文历史，收藏的过程就是知识积累的过程，更是一种精神的陶冶。

原载人民日报社出版《国家人文历史》2014 年第 4 期

家中铃铛展柜

我爱侨联艺术团

瞿弦和

巍峨的万里长城呈现在舞台的天幕上，鲜艳的五星红旗迎风飘扬，在《我爱你，中国》（故事影片《海外赤子》主题歌）的歌声中，手持鲜花的归国华侨涌向舞台中央。祖国啊，您的儿女回到了您的怀抱，我们心潮澎湃，热泪盈眶……今年春节前夕，我们北京侨联艺术团连续四天在北京作建团演出，向首都各界观众献上了综合性歌舞《情深似海》，受到了首都一万多名归侨、侨眷和正在北京旅游的华侨、外籍华人的热烈欢迎。

半年过去了，在人民大会堂，在万年青宾馆，在北京饭店，在侨联举办的各项活动中，都留下了艺术团的足迹。团员们为归侨和侨眷表演舞蹈、魔术、独唱、独奏、朗诵，与港澳师生旅行团联欢，一起合唱《龙的传人》，一同跳中外民间舞。9 月 4 日，为了与北京市第八次归侨代表大会的代表们联欢，副团长、马来西亚归侨、著名歌唱家叶佩英从全国妇代会匆匆赶到开联欢会的宾馆为代表们演唱，侨眷、著名舞蹈家戴爱莲则带病参加演出。联欢会喜气洋洋，人人都说："这才是我们自己的艺术团！"

北京侨联艺术团是由首都十六个文艺单位中的归侨、侨眷组成的业余团体，目前有团员六十余人，印尼归侨、中央民族乐团负责人之一张敦为团长。艺术团没有固定的办公室，没有专用的排练场，但所有团员都有着饱满的爱国爱乡感情。为了发扬这种爱国主义精神，我们组织了这个业余艺术团体，愿将自己的艺术才能献给祖国，愿用自己的劳动为归侨、侨眷

主持侨联艺术团演出

服务，丰富他们的文化生活。

我们的演出不售票，我们的劳动不取报酬（有时北京市侨联发点夜餐补助）。经费由北京市侨联解决一部分，服装、灯光等设备靠各文艺团体支援。没有排练场，我们去借；没有专车接送，我们自己解决；平时没有时间排练和演出，我们就利用宝贵的星期天。大家服从指挥，积极性很高。这里的工作没有高低之分，著名歌唱家叶佩英也参加了《告别南洋》《我爱你，中国》等集体节目的演出。为了不断提高艺术水平，假日，歌唱演员们聚集在中国音乐学院举办基训汇报会，声乐教授钟伟等文艺界前辈当场指导。虚心的求教，有益的探讨，使艺术团业务建设有了良好的开端。

艺术团成立的时间很短，虽然活动方式、演出内容等还有待于进一步摸索和研究，但它毕竟是文艺舞台上的一枝新花。作为这个艺术团的一员，我相信，在北京市侨联的领导下，在各界的支持下，这朵新葩定会开放得更加绚丽夺目。

原载《工人日报》1983 年 9 月 11 日

“好拳怕乱捶”与“熟能生巧”

瞿弦和

本来今天上午我有别的会，但是就像别的报纸可以不看，《体育报》必看一样，今天这个会，是必须要参加的。

我是话剧演员。

话剧界有一批球迷。最难忘的就是1981年中国、科威特那场球。那天，我们这一看台简直可以叫文艺台了。我们这排有20多个我们团的演员，姜昆带着他们团的坐在前边，侯耀文在后边。工人体育场的几个头头李登棉、

与体坛世界冠军吴静钰、佟健合影

孙静都知道文艺界有这么一拨体育迷，所以一旦有体育比赛，都给留出票来。

一般我们话剧演员在舞台上是比较讲究发声方法的。晚上演一台戏，录一晚上音，嗓子也不见得哑，但是那天在体育场，很多人嗓子都哑了，为什么呢？就因为到了体育场看球，在那种气氛下，什么全忘了，也顾不上注意发声方法了，也不注意自己的形象了。到了体育场后，中国的语言的语调也就变得丰富了。比如一个字：“好”，咱们写起来是很简单一个“好”字，到了看球的时候这个“好”字可能就会有几种、十几种或者几十种的发声法了。比如咱们看中国队和外国队比赛的时候，中国队踢了一个好球，喊出的这个“好”是带拐弯的：好。看到对方赢的时候，咬牙切齿的，就是咱们走着瞧这个意思的“好”，是从牙缝里挤出个“好”。那天的球赛完后，我发现很多人嗓子都哑了，喊得太厉害了，这说明一种心情。

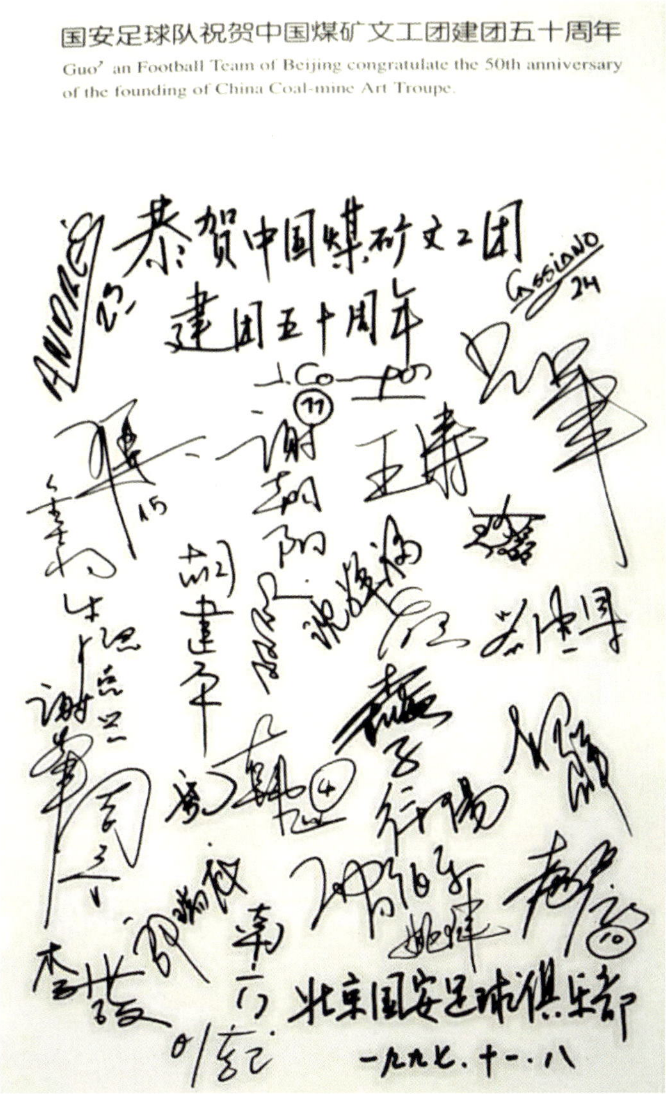

国安足球队员签名

我来开会之前，我们团很多球迷知道我要来参加这个会，说，你带去几条意见吧！我带来三点意见，都不见得对啊，仅供参考。第一点希望咱们的国家足球队有个相对的稳定。有时经常看到足球队员一会儿回各省比赛去了，一会儿几个人到国外去了。今天体育报登的“国家足球队面临缺员困难”。咱们中国有句俗话叫：“熟能生巧”。队员们能在一块配合的时间长一些，配合也就默契了，这球也就能踢得更好一点。老经常变动，是不是对水平有所影响？当然我们不反对国家多成立几个队，三个队、四个队的，把竞争机制引入到体育界来，这都可以的。但是作为国家队来讲，是不是相对稳定一点好。这是一个意见。

第二个意见，不论是到球场上去看，还是在家里看电视的比赛。无论是宋世雄解说也好，还是孙正平、刘向孚也好，谈到很多球场战术。可遗憾的是，在他们说的过程当中，球迷们往往看不出它是什么战术。就像刚才沈阳球迷协会两位主席讲的，一个可能球迷的水平要提高；另外一个，队员在体现教练意图上恐怕也不够鲜明。这个恐怕是跟训练等都是有关系的。有一次看球时我说：“怎么了，今儿个这个战术不鲜明啊！”旁边的一位说了：“今儿啊，这叫没战术的战术。”这倒也有道理。咱们在座的有会划拳的，喝酒猜拳，有句话叫：好拳怕乱捶，会划拳的人，老抓对方的拳，你爱出四，我就说个数老抓你的拳。越会划拳的，越怕那刚学划拳的人。他没规律，想出什么就出什么。但这也是一种战术，有时球赛采用没有战术的战术倒也可以。没有战术的战术也得教练统一布置，但我们球迷看球的时候，不管哪一级的比赛，战术的体现都觉得不够鲜明，这是第二点。

第三个意见，就是刚才张俊秀指导谈的那个。个人的基本功不过硬，所以个人的风格也就不够鲜明，不够独特。特别是咱们中国缺少技术突出的队员。往往过多地强调了集体配合。总之，现在在咱们国家队里非常缺少十分出色的队员。

我就谈着三点。这个是我们一拨球迷在我来之前让我提的几点意见，仅供参考。

原载《体育报》1988 年 5 月 4 日

我跟邮票的感情没法断

瞿弦和

一直觉得，我小时候的集邮经历，才是真正的集邮。从集邮中所得到的点点滴滴美好回忆，可以称得上是我人生最美的财富之一。我集邮是受母亲的影响。我出生在印尼，从新加坡回国，母亲在国外就很喜欢集邮，我从小耳濡目染，也爱上了方寸世界。记得 20 世纪 50 年代中期到 60 年代初期，我

个性化邮票

在北京二中上学，那时不仅收集各种信封上的盖销票，还交了两个外国的小邮友，一个苏联的，一个捷克的。我和他们经常书信往来，因为年龄相当，又有共同的兴趣，所以非常谈得来，这种通信关系保持了一段时间也间接地促进了我俄语水平的提高。想想那时候我都怎么集邮啊？一套邮票中如果缺了一张，我总会千方百计地去弄来；要是让朋友从外地寄来，信封上贴什么面值、图案的邮票，撕票时别把齿孔撕坏了，这我都要一一交代清楚，甚至让他投寄时直接去邮局找盖戳的人，请他把戳盖在邮票三分之一的角上。

那时候我对邮票真是酷爱，当时经济还很困难，我自己动手做邮票册，妈妈还在旁边帮我。记得那时北京邮友的聚集地在东安市场，我下学后经常跑过去，和邮友交换邮票，互通有无。有一回我拿一枚看着不起眼的邮票，换来非常漂亮的票，回家跟妈妈显摆，妈妈说：你太傻了，还不知道被换掉的是什么什么票！但她后来也没有再责备我。

我母亲留给我不少珍邮，有蓝军邮、黄军邮、紫军邮、“祖国山河一片红”、两枚大龙邮票和一些解放区票，还有不少民国邮票以及1950年回国前在东南亚收集的邮票，价值不菲，可惜全被盗了！

没关系，已经过去那么久了，那是1986年，我家里装修，装修工人见财起意，把我摞起来一米多高的集邮册都给卷走了。装修完工之后我才发觉。因为邮票丢失后没法挂失、没有保险，报失也无从查证，所以当时我连案都没报。后来这个小偷犯了别的事儿被警察抓到，他自己坦白说：对不起瞿老师，我在他家装修时把他的邮票给偷了！人虽然被抓到了，但邮票被他贱卖掉，永远也找不回来了。当时警察还把好几个空空的邮票册还给我，其中一些是女儿送给我的生日礼物，一些上面还有我妈妈写的字，看着伤心啊很多邮票都是我母亲的珍藏，我每年去给父母扫墓，都会在墓前向他们忏悔：很对不起，你们的邮票让我给弄丢了。

当年邮票丢失的时候，我简直就像被霜打似的万念俱灰。远在英国的儿子知道了，给我寄了个大本钟造型的铃铛，说爸你别不高兴，摇摇铃铛就解忧了。当时我夫人就说了：瞿弦和，我看你也该“清醒清醒”了，干脆就收藏铃铛吧！听了她的话，我反思了挺久。这个事虽然很偶然，但我也的确有责任，太大意了，家里装修，我因为忙于工作，只让岳母一个人看着，老人80多岁了，哪儿顾得过来啊？这件事让我更加意识到，作为一个儿子、丈夫、父亲，应当承担的家庭责任。

听说《集邮博览》要采访我，这两天我就把想说的话在脑子里过了一遍。我特别想讲三个让我记忆深刻的和集邮有关的故事。一是一个邮票欣赏文艺晚会，应该是1984年8月10日吧，名字叫“祖国颂”，由中华全国集邮联合会和北京市集邮协会举办的，在和平宾馆，由我和青艺的曹灿先生担任主持，有一百五十来名演员，这是首次将邮票和文艺巧妙地结合在一起的一个活动。在集邮才恢复不久的年代，举办这么一个晚会，有主题，有观赏性，趣味性，还有一定的文学性，很难得，因此我印象深刻。我和曹先生都属猴，曹先生比我大一轮，在晚会上我们介绍第一枚猴票，从设计、印刷、齿孔一直说到内涵，我开玩笑说，今天是一个老猴、一个大猴、一个小猴相遇了，台下笑声一片。这个很妙的缘分，我至今难忘。二是一部专讲集邮的电视系列片，叫《方寸世界》，由当时北京电视台的李立风担任导演，一共 18 集，我是主持人。为什么会有这个机缘呢？当时很多人喜欢集邮，但在实际操作中有点摸不着门，1993 年，北京市集邮协会和北京电视台有意联合拍个专题片，李立风知道我集邮，于是找上门来，我一听就说这太有意思了，我特别感兴趣。当时做这个节目侧重普及，讲了不少集邮的基本常识，比如贴片的制作，邮票魅力、中国早期邮票等等、播出后的反应反响相当不错。三是一个暂时还没有实现的心愿。在邮票丢失后，我曾考虑再捡回这个爱好。我原来集邮的方式是分类集邮，所藏庞杂，内容很多，比如动物类、植物类、人物类、交通工具类等等。我当时就想，我要再集邮，就要走专题集邮的路子，题目我都想好了，就叫《人间的普罗米修斯》，为什么叫这个题目呢？因为据我所知，乌克兰的顿巴斯、波兰的冬布洛瓦等大煤矿都出过邮票；而我又在煤矿文工团工作，经常到全国各地的煤矿，接触了不少矿工，我觉得他们太不容易了，用自己艰苦的劳作，换来了人间的光明，所以我要做集邮，首先就想到了他们这些人间的“火神”，只是我的工作实在太忙了，这个心愿，一拖再拖，始终未了，但我一直放不下。

主持电视专题片《方寸世界》

半生所藏丢了，对我是个很大的打击。虽然非常伤心，但说实话我跟邮票的感情没法断啊！下意识地、不知不觉地，还是在关注邮票。我经常出国，同行的人都知道，我准上当地的邮局，见到好的有纪念意义的邮票和明信片，除了自己留一套，还买来送给很多集邮的朋友。我们文工团里有不少人集邮，比如歌星胡月，她就是个明信片迷。我们煤矿文联还有一个邮票协会，每年都举办邮票展览和比赛，水平不低呀。

潜移默化的作用肯定是有的。集邮是一种知识的积累，跟看书、看电影电视一样。我这个人好琢磨，而邮票就能让你在方寸之间迅速展开联想，比如一枚邮票为什么会这么设计呀？图案有什么深意啊；而对一套邮票来说，我会想，它为什么要设计三枚而不是两枚呢？还有我很喜欢欧洲邮票，各国有各国的特色，比如捷克的雕版、圣马力诺的齿孔、摩纳哥的造型，都非常美，欣赏起来令人陶醉。中国的邮票，中国的邮票设计家中，我很喜欢卢天娇的作品。虽说隔行如隔山，但只要肯钻研，博采众长，就会触类旁通。举个例子吧，等下你到我们煤矿文工团一楼看看，那儿有一条我创意设计的“乌金路”，我在全国选了 90 座有代表性的煤矿，包括台湾的、西藏的、龙口海底的，把每个煤矿出产的一块煤收集起来，用标牌注明，铺成了这条特别的路。这个主意，得像我这样有点儿集邮经验的人才想得出来吧？

我希望集邮者能在集邮的方式、深度上有所建树，这样集邮的天地会更广阔。希望同行们能更加重视集邮的过程，不仅是拥有一枚邮票，更能从中得到享受。一枚邮票，你用一年时间才找到，要比一下子就买到有意思得多啊！

原载《集邮博览》2009 年第 7 期

温州，我可爱的家乡

瞿弦和

我喜爱收藏，包括邮票、铃铛、石头、手把件，也有演出的节目单，杂志报纸有关的报道，这是生活的情趣，还能唤起我的许多回忆。

改革开放40年了，我看着珍藏的厚厚的一摞《人民日报》《温州日报》《当代电视》“朗诵艺术画刊”——浮想联翩。

1998年6月，《人民日报》（海外版）一篇“没有到过温州的温州人”报道，描述的就是我。

我出生在印度尼西亚苏门答腊岛，之后从新加坡随父母回到祖国。我的父亲叫瞿良，是温州人，妈妈是嘉兴人。爸爸在温州有一个哥哥，两个姐姐，两个妹妹。1950年，我5岁时随父母直接回到北京，一直没有机会到温州。

在母亲祖籍嘉兴市

在温州永嘉演出

那时，温州不通火车，爸爸回温州探亲，都要从金华换乘汽车。温州在我的脑海中是那么遥远。爸爸讲温州话就像说外语，我缠着他教我说一句，他笑着说“玉茭没炸过”（温州没去过）。

金温铁路终于通车了，我们夫妻二人荣幸地应邀参加通车庆典文艺晚会，我在主持中大胆说出唯一学过的那句温州话，引发全场爆笑，因为太不准啦！但不管怎样，我第一次回到我的家乡。

温州很美，可父亲从没带我回去过，他没能赶上金温铁路开通，他也很少讲自己年轻时的故事。现在想起来，他真是很低调。他是参加过八一南昌起义、广州起义的温州人，又曾在宁波等地做过党的地下工作，有着难忘的革命经历，新中国成立后一直从事教育工作。

《温州日报》副总编辑瞿冬生特地找到我，他们认为这是温州人在创建新中国进程中的光荣，并在 2013 年 8 月 1 日的《温州日报》上首次介绍了我父亲的革命经历——《瞿良：参加南昌起义的温州人》，同时转载了父亲的遗作《忆八一》（原载 2007 年 8 月 3 日《人民日报》“大地副刊”），还刊登了我的文章——《写给父亲》，我很感动，告慰了父亲的在天之灵，我的心和温州贴得更近了。

改革开放促进了温州的发展，不仅在经济发展和城市建设上，更体现在精神文明建设和文化传承上，2008 年 11 月 8 日“辉煌 30 年——第二届世界温州人大会大型文艺晚会”在温州体育中心体育场隆重举行，晚会以各种文艺形式展示了温州人的勤劳、智慧、

参加温州雁荡山诗词朗诵大会

奋斗、团结的品格，向全世界树立了温州形象。我在演出中担任朗诵，诗中一句“连鸟都不飞的地方，都有温州人”至今难忘。

《当代电视》杂志 2009 年第 6 期刊登了温州电视台举办的“盛世华章”电视诗歌朗诵会，这台诗会不仅构思选材独特，而且充分发挥了电视手段，受到广泛赞誉并获奖。温州电视台、电台的主持人王丽、吴佩珍等在诗会中亮相，我们夫妻二人与影视界的艺术家丁建华、杜宁林等也朗诵了名篇名作。

一方水土养一方人，温州人杰地灵，历朝历代人才辈出，温州也是培养文艺人才的摇篮，民族唱法男高音歌唱家姜嘉锵、美声女高音歌唱家夏阳、通俗歌唱家白雪都是温州人。

舞蹈更是温州的强项，舞蹈家黄豆豆家喻户晓，我在中国煤矿文工团任职时接收的三位北京舞蹈学院优秀毕业生翁林婕、张悦、陈苾也是温州姑娘。

自豪吧，温州人。我今年已经 74 岁啦，看到那么多温州人驰骋在国家级文艺团体中真感到骄傲，中国歌剧舞剧院优秀打击乐女演奏家张晓灵、北京歌舞剧院女舞蹈家翁笑笑、瓯剧艺术研究院荣获中国戏剧最高奖梅花奖的方汝将，就连浙江省朗诵学会的秘书长谢贝妮也是咱们温州乐清人啊！

原载《温州日报》2018 年 9 月 5 日

青海，我的第二故乡

瞿弦和

1965年大学毕业，我这个中央戏剧学院表演系的毕业生从首都北京分配到青海省民族歌舞团，后到青海省话剧团工作。八年的经历，是我人生道路上难忘的岁月。是青海各族人民培养了我，在大西北的这片土地上，留下我太多的回忆，定格着许多珍贵的镜头。

人们说我去过的地方比青海人还多！是啊，八年间我随着省歌舞团，省话剧团几乎演遍了青海。玉树、果洛、海西、海南、海北、黄南，还有

在“青海剧场”前

在青海骑马赴牧区演出

74 岁重返青海湖

现在称为海东的农业区。那时的交通不发达，我们坐卡车，或骑马，到最南的扎多县（杂多），西到最难去的唐古拉山兵站。在草原上，在毡房前、在礼堂里都留下了我们的足迹，舞蹈、演唱、枪杆诗、独幕戏剧都受到了农牧民和干部、战士们的热烈欢迎。

人们说我比青海人还爱吃羊肉，的确，手抓、肉串儿、羊杂、尕面片、酥油茶、酸奶包括血肠我都爱吃。2013 年，我随中央电视台摄制组到西宁拍摄“故乡行”，在西宁东关吃早餐，两位回族老厨师特意跑出来跟我打招呼：你回来啦？我们记得你，那些年你就喜欢到这条街上吃甜醅儿、醪糟，没变啊！

人们说我对青海的感情挺深的！当然，我的青春时代在这里度过，在青海省民族歌舞团，我和各民族的演员一起跳过藏舞，演过话剧《昆仑战风雪》、歌剧《向阳川》；在青海省话剧团，我主演过话剧《艳阳天》《夜海战歌》《不平静的海滨》；创作过反映英雄门合的独幕剧《走到哪里哪里红》，该剧还被省京剧团、西宁豫剧团改编上演。青海给予了我表演艺术上的实践机会，为我艺术上的成长打下了坚实的基础。

我热爱青海，调回北京后，我多次回青参加演出，如“青海民族文化节”“贵德黄河文化节”“循化黄河强渡开幕式”；我还带领中国煤矿文工团赴青海大通煤矿、海西义煤慰问演出，在北京还参加了“青海新年音乐会”“抗震救灾晚会”等。因为青海是我的第二故乡，我愿为青海的发展贡献自己的力量。

原载青海人民出版社《青海，我的家园》2015 年 11 月

双目佳

瞿弦和

各位领导、各位专家、各位朋友：

大家好！

荣获首届“百佳电视艺术工作者”称号，我非常激动。

获奖的电视艺术工作者中有许多优秀的编剧、导演、栏目负责人和演员。主持人中只有两位，北京电视台的余声和来自产业文工团的我，说明

领奖后的喜悦

中国电视艺术家协会对基层群众文化的重视。

我真的没想到组委会让我代表获奖者发言。我想，组委会肯定是为难了，按姓氏笔画的名单看吧，每位获此殊荣的电视人都有代表性，都很出色，让谁发言呢？……这位正在剧组导戏，太忙；这位出访未归，不一定赶得上；这位每天晚上都演舞台剧……都看到最后了，姓氏笔画最多的是我，十八画，组委会拍板：就是他吧！

我又一想，组委会是有想法的，“瞿”字猛一看，上面是两个眼目的“目”字，下面像是才子佳人的“佳”字（其实是“隹”）——呵，双目佳！这正是我们电视摄像机的镜头，又是我们观察生活的眼睛。组委会是想要求我们所有电视艺术工作者，坚持深入生活，准确捕捉生活中的亮点，为人民服务，追求真善美。

那就让我们共同努力，在艺术实践中做到“双目佳”吧，谢谢大家！

在中国视协首届“百佳电视艺术工作者”颁奖典礼上的发言

1999 年 10 月

认 真

瞿弦和

舞蹈家陈爱莲对舞蹈事业的热爱和痴迷，众人皆知，获此殊荣，实至名归。

在座的舞蹈家协会冯双白书记在舞台上朗诵过长诗，还当过主持人。今天，我也跨界说说舞蹈。

我与陈爱莲多次合作，为她主持过在北京和香港举办的独舞晚会，和她跳过双人舞，哈哈，还有高难的托举动作呢！但此刻我想说的是陈爱莲的认真。

一个清晨，我和夫人张筠英去北京虎坊桥中国歌剧舞剧院旧址讲朗诵课，先去早点铺吃北京特色“炒肝包子”，出门后遇见陈爱莲匆匆走来，我们问她：“吃早餐？”“我刚练完功，一会儿给学

与舞蹈家陈爱莲共舞

生上课。”年逾七旬的她轻松地回答。我们老两口非常钦佩，她坚持练功，几十年如一日，对待事业的认真态度，才使她如此高龄仍主演舞剧《红楼梦》。

一次走台，文联春晚中的舞蹈段落，由舞蹈界老中青三代的艺术家共同完成，分配给每位舞蹈家表演的部分仅有几十秒。陈爱莲担任的是她的保留节目，太熟了，而且只用其中一小段，可以连排时再到场。可她却提前来走台，她对我说：“越短越难，要浓缩，舞台大小又不一样，必须认真准备。”

一次全国政协联欢演出，我们侨联界委员有一个小合唱的节目，侨联副主席何添发、唐闻生加上叶佩英、陈爱莲和我。为了增添色彩，陈爱莲邀我合作加一段双人舞，托举的动作不知练了多少遍，身轻如燕的她反复地说：“你怎么会那么吃力，方法不对啊，主力腿和腰用上劲，对了！”中央台录像地点在世纪剧院，化好了妆，在后台她又叫我认真复习，天哪，一遍又一遍。我求饶了：再练我就没劲儿啦！

一次审看我们中国煤矿文工团出访的舞蹈节目，上台与演员见面时，她特别走到她的学生、“陈爱莲舞蹈学校”毕业后加盟我团的女演员是佩华面前，严肃地问：“是因为我来，你格外认真吗？”是佩华是我团舞蹈队主力，担任的节目很多，没容她回答，陈爱莲直接说：“你们团经常到矿区，记住，每次给矿工演出都要这么认真！”

一次综艺节目，“陈爱莲舞蹈学校”的学生为集体朗诵伴舞，排练时，作为校长，她特意来到现场，学生们告诉她，何时出场，位置、调度都记住了。集体朗诵的演员尚未到场，陈爱莲说：“我不放心，音响师，你放一下背景音乐，瞿弦和，你代表朗诵演员把全诗读一遍，同学们跟一下！”

是啊，世界上怕就怕“认真”二字，而艺术家也必须认真。

在中国舞协“杰出贡献舞蹈家”颁奖典礼上的发言 2009 年

写在结婚四十年影像集《缘》中的感悟

张筠英　瞿弦和

童缘

缘分从童年就开始了，音乐和舞蹈是我们的兴趣，拍摄电影是筠英的机遇。特别是我们都曾代表全国少年儿童向毛泽东主席献花。每当看到这些照片，年过花甲的我们都有无穷的味，无限的感慨。

学缘

在北京市少年宫，我们是舞蹈组和戏剧组的第一批组员；在中学时代（北京二中、北京女十二中）我们都曾连续三年获得优良奖章，并获北京市教育局颁发的“银质奖章”；在报考大学时，我们的第一志愿都是中国科技大学，而又同时都被中央戏剧学院提前录取；在中戏我们是同班同学，一起练功，一起温课，一起演戏，一起毕业……说不完的故事。

姻缘

三代人都是瞿姓和张姓组成的家庭，弦和的妈妈姓张，夫人姓张，儿媳姓张，将来孙子瞿聪融也许会娶个张小姐呢！“家”是我们的港湾，是我们生命的源泉，

也是我们最放松、最幸福的地方。

影像集《缘》封面

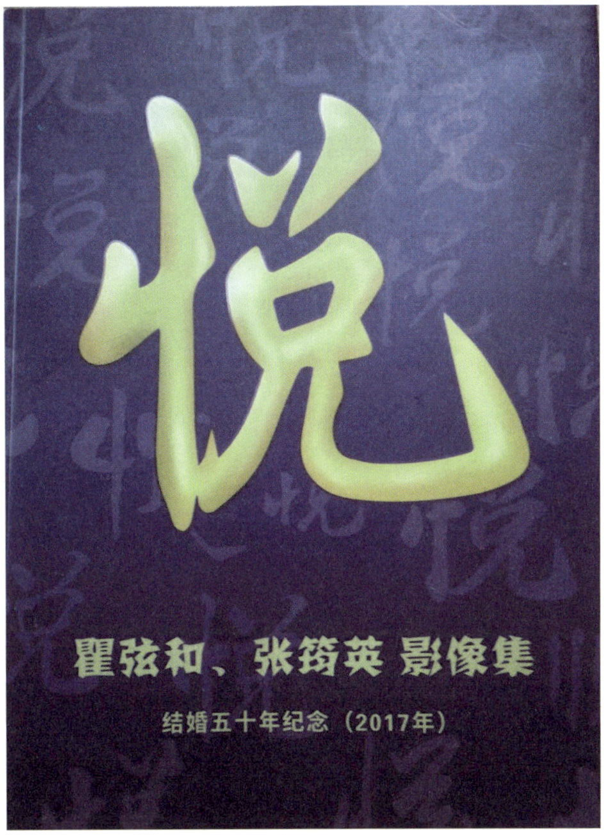

影像集《悦》封面

艺缘

“业精于勤”是我们的座右铭。从少年宫宫友、大学同班同学，直到现在，我们从事的艺术专业贯穿在家庭生活中。我们有机会同台演戏，对播小说，共同主持，配合朗诵；有机会一起讲课，一起评分，一起颁奖，我们的儿子、儿媳也活跃在影视界，生活中充满艺术的欢乐。

趣缘

我们俩的生活有十六字口诀：爱吃就吃，想睡就睡，能玩就玩，该忘就忘。我们爱海、爱马、爱车……我们爱吃、爱玩、爱闹……趣缘收集了我们的旅游、收藏及家庭生活照。

奇缘

家人的相貌、兴趣、爱好甚至于习惯动作、面部表情都惊人地相似，真是难以寻觅。

写在结婚五十年影像集《悦》中的感悟

写在前面

四十周年，
曾以“缘”为名
编辑了一本影像集，
十年过去了，
我们业精于勤，
快乐生活，
儿孙们认真学习，
快乐成长，
本集名“悦”。

英、和

快乐生活

生活生活，朝气蓬勃、欢乐活泼。这似乎是年轻人生活的写照，其实与年龄无关，而是一种生活态度。

谁的一生没有沟沟坎坎、没有遗憾？我们是深一脚浅一脚走过来的，但这过程，都是互相搀扶着、享受着，因而也是快乐的。

淡定、宽容、单纯、融洽，是我们生活的基本出发点。平平安安，健健康康，和和睦睦，我们就满足了。

中华好家风感言

今年是我们金婚50年纪念，半个世纪的日子漫长而短暂，快乐始终陪伴着我们。

快乐不等于不辛苦、不意味着不刻苦，不限于别人给予自己的爱，更在于给予别人所获得的快乐。

快乐来自于爱。爱父母，他们给了我们生命，让我们成长，对长辈的付出不仅是责任，更是感恩，更是依赖。小时候我们是不懂事的孩子，长大了，他们变成了“老小孩儿”。

对孩子的爱，自不必提，但我们先要做到的是把他们当作朋友，平等出发，一切都会顺理成章。

对朋友、对学生、对老人、对孩子所有的付出都应该是不求回报，这样不会有抱怨，不会有责备，而是欣慰、愉悦，其实，周围的人喜爱你、关心你、安慰你、围绕着你，这种快乐是想找都找不到的、想寻也寻不着的，这是一种无与伦比的、世界上最沁人心脾的快乐。

瞿弦和　张筠英

2017年3月23日

快乐事业

五十年来，我们不仅在舞台上一起演戏、一起朗诵，一起演小品、一起唱歌、一起跳舞，还一起深入生活、一起录音、一起当评委、一起拍摄诗集、一起创作剧本、一起导演、一起策划。对于一个演员来说，小时候多学一些，长大了都有用。

快乐追求

退休后，我们发挥余热，以中国诗歌学会名义成功申办“国家艺术基金”项目：“重温经典”朗诵巡演和“世纪诗人”专辑拍摄。

中央数字电视书画频道、中华文学基金会为我们提供实践的空间，电视诗会是我们喜欢的栏目。《朗诵画刊》是洛娃集团支持我们创办的交流刊物。

在我们的有生之年，我们策划的“世纪诗人”工程得到了文化部（现文旅部）和国家艺术基金的支持。

儿子说：“你们不嫌累吗？”我们说：“想留给后人一些东西。”儿子调侃地说：“你们留得还少吗？”我们说：“还不够。”这种拍摄成影像的诗歌太有意义了，虽辛苦，有难度，但其中创作的快乐是无法比拟的。

快乐调侃

弦和说筠英

“上大学同班，我就知道你聪明，从小学拉提琴、弹钢琴，能歌善舞……可没想到，你这么聪明。”

筠英涉及领域广泛，创作、导演、配音……而且得心应手。

筠英对译制片导演工作情有独钟，她接触了英、法、俄、德、西班牙语的大片，也有日语、泰语、波兰语，甚至阿尔巴尼亚语的故事片，她和她的团队不仅要求口型准，更追求把握人物鲜明的个性，获得观众和业内人士的肯定，她自己独有的音色，为日本连续剧《阿信》中的梳头师傅以及国内电视剧《西游记》中为观音菩萨配音都给观众留下深刻印象。

筠英说弦和

“你年龄大了，可在台上当主持人还有点风度，……你别得意，我说的度是肚子的肚，……我不是挖苦你，你就是喜欢舞台，参加演出是你最高兴的事！”

弦和可以说是酷爱舞台，酷爱朗诵，舞台上释放的激情，是他最享受的时刻。他年轻时选择了这个专业，真是太正确了，时至今日，还能保持舞台上的朝气活力，酷爱使他更加认真，刻苦，凡时间允许，他一律要求自己背下来。他多年主持国家级大型晚会。

快乐家庭

家庭就是一个小社会，夫妻间除了工作，更重要的是日常生活中与父母儿孙、亲戚朋友的相处。和谐的关系使人愉悦，精神的交流使人充实，吃喝玩乐更是儿女不可少的身体支撑与交流的手段。儿女长大了，各自独立，家庭稳定；孙辈成绩优秀，各有特长，逐步走向社会。欣慰的同时，我们更想起自己的长辈，他们的人生，他们的教导……

由“缘”到“悦”，五十年婚姻，爱无止境，儿女幸福，孙辈成长，其乐融融，这是最浪漫的事。

弦和说：“筠英心灵手巧。”筠英说：“心灵因为睿智，手巧因为勤劳。”

赠友

在中央电视台录制《艺术人生》

写给诗歌评论家张同吾：相会鲅鱼圈

瞿弦和

张同吾先生是中国诗歌学会创始人之一，艾青和臧克家两位诗坛泰斗是首届会长，同吾任秘书长主持日常工作，在他领导下多次举办大型诗歌朗诵音乐会和中小型朗诵活动，因此我和殷之光、曹灿、陈铎、石维坚、朱琳、凯丽、杨青等演员便与他相识并成了相熟的朋友，聚在一起时大家谈笑风生。在《篱笆·女人和狗》中饰“狗剩媳妇”的杜宁林与同吾相识较晚，2009 年 5 月在西安参加雷抒雁诗歌朗诵会时刚认识，不久后在北京参加另场演出时，他俩相见热烈拥抱。有人问你俩这么热情呀？同吾说是“一见如故”，宁林说

“鲅鱼圈”朗诵

是“一见钟情”。我们这些人在一起，就像年轻人那样充满活力。

我和同吾相处久了，感觉到他热情、随和且有很高的艺术鉴赏力。我朗诵诗最怕诗缺乏真情，而希望有鲜明的抒情性，有文化内涵和开阔的诗意空间，便于进行二度创作，增强艺术感染力。2005 年，为纪念世界反法西斯战争和抗日战争胜利 60 周年，同吾率领一些优秀诗人到太行山区武乡县采风，那里曾是八路军总部所在地。不久出版了诗集《拥抱太行》并举办了同名大型朗诵会。同吾撰写解说词，朱琳和杨立新主持：“这是个多么祥和的夏天，这是个多么宁静的夜晚，在祖国辽阔的大地上，每座城市和乡村，都点燃起和平的灯盏。然而时间不能消融记忆，让我们沿着时间之河，回溯历史云烟，怀着豪情回忆 60 年前欢庆胜利的那一天。”按同吾的选择和编排，我最先出场朗诵李瑛的诗：“这是个盛大的节日 / 这一天终于来临 / 让我们把钟声敲响 / 把酒杯举过头”，“让我们点起明烛 / 把鲜花献给他们”，“去告诉那些死去的生命 / 他们带走了我们的苦难”。他的诗是悲泪与喜泪的交融，诗的结尾写道：“这是盛大的节日 / 这一天终于来临 / 八年抗战我们没有哭泣 / 此刻，让我们抱在一起 / 任泪流满面放声大哭！”这时我已热泪滂沱，台下是掌声雷动泪光闪闪，央视播放时让许多人感动。我由衷钦佩大诗人李英创作出如此雄浑悲壮的诗篇，也感谢张同吾对我的信任。

2009 年举办《诗意华山》诗歌朗诵会时，同吾让我压轴出场朗诵李瑛长诗《我的中国》片段，他把时代精神和民族自豪感表现得畅快淋漓，朗诵 5 分钟赢得了 13 次掌声，只有优秀的诗篇才能感人肺腑引起共鸣。同年 12 月，我应邀前往营口鲅鱼圈这座依山傍海的新兴城市，朗诵同吾的诗《祝福明天》，但是我并不知道他本人也来到这里，他也不知道由谁朗诵他的作品，那天我踏着纷纷扬扬的大雪走进暖意融融的会客厅，正与高市长握手交谈时，有人在我后背击了一掌，回头一看竟是同吾，于是惊喜地热烈拥抱，然后我俩异口同声问高市长：“怎么把他请来了？”市长不解：“啥意思呀？”我俩同时答“难请呗”，又相互指责“瞎说！”当晚我朗诵他的诗，真是妙笔生花情酣如梦，他说鲅鱼圈是“城市以速度和高度回应四季 / 美丽和幸福的花朵覆盖了早晨”，“站在海滨倾听海的语言 / 怎样不怀念那位智者如圣的老人 / 他把一幅画托在手上 / 他把一个梦布满人间 / 无数星座在祖国大地上散落 / 其中就有渤海明珠鲅鱼圈”。就这样我与同吾在诗中交往，感到诗意融融，情意浓浓。

原载《北京晚报》2014 年 6 月 26 日

写给表演艺术家周正：轮椅上的最后一次创作

——忆周正老师

瞿弦和

周日，寒风，北京格外的冷。位于新街口的缤纷剧场正在举办第41期“星期朗诵会”。面对座无虚席的观众，我想起了多年来“星期朗诵会”的主要演员——87岁的北京人民艺术剧院的周正老师。三个小时前，我在北京东方医院向他做了最后的告别。走上舞台，我情不自禁地说：“生老病死，是大自然的规律，每个人都在自己的哭声中来到人世，在他人的哭声中告别人世，但我们不应用哭声，而应用掌声，向为朗诵艺术作出卓越贡献的周正老师致以崇高的敬意，告慰他的在天之灵！”掌声诚挚、持久、感人。

我最早见到周正老师，是20世纪50年代，喜爱文艺的父母带我到北京东华门的贞光剧场（今中国儿童艺术剧院剧场）观看北京人民艺术剧院演出的捷克名剧《仙笛》。剧中的男主角石万达是周正扮演的。我年龄小，对剧情一知半解，但却不停地对妈妈说：“这个演员的声音真好听，长得真好看，他的名字也好记，周正，周周正正呀！我长大了，也要像他一样，在舞台上演话剧！”

我很幸运，不仅成为话剧界的一员，还经常与周正老师一起参加朗诵会。他朗诵的高尔基的《海燕》、寓言《阿凡提的故事》、哲理诗《微笑》、小说片段《红岩》以及革命导师列宁的演讲词至今历历在目，记忆犹新。后来，我

看望周正老师

发现周正老师的身体状况发生了变化，走路吃力，上场速度变慢，手也开始抖动，但声音依旧浑厚，吐字仍然清晰，他也一直坚持参加各类朗诵会，坚持为培训班授课，还撰写了关于朗诵及表演的理论文章。

他年过八旬后，登台的机会更少了，2015年他患上严重的帕金森病，行动只能靠轮椅。这一年我们启动了“世纪诗人”影像工程，在展示名人名篇的同时，我们想把老艺术家的朗诵场景作为宝贵资料留给子孙后代。我们邀请周正老师朗诵诗人徐志摩的短诗《山中》，就在他家中拍摄。一进门两位老人坐在轮椅上迎接我们，真有一丝苍凉和酸楚。我对师母说，看见您，我就想起三十年前，在西四砖塔胡同的家里，您给我们做“拔丝苹果”，周正老师把凳子放在炉边，又把您搀扶过来，做好了，周正老师捧场，“这么长的丝，成功啦！”……听我说这事，师母不停地笑，仿佛又回到了当年的情景。那天，周正老师忍受着巨大的痛苦，坚持完成了录制，由于手抖动得太厉害，录音一直有“刷刷”的声音。周正老师说：“实在不行就别用，保证质量。”我们录了三遍，一次次感受着周正老师对朗诵艺术的热爱和追求。临别时，他对我说：“小瞿，我以后再也没有这样的机会啦，谢谢你啊！”当中央数字电视书画频道将要播出时，我想告诉他播出的时间，电话接通了，他女儿周梅却告诉我，父亲凌晨走了……

原载《北京青年报》2016年2月26日

写给播音艺术家夏青：追忆夏青老师

瞿弦和

第一次被夏青老师的声音打动，是43年前的事。当时我在中央戏剧学院表演系学习，兼做学院广播台的播音员。

广播台在学院南侧一座两层老式楼房的一楼，小小的房间却应有尽有，推开北侧的窗户，可以听到设置在全院各个角落的喇叭传出的声音。我清晰

在夏青文化艺术馆前

地记得有一天，中央人民广播电台在播送大文章，我习惯地打开窗户，夏青老师的声音从空中飘来，那么悦耳，语气又是那样的庄严，有一种特殊的感染力，表达着丰富的内涵。我凝神站在窗前，一动不动地倾听着。当时，我们的台词课上正在教授吐字归音这一单元，如何掌握好音素过渡，达到字正腔圆，正是我们学习的重点，而夏青老师的播音为我们树立了榜样。

第一次向夏青老师请教播音艺术，那是我和我的爱人张筠英朗诵的长诗《风流歌》播出之时。《风流歌》是在中央人民广播电台“文学之窗”栏目播出的，而“文学之窗”栏目的开始语是夏青老师录制的，他对这四个字进行了特殊处理，有意强调“窗”的第一声，读得飘逸和突出。我带着问号，找到了夏青老师。他笑着说：“你听出来了？”他说这个栏目里播出的都是古今中外的佳作，时间不长，但很有吸引力，这是一扇介绍文学作品的窗户，打开窗户，外面的世界很精彩！所以把“窗”字读得充满魅力。

第一次与夏青老师同台演出是1997年春节在北京音乐厅举办的古诗词朗诵演唱会上。当大家得知夏青老师因病走路困难时，我心想夏青老师一定不能来了，真是太遗憾了！但是随着全场的一阵骚动，我闻声从后台冲到侧台，只见葛兰老师推着夏青老师坐着的轮椅，镇定地向台上走去。此时，台上、台下一片掌声，观众的眼睛湿润了，我的泪水也挂到了脸上……

原载《中国广播》2004年9月期

写给台湾友人许伯夷：细微之处见真情

瞿弦和

初见许伯夷先生是在20世纪的1991年。中国话剧研究会举办第二届话剧金狮奖颁奖典礼。在主席台上我看见了一个陌生的面孔，他个头不高，未打领带，穿着朴实，格外精神。他笑嘻嘻地，不停地和话剧界的同人们打招呼，会议开始，经主持人介绍，我才知道他是来自台湾的作家、收藏家、社会活动家许伯夷先生。

话剧界那个时期非常艰难，热爱话剧事业的同人们，不计报酬，一直坚守在话剧舞台上。为振兴话剧，表彰全国各地优秀的话剧演员、导演、舞美设计、编剧，中国话剧研究会1989年创办了“话剧振兴奖”，对话剧事业的发展起到极大的推动作用，潜心创作、精心设计、刻苦排练、争评话剧振兴奖，成为全国专业话剧院团的热潮。然而，用什么造型来体现振兴，用什么名称更为合适？首届颁奖后却一直在讨论。徐伯夷先生闻讯后提出“醒狮”“雄狮”的意象，得到大家一致赞同。伯夷先生慷慨解囊，承担了所有奖杯的制作，漂亮的“话剧金狮奖杯”诞生了！

当第二届获奖者高举造型精美的“金狮奖杯”时，非常激动，把它看作是话剧界的最高荣誉。颁奖的时候，我们这些首届获奖者心中难免都有些遗憾和羡慕，心想第一届时可惜没有啊！这时，伯夷先生从座位上站起来，他从容地说，首届获奖者所有的奖杯，我已经补齐，今天都带到现场了！我们情不自禁地鼓起掌来，从此话剧的“振兴奖”也就更名为“金狮奖”。有经济

在台湾圆山大酒店前留影

实力的企业家很多，但是愿意资助处于困境的话剧事业的企业家却不多见啊！望着橱柜里的“金狮奖杯”，我就想起伯夷先生的话：“我不演话剧，但是我爱看话剧，话剧表现真实的社会生活，话剧蕴涵着很多社会哲理，话剧展示了普遍的社会现象，引人入胜，发人深省，我很想让更多的朋友看上话剧，爱上话剧。”

再见伯夷先生就是在台北和高雄了。我到台北参加黄河大合唱的演出，担任朗诵，我给伯夷先生去电，告诉他我在音乐厅演出的消息，他非常高兴，并说多次看过这个节目，印象深刻。但是今天晚上有其他安排，无法到剧场去欣赏演出，将在演出前赶到宾馆见面，果然他和夫人杨婷女士很快赶到了我下榻的宾馆。杨婷女士手里提着一个旅行包，郑重交我，我正在纳闷。伯夷先生说：“知道你夫人张筠英非常喜欢收藏石头，特别是天然的，我带了两块，你看看她会喜欢吗？”打开一看，哇！竟然是没有雕琢过的天然的琥珀，非常珍贵。真没想到，随便说过的一句话，伯夷先生竟然记在心里！

在高雄，我们参观了伯夷先生的博物馆，博物馆面积不大，却琳琅满目、品种繁多，各个不同时代、各式各样的收藏品，让人目不暇接。在博物馆二楼，看到各类服装，其中有不少戏剧服装，伯夷先生还亲自穿上，摆出戏剧造型，我们都禁不住笑起来。楼下的车库里还有高档的哈雷摩托车，青年演员纷纷骑上去摆拍——各种收藏品具有历史意义，又有收藏价值。

在杨婷老师的钢琴伴奏下，伯夷先生在博物馆内为我们表演了单杠上的体操动作，我们惊叹不已！伯夷先生多才多艺，他挥毫泼墨，一口气写了“弦和”两个大字特意送给我，至今我一直挂在房间里。

在高雄郊区的伯夷山庄的音乐厅，我们进行了中华诗词朗诵和表演，中华文化源远流长，节目中既有《诗经》《楚辞》、汉赋，又有唐诗、宋词、元曲、明清小说的片段，我们还带去了中国传统的相声和中国的民歌，演出效果非常好。伯夷先生还安排我们到台湾著名的成功大学进行联欢和交流，在会议室内，我们朗诵了中国的现代诗词，也演唱了现代的流行歌曲，师生们很感兴趣。成功大学的苏校长一直把我们送到学校的门口，还跟我们合影留念。近 30 年来，和许伯夷先生可以说是多次见面了，他经常参加各类公益活动，包括在北京举办的“许伯夷先生丝路画雨——伯夷先生的作品和藏品”；在山东举办的“许伯夷先生和他的世界”等大型活动。活动中对宝石的展示别具一格，不是放在橱柜里，而是镶嵌在模特的服装上。熠熠闪光的宝石，甚至超过现场表演的十八位女模特的风采！这些宝石均是伯夷先生的藏品。伯夷先生尊重关心德高望重的老艺术家，每次到北京都要安排时间去看望。我曾陪同他前后三次看望 90 多岁高龄的著名戏剧家胡可老师。不仅亲切问候，还搀扶老人上下台阶，真是细微之处见真情啊！

原载《许伯夷专辑》2019 年 11 月 23 日

写给摄影家哈斯：美丽的追求

瞿弦和

她是摄影师，作品中体现着美；她是歌唱演员，歌声里蕴含着美，就像她的名字一样——哈斯琪琪格，蒙语美丽的意思。

她是执着的，奔赴矿区，深入井下，捕捉矿工的美；她是刻苦的，寻找角度，把握节奏，记录艺术的美。

对美的追求永不停步。这部摄影集正是她的足迹。

原载哈斯琪琪格摄影作品选《乌金之光》2006 年 5 月 1 日

写给舞美设计师周海平

瞿弦和

1992年，我在文工团门口迎接中央戏剧学院舞台美术系毕业的高才生——周海平。别人介绍说“他在学院是学生会干部”，可一见面，我就愣了，“怎么会留大胡子？”后来我才在他的各类舞美设计作品中找到了缘由，他是一个追求装饰美和仪式感的人。

他的舞台设计，涉及话剧、音乐剧、音乐会和各类文艺晚会。每一次设计他都会把设计图和模型拿到我的面前征求意见。我会向他谈出我的理解和想象，他从不迎合，显得格外自信。而当我提出好的建议时，他会像孩子一样开心地笑，笑得连脸上的大胡子都抖动起来。

他所追求的装饰美体现在话剧“高山巨人”的仿皮背景幕、“马骏就义”的监狱窗、“军帽”的农家大炕、“好人丛飞”的金属支架的设计中。他选择的切入点不仅符合全剧的基调，还有强烈的预示感。而大型晚会“生命之歌”那棵铺满舞台的大树、大型晚会“在党旗上闪光”那座转动的巨型奖杯以及“五一音乐会”中那金碧辉煌的宫殿大厅和古香古色的中式大堂更是充满了使人产生希望的仪式感。我还非常欣赏他在访问非洲巡演中所使用的“松、竹、梅、兰”四大条幅，让外国朋友形象地了解到中国剪纸的风格。

他自己常说，他有吃苦耐劳的乌龟精神，我要说，他富有艺术家的灵感，他的精力像他的大胡子一样旺盛。

原载《周海平舞台美术设计》2007年春

写给古筝演奏家曹东扶：艺术的生命力

瞿弦和

我是个话剧演员，但在东扶先生百年诞辰之际，却情不自禁地提起笔来。

我是从古筝演奏家李汴那里知道的曹东扶，又仿佛从李汴的演奏中看到了曹东扶。我曾欣赏过不少古筝的演奏，总觉得李汴与众不同，音头强劲，情感激昂处颤音与余音的使用十分鲜明，揉弹间奏的技巧令人回味无穷。别人告诉我，这是中国古筝四大流派河南筝的典型特点。

艺术是需要个性的，而个性需要兼容众长并加以创研。李汴从其父曹东扶先生那里继承下来的正是这鲜明的独创性。这种独创性是东扶先生毕生的追求，他谦恭求教，博采众长，不断充实自己的技艺，终于形成独特的艺术风格。

东扶先生创造出的带有强劲音头的"摇指"，使我联想到话剧台词的吐字归音，想到了"咬住字头、拉开字腹、收好字尾"的音律，而咬住字头正是音素过渡的源起。东扶先生以"摇指"奏出了强劲的音头，是他对古筝曲深切体会的细腻处理，以此来带动全曲的情感展开和延伸。

摇指、游摇、大颤音、小颤音、速滑音……正是东扶先生的独创性，使传统的古筝艺术增添了仙灵旺盛的生命力。这种生命力正融化在李汴身上，体现在一位位古筝演奏员的弹指间，体现在一曲曲古筝作品的音韵中。

一个人如果有子女，那么子女就是他生命的延续。在东扶先生百年诞辰之际，期望他的女儿李汴青出于蓝而胜于蓝，不仅是自然生命更是艺术生命的延续和发展。

原载《曹东扶先生百年诞辰专辑有感》1998 年

写给老艺术家滕逸松：《滕逸松画集》前言

瞿弦和

我认识滕逸松，已是近四十年前的事情了。那时，我刚刚调入中国煤矿文工团，我有幸与她同台演出话剧，她给我的印象是一位有高度敬业精神和对艺术执着追求的演员。她经常随团深入矿区，为生产一线的矿工们演出。

时光荏苒，如白驹过隙，带走了青春，沉淀了年华，催生了华发。滕逸松离开她熟悉的工作岗位，开始了离休生活。满头银发的她仍然满怀一颗充满青春的心，70 岁以后开始研习国画创作，彰显了她对生活的热情和不断探索，充实提高自我的永不服输的品质。她所创作的书画作品，融汇了本人多年积累的艺术功底和对社会人生的深刻感悟，形成了特点鲜明的“一松国画”风格。

生活中，我也对寄情翰墨、写意书画抱有浓厚兴趣，也结交了许多书画界的朋友。虽然无法从专业角度对滕逸松的作品做出评价，但是欣赏过她的画作，感触很深：峭立岩石上的山野菊花；金黄饱满的鸭梨；硕果累累的葡萄藤；头顶黄花娇翠欲滴的丝瓜，还有成熟落地的南瓜；鲜艳的荔枝；沉甸甸的柿子等。她的画朴实写意，妙趣匠心独运，气韵浑然天成，每一笔都饱含对生活的真挚热爱。浓墨重彩之中，将作者独立、乐观、享受生活点滴之乐的美好气质和风雅情操，展现得淋漓尽致，令观者感同身受、为之钦佩动容。

祝愿滕逸松在中国书画的研习上不断取得进步，在追求艺术的道路上再创辉煌。

原载《滕逸松画集》2012 年 2 月

写给诗人贺启公：寄语

瞿弦和

他是诗人、导演，一颗赤诚的心；他是电视台的领导、大型文艺活动的组织者，一腔火热的情。

认识贺启公先生很久了，可朗诵他的作品却好像就在昨天。

他的作品都是心里话，真实、感人。《勿忘英雄》是他的代表作之一，也是清明时节我必读的佳作。文中一位扫墓人对先烈的崇敬之情，诠释着“不忘初心、牢记使命”的深刻内涵。

难忘的抗击疫情战役中，他的一首《敬礼钟南山院士》，道出了亿万人民的心声，关注度突破了一千万次，再次展示了诗歌的力量。

笔耕不辍，他始终没有放下手中的笔；言为心声，他永远停不下心中的歌。

原载《贺启公诗札》2020 年 6 月

写给晋剧表演艺术家水上漂：序

瞿弦和

艺术传记体现着艺术人生，凝聚着艺术家的艺术成果和艺术精神。《梨园大师水上漂》值得一读。

我从大师的女儿王巧兰那里得知水上漂的美誉，我也从王巧兰认真负责、一丝不苟的工作态度上看到了王玉山（水上漂）先生的影子。

祝贺此传记问世，愿大师献身艺术的精神鼓舞后人，愿晋剧艺术放射出奇光异彩。

原载《梨园大师水上漂》2005 年

写给演奏家尹国忠：序

瞿弦和

普及音乐教育是我国全面实行素质教育的重要组成部分。为使我们的音乐教育水准尽快赶上世界先进水平，当务之急是努力做好普及工作。

尹国忠先生在长期艺术实践中，总结出行之有效的单簧管教学课程，相信本书的出版，将为教育事业作出贡献。

原载《单簧管演奏——入门与提高实用教程》1999 年 11 月 16 日

写给配音艺术家孙悦斌：序

张筠英　瞿弦和

悦斌在我们眼里永远是个可爱的大男孩。他从小就是一个单纯、悟性好、执着并有着一副少有的天生的好嗓子的孩子。如今他在有声语言领域取得的成就，让我们为他骄傲。

人们常说：性格往往决定人的一生。看着他的著作，我们在思考：悦斌的单纯、悟性及执着与他今天的成就究竟有着怎样的关系呢？

当然，没有一个人生下来就是天才，他在学习配音的过程中有很多有趣的逸事至今令人难忘。

记得他第一次配音时，有段台词说了大概有几十遍，就是过不去，当时的录音设备还是模拟时代的 3/4 录音机，录音师刘红说："不能再录了，再这样录下去磁鼓就把磁带磨断了。"但是我们知道，对于一个刚刚接触配音的演员来说，这时候其实很关键，如果放弃了，那么他下一次就未必敢再站到话筒前来了，这样的一次经历有可能导致他在配音上的永远不自信。所以我们没有责备他，反而帮他分析这段台词想要表达的意思，并且用分段打点的方法，说好一句就保存一句，先让他从精神上放松下来，慢慢地让他从对口型技巧的恐惧中不知不觉地过渡到对角色的诠释上来，最后完成了整段录音，录完后他手心里都是冷汗。过了这一关之后，他的业务水平就突飞猛进了。

记得还有一次，他在话剧团担任一个小品的主角，导演在排练时一直夸奖他演得好、能获奖。但真正演出时，大幕拉开，悦斌开口的第一句台词就让导演差点儿背过气去：这个尕小子突然临时倒口，莫名其妙地说起了方言，让对手演员猝不及防、乐不可支，戏几乎演不下去了。

还有一次，他参加团里的集体朗诵，一组人先是在舞台上站好做一个群体造型，然后按分段顺序各司其词分别走到台前朗诵。由于没有充分准备，他提前一段便大步流星地走到台前准备接上一个演员的词，当他已经拉开架势准备接词时，突然耳边响起了另一位演员按正确顺序的词语声，此刻的他才意识到自己已经严重冒场了。

由于朗诵的题材是反映煤矿工人艰苦奋战的诗歌，于是在雄壮的乐曲和别人的朗诵声中，他只好无奈地、缓缓地，又必须带着情绪地，从舞台中央一步一步按照音乐的节奏退回原处，并还原了初始造型，没想到造型刚刚还原不到两秒钟又轮到他上去朗诵了。一台凝重悲愤的诗朗诵瞬间变成了"喜剧"。多亏是在彩排，舞台下面审查节目的领导及导演组的工作人员笑得肚皮都快破了。

他这样的趣事实在是太多了，所以我们说他就是个可爱的大男孩。记得一次台词课上布置了一篇自选作品的个人展示汇报，别的同学选的都是诗歌、散文的名篇，悦斌却选了译制片《第一滴血》当中男主角兰博在影片结尾处一大段声嘶力竭、激情澎湃的台词。我们知道，80 年代末热播的电影《第一滴血》中的男主角兰博是由上海译制片厂的乔榛配音的，我们很熟，但就悦斌当时的声音条件及语言功力来说，诠释这样一个作品还是勉为其难的。但是他非常投入，甚至每一个细节都尽量做到还原原配的风采，即便是在声音承载方面已远远超出他的承受能力的情况下，他也一丝不苟地坚持完成了下来。

与孙悦斌一起配音

当他得意地在课下问我们的意见时，回答是：“你要是再来一遍的话，恐怕你的嗓子就完蛋了！”

但是，通过这次练习也让我们真的看到了悦斌在配音方面执着的兴趣和潜质，所以接下来在我们指导的配音工作中安排他担任了墨西哥电视连续剧《野玫瑰》中男主角里加多的配音、英国电视连续剧《三个侦探》中主角干贝特的配音，以及美国电视连续剧《飞狼》等多部影视剧男主角的配音，他的配音得到了同行的赞扬。

当今天拿着他的这部著作《声音者》时，我们惊讶地发现这个大男孩的思想在不知不觉中已经非常成熟，已经成为一个肯思考、善观察、会总结的人。其实，一个单纯的人，他的生活包括他的艺术，才会自然而然地流露出“真诚”。只有“真诚”才是最能打动人的，只有“真诚”才能让观众、读者、学生感受到他内心的思想感情，与他共呼吸、同感动。他的悟性能使他产生无尽的想象力并具有独特的创造力，使他的艺术道路与众不同，使他的作品产生独特的且常人不及的艺术魅力。

悦斌的执着使他有一股锲而不舍、跬步前行的劲儿，他并不是那种一板一眼努力学习、傻用功的孩子，他常常表面上并不刻意要求自己什么，实际上却在思索、尝试、使暗劲。所以，在他的这本著作中，有实践，有理论，甚至有“秘籍”！不论是演戏、配音、朗诵还是担任中国传媒大学的客座教授，他都受到了一致的好评。他还多次应邀到国外参加演出，的确是一个在国内外都有影响力的声音者。我们认为，这一切源于他的性格，一个单纯、悟性好又肯刻苦努力的人，一定会成功，也一定能够成为一个有创造力的艺术家。

原载中国传媒大学出版社《声音者》2016 年 6 月

写给文化大院创办者刘士华：写在前面

瞿弦和

我是在演出中认识“快板刘”的，那是一场弘扬“人口文化”的文艺活动。舞台上四位小伙子围在一位老演员身边，熟练地挥动竹板，如数家珍地描述着百姓中的好人好事，老演员显然是他们的老师，把握着快板书的节奏和高潮。我情不自禁地为他们叫好，这既是个接地气的好节目，又彰显曲艺传统快板书的魅力！他们走到侧台，谦虚地征求我的意见，那位老演员满脸笑容地说“我叫刘士华，很高兴与您同台”，几个小伙子争着介绍“这是我们师傅，就是快板刘”！啊，朝阳区有名的文化大院，就是他办起来的。这是群众文化基地，是服务基层、宣传党的政策、培养文艺人才的场所。

我不止一次地到访过文化大院，它坐落在北京朝阳区郎各庄，一所普通的农家大院，整洁却颇具特色。民族风格的小影背墙、古色古香的花盆鱼缸、依房而建的小舞台、旋梯而上的楼上观众席都充满文化气息。荣誉室兼化妆室内挂满了深入生活创作的获奖快板书作品，中央、北京市、朝阳区各级领导都曾视察过这片精神文明的园地，给予高度评价。

国家艺术基金项目“世纪诗人”，选择这里拍摄，逢年过节的文化活动在这里举办，正如习近平主席对文艺工作者的要求，坚定文化自信，坚持服务人民，坚守艺术理想，不断地创新！

我为“文化大院”点赞，我为“快板刘”叫好！

原载《快板刘的艺术人生》2019 年夏

试　笔

参加中国文联书画展

独幕话剧《走到哪里哪里红》

编剧　瞿弦和

时　间：1965 年

地　点：河北省涞源县农村

人　物：

门　合	38 岁	解放军某部干部
门合母	58 岁	农村妇女
门合父	60 岁	大队干部
门合妹	26 岁	农村小学教师
二顺子	28 岁	青年社员

幕启，普通的农家小院。

左侧院门通向村间小路，远处的院墙上，可见醒目的“毛主席万岁”的标语。

院中摆放着炕桌，门合母坐在板凳上做针线活儿，门合父拿着信进院。

（剧本只剩首页）

该剧演出剧照

演出剧照：1969 年青海省话剧团青海剧场演出。

剧照说明“不忘革命传统　争取更大光荣”。

创作背景：

20 世纪 60 年代的 1967 年，解放军青海某部干部门合为掩护 27 名阶级兄弟，扑向防雹土火箭英勇牺牲，被命名为“无限忠于毛主席革命路线的好干部”，成为与雷锋、焦裕禄齐名的英雄。

青海省文艺界掀起宣传热潮，用各种文艺形式号召人们向英雄门合学习。

剧情简介：

门合回河北老家探亲，路上遇社员抢修透水的渠坝，他奋不顾身跳入水中抢险。一贯做好事不留名的英雄门合，悄然离开了现场。急于表达感激之情的青年社员二顺子，到大队干部（门合父亲）家里报告，却意外见到正在挑水的门合。

门合的舍己为人、父母讲述的苦大仇深的家史，感动了不安心在农村工作的妹妹。

剧名正是当年对英雄门合的赞誉“走到哪里哪里红”。

演职员表：

门　合——扮演者王德才（毕业于中央戏剧学院表演系）

门合母——扮演者钱永元（毕业于中央戏剧学院导演系）

门合父——扮演者何天龙（毕业于中央戏剧学院表演系）
门合妹——扮演者许素英（青海省话剧团演员）
二顺子——扮演者瞿弦和（毕业于中央戏剧学院表演系）

导演：周光辉（毕业于中央戏剧学院导演系）
舞美设计：洪兰航（毕业于中央戏剧学院舞美系）
青海省话剧团演出；青海省京剧团、西宁豫剧团改编演出。
演出地点：青海剧场、人民剧场、解放剧场。

独幕话剧《在站台上》

执笔：张筠英、赵之成

时　间：一九七四年春天

地　点：某火车站，站台和服务员学习室一角。

人　物：

陈　英　女　23岁　车站客运车间党支部书记　车站值班员
田新民　男　45岁　客运车间党支部委员　车站客运组长
张　明　女　20岁　党支委　团支书　车站客运服务员
何小建　男　19岁　团员　客运服务员
沈　玲　女　18岁　团员　客运服务员
徐　清　女　18岁　客运服务员
高　翔　男　20岁　客运服务员
黄树成　男　30岁　机械厂工人　黄爱华的叔叔
黄爱华　男　6岁　华侨的儿子
老大娘　女　50多岁　旅客
吴同志　男　30多岁　张庄车站值勤
孙守义　男　50岁　车站清扫组服务员
旅客若干

与主演之一郑建初在五七大学校门前合影

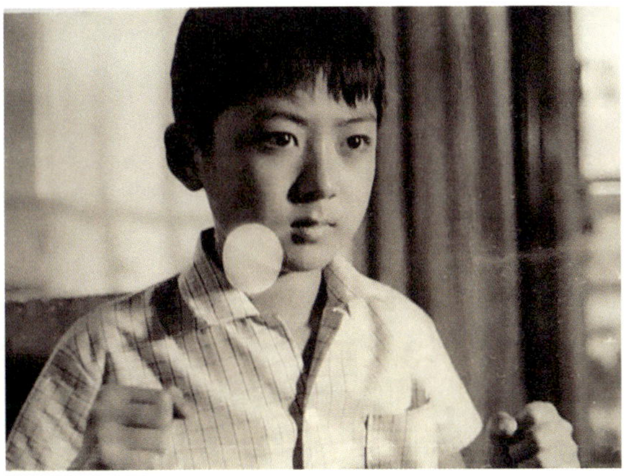

儿子瞿佳参加演出照

景　　明朗的晴空，洁白的云朵，大地回春，万物生长，室外的桃花盛开，显示出无限的生命力；学习室墙上的充满时代感的标语及服务组大批判专栏，显示了火热的斗争气氛，室内清洁整齐，当中有一长桌和几张椅子，桌上有毛主席著作，学习文件，电话机等，室左角放一长柜，站台上挂着醒目的大标语《无产阶级专政万岁》

〔大幕在广播音乐和革命歌曲声中启开，车站站台上（花坛前面）田师傅班组正在点名，有的组排队过场，边走边唱《工人志》雄赳赳气昂昂地走过场。

田　　（正在布置工作）同志们，毛主席教导我们说："抓革命，促生产"，刚才值班员陈英对大家讲了，我们要乘时代的强劲东风，把工作搞得更好，今天近郊业务量比较重，我们服务组要特别注意。越在繁忙的情况下，越要落实"四心"，对工农兵旅客要做到全面服务，重点照顾，保证旅客上下车的安全。同志们，现在开始战斗。

众服务员　（斗志昂扬地）是。

〔众分散进屋拿清扫工具，做准备。

张　　同志们别忘了，十点半给旅客唱革命样板戏。

徐　　陈英姐，你唱什么？

陈　　我唱《杜鹃山》选段。

何　　嘿，值班员带头，好！我来段《平原作战》。

沈　　我唱《一轮红日照胸间》，你呢？

徐　　我来段阿莲。

1

〔二人下。

张　小高，你今天一定要来一段。

高　你们女的唱，我凑什么热闹。

〔跑下。

张　唉，你这是什么态度。

陈　小张，你去了解一下，今天晚上批判会准备情况。

〔张明下。

何　陈师傅，这是我在批判会上的发言稿，你看行不行。

陈　好，我看看。

〔何下。

田　陈英，告诉你一个好消息。

陈　好消息？

田　昨天，我见到了机械厂的黄同志。

陈　噢，是小爱华的叔叔吧？爱华的小儿麻痹症治疗得怎么样啦？

田　他叔叔让我告诉你，爱华的病经过解放军医疗队的精心治疗，已经完全治好了，能够自己走路了，今天他爸爸回国来接他。

陈　已经治好了？半年前他爸爸送他回国治疗的时候，他还是两腿瘫痪，现在自己走路了，太好了，他爸爸今天见到他，不知道多高兴哪。

田　是呀，爱华的爸爸在国外资本家的橡胶园里做苦工，像他这样一个工人家的孩子得了病是根本不可能得到治疗的。

陈　田师傅，您说得对，只有在我们社会主义国家里，才能有这样的优越条件。

田　嗯，无产阶级“文化大革命”使祖国医疗卫生工作在毛主席革命路线指引下得到了大的发展，才会有这样的成果呀！

〔孙守义上。

2

孙　　陈值班员，田师傅。

陈　　孙守义，你有事吗？

孙　　昨天听了您的动员报告以后，我连夜写了一篇墙报稿，给您看看行不行？

陈　　好，我们看看。

孙　　好。我先去干活去了。

〔孙守义下。

田　　写的什么？咱们好好看看（接稿看）。

陈　　师傅，近有些风言风语的话冒出来，说“文化大革命”前车站工作井井有条，现在车站的新秩序……

田　　（接着说）是乱糟糟的。这些话我看是有来头。

陈　　这是散布的今不如昔的谬论。

田　　是呀，陈英，你臂上的三角牌虽小虽轻，可你肩上的重担却有千斤。你现在地位变了，会遇见你想不到的困难，遇事要多问几个为什么。

陈　　我记住了，师傅。

田　　我去组里检查一下生产情况。

〔电话铃响。

陈　　（接电话）是我呀，张书记，嗯……上级转来的孙守义的“上告信”，我就去！

〔陈英下。

〔高翔、张明先后扫地上。

〔高翔扫两下停下来，嘴里背着英语单词。

张　　（发现高）小高，你背站顺呐，不错，有进步。

高　　小张，你别讽刺人。

张　　谁讽刺你了，有进步就得肯定，来，你背背我听听。

3

高　　你要考我呀，我先考考你吧。

张　　好，考哪段线。

高　　你爱背哪段，背哪段。

张　　好，我背完，你就背。（一口气地背诵）：唐山、大冶、北戴河、秦皇岛、山海关、绥中、兴城、锦西、锦州、大虎山、新民、沈阳、本溪、桥头、草河口、凤凰城、五龙背、丹东（停一停）小高，该你啦！（高不语）你背呀！

高　　好，我背……good morning，good night，good evening，How are you，thank you，I'm sorry……

张　　（打断）行了，行了，你成天（学高念）古得，古得的，把自己快古得的离开地球了。

高　　（顽皮地）怎么，我不是站在地球上吗。

张　　不，你人在车站，心早飞了，我知道，你飞到国际列车上去了。

高　　算你猜对了，当国际列车员那当然好，离地三尺脚不沾泥，国内外大城市一转，多美。

张　　（压住火）小高，我们不能好高骛远，要热爱本职工作，你看值班员陈英同志，党叫干什么，她就干好什么！党叫她当装卸工，她干起活儿来不知苦和累；党叫她去售票，她"身在窗口，心想全世界"，两年售票60多万张，没出一点差错；党让她当服务员，她全心全意为旅客服务，利用业余时间，几天就把全国铁路的五大干线十条线路1044个站有顺序地背下来，这种精神，我们应该好好学习。

高　　你以为我背不下来，我有我的理想，我背的这个比站顺难得多。（拿出英文单字本）你看多少……

张　　（抢过来）说了半天你没听进去？

高　　哎，哎。你给我……

4

〔二人抢本，田师傅上。

田　干吗呐，你们两个人。

张　田师傅，你看，小高用工作时间学英文。

田　（接本，翻看后给小高）小高，最近又学了多少单字了？你给我说说“为人民服务”怎么念。

高　Serve the people.

田　那“螺丝钉”呢？

高　螺丝钉？田师傅，我没学这个。

田　应该学呀，最近我学了，螺丝钉是 Screw。

张　（赞叹地）嘿……

田　雷锋同志不是说过吗，要做一颗革命的螺丝钉，不管党把我放在哪里，我们就要在那里永不生锈。

高　（不语）

国　小高，你努力学英文，这股子劲头是好的，但是不要占工作时间学，更重要的是一定要有明确的政治方向和学习目的。（向二人）为中国人民和世界人民服务，我们都应该学习。

张　田师傅您说得对。

〔三人边说边下。

〔众旅客陆续上下车。

何　下车的旅客同志们，往东走是出站口，请拿出车票排好队检票出站。

黄　上车的旅客，带好东西，上二站台上车。

〔值班员陈英，英姿飒爽，朝气勃勃挑一扁担（内装书籍等物）上，旁一女知识青年边跟走边称谢。

女青　值班员，太谢谢你了，快放下，我自己来吧！……

〔陈不语继续担下。

5

〔医药公司营业员十分焦急地上，见沈玲。

营业员　同志，你们值班员在哪儿？

沈　干什么？

营业员　我有急事要找她研究。

沈　（向内喊）陈英师傅，你来，有人找你。（陈英上）

沈　这就是值班员陈英同志。

营业员　值班员同志，我是新华医药公司营业员，1109 工地打来电话，有一位严重烧伤病人，生命危急，在抢救当中，急需这种特效急救药，我们请求车站协助，把这种药品能在最短时间内送到。

陈　（思考）1109 工地……207 次下午两点十分才能到达……

营业员　那就太晚了，是不是能提前送到，……这位工人同志是响应党中央抓革命，促生产的号召，为了抢救国家财产，英勇负伤的……

陈　时间就是生命。现在只有 41 次直快十点路过 1109 工地……

沈　唉呀！ 41 次根本不在那停车，怎么办？

营　不停车？

陈　（果断地）这样办，马上向分局请示，41 次列车在 1109 工地，暂时停车一分钟。

营　太好了，太感谢了！

陈　同志，抢救阶级兄弟，这是我们共同的责任，我们保证送到，走。

〔三人急下。

〔黄爱华身穿新衣，手拿鲜花，欢快跑上。

爱　（向内）叔叔，快走呀。

黄　（上）爱华，你跑得真快。

6

爱　叔叔，陈阿姨在哪，你快带我去看她呀。

黄　好。好。

〔小高推水车上，遇爱华。

高　　这不是小爱华吗？

爱　　小高叔叔。

〔徐清上。

高　　（对徐）这就是小爱华。

爱　　阿姨，你帮我找陈阿姨。

徐　　（高兴地向内）陈英姐，小爱华来了。

〔陈英上。

陈　　小爱华。

爱　　（高喊着扑过去）陈阿姨！

〔陈英把孩子抱起来看着抚摸着。

陈　　爱华，阿姨看看你的腿（爱华跳下），好了吗？

爱　　好了，你看（跳跃）好啦！

陈　　爱华（抱在怀里）

黄　　你们看他身上哪有半年前病弱不能走路的样子。

爱　　叔叔，那天还是陈阿姨抱我出车站的呐。

黄　　是啊，（对徐）半年前，爱华他爸爸送他回国治病，当时孩子两腿瘫痪，不能走路，是陈英同志抱着他一直送出车站。我哥哥当时感动地说："祖国真是处处有亲人，毛主席领导得好！还是我们的祖国好啊！"陈英同志，我们还得好好地谢谢你！

陈　　这是我们应该做的，走，咱们屋里谈吧。

爱　　嗳。（先跑进屋）

〔二人跟随进去，高、徐随进屋。

陈　　（对叔）你看小爱华身体多健壮，走得多快呀。

7

黄　　这真是要感谢亲人解放军呐，为了治好这孩子，他们在自己身上扎千针万针，不肯在爱华身上随便扎一针，在这孩子身上他们花了多少心血呀。

爱　　解放军叔叔阿姨说：应该感谢共产党，感谢伟大领袖毛主席！

黄　　对，说得对，没有毛主席的革命路线，没有文化大革命就没有爱华你今天。（对陈）你看他身上哪有半年前病弱不能走动的影子。爱华，你给表演个节目吧。

爱　　好。（边说边表演）

青青小松树，
生长靠太阳。
战胜冰和雪
挺立在山岗。
我们小朋友，
成长全靠党。
胸怀革命志，
永远向前方。

〔众鼓掌，欢笑。

高　　小爱华真有两下子，来，上叔叔这儿来。

爱　　嗳。

陈　　小爱华，今天爸爸来接你的时候，你也给他表演一个节目。

爱　　那当然。

叔　　那他爸爸该多高兴。（电话铃响，徐清接电话）

徐　　陈师傅，你的电话。

黄　　陈英同志，你们工作忙，我们先去外边看看。

陈　　黄同志，离六次国际列车到达还有段时间，先到接待室休息会儿好吗？

8

黄　　好。

陈　　小高，你陪着小爱华他们去接待室先休息一下。

高　　好，走。

爱　　阿姨再见。

〔三人下，众人下。

〔孙守义上，发现黄等，注视。

陈　　（接电话）张书记吗，我是陈英，分局同意 41 次停车一分钟，好，我就去通知。

〔陈英出门，发现孙守义。

陈　　孙守义，你干什么呢？

孙　　我去保健站拿点药，最近血压有点不太正常。

陈　　噢，孙守义，你的墙报稿我们看了，其中很重要的内容是对待无产阶级“文化大革命”的态度。

孙　　噢，噢。

陈　　你在这个问题上是怎么想的，怎么做的？只有联系自己，才能批得深，才能有所进步。

孙　　对，对，那稿子我再改改。

陈　　好，你再仔细想想。

〔陈下。

孙　　好厉害的女支书（自思），难道我的“上告信”给打回来了……噢，怪不得昨天她动员反击翻案风，这矛头又是对我来的，“文化大革命”害得我好苦呀，陈英，今天我叫你……

〔高翔上，看英文单字，孙守义随上，进屋。

孙　　嘿，学这么多了，真不错。

高　　您来了，孙师傅，您有事吧？

孙　　没啥大事，来看看你。

9

高　　看我？

孙　　啊，小高，听说你最近又闹情绪，又不太安心咱们的服务工作……这可不应该呀！

高　　你这是听谁说的？

孙　　唉，别管他谁说的，小高，你可不要一听到议论心就飞了。

高　　什么议论？

孙　　最近不是刮起一股风吗，说你们新来的这批中学生是大门走对了，小门走错了。

高　　这话是什么意思？

孙　　这就是说咱们这铁路部门的工作是铁饭碗，大门走对了，小门嘛，就是指你们这当服务员的，成天抱着个扫把转，什么扫不完的地啦，受不完的气啦，你听听这都些什么话呀！

高　　（不语……）

孙　　小高，你可要安心的工作，不要像有的人那样，总觉得自己是堂堂男子汉，成天抱着个扫帚转，丢人现眼没出息，这不，一听说最近要推荐国际列车员，就都坐不住了。

高　　什么？推荐国际列车员？

孙　　啊，怎么，你还不知道？我还听说……唉，我这是跟你说，你可不要出去乱讲，我听说，你班推荐的是你……

高　　真的……你……这可太美了，怎么我一点都不知道。

孙　　那是不是有可能换人啦，要是错过这个机会可真是太可惜了。

高　　这事谁负责？

孙　　还不是对这事有决定权的人么？

高　　是她？不会吧？

孙　　好了，好了，别胡思乱想了。反正干什么得靠自己努力，你看，这是什么？（拿书）这是解放前的老教材，伦敦出版的，比现在的强，你看看吧！

10

高　　唉，太棒了，多少钱？

孙　　什么钱不钱的，你要有心学，你就拿去看。（签字）

高　　孙师傅，您这笔不错嘛，多滑溜。

孙　　你看看。

高　　什么牌的。

孙　　老牌派克，你喜欢，你先用着。

高　　我不用。

孙　　那这书就送给你，交个朋友吧！

高　　好。（看书）

孙　　你刚才上哪去了？

高　　送小爱华到休息室去了。

孙　　什么旅客？

高　　他爸爸是个华侨，今天来接他。

孙　　那么说，是第六次啰。

高　　可不是，不是六次，还是十六次。

〔火车长鸣。

孙　　就这么办，小高，你先看着吧，我先回去了。

高　　您走啊，有空来。

〔孙下。

〔广播声：同志们注意，256 次列车进第二站台。

〔旅客陆续下车，走出站台。

大娘上　（一位老大娘身背提包和包袱手提篮慢走上，迎面碰上小高，忙问。

大娘　　同志，我去济宁怎么倒车？

高　　集宁？你先坐车到北京，然后再倒车往北走。

11

大娘　　那我坐哪趟车啊？

高　　哪趟都行，现在你坐 32 次就行。（下）

大娘　　那我到哪换车呀？（不见人）唉，这个小同志。（寻人再问）

〔陈英上。

陈　　大娘您上哪去，您把车票给我看看。

大娘　　（边给票边说）我去济宁，到哪去换 32 次车呀。

陈　　大娘去济宁不能坐 32 次，那是往北走的，济宁在南边。

大娘　　啊，是你们一个小同志告诉我要坐 32 次到北京再倒车。

陈　　噢，那个小同志？

大娘　　就是刚才那个小伙子。（指小高）

陈　　大娘，（看表）一会您坐上 102 次到济南，再坐 55 次到兖州，然后倒乘 193 次，就到了济宁了。

大娘　　这回我明白了。（回身拿提包又忘）哟，坐多少次车，在哪儿下再倒车呀？（何小建上）

陈　　大娘，（边写向导条边说）条上我都写了，上车后，您找戴牌牌的服务员就行了，我送您上车去。

大娘　　不用，有这条我就放心了，你忙你的吧！

何　　值班员我去吧。

陈　　好，102 次还有 15 分钟就开车了，你带大娘去。

何　　大娘咱们走吧。

大娘　　谢谢你姑娘！

陈　　不用谢。（小建大娘下）（见小高上）

陈　　小高，刚才这位大娘去济宁，你怎么告诉她坐 32 次到北京再倒车，对吗？

高　　当然对，她去集宁，怎么不去北京倒车？

陈　　是集宁，还是济宁你听清楚了吗？

12

高　　我，那我可能听岔了。（二人边说边进屋）

陈　　小高，这一差就是几千里呀，你把方向指错了，你应该设身处地想一想，老大娘一人出门不认识路，这一差会给老人家带来极大困难，给工农兵造成多大损失呀，我们接待旅客要细心、热心，解答问题要耐心。

高　　咳，这些我知道，不就是我没听清吗。

陈　　你为什么没听清呢？

高　　（不语）成天尽这些小事，有什么意思。

陈　　小高！扫地、搞卫生、解答旅客询问，这些看起来是小事，可它们都关系到为广大工农兵服务的大事。

高　　我认为像开国际列车、当列车长，那才是为人民服务的大事。不仅为中国人民服务，还为世界人民服务。

陈　　难道我们的服务工作不也是连着五湖四海，连着国际风云嘛？它是平凡的工作，高尚的职业，光荣的岗位呀！我们每天扫地，搞卫生，为旅客服务，做着这些平凡的劳动，可是这些劳动闪烁着全心全意为人民服务的高尚思想……

高　　陈师傅，你说的我也清楚，整天干这个。（拿起笤帚）我的能力、知识能有什么用，怪不得人家说我们是“大门走对了，小门走错了”。

陈　　小高，你在思想上，不要放松警惕，不要上当呀。不要忘记在意识形态领域中还存在着激烈的阶级斗争呀。

高　　我明白，我自认为我还分得清好、坏话，不会上当。

陈　　小高，你把工作分成高低贵贱不同的等级，这不正是受了孔老二“唯上智与下愚不移”思想的毒害的结果吗？你有这种思想，无论干什么工作都是干不好的。

高　所以，你不推荐我当国际列车员，是吧。

13

陈　什么，国际列车员？

高　干不好，像这个（看手中的笤帚）我还不想干。（扔笤帚）

陈　（珍惜地拾起笤帚，心潮起伏）我们都是工人阶级的后代，我们的父辈为了夺取社会主义的今天，为了夺得这样劳动的权利，他们流血牺牲，前仆后继付出了多大的代价呀！这把普普通通的笤帚凝集着我们父辈英勇战斗的成果，这把普普通通的笤帚寄托着广大工农兵对我们新一代的期望！小高，你丢掉的不是一把笤帚，你丢掉的是我们为工农兵服务的工具；你丢掉的是我们和敌人进行战斗的武器；你丢掉的是“为人民服务”的无产阶级思想。你想想你要走向一条什么道路，你这样下去是危险的呀！

高　陈师傅，我……

陈　小高，你刚说的国际列车员是怎么回事。

高　那……

陈　小高，不要轻易听信别人的话，根本没有推荐国际列车员的事。

高　（沉思）

陈　好，你再想想，下班后，咱们再谈吧。

〔何小建随黄树成焦急地上。

何　哎呀，值班员同志，孩子丢了。

陈　什么，孩子丢了？你慢慢地说孩子是怎么丢的？

黄　我在休息室有事给单位打个电话，让爱华在那儿看画报，就一会儿工夫，等我回到休息室，人就没啦。你说，爱华能跑到哪儿去呢？

陈　您说的情况时间不长，孩子不会跑远的。您放心会找到的。（转身对何）快通知田师傅，组织人到各处去寻找孩子。（何跑下）（接电话）车站派出所值班室吗？谁呀，老王吗，我是陈英，有一个六岁叫黄爱华的男孩丢失，请你们帮助寻找，对，要找到或有人送来，请立即通知我们，好。

14

〔田师傅上。

田　　小陈，我已经布置了寻找工作，东西天桥和几个站台我看了都没有。

〔沈玲上。

沈　　候车室、售票处都没有。

田　　这孩子能跑到哪儿去呢？

陈　　孩子会不会误乘别的列车，离站了。

田　　对。

陈　　（看表，拨电话）计划室老刘吗，我是陈英，刚才在一站台，丢失一个六岁男孩，名叫黄爱华，特征：上身是米黄色毛衣，裤子是咖啡色的，圆脸大眼，一米二左右，我们初步分析，有可能误乘256次、30次、124次列车离站，请你通知这三条线路前方站，协助寻找。对。

〔高翔跑上。

高　　陈师傅，车站广场我都找遍了，没有孩子。

〔张明、何小建上。

张　　田师傅，车站附近各旅店都找了，没发现小爱华。

何　　百货商店楼上、楼下都没有。

〔徐清跑上。

徐　　陈英姐，食品店和饭馆都战了，就是没找见小爱华。

黄　　看把你们累得，歇会儿吧。

何　　您别着急，小爱华会找到的。

黄　　这个孩子，自从回到祖国，处处都觉得新鲜，看见什么都要问：这是什么，那是什么，尤其是病治好了，身体健壮了，他能下地自己走，就到处跑呀、跳呀，因为他可得到自由啦，他高兴呀。同志们，你们别担心，别着急，现在他不定在什么地方玩呢，我相信会找到的。

15

陈　　同志们，爱华的爷爷解放前被生活所迫，到国外谋生，在资本家的橡胶园做苦工。受尽了资本家的剥削，当他知道祖国解放了，就立即把小爱华的叔叔送回祖国来。小爱华得了小儿麻痹，发高烧，因为没有钱，不能及时治疗，双腿瘫痪，留下后遗症。后来他爸听说，祖国医疗卫生工作，在“文化大革命”中有了新的发展，就把爱华送回祖国治疗，解放军同志把爱华的病精心治好了。他爸爸就要来接他。同志们，我们要尽一切力量争取在6次特快进站之前，把爱华找回来。

〔小薛上。

薛　　陈英同志、张书记请黄同志去一下。

陈　　（对田）这样吧，我陪黄同志去一下。田师傅，你去另外调查一下情况，通知行装组、清扫组、售票组，各抽一至两人参加寻找，其余同志坚守岗位。

陈　　（对黄）咱们走吧。

〔田、黄二人下。

张　　陈师傅，刚才我们在找孩子时，就听有人说：“你看看，新官刚上任就丢孩子。”

沈　　我还听说“丢的是华侨的孩子，关系重大，这事值班员要负责任。”

张　　噢。

徐　　陈师傅，您看怎么办？

何　　这要找不回来，可怎么交代呀。

高、沈　　是呀？！

16

陈　　同志们，我们是不是冷静分析一下孩子有可能跑到哪儿去了呢？

张　　他也许随着下车旅客上了公共汽车进城去啦。

徐　　是不是跟着旅客过河到公园玩去了。

何　　孩子喜欢火车，会不会跑到机务段扒火车去了。

沈　　哎呀，扒火车，要是掉下来，可太危险了。

陈　　同志们，为了争取时间，抢在第6次特快进站之前，按照大家分析的地方，再去寻找，找的时候一定要细、要快。好，分头行动。

〔大家出屋。

高　　这孩子钻到哪去了，要再找不到怎么办？

何　　说的是，真急死人了。

徐　　要是真找不到，这可是个大事。

张　　同志们，别说了，时间紧，咱们赶快分头找吧。

〔众人下。

〔静场——一列火车鸣笛驶过，陈走近桌子。

陈　　（拨电话）车站派出所值班室，老王吗，怎么样？……目前没有下落……你们已通知各派出所协助寻找。好，谢谢你。（又拨电话）计划室老刘吗？前方站有回电吗？……噢……有消息，请立即通知我。（放电话）（窗外一列火车急驶而过，陈英遥望，此时心潮起伏思绪万千。

列车一辆一辆驶过站台，时间一秒一秒跑的这样快，离第六次进只有三十分钟了，可小爱华却没有一点音信，多么可爱的孩子啊，难道就这样的丢失了。要是孩子真的丢了，这可是件大事情啊，这是我们对党和人民的失职，对党交给的工作没有尽到责任哪。为什么这么短的时间孩子丢失得无影无踪？为什么偏偏丢失马上和父亲会面的小爱华？为什么丢失后流言蜚语立即滋生？毛主席教导我们："不要忘记党的基本路线，不要忘记无产阶级专政！"我要向样板戏中英雄人物方海珍学习，她说得多好啊："莫以为码头上无风无浪。上海港从来就是激烈的战场。"火车站也不是避风港，孩子绝不是偶然的丢失，这里头可能有政治阴谋，我要依靠党、依靠群众，把孩子找回来，一定把事情弄清楚。

17

〔田上。

田　　陈英，张书记接到张庄车站电话说孩子已经找到了……

陈　　情况我都知道了，张书记对新情况有什么指示？

田　　张书记指示，孩子虽然已经有了下落，但是陷害孩子的阶级敌人还没有抓到，要我们立即分析研究，抓住可疑线索，把这个破坏"文化大革命"成果的阶级敌人揪出来。

陈　　师傅，我们一定按照张书记的指示去做，阶级敌人向我们挑战，我们也决不能手软，要迎头痛击、狠狠打击敌人。

田　　对！

陈　　（递信）师傅，这是总支转下来的孙守义的“上告信”，你看看。

田　　（接信）我看看，这种人又在捣什么鬼。

〔张明、沈玲、徐清跑上。

张　　还是没找到？

何　　你说该怎么办？

沈　　真要命，眼看6次特快就要打点了，没找到孩子怎么会面呢？

陈　　同志们，告诉你们一个好消息，孩子找到了。

沈　　是么？在哪儿找到的？

田　　在256次列车上。

众　　现在在哪儿？

陈　　张庄车站的同志一会儿就把小爱华送回来，小清、小玲子，你们去通知，其他同志各就各位，坚守岗位，提高革命警惕性。找到孩子的消息暂时保密。

18

徐、沈　　保密？

田　　对。（耳语，二人同意，下）

陈　　来，同志们，咱们开个紧急党支委会，刚才张书记的电话提供了一个重要情况，孩子是在最后一节——第十三节车厢发现的，孩子说有人抱他上车去找爸爸，还教孩子要是火车开了，还没找着就跳下来。

田　　（对张）当孩子要跳车的时候，被列车员一把抱住了，才防止了死亡事故。

张　　（惊）这是有人要在车站搞一场破坏活动。

陈　　是的，阶级敌人是心狠手毒的。同志们，咱们把256次发车前后情况分析一下。

田　　从黄同志去打电话到256次开车这之间才几分钟。孩子就到了最后一节车厢，怎么通过又不被人发现，这是对站台环境熟悉的人。

张　　把孩子诱骗到最后一节车厢，叫孩子跳车这是了解挂车情况的人。

陈　　这就是说，干这事的人，一定是车站内部的人。

张　是内部的，那是谁呢？

田　这个人，一定是知道爱华父子会面一事，要不然不会在孩子身上下毒手。

张　这事，除了总支知道，我们班组知道外，还会有谁知道？

陈　（自己思考）黄同志来是小高先接待的，送黄同志去休息室是我让小高去的。

张　（一惊）什么，是小高干的？

陈　小张，小高同志我们了解。他虽然有些思想问题，可本质上是个好同志，他不会干这事。

张　我也觉得他不会的，那是谁呢？（静场）

陈　（继续思考）今天谁接近了小高？黄同志和爱华去接待室时，我在屋外遇见孙守义，他神气慌张，在干什么？

张　在256次开车前，孙守义找过小高，送给他这本英文书。

田　（指书看。田拿出信给张）小张，这是上级刚转下来的孙守义的所谓的"上告信"。信中对他严重政治历史问题、经济问题企图翻案，对"文化大革命"中审查他进行恶毒攻击。

田　从他仇恨社会主义新生事物的反动思想来看，他搞破坏活动是有可能的。

陈　师傅您说得对。我认为有必要对孙守义的活动情况做进一步的调查。

张　对，我去清打组，站台，调查一下这段时间孙守义的活动情况。

陈　我去找黄同志了解一下。

陈　我去找小高谈谈，让他和我们一起分析分析。好，咱们分头行动吧！

（三人分头下。）（张与黄、何走对面。）

张　黄同志，我正要去告诉您，孩子找到了。

黄　谢谢您。

张　是有坏人诱骗他上的火车。

何　（招呼）小张，张书记都告诉黄同志了。

张　那你们现在干什么去。

何　去接小爱华。

张　那你去接，我跟黄同志谈点事。（速下）

张　黄同志，你来车站除了我们组的同志以外还有什么人接触过您？

黄　就是刚才屋里的那些人。

19

张　　在接待室里呢？

黄　　接待室里……噢……

〔高边说边上。

高　　（气急）跳车？这家伙坏极了，这个家伙同小孩有什么仇呀？！

陈　　小高你想想，这仅仅是对小孩有仇吗？

高　　那是为什么？（有些不解）

陈　　这孩子今天是来干什么的？

高　　病治好了，他爸爸来接他，啊，是破坏会见。

陈　　对，妄想在车站造成流血事件，破坏我们国家政治声誉。

陈　　这不是一般事件，而是搞现行破坏的政治阴谋事件。

高　　啊，这是现行反革命分子干的。……这个敌人在哪儿呢？

陈　　小高，我们一起分析分析。

高　　好。

陈　　小高，从黄同志来车站之后，你有没有发现什么可疑迹象。

高　　（想）是我送黄同志去休息室的，路上没有碰见什么人！

（陈英把英语书推到高的面前）

高　　啊，这是孙守义送给我的书。

陈　　没跟你说什么？

高　　他……

陈　　小高，对孙守义的话，我们要用阶级斗争观点来分析，不要被他的所谓关心、爱护和庸俗的吹捧，搞昏头脑。

〔田师傅上。

田　　刚才我都调查了，在256次列车开车前后，孙守义没有在清扫组劳动，有人看见他在休息室附近和站台上活动。

陈　　哦。……这情况提供得很重要。（与田互相示意）

高　　怎么，是孙守义干的？

20

陈　小高，孙守义在 256 次列车开车前找你，问过会见的事了吗？

高　（猛醒）哎呀，他是问过爱华父子会见的事。

陈　你是怎么给他说的？

高　（回忆地）当时我正翻英文书，他问我是不是 6 次，我说不是 6 次，还是 16 次……，后来他还自言自语说了些什么，我没听见。

陈　那后来呢？

高　他就走了……

陈　（对田）这么说，他就走——了——

〔张明上。

张　刚才我和黄同志去清扫组证实，去接待室摸爱华情况的是孙守义。

高　师傅，难道真是他干的……

〔小玲领着张庄车站吴同志上。

玲　值班员，这是张庄车站吴同志。

陈　（与吴握手）感谢同志们大力协助。

吴　值班员同志，我受张庄车站客运党总支的委派，把爱华送回来了。

张　孩子呢？

玲　在张书记那儿。

吴　还有一件事，刚才向张书记汇报了，叫我先到这儿来。（从口袋里拿出一支钢笔）这是 256 次列车列车员在第十三节车厢抢救小爱华的地方捡到的，这个东西，送来研究，是否对破案能提供证据和线索。

陈　好极了。（接过钢笔）

高　这支钢笔我见过。（拿过钢笔仔细看）老牌派克……这笔是孙守义的。

21

陈　孙守义的？！小高，你没弄错吗？这可要准确啊。

高　没错，刚才孙守义就是用这支笔在英文书上写字的，他还说要送给我，我没要。

陈　同志们，据我们的调查研究，人证、物证具备，制造这场政治阴谋的阶级敌人就是孙守义。小建，你去把孙守义找来。

〔何小建下。

高　唉，我怎么就没看透他呢！就是这本英文书挡住了我的眼睛。

陈　不，是你受了资产阶级思想的影响，不安心本职工作，让阶级敌人钻了空子。

高　陈师傅，我的阶级斗争的观念太薄弱了，今天这件事使我认识到，我们的服务工作确实是连着五湖四海，联系着国际风云啊，我好高骛远，不安心本职工作，结果上了阶级敌人的当，陈师傅这个教训我一辈子也忘不了。

田　小高，吸取这个教训吧，今后要加强政治学习，只有用马列主义毛泽东思想武装头脑，才能辨别是非，分清敌友，更好地为人民服务啊！

陈　小高，你还记得中央首长来我们车站那一天吗？那一天中央首长来到我们车站，和我们坐在一起亲切地交谈，临别时，中央首长亲热地拉着我们的手，语重心长地嘱咐说："无产阶级的革命重担，已经落到你们工人阶级年青一代的肩上，希望你们要努力学习马列、毛主席的著作，牢记党的基本路线，在思想上筑起一道反修防修的钢铁长城。捍卫毛主席的革命路线、接好革命的班。"同志们，我们要永远牢记毛主席和中央首长对我们年青一代的期望啊。

高　陈师傅、田师傅，我记住了，看我今后的行动吧！

〔何小建上。

22

建　陈师傅，孙守义来了。

〔孙守义上。

孙　值班员，您找我？

陈　对。

孙　什么事？

陈　今天车站丢失了一个孩子，你知道吗？

孙　不知道。

陈　那在 256 次发车前，你到这里干什么？

孙　我，我来找小高。

高　　你是来找我，可是你找我干什么来了，你这个两面派，表面是人，背后是鬼，好话说尽，坏事做绝，今天，我算认识你了。

孙　　小高，你……

陈　　孙守义你认识这个吗？（举钢笔）

孙　　啊……

陈　　你没想到，在第十三节车厢留下了你犯罪的证据。

孙　　陈英，没有这样的事，你们这是诬蔑。

〔爱华内喊上。

陈　　爱华，你看看，认识他吗？

华　　阿姨，就是这个坏蛋，他让我上车找爸爸，还让我跳车。

众　　你有什么可说的？

陈　　孙守义，“文化大革命”查清了你的严重政治历史问题，落实党的政策，给你重新做人的机会，可你非但不感谢党、感谢人民对你的挽救。反而怀恨在心，你暗地里搞翻案，企图在车站制造政治阴谋，破坏祖国声誉，事实证明，你捣乱的结果，注定是失败的。把他带下去。

〔工人民兵把孙守义带下去。

23

黄　　陈英同志，太谢谢你们了。

陈　　不用谢，这是我们应该做的。

黄　　我一定学习你们这种高度的阶级斗争觉悟和全心全意为人民服务的精神！

〔广播声，同志们，第六次特快进第一站台。

陈　　同志们，准备接车。

〔众列队。

陈　　让我们团结起来，沿着马列主义、毛泽东思想指引的革命路线前进！前进！

〔音乐起，落幕。

中央五七艺大戏剧学院表演系

一九七五年四月二十四日

十集电视连续剧《圈套与花环》

原著：苏群

改编：叶咏梅　张筠英

作词：叶咏梅

电视剧宣传照

这里是一幅丰富多彩的生活画卷。

这里有两条奇特交错的人生道路。

这里的男女主人公们，都有过风华正茂的时光，都有过各自的希望和追求，也都有过各自的血泪和欢笑：那是两个年轻人偶然相识，荒唐结合，而又旋即离异，分道扬镳。

这里有阴谋的爱情，苦涩的泪滴，正义的奉献，贪婪的野心，恶毒的圈套，迷人的

与原作者苏群合影

花环。这一切，天作之合乎？人作之合乎？悠悠几十年，优劣可明鉴。

这里有曲折的故事，生动的情节，鲜明的形象，流畅的文笔。读者观众可以从中领略气象万千的人生。

（原书内容提要）

时　间：1948 年春—1986 年初

人　物：

邝春华　女　矿山小学教师　18—66 岁
张大元　男　矿山副矿长（邝春华丈夫）　31—60 岁
冯得章　男　北市文化局局长（邝春华前夫）　23—59 岁
邝　缨　女　外科医生（邝春华之女）　出生到 37 岁
宋　堤　男　工程师提拔为南市市长（邝春华女婿）　10—43 岁
梁玉娘　女　当过艺人的村妇（冯得章之母）（有年轻时的回忆）　40—58 岁
邝　父　男　厨师（邝春华之父）　40 多岁
邝　母　女　家庭妇女（邝春华之母）　40 岁
邝春光　男　南市工业厅厅长（邝春华哥哥）　20—57 岁

韦淑群　　女　机关干部（邝春华嫂子）30 岁
小天使　　女　邝春光之女　6 岁
叶春普　　男　军分区司令员（冯得章岳父）40—70 岁
赵　静　　女　军分区办公室主任（冯得章岳母）40—60 岁
叶玉琳　　女　图书馆管理员（冯得章妻子）20—50 岁
小龙、小虎　　冯得章的两个儿子
警卫员　　保姆
温玉华　　男　原北市文化局局长（叶春普老战友）40—60 岁
宋传勤　　男　文化局办公室主任　20—50 岁
廖　沙　　男　文化局秘书室主任　30—57 岁
林　聪　　男　北市作家　30—56 岁
汪月芬　　女　北市话剧团演员（林聪妻子）20—50 岁
李老头　　男　北市文化局传达室　60 多岁
霍大梅　　女　矿山小学校长　30—60 多岁
杜建才　　男　矿山党委书记　30—60 多岁
王老头　　男　矿山小学传达室　50 多岁
大队长　　男　大冯庄大队长（邝春华学生，复员军人）30 多岁
李　贵　　男　小冯庄生产队长　20 岁
李　母　　女　村妇李贵之母　40 岁
李小娟　　女　中学教师　邝春华学生　26 岁
王黎生　　男　出版社编辑　李小娟丈夫　28 岁
刘文英　　女　小学教师　邝春华学生　25 岁
张　维　　男　国家篮球队　邝春华学生　27 岁
王慧珠　　女　舞蹈学校　邝春华学生　25 岁
周　浩　　男　书法协会　邝春华学生　27 岁
王　述　　男　省文化厅厅长　50 多岁
代理厅长　男　省文化厅代理厅长　近 50 岁
毛　娅　　女　汇演领导小组副组长　30 多岁
副省长　　男　50 多岁
胡秘书　　男　省文化厅秘书　20 多岁
于秘书　　男　省委办公室秘书　30 多岁
王玉霞　　女　话剧团青年演员　22 岁

第一集

［（1）1948 年的古城开封，早春，解放前夕。傍晚。］

古城的建筑物铁塔，在傍晚的太阳余晖下显得很沉闷，街上岗哨较多，行人稀少。

两个学生模样的男青年从远处走来，他们是邝春光、冯得章。

他们两人边走边谈，冯得章提着自己简单的行李。

在他们路过的街面上，店铺都已关门。住户大门紧闭，偶尔有一两个小贩在叫卖，或有黄包车驶过。

两人拐进一条小巷，巷口有两三个摊位，摊前有很少几个行人在买东西，或坐在板凳上吃馄饨。

［（2）1948 年，开封小巷，入夜。］

春华的哥哥邝春光领着冯得章，拿着一个小行李卷从街上走进一个馄饨摊前。

他们遇到邝春华的母亲正在街上卖馄饨，馄饨摊前有两三个人在吃着。

邝春光　妈，这是我跟您说过的冯得章同学，他今天就搬咱们这儿住了。

冯得章　伯母，您好！给您添麻烦了。

邝　母　好，好。（对邝春光）你先领他进去吧，我一会儿就回去。

邝春光　爸爸回来了吗？

邝　母　你爸爸的那家大金台旅社，这两天挺红火，天天晚上宴会不断。你爸爸是大掌柜的，能回来吗？唉，春华在，钥匙在她那儿。

1

［（3）春华家，小四合院。］

两个人走进大门，来到春华屋门前，敲木制隔扇门，春光叫着：春华，有客人来了。

邝春华正在书桌前看书，听到叫声，忙把一本书藏起来。

春　华　（开门）哥，你回来了。（看到还有另外一个小伙子，有点不知所措。）

春　光　这就是冯得章，他比我大两岁，你就叫他冯大哥吧！

冯得章　不，不，我虽长春光两岁，年级却比他低二年，他是我师兄，就叫我二哥吧！

春　光　他从外地来，咱们正好空着一间屋，他就来住了。

冯得章　春光各方面都照顾我，我们又谈得来，春华小妹，今后我们是一家人了，有什么事尽管说，我一定尽力。

春　华　走吧，去安排一下住房吧。

冯得章　谢谢小妹！

冯得章　谢谢小妹！说完走上前来，伸出手跟春华握了握手。很久不撒开。眼光在盯着春华。春华不好意思先走了出去。

随后想起了什么，又跑回小屋，把刚才藏起来的小书还给春光。

春　华　我看完了，你收好吧！

春光与冯得章看着她跑出去的身影，会心地笑了。

［（4）春华家小院内，早春。］

院中，阳光明媚，杏子刚刚有些成熟。春华在树下转着，在挑选着摘哪一个，熟的太高，蹦蹦跳跳摘不着。自己在生气，憋得脸红彤彤的。

2

冯得章从外面回来，看见春华没有直接进来，而是躲在二门边偷看着，等着春华站在凳子上够来够去要掉下来时，冯得章三步并作两步冲过来扶住了她。恰在这时，被屋内的邝母看到。

冯得章摘了几个杏子下来，两个人边吃边聊着。

冯得章　小妹，没去上课？

春　华　我们也停课了。你去学校做什么？

冯得章　唉，我去看看有没有我的信，又没有。这儿没有我的挂号信吗？

春　华　没有，你的信不是一向寄到学校吗？

冯得章　家里知道我在开封的情况，很感谢伯父伯母的关照。上次来信说要寄点钱来，叫我置办一些酒菜谢谢全家，不知怎么还没寄到？

春　华　我去问问妈妈。妈！（邝母走出屋，恰好邝父从外面回来，胖胖的样子）

邝　父　你们正商量什么？

春　华　得章二哥说，等他家里的钱寄来，要请咱全家吃饭。

邝　父　唉，咱爷儿俩要想坐到一块喝几杯还不容易，等哪天我来炒几个菜。

邝　母　你算了吧，我可不敢劳你的大驾，在家你连盘白菜都炒不好，咱们家的油倒让你费去大半瓶。

邝　父　我这个大师傅，一回家连二师傅都当不成了，不让我炒，吃现成的更好，菜由我买了，酒归我去打，剩下的就看你们母女俩了。

邝　母　只要你吃的时候不评头品足的，炒一百个菜我都乐意。

3

［（5）几天以后的夜晚，厨房。］

春华正在厨房洗碗，烧开水。

［（6）邝父母小屋。］

邝父母正在屋里聊天。

邝　母　你看得章是不是对春华有点意思？

邝　父　有人看上你闺女，你还不高兴？

邝　母　你倒放心，咱们闺女，又老实又贤惠，让人骗了怎么办？

邝　父　我看得章这孩子不至于，又有文化又稳重。

邝　母　你们男人就是不细心，上回他说请客，结果还不是咱们掏的钱，他做的东，事后也没有再说什么，这不是“骗吃”吗？

邝　父　别说得那么难听，现在兵荒马乱的，人家的钱没寄到呀。

邝　母　可后来，他又托春华来借钱，行了行了，我不说了。反正我觉得他“太精”了，精得过分，就不实在了，我们女人有时候感觉灵，你要不信就算了。

［（7）小巷，春华家门口。］

春光与得章回来，两人边说边走进得章屋，只跟厨房的春华打了声招呼，看样子，他们有事要商量。

春　华　吃饭了吗？

春　光　没有。

春华给他们准备饭菜，然后给端了过去。

［（8）得章屋内。］

4

春　光　明白了吗？这是刘、邓大军的先头部队，目标是挺进大别山，准备接应大军南下。他们有许多分队，分几路前进，我们联系的是个干部大队，现在是个游击队，苦是苦，仗也是要打的，你要不怕苦，咱们一块儿走。

冯得章　是啊，是啊，可我还得再考虑考虑，我……家中还有老母，她供我读书不容易，我得回家瞧瞧娘，然后再去找你。

春　华　（推门进来）哥，你们要……

春　光　你都听见了？先别告诉爸妈，我走了以后，春华，你要多照家里。学校有些要油印的小报，这事你替我做吧。

［（9）古城开封、解放前夕、大街。］

店铺大多关门，一些开封小吃、小摊铺、窝窝头一类的店供来往行人，叫卖的孩子……

春华从女子师范学校出来，途经城关，小市，小心翼翼，时常有些不三不四的人从身边走过。

一个十三四岁的女孩正卖着花生，过来几个国民党兵把小姑娘围起来，动手动脚调笑着，小姑娘又哭又叫。春华正好被他们挤在一个店铺门口，走也走不出去。……冯得章从另外一条小路走来，到处寻找着什么，发现了春华，赶紧挤过去，把春华拉了出来，拽着她的手匆匆离去。

冯得章　这么乱，你还去学校印传单，伯父伯母都急死了。

春　华　哥哥交给我的任务，我必须……

冯得章　嗬，任务。小妹也说起新名词来了，依我说，算了。几张传单你不印别人也会印。

5

春华不高兴地甩开他的手。

冯得章　看你，我的意思是说春光他们那边才算正规的，那才是革命，知识界不少人都去了。你要去，今晚就跟我走，车票买好了，先到我家，我家离你哥那里不远，你在家等着，等我找到你哥哥，就去接你。

春　华　你说什么呀？我哥哥到底在哪儿？你家又在哪儿？

冯得章　看我急的，忘了告诉你，你哥哥来信儿了，就在桐柏山。

春　华　给我看看。

冯得章　那信又不是写给我一个人的，别的同学拿去了。

春华有些疑惑地看着他，冯热烈地讲着，两人渐远。

［（10）邝父母屋里。］

邝　父　你快给春华收拾东西吧，一会儿他们就要走了。

邝　母　你真同意春华跟着得章走？

邝　父　有什么不同意，兵荒马乱的，一个大姑娘待在城里不放心，张家二闺女失踪两天都没找回来。

邝　母　那也不能随随便便把女儿给了人家，这个得章，我看着不顺眼，你忘了，那回他说请客，结果是咱们请的。

邝　父　又说那件事。

邝　母　我觉得平时他看着春华总有点不正经，你要问他点什么，他就没有直接回答过你。

邝　父　你们女人就是爱婆婆妈妈的，一点儿小事都记着。

邝　母　反正他太精，春华太老实，太善良。

邝　父　精点儿有啥不好？都像咱们一样，一根肠子跑到底，读书不就是要学精点儿嘛？我看冯家学生不错，人家要是有意倒好，咱一个厨夫的闺女还挑个啥？春光不也在那边吗？

6

邝　母　你知道？

邝　父　抬杠！女人家头发长见事短，这事我拍板了，快点收拾东西，穷家富路，能带的多带点。

邝母一边流泪，一边收拾着；邝父抽着烟，冯得章与春华推门进来。

邝　母　　春华！

春　华　　妈！……我要是走了，就剩您和爸爸，我不放心。

邝　父　　我们不放心的是你，能找到你哥哥，我们就一万个放心了。

邝　母　　春华，要是你不愿意去，就留下吧。妈舍不得你。

冯得章　　伯母，说心里话，这两年我得到你们家的恩惠太多了，我总想报答你们，就是没机会，听说这边还要打大仗，炮弹可没长眼睛，再说乱军比土匪更可怕，从安全考虑，还是避一避好。

邝　父　　行了，快把包袱拿出来，让他们走吧！火车都快误了。

［（11）街道空无一人，清晨。］

冯得章、春华远去的身影。

邝父母走回家关上大门。远处有炮火的声音。春光、春华、冯得章的屋子都已空寂，一棵海棠树在月光照射下洒下无数斑点，映照着邝父母的无泪的痛苦脸庞。

［（12）火车站，天蒙蒙亮。］

一列闷罐车停在车站，拥拥挤挤的人群在抢着上车，一些士兵把着车厢门口，拳打脚踢地挡着要上车的人，嘴里不干不净地骂着。

7

冯得章拉着邝春华气喘吁吁地赶来，看到这种情景不禁愣住了，春华迟疑了。

火车汽笛声响，车快开了。

冯得章硬着头皮，凡人不理地硬往上爬，一个士兵骂着：妈的个 ×，抢孝帽儿咋的？

冯得章憋红了脸，不理会他，对车下的春华喊着：快！东西，快递上来。

车厢内已人满为患，冯得章挤上来后，连转身的余地都没有了。此时，车厢猛烈晃动起来，冯得章只顾往里硬挤，没有人肯让。

车开始启动了，春华果断地一把抓住车把手。

春华　　（对门口的士兵）大叔，请让一步，车开了，让我上去吧！

［（13）车厢内。］

那个骂人的士兵A，果然往里挤了挤，春华不仅上了车，还就地坐了下来，示意冯得章也过来，这是邝春华第一次感到自己的能力，为此，她很高兴。

车厢里哭声、叫声、呻吟声一直不断，列车在前进，几个士兵在骂街。

士兵A　哪个部分的？

士兵B　杂牌，现在归豫鄂皖剿共司令部。你们呢？

士兵A　白崇禧的。

士兵C　去武汉？

士兵A　大概吧！咱一个当兵的，管他妈嫁给谁，咱跟着喝喜酒。

大家哄笑。

8

士兵B　你倒想得开。

士兵A　想得开？不瞒你老弟说。这年头想不开你就一天也活不下去。咱是庄稼人，有老婆孩子，我出来几年了，地荒着，叫他们娘儿们吃个屌？

士兵C　那……大嫂不种点什么？

士兵A　她拉一个抱一个的，妇道人家能做多少？偏偏她肚子里本事大，我回去一趟，她就生一个。这回恐怕……

车厢里的人都在笑。

士兵A　你们别笑，说起来是笑话，想起来可揪心哪！谁无妻子儿女？忍心叫他们活活挨冻受饿呢？咱一个庄稼汉，管他国军、共军，咋打咋闹都一样。谁坐江山都得有人种庄稼，咱犯不着夹到中间挡枪子。

士兵B　老哥。（说着给士兵A使个眼色）

士兵A　俅，我这个兵油子就是这张泼嘴，不在乎。其实老弟，这车上没有当官的，当官的也不会坐在这儿。

士兵B　等一齐把目光扫向冯得章、邝春华。两人莫名其妙地看着大家。

士兵A　姑娘，那是你什么人？

邝春华　他呀，他是我哥。

士兵B　那你们家准是大老财。

邝春华　咋见得？

士兵B　这我知道，一般的小老财，哪儿有钱叫闺女上学？你们一家两个洋学生，不是大老财供得起吗？

邝春华　那也不一定，俺家是手艺人。

冯得章　实话实说吧，家里是做手艺的，我在教书，对付着妹妹也读点儿书，要真是大财主，谁坐这“闷罐车”？

9

士兵A　说得也在理！啊？

春华见气氛和解，偷偷地转过去问A。

邝春华　大叔，共军在哪儿驻扎？

士兵A　嘿，多着呢！人家在神不知、鬼不觉地就过来了。这大别山一带，光山、罗山、商城、固始，还有安徽的金寨、黄山，湖北的黄安、麻城，到处都有。连我……

邝春华　那桐柏呢？

士兵A　有，桐柏早就有了。

春华看了冯得章一眼，心里很高兴，邝春华心里想象着。

[（14）回忆想象。]

春光穿着解放军军装打仗的情景，想象着自己也穿上军装见到了哥哥，不由得自己笑起来。

[（15）车厢。]

夜晚，车厢里一片寂静，大部分人都睡着了。春华睡着了，嘴角上带着笑。

冯得章　到了，唉，总算到了。

邝春华　到了？到桐柏了？

冯得章　不，是我们的下车站，明港。

邝春华　明港？

[（16）明港小站。]

列车缓缓停下，一阵乱哄哄的上下车景象。

10

冯得章、邝春华拥下车，向站外走去。

［（17）站外小镇，荒凉。］

狭窄、肮脏的街道，远处饭馆的叫卖声：“烧饼、胡辣汤”，路边，瞎子拉二胡声。

邝春华跟在冯得章身后，无力地向前走着，冯得章快步走到叫卖的饭铺前，与老板说了些什么，招呼春华过来。

邝春华、冯得章看着不干净的食品，还是无可奈何地吃了，吃完后。

冯得章　我去找个住处，你别动，这地方地痞流氓什么都有。（冯远去）

［（18）小旅店门前。］

小伙计拿根扁担挑着灯笼，灯笼上写着“王记客店”四个字，扇担另一头挂着邝春华的包袱，三人走到小旅店前，路过几间大屋，屋内喝酒、猜拳、赌博，什么都有，有男女调笑的声音。

［（19）一间小屋在小通道尽头。］

小伙计　先生、太太请进吧！

邝春华　你，你胡说什么？

冯得章一边拽春华进屋，一边低声说着，

冯得章　怎么称呼都不要紧，要外人感到我们是一家子才行。（说着吩咐着伙计）我们没什么事情了。（转身关门）

邝春华观察此屋，一张小破木桌，两把椅子，墙是高粱秆糊的，隔壁不时传来乌七八糟的声音，两张单人木床紧挨在一起。

11

邝春华　你怎么能这样安排？

冯得章　唉，没办法，这里的情况你都看见了，实在没办法。

邝春华　　那我们就在车站坐一夜也可以。

冯得章　　车站上地痞、小偷、叫花子窜来窜去，能待吗？再说，你也太累了。

邝春华　　可这房间，我们住也……

冯得章　　这样的房间，你一个人住，我能放心吗？！

邝不语。

冯得章　　只能说是夫妻，住在一起才合理嘛！这样吧，你睡下，我坐在这儿陪你，其实……

邝盯着冯。

冯得章　　你睡会儿吧，不然，明天怎么赶路呢？

邝春华感到浑身疲倦，不由得打了个哈欠。看着冯得章坐在椅子上抽烟，无可奈何地走到床上，和衣，面向墙壁躺下。

［（20）四更的屋内。］

灯里的油燃尽了……室内一片黑暗。

冯得章在床边坐下，一阵木床的响声。邝春华惊醒了，冯得章用手堵住她的嘴，随后低声说话。

冯得章　　别嚷，万一让人知道咱们不是夫妻，那些人会起哄的。春华，春华。

冯得章说着，轻轻拉过她的手，慢慢摩挲着。

冯得章　　其实，我一直在追求你，你不可能没有感觉吧！再说，伯父伯母和春光都是愿意的，我们早就应该是夫妻了。

12

邝春华　　可……这得我情愿啊，现在这算什么？

冯得章　　唉，傻妹妹，你的意思我懂，可今天也实在无法……

冯先吻邝的手，再吻脸、唇，又双手在春华身上摸索……

［（21）清晨。］

邝春华一个人坐在床边沉思。

冯得章进门收拾刚买的烧饼，拿起扁担。

冯得章　　贤妻，走吧！

邝春华　庸俗。
冯得章　这怎么叫庸俗，我们不已经是夫妻了？！

［（22）荒山野丘。］

旭日东升，大地寂静，田园荒芜。邝春华木呆呆地跟在冯得章后面，闷闷不乐。

冯得章　你呀，你是新女性，应该开通些，人生除了这还有什么？外国神话中的亚当、夏娃不就是这么回事吗？中国神话里，盘古开天辟地，捏了些泥人，有男有女，才有了人类社会，不也就是这么回事吗？说实在的，我们俩既是自由恋爱，又有父母之命，就差个婚礼了。到家举行婚礼不就十全十美了！说心里话，我就喜欢你的温柔贤淑，放心，我不会亏待你的。

邝春华憎恶地瞪了他一眼，与他拉开距离走着。

［（23）小村庄、土墙上写着“小冯庄”三个字。］

13

坐落在一道黄土岗的转弯处，几座低矮的小屋，树木稀少，标准的穷乡僻壤。邝春华与冯得章疲倦不堪地走到拐弯处，邝春华看见“小冯庄”三个字，呆住了，她追上冯得章。

邝春华　我哥到底在哪儿？
冯得章　不知道。
邝春华　你不知道？你要不说清楚，我就回开封。
冯得章　春华，你冷静点，来，坐这边听我说。

冯得章拉邝春华走到一石头上坐下。

邝春华　这么说，我哥哥的来信是假的？
冯得章　怎么你不相信我？
邝春华　是你不叫我相信！
冯得章　那信是真的，地址是寄自安徽金寨，但他并没有叫咱们现在去，因为他们没有固定地址，是打游击。再说，咱们现在何必去找他，挨枪子划不来，眼前春光是死是活还很难说呢。
邝春华　你为什么骗我？

冯得章　因为我爱你，怕你不肯来，才说了假话，请你原谅，反正爱不为错，我不能没有你，我一定要娶你。

邝春华　那就可以不择手段?

冯得章　追求有时连死都不顾，讲不了那么多，只要能达到目的就行。依我说，你也要现实一点，如果共产党不来，学校开学了，我们还回开封，住在你家；如果共产党打来了，就住在我家，小山村，世外桃源，啥时候平安了，咱就出去找事干，一个大学生、一个师范生，还怕没有好事做?

14

邝春华　你家是财主，就不怕共产党?

冯得章　唉，反正是一家人了，我把家底告诉你，我家过去是财主，后来我家破落了，反正你马上就会看到的。（冯起身走）

邝春华　（自言自语）真像鲁迅先生说的，破落的飘零子弟，高级无赖。

邝春华无可奈何地随冯得章走去。

[（24）冯家破院。]

两座破屋，半堵土墙，一个蓬头垢面的老太婆正在院子里晒太阳。冯得章与邝春华走了进来，老太婆看了半天，站起来。

梁（老太婆）　是得章?

冯得章　不是我是谁?（老太婆绕到他背后）

冯得章　越来越不济，连人都认不清了，快烧茶去!

梁　呃，我就去烧，就去，姑娘，堂屋里坐。

[（25）堂屋。]

屋子就像没有人住的一样，没有能坐的地方。

邝春华走进来，只好站着，冯得章拉过一条板凳用手抹了一把，让邝春华坐下。

邝春华坐下，一边揉着腿，一边在琢磨着这位老太太。

只见老太婆把冯得章拉到一边来，小声地问着冯得章：这姑娘是……

冯得章　我结婚了，她叫邝春华。

梁　　　噢，那好，那好。（说着走到邝春华身边）春华姑娘，我这儿太不像样，你多包涵呵！

15

邝春华　（问冯得章）老人家是？

冯得章　哦，姨娘，你就叫她姨娘吧！

老人脸一沉，走了。邝春华看见老人正擦眼泪。

邝春华想站起来安慰来人，冯阻止了她。

冯得章　她头脑不清楚，神经病，别理她，你歇会儿，我去东屋收拾收拾，咱俩好住下。

冯得章说完色眯眯地一笑。邝春华没有理他。

邝春华仔仔细细地打量这间屋子，没有什么家具，整间屋子都是灰，屋顶上全是灰和蜘蛛网，地上是土夹杂着鸡粪和烂草，只有一个神龛上的几块祖宗牌位像是有钱人家的。

老太太端着两碗荷包蛋进来了，她嘴里叼着纸烟，那烟灰落到碗里，邝春华站了起来，正好接了那碗，老太太立刻给她换了。

梁　　　乡下人，没个像样的东西，姑娘将就着吃吧！

邝春华答应着，她这才发现，老太太已经换了衣服，梳了头，看她的样子也只有四十几岁，从眉眼上还能看出年轻时她很漂亮。

老太太看着邝春华吃着，很慈祥的样子。

邝春华　（向老太太）姨娘，冯得章说他家里有母亲，母亲在哪儿？

梁　　　母亲，他还知道有个母亲？

邝春华　他说过的。

梁　　　哦，那还不错。母亲嘛，谁都有，没有母亲他能从石头缝里蹦出来吗？有，他有……

邝春华　怎么没见？出去了？

梁　　　（过了一会儿）远在天边，近在眼前，他的亲娘就是我。

邝春华惊愕地看着老太太气愤的脸。

中央电视台播出，选登第一集

三集广播连续剧《我不去，谁去》

——献给援非抗埃博拉医疗队

编剧：张筠英
导演：瞿弦和

【剧中人物】

孙　非　　传染病科专家　男　60 岁　　瞿弦和　演播
王　强　　传染病科医生　男　45 岁　孙非教授的研究生　　王　磊　演播
白　灵　　传染病医院护士长　女　27 岁　　王俪桦　演播
赵院长　　传染病医院副院长　男　50 岁　　任亚明　演播
侨领林先生　　非洲某国华侨商会会长　男　50 岁　　孙　星　演播
老酋长　　非洲当地人　男　70 岁　　郭政建　演播
雅尤玛　　老酋长孙女　女　16 岁　　张　璐　演播
维和部队师长　　白灵老公　男　30 岁　　曲敬国　演播
孙非老伴　　张　欣　演播
王强妈妈　　张筠英　演播
护士甲　　护士乙
护士丙　　护士丁
战士甲　　战士乙
战士丙　　战士丁
非洲当地群众若干

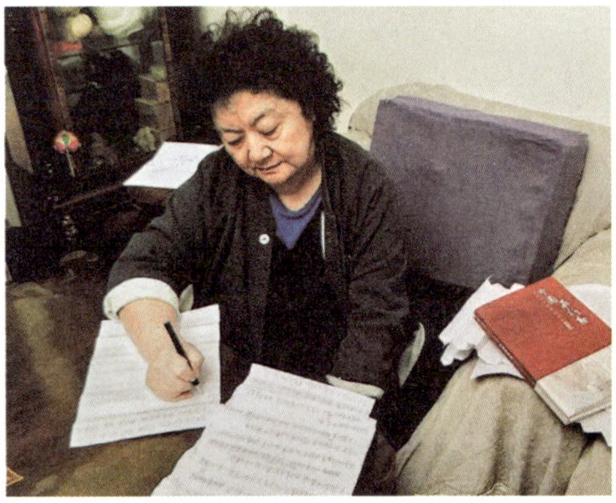
家中写作

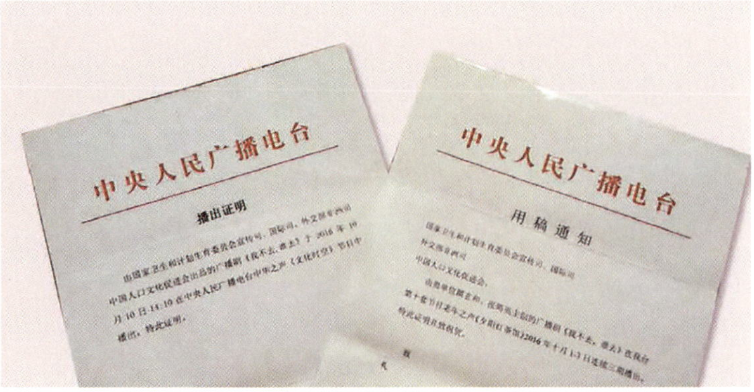

中央人民广播电台播出

第一集

〔音乐 严肃、沉重的音乐。

旁白（1） 埃博拉本是非洲一条美丽而静谧的河流的名字，由于一种传染性极强、死亡率极高的病毒在此被人类发现，所以埃博拉被演化为一种超级病毒的代名词。2014 年初以来，西非爆发了前所未有的埃博拉疫情，给非洲人民带来了巨大的灾难，在疫情最为严重的西非三国，利比里亚近 1.1 万人染病，4800 人死亡；塞拉利昂 8697 人染病，3586 人死亡；几内亚已有 3500 人感染……这是埃博拉疫情自 1976 年首次为世人所耳闻以来，规模最大、致命性最强、传播面积最广的一次爆发。

2014 年 8 月 8 日，世界卫生组织宣布西非埃博拉疫情已经成为国际关注的突发公共卫生事件。

2014 年 8 月 10 日中国国家主席习近平表示中非是患难与共、风雨同舟的好兄弟、好朋友、好伙伴，面对埃博拉疫情，中方呼吁国际社会积极行动起来，携手支援疫区人民共渡难关。

2014 年 8 月 12 日，国家卫生计生委、中宣部、外交部、发展改革委、教育部、科技部、工业和信息化部、公安部、财政部、交通运输部、商务部、海关总署、质检总局、体育总局、食品药品监管总局、旅游局、民航局、中医药局、中央网信办、解放军总参谋部、解放军总后勤部、武警总部后勤部，共 22 个部门建立应对埃博拉出血热疫情联防联控工作机制，迅速制定了埃博拉出血热疫情防控应急预案、管理方案以及技术文件 30 余个。

这是新中国成立以来，在卫生突发疫情领域规模最大的一次援外行动。这是我国首次向海外派遣成建制的医疗卫生防疫力量。这支队伍中有医疗方面的专家，特别是传染病防治专家，以及一整套各方面的人员，包括中青年医生、医院感染控制、消毒、公共卫生培训、实验人员及有关的护士、后勤人员。在全球化时代，中国的援非抗埃医疗队正式开始组建了，他们以高度的使命感、责任感，肩负着国际人道主义救援任务，奔赴西非抗埃最前沿。

〔某传染病医院。

〔群杂、广播声、音乐。

旁白（2） 这是我国一所著名的传染病医院，这是一个在“非典”中有着卓著功绩的医院，现在医院的院长办公室临时变成了援非抗埃医疗队报名处，年轻的护士长白灵负责报名工作。

群　甲
群　乙 白护士长，白护士长。

〔电话铃声。

白　　喂，哦，院长，好。我在办公室等你，我正在统计报名表呢。（挂电话）

白　　25、26、27、28、29、30……

群　甲　白护士长，你在啊，你怎么不答应一声啊？

群　乙　白护士长，看，这是我的报名表。

白　　天哪，别吵了，我刚才数到多少份了，全忘了！都怨你们，院长还等着我的统计呢！

群　甲　那我们有戏没有啊？！

白　　哎哟，这是第一批，还有第二批、第三批呢，着什么急啊。

群　甲　我们就要第一批去。

白　　别捣乱了，你们快去急诊室把王强大夫找来。

群　甲　先别叫王大夫了，我刚才看见王大夫的妈妈在急诊室里，脸色惨白、昏迷不醒。

群　乙　就这种情况，他怎么能去医疗队啊？

群　甲　他妈妈是癌症晚期，还说不定哪天就……

白　　是啊，你看，这是什么，这是王强的报名表，我已经放在不合格的那一类里了。从我这就不能批准他，我想劝劝他撤回这次报名，哎呀，算了，还是我自己去劝他吧。

甲　乙　嗯，好好，那我们走了，记住啊，我们要第一批啊！

〔赵院长上，相互打招呼。

院　长　小白，怎么样？统计出来了吗？多少人哪？

白　　　赵院长，人数已超过很多了，符合报名条件的，不符合报名条件的，都报了。院长，王强的情况您知道了吗？

院　长　我知道，你现在就去急诊室劝劝他吧。对了，先把报名表送到党委办公室去。呃，还有，把孙非教授的报名表先给我，如果我没记错的话，他还差一个月就退休了，血压又高，他能去吗？可是，他的确是国内传染病方面首屈一指的专家啊，我也矛盾得很，我想在党委会讨论一下，小白，你通知他，下班后来办公室找我们。

〔白打开抽屉。

白　　　孙非教授的报名表我已经单独放在抽屉里了，在这儿呢。

院　长　好，你真有脑子，要不让你把这第一关呢。

白　　　赵院长，我再问您一个问题可以吗？

院　长　当然可以啊。

白　　　院长，您去吗？

院　长　（笑）这还用问，我不去谁去，我还算是青壮年吧！正是应该贡献力量的时候，上级领导已经正式任命我为咱们医疗队的领队。当领队容易吗？！领导要求我们不仅要战胜埃博拉病毒，还要把医疗队员一个不剩健康地带回来，我们要的是打胜仗、零感染。小白，我现在像是在负重赛跑，不过没关系，有你们在我周围，又有战胜 SARS 的经验，我还是信心满满的。

白　　　好，那您的申请表呢？好像没写吧！我要按章程办事，拿您的申请表来，院长。

院　长　好好好，我马上写份申请，真拿你没办法！

白　　　院长当然要按规定办事。

院　长　说得对、说得对。

〔在急救室。

〔医院的广播声、群杂、伤感的音乐。

旁白（3）　在急诊室的一角，孙非教授的得意门生王强，正坐在妈妈的病床前，他拉着妈妈的手，等待着她醒来。

〔白灵上。

白　　　王大夫。

王　　　　嘘！小点声。

白　　　　给你，这是你的报名表，还给你，院长和我都不同意你去。

妈　妈　（长吁一口气，醒来咳嗽）

王　　　　您醒啦？

白　　　　小心，别让妈妈看见了。

王　　　　知道了知道了。

妈　妈　儿子，儿子，不要瞒我任何事，你妈妈是个最明白的妈妈，不是一般人啊（东北话）！

王　　　　妈，都什么时候了，您还开玩笑啊？

妈　妈　真没幽默感，说吧，白护士长跟你说的什么事啊，什么小心？

王　　　　小心？哦，对，让我小心您的身体。

妈　妈　（咳，笑）哎，别让我着急了，上午你媳妇，也就是我儿媳妇来了，临走的时候，问了我一句话，是王强要去啊，还是领导让王强去啊，你知道她指的是什么吧！

王　　　　哎呀，别听她胡说八道，这个嘴上没把门的家伙。不过您说您儿子从小到大什么事儿能落后啊，都是很自觉的对吧，从来不会让您操心。

妈　妈　那就是说是你自己要去的？

王　　　　当然是我自己要去的，坚决得去，我不去谁去啊！

妈　妈　（笑）还不说是什么事儿啊，刚才你都坦白了。怎么样？掉沟里了吧！

王　　　　嘿，真斗不过您哪，有一个聪明的妈妈看来也不见得是好事啊。

妈　妈　申请去援非抗埃医疗队了吧？

王　　　　是，这是报名表，您看看吧，可我矛盾啊，这个时候我不能离开您，您病情有些……哦，不过是突发情况，没关系，很快就过去。

妈　妈　那就好，既然没关系，把报名表交上去吧。

王　　　　不行，我起码要去两个月以上，在您病情极不稳定的时候，如果我不在您的身边那多……，哎，不对不对，不是……

妈　妈　（笑）说什么呢儿子，不用在我面前装什么，真用不着。病例我都偷看过了，我的病情我知道。可是我不信，两个月、三个月就是我的生命期限，别哭、别哭。你要是去医疗队了，我就更有支撑的勇气了。我会创造医学上的奇迹，因为我是国际抗埃英雄王强的妈妈。我的内心是最强大的，用年轻人的话说，我有一个大心脏，它能调动我身体的一切力量。我发誓，等你回来，快去吧！

旁白（4） 王强有了妈妈的支持坚定不移地走上最前线，其实他还有一个担心，那就是他的老师孙非教授也要去医疗队，孙教授还有一个月就满六十岁了，但从专业的角度上来讲，孙教授是传染病学科全国首席专家。埃博拉出血热属于烈性传染病，为生物安全防范等级中最高的四级，而目前无特异性抗病毒药物，虽然不属于呼吸道传染病，但接触性传染就意味着，与传染病源保持一点距离，就多一分安全，少一次接触，就少一次风险。

对于孙教授这样年龄的人来说，免疫力不如年轻人，毕竟风险更高。但王强知道，越是难缠的敌手，孙教授越是要站在第一线，更重要的是，制定诊疗方案、确定诊疗途径、实施专业培训、为打胜仗“零感染”抢得先机，都需要孙教授这样的专家最后拍板。可是，孙教授能过得了老伴儿这一关吗？

〔孙教授家中。

〔炒菜、切菜的声音。

老　伴　你看我这生日过得，还得我做菜做饭，哎呀，这辈子嫁给他就得劳累一辈子。不过还有一个月，他就退休了，我就能轻松啦。他跟我说：我虽然还得带带研究生写写文章，但毕竟自由多了，我可以陪你到处走走，养花养鸟，至于厨房嘛就不让你进了，都我来。嗨，谁信哪！不过倒是可以去国外看看儿子一家，这空巢的日子，也可以暂时结束啦！

〔门铃声。

老　伴　可回来了，没有一年我过生日他能早点回来（开门）。

王　　　师母，祝您生日快乐，您的生日蛋糕。

老　伴　哎哟，是王强啊，这个孩子这么客气啊！

王　　　这蛋糕是老师给您订的，他在院长那儿呢，是老师让我先把蛋糕取回来，我的礼物在这儿呢，您也学学玩游戏吧！

老　伴　好好好，老孙有什么事啊，那么紧急啊！

王　　　是院长找他有事（手机响），师母我接个电话。喂，白灵啊，哦哦，都批准啦，喂！你小声点，我在老师家呢，什么？要写遗书？不写行吗？哦，那好吧。

〔钥匙，开门声。

孙　　　老婆，我回来了，我回来晚了，对不起啊！

王　　　（笑）老师老师，我还在这儿呢，您别太酸啦！

老　伴　你们老师啊，就靠嘴甜了。你也得跟老师学学，省得你媳妇老和你发火，嘴一甜啊，都没法生他的气啊！

孙　　　老伴，祝你生日快乐。王强，蛋糕都准备好了吧，我来做点什么啊，老伴，

60 啦，大寿啊，一个甲子啦！咦？再插六根蜡烛得了，我还差一个月了，今天就和你师母一块儿过了。

老　伴　停停，你今天怎么话这么多，怎么这么反常，太反常了，我刚才听见王强要告诉你什么事啊，快说吧。

王　　　嗯，让您写个……写个东西。

〔厨房防火警铃声。

孙　　　写什么啊，说啊。

王　　　哎哟！师母，厨房里什么菜煳了，我去看看。

老　伴　我去我去。

王　　　老师！来，到这边来，（小声）院里来通知了，让我们每个人都写一份遗书，说这次不比往常，必须要写。

孙　　　不用说了。可这遗书一写，好像就跟要牺牲了似的，有点吓人啊！

老　伴　遗书？我知道了，老孙啊，你还是报名了，对吗？

〔沉默。

王　　　啊……老师，我也回家收拾一下。（关门声）

老　伴　你瞒着我干什么啊，这辈子我什么时候不支持你呀，可你现在都什么年龄了，血压高、血糖也不稳定。我不同意你去，我现在就给院长打电话。

孙　　　别别，我求你了，我刚才就是为了说服院长才晚来的，你的这个电话会让我前功尽弃。我回来的路上一直在想，一个人的事业应该在什么地方体现呢，演员的事业在舞台上，将士的事业在战场上，工人的事业在厂房里，农民的事业在土地上，而我们传染病科医生的事业在哪儿呢，就在疫情发生的前线。你想想，SARS 的时候，我在一线，你也在，在医院的走廊里我们偶尔碰到了，你对我悄悄地说，老伴，坚持、坚定、坚守是我们一辈子对事业的态度，那么困难的时候，我们挺过来了。再说，援非我也不是第一次了，上个世纪八十年代，我去过了，我在那儿还交到了一个朋友，是当地的酋长，我记得还有我和他的合影呢，哎，待会儿收拾东西的时候，别忘了把我和他的合影找出来。老伴啊！再相信我一次吧！

老　伴　坚持、坚定、坚守，这是你对事业的态度我知道，我只是一想到我们退休后我想象的那些浪漫生活不能实现了，有点儿失望罢了。哎，你是第一批吧？

孙　　　是，很快就会出发。

老　伴　行了，我去给你收拾东西吧。

孙　　　还是老伴好，别忘了把我和酋长的合影带上，谢谢！

老　伴　行了，全是废话！

〔《祖国为我壮行》的歌声。

旁白（5）　2014 年 9 月中国第一批援非抗埃医疗队组建后，奔向西非三国，这架专机闪烁着耀眼的光芒，以昂首的姿态在天空中翱翔。

〔飞机上的轰鸣声由强减弱。

白　院长、孙教授，请喝水吧，我当个临时服务员。哎，王大夫，起飞前你媳妇来电话了吧？

王　是啊，我正想安慰她，说她照顾我妈妈辛苦了，她却先发火了，她说：你走了以后我就看见你留的遗书了，我没看完就给撕了。她在电话那头泣不成声：你也留遗书，你妈妈也留遗书，干脆我也留一份得了。（众笑）唉，你们别笑啊，她也挺不容易的，所以我给她留了一些钱。

白　钱也撕了？

王　好哇，你把我老婆当成傻子啊，快说说你吧！

白　我比你精多了，遗书我是写了，可我留在医院了，让领导必要的时候再给我妈妈，我还留了一缕头发，那是给我爱人的，因为我一直没见到他。他在非洲的维和部队，可惜不在一个国家。

孙　白灵，你这可不好啊，你这不是给领导找麻烦吗，你们学学我，我写了遗书，而且留在了家里，但是不让老伴看见。

王　这是什么计策啊？

孙　我藏在了一个距离她最近，但她不容易发现的地方。我们不是常说，最危险的地方最安全吗？我放在了卧室床头柜的最下一个抽屉里。

王　老师就是老师啊！

白　生姜还是老的辣。

第二集

旁白（6）　什么叫中国速度，短短的一个月时间，一座完备的援非医院拔地而起，钢架结构的板房建筑，甚至可以永久使用，医院建设流程、感染控制、污水污物排放等指标堪称一流。

〔新建的援非医院内。

〔一片忙碌的声音、护士们背诵防护条例。

白　　（广播）全体医护人员到草地集合（两遍）。

〔草地。

白　　全体注意，我今天讲一下防护服的穿法，这是我们刚刚从祖国运来的最新的最安全的防护服，重量将近30斤。

〔群众议论。

白　　千万不要怕沉，千万不要怕麻烦。我们总结了一下，最简单又合理的是27步个人防护用品穿脱流程，这是我自己画的一至二十七步的简单说明。

〔众笑。

甲　　这身体像熊。

乙　　脸像猴。

白　　不许笑，谁做不到不许上岗，现在按顺序开始背诵防护条例。

甲　　勤洗手、勤换衣。

乙　　外出时严禁与野生动物接触。

丙　　餐具消毒、食物百验。

丁　　每日饮水不少于1500毫升。

〔渐弱。

甲　　严禁与当地人握手拥抱。

乙　　厕所消毒。

〔叠：汽车开进医院停车声音。

群　男　　来了来了，这是北京运来的搭建临时医院所需要的物资，每个箱子都很重啊！放心吧，王强大夫这些搬哪儿去啊？

王　　进一号仓库。

白　　我们来了，我们也来帮忙了。

王　　太重了，女同志不行。

白　　谁说的，娘子军，怎么样？

女　众　　上！

〔群杂，搬箱子等声音。

〔院长上。

院　长　　王强，王强，谁看见王强了？

群　众　　他去帮忙卸箱子去了。

女　群　（跑来气喘吁吁）院长您也来了？

院　长　哎哟，娘子军都上了，看来人手不够啊。

王　强　（边走边说）一号仓库快满了，其他放到二号仓库去。

院　长　王强，到办公室来一趟，有急事。

王　强　怎么了？

院　长　刚刚接到使馆的电话，国内第一次包机运来的医疗设备以及生活必需品，马上就运来了，需要一个车队来运输。

王　强　那咱们没有啊，就现在这两辆车哪够运的啊？

院　长　是啊，一次运输往返要两天，再有什么意外情况，时间就不好说了。

王　强　得想法组成一个车队啊！

〔办公室门口。

林　院长，王大夫，你们好！

院　长　我来介绍一下，这是我们这里的华侨商会会长——林先生，他刚从使馆来，得知有一大批物资从祖国运来，并且知道咱们运输力量不足。这不，他是雪中送炭来了。

林　我已经组织好了一个车队，是向华侨所经营的公司借来的，他们把能腾出来的都给我调配，只是还缺两个司机。

王　我当司机没问题，当时考的就是 A 本，再找一位司机就行了。

林　不用，我也可以开车。

院　长　不行，您还有一大堆事儿呢。

林　现在什么事也比不了这事，这是关系到非洲人民健康的大事。

院　长　这样吧，王强和您在头车，组成运输队的临时指挥部。王强作为医生，在运输中你的职责也不能放弃，医疗设备的检查、运输队的医疗保护还有意外情况的处理，你都要请教一下孙非教授，毕竟他来过非洲，还有当地的民俗也要向孙教授学习。

〔敲门声。

〔孙非上。

院　长　进来。

孙　赵院长我来了，刚才林先生告诉我，有尸体暴露在街道上，我还想到从飞机场来医院的路上，发现有一种叫果狸的鸟，数量很多，这是一种携带病毒的鸟，也是病毒传播的一种途径。王强，你要时刻注意这些。另外，防护知识要给运输队的成员讲清楚。院长，白灵正在对护士们进行这方面的培训，您让他们也听一下吧！

院　长　好，走吧，这帮娘子军刚搬完货物，又被白灵叫回去了，真是一群铁娘子。

〔众笑。

林　真是巾帼不让须眉啊！

旁白（7）　赵院长带着这一行人来到草地上，只见这帮娘子军汗流浃背，有人呼吸急促、有人累得蹲在地上、有人还在整理衣服，在一片嘈杂声中，白灵护士长又开始培训了。

白　精神点儿精神点儿，都站起来，按照刚才的队形排好，你们都喝水了吗？

众　喝了。

白　喝够了吗？每天要不少于 1500 毫升水，饭也要多吃啊！

女　群　白姐姐。

女　群　白妈妈，我们都知道了！

白　嫌我啰唆了？那我开始考试了。小李，来说说防护用品有多少件？

李　有十一件。

白　好，小王，进出病房要怎么对待？

王　不知道您问的是什么？

众　（议论）嗯，不知道啊……

白　都要像第一次一样！

众　嗨，这个意思啊！

白　小赵，现在让你一个人去病房，你去不去？

赵　去啊，谁怕谁啊？

白　大伙说她的态度对不对啊？

众　对，我们也会这样的。

白　所有说对的，举手，全部被取消上岗资格！

众　啊？不明白，为什么啊？

白　每次进出病房，必须二人同行，互相检查、互相监督，有突发情况可及时发现，还可及时汇报，要做到一丝不苟。

众　一丝不苟、滴水不漏。

院　长　好！太好了，我们出发的誓言是：我不去谁去。现在我们的口号是：打胜仗、零感染。

众　打胜仗、零感染！

旁白（8）　中国援非抗埃创造了多个第一：第一次由国家元首致电慰问并宣布援非重大举措、第一次租用包机运输紧急物资、第一次向海外成建制派出卫生力量并建造诊疗中心、第一次输出生物安全 P3 实验室并自主运营。

虽然我们的决心是坚定的，意志是坚强的，但这是一场特殊的"战争"。在实际工作中，意外情况时时皆有，危险处处存在。让我们看看由赵院长和孙非教授带领的这支医疗队所遇到的几个第一吧，那就是第一次接诊、治疗的第一针、诊治的第一个埃博拉患者。

〔杂乱的脚步声。

战　士　大夫大夫，我们的师长病倒了！

王　快，到急诊室，病人的情况咱们边走边说，小心点，小心！

战士 A　是，首长。

王　你别叫我首长。

战士 B　我们这支部队三天前，刚刚调动到这里，我们的首长已经不舒服了，到这里又忙于驻地的安排，没想到刚才晕倒了。

王　快去，把院长和白护士长、孙教授都请过来，好，轻放、轻放。

〔刚放到床上，师长苏醒，爬起来。

战士 C　首长醒了。

师　长　（大叫）出去，都出去，医生也出去，谁让你们把我抬到这儿的，我要是被埃博拉病毒感染了，我宁可自己死了，也不能传染给你们。

战　士　首长，首长。

王　你们都出去，我留下。

师　长　不要，不要，都出去！

白　我来了，我来了，我来劝劝他，你们先出来吧。

〔推搡的声音，关门声。

师　长　快，快出去，关上门。

白　（隔着门喊）同志，同志，请让我进去，你的病情需要诊断，这不仅关系到你的健康，也关系到你战友的健康，不诊断怎么治疗啊（喊声停止），你们都退后，我已经穿好防护服，全套的，放心吧！

〔推门，进去。

师　长　（大声喘气，有一种疼痛的呻吟）

白　　师长，我来给您抽血……唉，怎么那么像他？对！是他！志军，是你，你好好看看我，我是你老婆白灵啊，你怎么会在这儿？

师　长　白灵，真没想到能遇见你，我们换防，三天前到这儿的，我也不知道你在这里啊！

白　　志军（欲拥抱，有抽泣声），让我抱抱你吧！

师　长　不！白灵，离我远点，不要靠近我，快点抽血吧，抽完快出去，要想想我们的家、我们的妈妈、我们的女儿，快出去！

白　　志军（哭着）……好了，你快休息吧。

〔开门声，白灵身体晃动。

护　士　白护士长要晕倒。

众　人　白护士长，白护士长，你怎么了？

〔关门声，摘面罩声。

白　　没事没事，我有点激动，也有点遗憾，我没想到我们是这么见面的。

护士甲　不对，白护士长，你脸怎么这么红啊，是不是发烧了？

白　　没事，我是累的，我没病。

护士乙　赵院长来了，院长，白护士长昨天晚上睡觉前，她感觉恶心，今天早晨又带头洗靴子，消毒病房……

院　长　现在来不及做详细检查了，她和未确诊的病人有接触，赶快送到隔离区。

白　　我不去，隔离要待 21 天呢，我不去，我休息休息就好了。

院　长　白灵，13 亿中国人，你离埃博拉最近，就受点委屈吧，按照规定，你必须被隔离 21 天，你是怎么劝别人的，听话。

白　　您说得对，我不怕被感染，我也不怕牺牲，我怕的是因为我被感染，而影响了其他人，相信我，我会健康地回来的，院长，您说过，一个也不能少，委屈就委屈点吧。

旁白（9）　白灵去了隔离区，他的爱人——维和部队的师长抽血诊断为疟疾，这也算是不幸中的万幸吧！

第一针扎向疑似埃博拉患者时，我们展示的是敢于牺牲的精神。

护士甲　这个病人刚才来的时候就有高烧呕吐的现象，医嘱上写明马上打消炎针。

院　长　我来吧。

护　甲　还是我来吧。

院　长　怎么了？我不行啊？

护　甲　不是，我不是这个意思。

院　长　我要是连最基本的都做不好怎么做领导啊！服从命令，你看好病人，给他消毒，按住他的腿，好了吗？

护　甲　好。

〔针盘里的声音。

院　长　我要开始了。

护　甲　小心。

〔病人呕吐的声音。

护　甲　病人呕吐了，是喷射性呕吐！小心！

院　长　别紧张，没关系，只溅到了我的防护服上，不会有危险。我还要坚持几秒钟，才能打完针。

〔病人的呻吟声。

院　长　好了。

〔针管拔掉，扔到垃圾桶的声音。

旁白（10）幸亏我们的防护措施做得非常完美，这次意外情况被我们化险为夷。

〔悲哀的音乐，一位妈妈的哭声。

旁白（11）第一例处治确诊为埃博拉患者的是一个婴儿，所有的医护人员 24 小时守护，不眠不休，能采取的所有的措施都实施了，但孩子的抵抗力太弱，送来得太不及时，还是被夺去了生命。

〔医院办公室。

孙　非　我应该能救活他的，可是我却没有做到。

院　长　孙教授不要这样，你一天没吃饭了，这是我叫食堂特意为你做的。

〔饭盒放到桌子上的声音。

院　长　老孙，病毒不认人，这么凶的病毒怎么可能没有死亡，你是医务工作者，要冷静，要科学地对待这一切。

孙　　　看到这孩子，我一下子想到自己的孙子，我们的责任是保护他们，可我没做到啊！据现在对埃博拉的了解，埃博拉并不是一个不可战胜的存活能力最强的病毒，在阳光高温等等条件下，是能够灭活的。关键是老百姓们还不理解接触病人的体液会传染，特别是他们葬礼的习俗可称为超级传播途径。如果防控为零的情况继续下去，埃博拉疫情有可能在世界大规模流行，这不仅是非洲的灾难，也是世界的灾难，实际上治病不如防病。

院　长　据最新的统计，感染人数确实是在增加。

〔敲门，开门声。

院　长　唉，王大夫你可回来了。

孙　怎么这时候才回来啊，我都担心死了！

王　我也想早点回来，可这不比国内，通讯设备差多了，但是您放心，医疗设备我都逐一检查了，还带了您开的中药呢，不过……

孙　不过什么？

王　不过，这一路真是冒险、奇遇啊！

〔音乐声、卡车声、瓢泼大雨声。

王　自从前天我们车队从机场开出来，就遇上了瓢泼大雨，雨水敲打着玻璃，在玻璃上蒙了一层雾，成了雾水，幸亏林先生在非洲待了十几年，对道路、天气各种情况都很熟悉，只是地上的红土，被雨水浇成了黏胶泥，轮子经常感觉不转了，再加上还是个车队，所以速度非常慢，我们只求能平安到达，后来天气放晴了，我们总算松了口气，终于见到太阳了。

〔汽车行进声。

王　这是什么地方啊？

林　这个小镇，是埃博拉疫情最先爆发地之一，是埃博拉疫情重点防控地区，确实这个小镇已经死了不少人了。

〔低沉的鼓声起，渐强。

王　嗯？老林你听到什么声音了吗？

林　（摇下窗户的声音）是敲鼓的声音。

〔口哨声、鼓声。

林　这下可糟糕了！

王　怎么了？

林　这应该是他们在举行葬礼。他们是很重视葬礼的，在非洲，每个国家都有不同的仪式，每个国家的不同地区也有不同的特点，这个地区有抬着尸体走到大路的习俗，这是为了向其他村落的人传递死讯。王大夫，咱们停车吧，绝对不能和葬礼的队伍碰面。

〔拿起对讲机。

王　　车队暂停行进，车队暂停行进，听到请回答。

对　讲　　2 号收到、3 号收到、4 号收到……

〔行进有节奏的脚铃声、口哨声、鼓声。

王　　（对讲）所有运输队的人，穿上简易防护服、口罩、面罩和鞋套，车内待命。

〔音乐声大起。

王　　太危险了！我可不可以去看看他们的葬礼？有可能的话，我要阻止他们。

林　　万万不可，万万不可，他们要和你冲突起来可怎么办？！

王　　接触传染是埃博拉病毒传染最主要的途径，血液、体液、排泄物都可传播。在葬礼上死者的亲人触摸、亲吻都是不可避免的，特别是要清洗遗体。所以世界卫生组织曾提到葬礼是传播的重要推手，你看他们光着身子抬着尸体，能没有接触吗？天哪，有个女孩还一直扶着尸体，太危险了，我不能眼看着他们这样，这样发病人数会呈几何式上升！

〔送葬队伍声渐远。

林　　要这样，我陪你去，我还能当翻译，别犹豫了，我在国内当过兵，我也是战士，别小看我。

王　　（对讲）全体车内待命，不许开车门！

〔号哭的声音。

王　　（讲述的语气）这时送葬的队伍来到了村落中央的空地上，他们在举行送葬的仪式，其中扶尸体的女孩子，抱着死者的衣物、日常用品，从茅屋里走出来，放在尸体的周围，伤心地哭着。

〔突然狗叫声起，人群中哭声、音乐声戛然而止。

王　　我和林先生也停住了脚步，这寂静无声的环境叫人毛骨悚然，然后是单独脚铃的声音有节奏地向王强、老林集中。

众　　是什么人？（议论）

雅　　是中国人。让我来对付他们，我会说中国话。（大声）什么人？

王　　我们车队路过这里，看到你们进行葬礼，我想……

林　　请继续进行吧。

〔杂乱的脚铃声散去。

王　　（对林）这怎么行呢？

林　　你根本不懂他们的规矩。

王　　（讲述的语气）这时候小姑娘走到尸体的旁边，弯腰亲吻尸体，她大哭着喊道：爸爸，把我也带去吧！

王　　（冲上去大喊）不不，不要亲吻！

雅　　走开！滚滚！

众　　走开走开！

王　　亲吻是最危险的，会感染埃博拉。

雅　　我不管，我要送走我的亲人，谁要拦着我，我就跟他拼命！

众　　对，和他们拼命，拼命拼命，走开走开，魔鬼魔鬼！

王　　不要不要，不能不能！

〔杂乱的声音，哭声、喊声、王和雅的喊声。

旁白（12）突然一位老人苍劲而洪亮强有力的声音出现。

酋　　你们在干什么！（哭声停止，老人走上前）雅尤玛，好孙女，为什么不等我回来，再举行葬礼？

雅　　等不了了，爸爸等不到你回来，也等不到你的医疗队，更等不到你带回来的灵丹妙药，爸爸昨天去世了，我该怎么办？！

酋　　这是我的儿子，我能不着急吗，可是下大雨，山体滑坡把路挡住了，我好不容易死里逃生，还是回来晚了，上天啊，还给我的亲人，我唯一的儿子！

林　　这位老人像是这里的酋长。

王　　老酋长，我是中国医疗队的王强医生，就是你们要找的医疗队的医生，我们从中国来，是为了消灭病魔埃博拉而来的。

酋　　大家听到了吗？他们是为了我们，从中国来到这里的。这里的老人啊，你们还记得吗？三十多年前，到这来的中国医疗队，他们救了我们村十几个人哪！

雅　　可他们不让我们进行葬礼，大家说行不行啊？

众　　不行不行，滚出去！

酋　　大家都听着，我以老酋长的名义，以你们对我的信任发誓，他们是善意的，是神仙，不是魔鬼。你们看这是他们的宣传材料，就贴在街道的墙上，你们看看，现在在我们家乡的这片土地上，已经死了多少人哪，还有多少人已经感染了，这可是大灾难啊！

林　　请大家看看，我拿来了很多图片，大家都能看懂。

酋　　雅尤玛，来，找几个人，把宣传图片发给大家。

王　　我们还带来了手套和口罩，大家可以用它来防止感染，当然我也希望你们今天就戴上。酋长，您看这样行吗？

〔远处传来汽车鸣笛的声音。

司　机　报告，可能又要下大雨了，我们必须马上出发，不能再耽误了，医院的药品已经告急了。

第三集

酋　你们快走吧，我会劝说大家的。

王　我会申请到你们这来。

酋　雅尤玛，快谢谢医生！

雅　我不我不。

王　没关系，我们先走了。

〔走到汽车前，关门声，酋长追来的声音。

酋　王医生，王医生，我想问你一件事，你们那有一个中国医生叫孙非，您认识吗？

王　孙非？我是认识一位叫孙非的，可是国内同名同姓的人太多了。

酋　就是三十多年前援非医疗队的孙非。

王　这大概就是我的老师，如果真的是他，他这次也到了这里，在筹建你们首都的传染病医院。

酋　请转告他，我想他，我想见见他。

旁白（13）王强的话引起了孙非的回忆，也更坚定了他要到疫区第一线去搜集变异的埃博拉病株，更重要的是，必须在第一时间切断传染的途径。

孙　赵院长，这么些年了，酋长还记得我，当然我也忘不了他，我还带来了当年与酋长的合影。院长，我的新建三十个移动医疗站的计划，您觉得怎么样？

院　长　我看过，非常好。但移动医疗站会更艰苦，条件会更差，现有的医务人员也不够。不过第二批、第三批医疗队会接踵而来。所以说计划很好，但孙教授您不是最佳人选，也就是说，计划可批，但您不可去。

孙　赵院长，出国前，我们的誓言是我不去谁去。现在我还要说，我不去，谁去！深入一线、身体力行、一丝不苟、专注职责，这是我的原则。您说什么叫专家，什么叫医生？这不光是指医术，他应该像非洲大陆上空寻找猎物的雄鹰，搜寻隐患。如果不在第一线，做好防疫宣传，埃博拉会像野火一样蔓延开来，那样我就会有辱国家给我的荣誉、人民给我的使命。刚才王强的经历更坚定了我的决心，您说我不去谁去？

旁白（14） 孙教授得到了批准，在距首都三百公里左右的雅尤玛居住的地方，建立第一个临时医疗站。比起四十多年前，条件确实好多了，但是选择地址、改造房屋、安置设备等等没有当地人的帮助，进展会很缓慢，所以，孙教授来到这里，第一个任务是要找到老酋长。

孙　请问雅尤玛住在哪儿啊？

酋　雅尤玛，认识认识。

孙　那她的爷爷您认识吗？当年是酋长，现在应该是老酋长了。

酋　认识，您也认识他？

孙　我叫孙非，您看这照片，您就相信了，我真认识他。

酋　我这也有一张照片，您看看。

孙　哦，一样的，那您是？

酋　我就是老酋长，您就是孙非？

孙　酋　拉菲克，拉菲克。

孙　朋友，朋友。

两　人　咿呀呀哦嘞哦，咿呀呀哦嘞哦，咿呀没拉嘣嘣布鲁鲁布那塞（大笑）。

孙　走吧，我们一起去看看你给选定的建立医疗站的场地吧。

旁白（15） 在广袤无际的绿色草地上，稀疏地坐落着十几座帐篷，在一片有树木遮阴的包围中，有一座半木板式、半帐篷的建筑，这就是临时医疗站，它古老的外观建筑与内部先进的医疗设备形成了鲜明的对照，特别是还开辟了一间间隔离房，几天之内，临时医疗站初具规模，随建随收治病人，因为他们要与病魔抢时间，所以忙得孙教授、王强等一行人疲惫不堪。但是防护措施一点而也不能马虎，光是穿脱防护服，就累得满头大汗、喘息不止，但没有人叫苦喊累。他们深知每一个被治愈的病人都是宣传员，是医学常识的播种机。

只是有一件事情让孙教授放心不下，雅尤玛在葬礼后，高烧不止、上吐下泻，被酋长送到医疗站，确诊为埃博拉患者，住进了隔离病房。

〔隔离病房内哭声、盘碗的打碎声。

甲护士　　孙教授，雅尤玛又把输液的针头拔掉了，盛饭菜的碗也被摔碎了。

孙　　上午的中药喝了吗？

甲　护　　一口也没有，怎么办呢？

孙　　马上通知老酋长，到这来做她的工作。

乙　护　　孙教授，采集的病毒样本到了。

孙　　我先去实验室，酋长来了通知我。

甲　护　　好。

〔非洲音乐。

旁白（16）本来就非常炎热的非洲，再加上偏远地区建立的医疗站，没有太好的空调设备，长时间在封闭的实验室工作，更要接受身体的考验。实验室里气压很低，一般人都会感到胸口发闷、透不过气，孙非教授穿着像宇航员那样臃肿的防护服，在实验室里一工作就是六个小时。从实验室里出来，他一口气喝完一瓶矿泉水，瘫坐在椅子上，一动都不想动。

〔护理区传来骚乱声。

护甲　　一号病床的病人怎么不见了？王强大夫，王强大夫！

王　　什么事？

护　甲　　一号病床的那个小姑娘不见了！

王　　是雅尤玛，赶快叫人去门口，截住她，追到大路上也要把她带回来。记得戴上手套、口罩！

孙　　是雅尤玛，她怎么了？

王　　她逃离了病房，老师，这鬼丫头她怎么出去的呢？

〔跑步声。

护　甲　　我问门卫，刚才有没有出去的女病人，他说……

门　卫　　还是我说吧，刚才有一女孩要出门，她还戴着口罩，穿着护靴，我问她：要出去干什么，我怎么不认识你呀？她说取样本，我问她谁派你去的，她说孙大夫，我觉得她说话有点怪怪的，我就问她，你怎么这么说话，有口音哪？她笑了笑说：我逗你玩呢。说完她撒腿就跑。

王　　坏了，肯定是雅尤玛，我去追她！

孙　　她一定是回家了。

酋　　（远处传来）孙非教授，孙非教授。

孙　　有人喊我，好像是酋长。

酋　　我把逃兵给你们送回来了。雅尤玛，你这个不听话的孩子，让我操死心了，孙教授、王医生，对不起让你们担心了。

孙　　快别说这个了，赶快把雅尤玛送到病房去。

酋　　我刚才回家取了一样重要的东西，也许对她接受治疗有帮助，这几天我的脑子都乱了。

孙　　别着急，慢慢说，我始终不知道她为什么不接受治疗。

酋　　我一路上都在问她，她就是不肯说，我急了，我说你不说我就不要你了，她哭了，她说她这次得病是因为不孝顺，是老天的惩罚，是治不好的。

孙　　为什么这样说？

酋　　她说这里的守丧期要半年呢，爸爸去世没几天，我就被你送到医院里去了，肯定邻居们都在骂她、议论她，爸爸也不会原谅她，所以她想去死，去赎罪。我真没想到一个读过几年书的孩子，还会这样想，孙教授我还没来得及给她讲，四十年前你们是怎样救了她的爸爸呢！

孙　　好好，我的办公室和病房是可以通话的，咱们到那里去，你和她说。

〔音乐起，开视频声。

酋　　雅尤玛，雅尤玛，我是爷爷。

雅　　爷爷。

酋　　你还好吧？

雅　　医生已经让我躺下休息了。

酋　　爷爷给你讲个故事吧，一个真实的故事，是你爸爸小时候的故事。那是1983年，你爸爸还不到3岁，突然高烧呕吐，昏迷不醒，请来巫师也没有任何效果，正好孙非医生的医疗队来到了我们这里，孙医生当年才20多岁，村子里很多人病了，但谁也不敢找他们去看病，是我大胆地第一个请他们。本来也是没办法，死马当活马医，真没想到他们是这么尽心竭力，你爸爸的烧很快就退下来。他们还带了奶粉给孩子喝，为了找氧气瓶，他们出去一天一夜，才给拖回来。他们日夜看护你爸爸，你爸爸才缓过来了，这个医疗队最年轻的医生，就是现在的孙非教授。

孙　　我和你爷爷三十多年前就认识了，当时我们用的桌子还是你爷爷用装药品的木箱拆了板子做的，你看看我这里的这张照片，你见过吗？

雅　　见过啊，哎，爷爷您那张呢？

酋　　（笑）这孩子就是精得过分，我的这张在这呢，你看看，是两张，而且一模一样，放心了吧？！

雅　　（笑）对不起啊。

酋　　这还差不多，叫爷爷。

雅　　爷爷。

酋　　叫孙爷爷。

雅　　嗯……

孙　　哎呀，算了。

酋　　不行，现在就叫，我真生气了啊，不叫我就不管你了！

雅　　孙爷爷！孙爷爷！（哭泣）

酋　　她这是不好意思了，我知道。

旁白（17）雅尤玛的情绪稳定了，接受了治疗，孙教授还给她加了中药，虽然很苦，但也喝下去了。

雅　　啊！不好喝……

孙　　真乖，良药苦口嘛！想吃糖吗？孙爷爷给你带来了，吃吧，吃吧！等你好了，就能回家见爷爷了，我先走了啊。

〔开门声、关门声，门内呼叫医生的警报声响起，开门声。

孙　　怎么了？

雅　　孙爷爷，我忘了谢谢你了，其实我的中文，还是跟您学的呢！

孙　　跟我学的？怎么讲？

雅　　是您四十年前给我爷爷留下了一本中文书，我认字以后，爷爷就拿着这本书，教我学中文，我记得那本书上还有您的名字：孙非。

孙　　好孙女，这我就放心了，好好休息吧。

〔关门声、走去。

〔白灵走来的声音。

白　　我回来了，我回来了

〔医护人员跑来的声音。

王　　白护士长回来啦，大家快过来啊，来，让我看看，怎么样啊，身体好不好呀，让我看看……哎呀，这脸色又白又嫩，怎么那么好看呀！

白　　是能和你们一起工作，高兴的呗，还有啊……

孙　　还有什么喜事啊？

白　　当我从隔离区出来的时候，你们猜谁来接我了？猜不着吧？是我爱人志军，在北京都见不着，到这儿反倒见着了，我都不知是笑还是哭，恍如隔世一般啊！

众　　太浪漫了，太浪漫啦！

群 1　　拥抱了吧？

群 2　　接吻了吧？

白　　别闹了，你们看看这是什么？

众　　是培训班计划。

白　　是啊，这是援非抗埃培训班计划。这可是又一个喜事，三喜临门啦，孙教授，这是你们师徒二人提倡的，领导大为赞赏，还给你们增加了青少年班。

孙　　这下我们的远程计划也有了，这样就可以形成一个不走的中国医疗队，咱们去好好研究一下。

〔音乐。

旁白（18）天气变得晴朗了、空气更加清新了，草地的自然香气沁入人们的心胸，雅尤玛要出院了，酋长来接她，他们爷孙俩来到办公室。

雅　　孙爷爷、王叔叔，谢谢谢谢，我回去以后，给你们做义务宣传员。

酋　　我们这流传着一首民谣：别人因埃博拉走了。

酋、雅　　中国人因埃博拉来了。

雅　　我舍不得你们，我明天就回来，给你们打扫卫生，给你们做好吃的，我还会中文，可以给你们当翻译。

白　　还有一件事，不知道你愿不愿意做？

雅　　白阿姨，我什么都愿意。

白　　我让你做孙爷爷、王叔叔的学生，做青少年培训班的第一名学生。

雅　　培训班？是学习做医生吗？是像你们一样给人看病吗？

王　　这是当医生的第一步，等埃博拉病情过后，你可以再继续深造，我们还欢迎你到中国来学习。

酋　　太好了，这下我就放心了，那天我说我回家取了一件重要的东西，孙教授您知道是什么吗？是他爸爸病重时留下的遗书，他爸爸说让孩子将来做个医生吧，别让我们的大地，再遭受疾病的折磨，别再迷信旧风俗，做个医生，帮助大地，拯救我们的亲人吧。朋友啊，恩人啊，谢谢你们！雅尤玛，咱们能有什么礼物送给他们啊，这样吧，你给他们跳个舞吧！

该剧获中国人口文化广播剧一等奖获奖照片

该剧荣获中国人口文化奖广播剧一等奖

〔非洲音乐“达姆达姆”响起。

〔视频呼唤声。

雅　　这是什么声音？

〔电脑提示声嘀嘀。

白　　我看看，（视频通话）哦，孙教授，是您的老伴。

孙　　哦，老伴老伴。

孙　伴　　你怎么样啊？身体好吗？没感染吧？一定要……

孙　　喂喂喂！你让我说两句行吗？家里都好吗？

孙　伴　　哎呀，都好！你的那封……

孙＋孙伴　　遗书。

孙　伴　　我在咱俩卧室的床头柜里找到了，害得我好几天睡不着觉，你该回来了吧？

孙　　老伴，你把遗书扔了吧，现在只想让你记住，咱们在最困难的时候，你说过的话：坚强、坚定、坚守！你懂了吗？

孙　伴　　我懂，我懂了！

〔电脑提示声嘀嘀嘀。

孙　　　呦，白护士长，你的视频通话。

白　　　哦，我的我的，妈妈，妈妈，是我，白灵！

白　妈　给你看看孩子，看看她，你就放心了，你怎么20多天没和我联系啊？

〔中间夹着孩子叫妈妈的声音。

白　　　妈妈，老实告诉您，我在隔离区住了21天，现在怀疑被解除了，我没被感染。我现在身体可好了，可是我在隔离区的时候，有一瞬间，我真以为我就这么……（起音乐）那个时候我写了一首诗：假如这一次我真的倒下，相信女儿倒下的地方，会长出生命和希望；假如这一次我真的倒下，相信还会有更多的女儿陪在您的身旁。

〔响起深情的音乐。

旁白（19）援非抗埃，我不去谁去，即使时光流逝，人们也会为这样一支充满无私无畏战斗精神的队伍而骄傲，为拥有这样一批英雄而自豪。为了捍卫人类的未来、生命的尊严、人民的幸福，有这样的队伍在时刻准备着。

这支队伍披荆斩棘、舍生忘死，以赤诚之心践行了铮铮誓言。这支队伍以实际行动谱写了中非患难见真情的新篇章。这支队伍体现了国家主席习近平对中国援外医疗队提出的“不畏艰苦、甘于奉献、救死扶伤、大爱无疆”的精神，这支队伍彰显了中国负责任的大国形象，正如刘延东副总理在埃博拉出血热疫情防控工作表彰大会上所说：军地医卫人员舍小家、顾大家不远万里奔赴西非，体现了舍我其谁的责任担当。你们是最美的白衣天使，是当之无愧的时代英雄。疫区国家的人民感激你们，祖国和人民感谢你们！

〔终。

国家卫生和计划生育委员会宣传司、国际司

外交部非洲司

中国人口文化促进会

联合出品

2016年3月

中央人民广播电视台播出

小品《我不去，谁去》

——献给援非医疗队

作者：张筠英

表演者：中国人口文化艺术团

人物表：

剧中人物		扮演者
孙　非	传染病科专家　男　60岁	孙　星
王　强	传染病科医生　男　45岁　孙非教授的研究生	王　磊
白　灵	传染病医院护士长　女　27岁	白　蓓、马千芳
老酋长	非洲当地人　男　70岁	任亚明
雅尤玛	老酋长孙女　女　16岁	雷　凌

（舞台大屏幕背景资料）2014年初，埃博拉病毒肆虐，疫情成为国际危机。死亡率高达90%的埃博拉疫情相继出现在几内亚、塞拉利昂、利比里亚等八个国家。短短数月感染人数达14413人，死亡人数5177人，疫情达到了埃博拉病毒被发现38年来的最大规模。中央军委主席习近平签署命令，决定派出我国历史上最大规模的整建制海外医疗队。在各级领导的关怀和全国人民的支持下，中国援非抗埃医疗队肩负重任，奔赴非洲疫区。

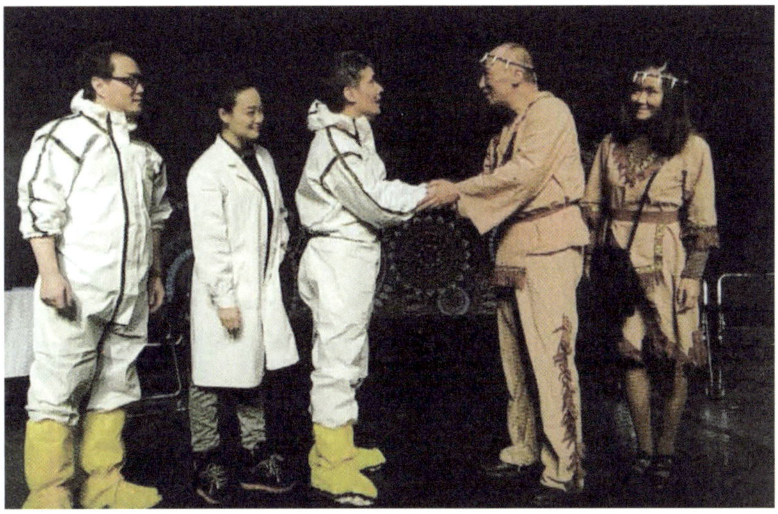

小品演出照（中国人口文化艺术团演出）

（旁白）你们一定很奇怪，为什么让一位德高望重的医生干体力活儿呢？先告诉你们，我是援非抗埃博拉医疗队的一名医生，场上的这位老医生是我的老师，他来医疗队时只差一个月就退休了，现在他已经在非洲待了两个月了，生日都是在这里度过的，偏偏又赶上新建这个医疗站，人手又不够，而我去取医疗设备，在路上又耽误了一天一夜，这不，正往回赶呢。

〔视频铃声响起。

孙　非　哟，老伴儿来的，哎呀，看到我这样她非急死不可呀，还是先挂了吧！怎么还不回来呀？

〔汽车声。

王　强　谢谢，把东西放到门口就行了，你们还要去其他医疗站呢，就别再麻烦了，你们路上小心啊！孙老师、孙老师……

孙　非　哎呀，来，来，慢点儿，慢点儿，放这儿，好嘞。

王　强　孙老师，学生王强向您报到。

孙老师　你呀，三十六个小时了，你急死我了。

王　强　老师，您一个人在这里，我更担心您啊。

孙　非　是啊，岁数大了难免会多想，我什么情况都想到了，好的、坏的……

王　强　老师，我也想跟您联系，您知道这不像在国内……

孙　非　我知道，我知道这次情况特殊，咱们不是都写了遗书了吗？！你师母啊，没准现在都没发现，你知道我把遗书放哪儿了？

王　强　哎，老师，你把遗书放哪儿了？

孙　非　　嘿嘿，我把它放在……你问这个干什么？

王　强　　我告诉师母去呀！

孙　非　　嘿，那就更不能告诉你了！

〔Doctor，Doctor……

王　强　　老师，我们这个医疗站第一位病人来了。

孙　非　　我来接诊。

王　强　　来来来，老师，你先把这个安装上，这是我刚刚带过来的疫情检测的新设备，这里你就交给我吧。

王　强　　Hello，Sit down please。

雅尤玛　　Thank you

王　强　　What's wrong with you？

雅尤玛　　Sorry sorry.（拿出一本书来）

王　强　　Vomit？

雅尤玛　　No no.

王　强　　Body aches？

雅尤玛　　Yes.

王　强　　Stomachache？

雅尤玛　　Yes.

王　强　　（小声自语）什么时候开始的呢？你们是……

雅尤玛　　夜里。

王　强　　夜里到现在应该是……你刚才说什么？

雅尤玛　　夜里。

王　强　　你会讲中文？

雅尤玛　　对，我会讲中文。因为以前一位中国医生，给了我爷爷这本书，我爷爷就是照着这本书教的我中文。

王　强　　那这真是太好了。孙老师，孙老师，这老先生的病情跟我们分析的……

孙　非　　测体温，先测体温，老先生先测一下体温。

酋　长　　Thank you.

孙　非　　不烧啊。（向王强）不烧，排除他有可能感染的可能。

雅尤玛　　爷爷，爷爷，你要干吗去？爷爷你不能回去，你忘了爷爷，许多年前爸爸妈妈，在别的地方工作，有了病不去看不就……你难道要丢下我一个人吗？爷爷？快听医生的。

孙　非　老先生，你虽然没有被感染，但是你属于易感人群，体质很弱，我先给你检查一下。这位老先生看着怎么有点眼熟啊？小姑娘，小姑娘，你们是一直都住在这里吗？

雅尤玛　啊，不是，我父母去世以后，我才跟爷爷搬到了这里，哦，对了，爷爷以前是当地的酋长。

孙　非　你这本书是？

雅尤玛　一本中文书。

孙　非　这是我的书啊！王医生，王医生。看，这是我的书啊。你看这上面有我的名字呀！

王　强　啊，还真是！老师，你看在这儿：孙非。真是太好了。

酋　长　孙非，40 年前你…… 孙医生！

孙　非　酋长！

孙　酋　拉菲克，拉菲克。

两　人　咿呀呀哦嘞哦，咿呀呀哦嘞哦，咿呀没拉嘣嘣布鲁鲁布那塞……（大笑）。

〔大家高兴地唱歌、跳舞。

〔白灵走来的声音。

白　灵　我回来了，我回来了

孙　非　哟，白灵回来了。怎么样，身体没问题吧？

白　灵　二十一天的隔离期说明我——没有被感染。

王　强　来来来，白灵，让我好好看看啊，哎呀，你瞧瞧白灵这气色，比以前那可是强多了！

白　灵　是吗？

孙　非　来来来，给你们介绍一下，这是我们医疗站的第一位病人，也是我四十年前的老朋友——酋长。

孙　酋　拉菲克。

白　灵　拉菲克。

王　强　这位是他的孙女——雅尤玛。

白　灵　Nice to meet you.

雅尤玛　Thank you.

王　强　她会说中文。

白　灵　唉，你们可不知道，我在那儿的这二十一天，我都快郁闷死了，我就一直在问领导：我什么时候能参加工作？你们猜领导怎么说？

大　家　　怎么说的？

白　灵　　他说啊：你不是有一个一岁大的孩子吗？要不，回国吧。回国？我怎么能回国呀，现在西非正在传唱一首民谣：别人因埃博拉撤了……

大　家　　中国人因埃博拉来了。

白　灵　　所以说，我能回去吗？！

王　强　　既然我们来到了这里，就绝不能让埃博拉在这里猖狂，也不能把埃博拉带入我们的国门。

孙　非　　你们俩先聊着，我给老酋长做一下检查。

王　强　　好的，我来帮你。

白　灵　　您慢点儿

酋　长　　谢谢，谢谢！

白　灵　　王医生，过来一下，我给你说个事儿。

王　强　　什么事儿啊？

白　灵　　你知道我来的时候领导给我一个什么指示吗？与你有关的。

王　强　　什么指示能与我有关呀。

白　灵　　唉，你什么脑子啊，你忘了，你让我去那个隔离区的时候，催领导批的那个报告。

王　强　　催领导批的哪个报告？啊，你是说这个报告领导批了。

白　灵　　是啊。

王　强　　哎呀，这真是太好了！

白　灵　　这可是大喜事啊！

雅尤玛　　你们在说什么喜事？难道你们要回中国吗？

王　强　　不是，不是。

白　灵　　你听我跟你说呀，我们不但不回去，而且我们还要待更长的时间，孙教授和王医生的医疗培训班的计划批准了。

王　强　　是，批准了！

雅尤玛　　培训班？培训班是培训医生的吗？

王、白　　对呀！

雅尤玛　　那这样，就能给更多的人看病了吗？

白　灵　　对呀！

王　强　　这是当医生的第一步。

雅尤玛　　那我能去吗？爷爷，你帮我说说，我想去，给你们打扫卫生，给你们做好吃的，我还会中文，可以给你们当翻译。

酋　长　孙医生，我求求你，让她去，你知道吗？她母亲走的时候有一个最大的心愿就是让她当医生，给更多的人看病。你一定要答应她！

孙　非　好好，四十年前我第一次援非的时候，由于当地的人不太了解我们，产生了很多误会，是老酋长帮我们解决的问题，今天老酋长又是我们医疗站的第一位病人，这是缘分啊。这么着吧，我做一个推荐人好不好，老酋长的孙女也是我的孙女。

雅尤玛　谢谢孙爷爷，谢谢！王叔叔、白阿姨，你们俩同意了吗？

王　强　既然我的老师都是你的推荐人了，我和你白阿姨当然是批准了。

雅尤玛　太好啦！

〔非洲音乐“达姆达姆”响起。

〔视频会话提示声。

雅尤玛　这是什么声音？

〔视频会话提示声。

白　灵　我看看，（视频通话）哦，孙教授，是您的。

孙　非　哟，哟，是老伴，老伴来的。

孙老伴　老孙，你怎么样啊？身体好吗？没感染吧？你千万要小心啊……

孙　非　喂喂喂！你让我说两句行吗？家里都好吗？

孙老伴　哎呀，都好！我跟你说啊，你的那封……

孙+孙老伴　遗书。

孙老伴　我在咱俩卧室的床头柜里找到了，害得我好几天没睡着觉，你该回来了吧？

孙　非　老伴，你把遗书扔了吧，现在只想让你记住，咱们在最困难的时候，你……你对我说的话：坚强、坚定、坚守！你懂了吗？

孙　伴　我懂，我懂了！

〔电脑提示声嘀嘀嘀。

孙　非　呦，白护士长，这是你的，你们家的。

白　灵　哦，妈，妈妈，是我，白灵！

白　妈　给你看看孩子，看看她，你就放心了，你怎么 20 多天没和我联系啊？

〔中间夹着孩子叫妈妈的声音。

白　灵　妈妈，老实告诉您，我在隔离区住了 21 天，现在怀疑被解除了，我没被感染。我现在身体可好了，可是我在隔离区的时候，有一瞬间，我真以为我就这么……（起音乐）我在哪儿写了一首诗：假如这一次我真的倒下，相信我倒下的地方，会长出生命和希望；假如这一次我真的倒下，相信还会有更多的女儿陪在您的身旁。

〔响起深情的音乐。

（旁白）援非抗埃，我不去谁去，即使时光流逝，我也为这样一支充满无私无畏战斗精神的队伍而骄傲，为拥有这样一批英雄而自豪。为了捍卫人类的未来、生命的尊严、人民的幸福，有这样的队伍在时刻准备着。

〔大屏幕显现援非抗埃照片。

〔大屏幕显现：不畏艰苦、甘于奉献、救死扶伤、大爱无疆——习近平。